AF301781

Jeannine Molitor wurde 1998 in Mutlangen geboren. Sie entdeckte früh ihre Liebe zu Büchern und schrieb bereits im Grundschulalter erste fantastische Kurzgeschichten. Derzeit lebt sie mit ihrem verrückten Kater im Landkreis Schwäbisch Hall und arbeitet an weiteren Geschichten, die in ferne Welten entführen und das Herz höherschlagen lassen sollen.

JEANNINE
MOLITOR

Erstausgabe Oktober 2022

Copyright © 2022 dp Verlag, ein Imprint der
dp DIGITAL PUBLISHERS GmbH
Made in Stuttgart with ♥
Alle Rechte vorbehalten

Spin my Heart

ISBN 978-3-96087-969-8
E-Book-ISBN 978-3-96087-965-0

Covergestaltung: Jasmin Kreilmann
Umschlaggestaltung: ARTC.ore Design
Unter Verwendung von Abbildungen von
depositphotos.com: © Nataliia2910@gmail.com, © innervision, ©
kchungtw, © VadimVasenin, © tomert, © bruno135, © ellysonn, ©
Art_house
Lektorat: Daniela Guse
Satz: dp DIGITAL PUBLISHERS GmbH
Druck und Bindung: Books on Demand GmbH, Norderstedt

Für Oma Ruth, weil sie mir jeden Tag zeigt, dass wahre Liebe über alle Grenzen hinausgehen kann.

Kapitel 1: Anna

Mein Atem bildet kleine, weiße Wölkchen in der kalten Winterluft Kanadas. Ich ziehe den karierten Schal bis über die Nasenspitze und die Bommelmütze tief in die Stirn, wodurch die vorbeilaufenden Menschen nur meine blaugrünen Augen zu sehen bekommen.

Mein Blick wandert immer wieder von dem Display meines Handys auf die verschneite Straße vor dem Airport in Halifax und mit jeder verstreichenden Minute wächst meine Nervosität. Ob sie mich vergessen haben?

Zweifelnd werfe ich einen weiteren Blick auf die digitale Uhr des Handys. Schneeflocken fallen darauf, die ich mit dem Daumen wegwische. 15:45 Uhr. Inzwischen stehe ich seit zwanzig Minuten vor dem Flughafen und warte. Nicht nach der Handynummer von Papas altem Schulfreund gefragt zu haben, stellt sich in diesem Moment als ein großer Fehler heraus.

Gerade, als ich denke auf dem vermaledeiten Gehweg bald zur Eisstatue zu gefrieren, fährt ein schwarzer Pick-Up mit Ladefläche vor und kommt direkt neben mir zum Stehen. Das Beifahrerfenster wird heruntergelassen und ich werfe automatisch einen Blick in das Innere des Wagens.

Ein junger Mann, höchstens ein paar Jahre älter als ich, beugt sich über das Lenkrad, wobei ihm eine dunkelblonde Locke in die Augen fällt, und mustert mich. »Anna?« Er spricht das erste »A« wie ein »Ä« aus.

Mein Nicken gleicht vermutlich dem eines Roboters, so festgefroren bin ich inzwischen. Aber immerhin hat das Warten ein Ende.

»Steig ein.« Er lehnt sich wieder zurück in seinen Sitz und schließt das Fenster.

Perplex blinzle ich zweimal. Der spart wohl Wörter. Ich öffne die Tür und warte, bis er mir wieder den Kopf zuwendet. »Wer bist du?«

»Ich soll dich hier abholen.«

Sehr hilfreiche Antwort. Immer noch unsicher ziehe ich die Augenbrauen nach oben, worauf er ein genervtes Seufzen ausstößt und sich weiter in meine Richtung beugt. »Wir haben in den nächsten Wochen das zweifelhafte Vergnügen unter einem Dach zu leben, solange du bei deinem Tanzwettbewerb mitmachst. Würdest du jetzt bitte einsteigen, damit wir auf den Highway kommen, bevor dort die Hölle losbricht?«

»Eiskunstlauf«, korrigiere ich ihn.

Er fährt sich frustriert durch das Haar und schüttelt den Kopf. Doch da tatsächlich sonst niemand weiß, dass ich für einen Wettbewerb hier bin, lasse ich mich auf den Sitz sinken. Die Heizung läuft auf Hochtouren, worüber ich dankbar bin.

Er sieht wieder zu mir und dann aus dem Beifahrerfenster raus. »Hast du nicht etwas vergessen?« Ich folge seinem Blick und sehe meinen knallpinken Koffer einsam und allein auf dem Gehweg stehen.

»Oh.« Mehr bringe ich nicht heraus. Stattdessen spüre ich, wie mir die Hitze in die Wangen steigt. Schnell öffne ich die Autotür, schnappe den Koffer und bugsiere ihn auf die Ladefläche. Misstrauisch werfe ich einen Blick nach vorn auf die Fahrerkabine. Hoffentlich rutscht mein Gepäck nicht zu viel hin und her. Wer weiß schon, welchen Fahrstil der Typ an den Tag legt.

Ich lasse mich abermals auf den Beifahrersitz fallen und schließe die Tür, da fährt er schon los. Ohne ein weiteres Wort zu sagen. Einige Minuten sitzen wir stillschweigend nebeneinander, während er den großen Wagen sicher in den fahrenden Verkehr einfädelt. »Wie heißt du?«

»Fynn.«

»Bist du Richards Sohn?« Ich bemerke zwar, dass er nicht unbedingt zu den redseligen Menschen gehört, gebe aber nicht so schnell damit auf, ein Gespräch in Gang zu bringen.

»Stiefsohn«, antwortet Fynn wieder nur einsilbig. Wow. Er macht es einem wirklich schwer.

Unschlüssig sehe ich ihn von der Seite an. »Wir müssen nicht miteinander reden. Aber ...«

»Gut«, unterbricht er mich und streicht sich mit der rechten Hand durch die Locken. Dabei lässt er den Verkehr keine Sekunde aus den Augen.

Dieser Zwischenruf nimmt mir den Wind aus den Segeln. Ich sehe aus dem Fenster. Um ehrlich zu sein, habe ich mir die Reise anders vorgestellt und in mir regt sich die Befürchtung, dass die nächsten zwei Wochen lang werden.

Ich beschließe, mir von Fynn meinen Aufenthalt nicht vermiesen zu lassen. Vielleicht hat er einen schlechten Tag und morgen sieht die Welt anders aus? Ich sollte nicht zu früh urteilen. Immerhin bin ich diejenige, die ihren Koffer vor dem Flughafen hat stehen lassen. Wer weiß, was er über mich denkt? Bestimmt hält er mich für eine blöde Pute.

Ich drehe den Kopf nach rechts und schaue aus dem Fenster. Dicke, weiße Schneeflocken fallen vom Himmel und verschleiern meine Sicht auf die Außenwelt. Sie legen sich auf die Fensterscheibe und hinterlassen darauf hunderte Wasserbahnen. Dennoch erkenne ich die Farben der vorbeizischenden Autos auf dem Highway. Und wenig später das Dunkelgrün der sich unter dem Gewicht des Schnees biegenden Tannenzweige.

Nach einer Stunde fahren wir endlich den schmalen Weg zu einem Blockhaus hinauf. Für den Geländewagen ist der verschneite Weg kein Problem. Papa hätte es mit seinem alten Golf vermutlich nicht geschafft, direkt vor der Treppe zu parken. Trotzdem würde er ihn nie gegen einen Neuwagen austauschen. Dafür hängt er zu sehr an ihm.

Der alte Golf erinnert mich immer an die zahlreichen Ausflüge, die wir zu dritt unternommen haben, als Mama noch am Leben war. Vor allem der zuerst geplante Museumsbesuch, der aufgrund einer Reifenpanne ausfiel, ist mir im Gedächtnis geblieben. Stattdessen sind wir in ein Fast-Food-Restaurant und anschließend ins Kino gegangen, während die Werkstatt sich um den Schaden gekümmert hat. Wir hatten unheimlich viel Spaß und ich war fast dankbar für die Panne. Bei dieser Erinnerung legt sich ein Lächeln auf meine Lippen.

Sobald Fynn den Motor ausschaltet, öffne ich die Autotür und stolpere hinaus an die frische Luft. Mein Blick wandert umher und bleibt dann auf dem gemütlich wirkenden Blockhaus vor mir hängen. Die weiß eingerahmten Fenster mit den grünen Fensterläden und das helle Holz erwecken einen freundlichen Eindruck. Auf der linken Seite erkenne ich einen kleinen Schuppen, der seine besten Tage hinter sich hat. Die grauen Bretter wirken morsch und die schmale Tür hängt etwas schief in ihren Angeln.

Ich sehe zurück zu der dunklen Haustür, über der sich das Dach zu einem Dreieck formt, und aus der mir ein rundlicher Mann mit einem herzlichen Lächeln auffordernd zuwinkt. Das wird Richard sein, Papas ehemaliger Schulfreund. Ich erwidere sein Lächeln und drehe mich um, als sich jemand laut neben mir räuspert.

»Willst du Wurzeln schlagen?« Fynns graublaue Augen betrachten mich argwöhnisch. Ich schüttle den Kopf und möchte ihm den Griff meines Koffers aus der Hand nehmen, doch er presst ein »Das mache ich schon« zwischen zusammengekniffenen Lippen hervor.

»Danke.« Das Wort klingt aus meinem Mund eher nach einer Frage. Kurz überlege ich, ob ich irgendetwas getan habe, das ihn beleidigt hat. Aber mir fällt beim besten Willen nichts ein.

Vorsichtig, um nicht auszurutschen, laufe ich die paar Schritte auf die Treppe zu und steige die wenigen Stufen hinauf. Ehe ich mich versehe, schließen sich zwei starke Arme um meinen Körper und ich werde beinahe zerquetscht. »Ich freue mich sehr, dass du uns besuchst.« Richard löst die Umarmung und ich sehe perplex zu ihm auf. Diese herzliche Art von Begrüßung habe ich nicht erwartet. »Nur schade, dass Andreas nicht dabei ist. So, wie ich ihn kenne, lässt es die Arbeit nicht zu. Nicht wahr?«

»Ja, er hat im Krankenhaus sehr viel zu tun.« Das ist die Standardaussage, die wir seit fast fünf Jahren benutzen. Im Endeffekt brummt Papa sich die Extraschichten selbst auf. Er will das so.

»Richard!«, ruft eine Frauenstimme aus dem Inneren des Hauses. Dann vernehme ich eilige Schritte, die auf uns zukommen. Eine dunkelhaarige, schlanke Frau schiebt Richard zur Seite und stellt sich neben ihn in die Tür. »Lass das arme Mädchen erst einmal hereinkommen.« Sanft lächelt sie mich an und feine Lachfältchen bilden sich dabei um ihre braunen Augen. Sie strahlt förmlich und ist mir sofort sympathisch.

»Du hast Recht, Liebling.« Richards ohnehin rotes Gesicht nimmt mehr Farbe an und er tritt hastig zur Seite. »Komm rein, Anna.«

Staunend betrete ich das Innere des Hauses. Wir stehen direkt im großzügigen Wohnzimmer mit angrenzender, offener Küche. Die Einrichtung ist schlicht, aber behaglich, und in hellen Braun- und Grüntönen gehalten. Das große Sofa lädt zu gemütlichen Filmabenden und der dunkelgrün und braun karierte Ohrensessel zum Lesen vor dem Kaminfeuer ein.

»Ihr Haus ist wunderschön, Mrs. Gagnon.«

»Das ist lieb von dir, danke. Aber nenne mich gerne Sophia.« Ihr offenes Lachen erfüllt den Raum und das dunkelbraune Haar glänzt im warmen Licht der Lampen. »Mrs. Gagnon war meine Mutter.« Immer noch lächelnd zwinkert sie mir zu und ich kann nicht anders, als ebenfalls zu lachen.

Die Aufregung fällt mit jeder verstreichenden Minute mehr von mir ab und macht einer bleiernen Müdigkeit Platz. Ich schaffe es nicht, das Gähnen zu unterdrücken, und hebe mir rasch die Hand vor den Mund. »Entschuldige. Der Jetlag.«

»Aber dafür brauchst du dich nicht zu entschuldigen. In Deutschland wäre es zehn Uhr abends, wenn ich mich nicht täusche. Möchtest du dich ein wenig ausruhen?«

Zuerst will ich verneinen, doch der Flug war anstrengend, weil meine Gedanken ständig um meine Kür und den bevorstehenden Wettbewerb kreisten. Ein wenig Ruhe würde mir sicher guttun. Ich nicke und schenke Sophia ein kleines Lächeln. »Das wäre eine gute Idee, danke.« Auch wenn ich nicht glaube, dass ich schlafen werde. Dafür ist noch nach dem Abendessen Zeit.

Ihre Augen bleiben für einige Sekunden auf mir liegen, bevor sie sich ihrem Sohn zuwendet. »Fynn? Würdest du Annas Sachen bitte nach oben bringen und ihr das Gästezimmer zeigen? Ich muss in die Küche und nach dem Essen sehen. Es müsste in der nächsten Stunde fertig sein.«

»Du meinst das Zimmer, das bis gestern noch mein Eishockeyraum werden sollte?«

Sophias Augen sprühen Funken. »Nein, ich meine das Zimmer, das du ohne unsere Zustimmung in eine Rumpelkammer verwandelt hast. Wir haben bereits darüber gesprochen, dass dieser Raum ein Gästezimmer ist und auch bleiben wird. Und jetzt hör bitte auf damit und zeige ihr das Zimmer.« Einige Sekunden lang fechten die beiden ein stummes Blickduell aus, bis Fynn leise fluchend den Kopf senkt, meinen Koffer packt und ein »Komm mit« knurrt.

Es fällt mir schwer, mit ihm mitzuhalten, denn er hetzt mit großen Schritten durch das Wohnzimmer, die Holztreppe hinauf und durch den langen Gang bis zur vorletzten Tür. »Das ist es.« Er stellt meinen Koffer ab und schiebt sich an mir vorbei, um wieder hinunterzugehen.

»Warte«, halte ich ihn zurück und er bleibt ruckartig ein paar Schritte von mir entfernt stehen, dreht sich jedoch nicht um. »Es tut mir leid, dass du das Zimmer wegen mir räumen musstest. Das wusste ich nicht.«

Fynn linst über die Schulter und scheint zu überlegen, ob er etwas sagen soll. Doch dann lässt er mich wie eine alte Ramschkiste vor der Haustür einfach stehen. Was war das denn? Kopfschüttelnd starre ich auf den Fleck, wo er eben noch stand. Aus dem soll mal einer schlau werden.

Ich drehe mich um und betrete das Zimmer, in dem ich die nächsten zwei Wochen wohnen werde. An dem großen Fenster im hinteren Teil des Raumes, vor dem ein heller Schreibtisch mit Stuhl steht, hängen leichte, weiße Vorhänge mit winzigen beigen Musterungen. Mit drei kurzen Schritten gehe ich auf den Holzschrank an der gegenüberliegenden Wand zu und werfe einen Blick hinein. Bis auf ein Fach, in dem frische Bettwäsche liegt, ist er leer. Kurzerhand entscheide ich mich dazu, meine Kleidung einzuräumen. Es dauert ohnehin ein wenig, bis das Abendessen fertig ist.

Papas geschocktes Gesicht steigt vor meinem inneren Auge auf, wenn er mich dabei sehen würde, wie ich die

Klamotten feinsäuberlich in den Schrank einräume, anstatt sie wie üblich im ganzen Zimmer zu verteilen. Er hat mich immer Chaos-Prinzessin genannt. Meine Mundwinkel wandern wie von selbst nach oben bei dem Gedanken an den Spitznamen, obwohl ich von ihm schon länger nicht mehr so genannt wurde. Dafür sehen wir uns zu selten. Bei dem Gedanken an ihn fällt mir ein, dass ich mich noch gar nicht gemeldet habe. Rasch ziehe ich mein Handy hervor und tippe an ihn und meine beste Freundin Lena eine kurze Nachricht, dass ich gut bei den Gagnons angekommen bin und mich jetzt einrichte. Da der Akku fast tot ist, sehe ich mich nach einer Steckdose um und werde neben dem schmalen Bett fündig. Es steht rechts neben dem Fenster und ein rot-weiß gemusterter Comforter liegt darauf. Ich schiebe meinen leeren, pinken Koffer darunter, stecke mein Handy ein und lasse mich dann seufzend rückwärts auf das weiche Bett fallen. Es ist gemütlich und wenn ich jetzt die Augen schließe, würde ich sofort einschlafen. Da bin ich mir sicher. Tief atme ich den Geruch nach frisch gewaschener Wäsche ein und blicke einige Momente an die weiße Zimmerdecke.

In zwei Tagen werde ich das erste Mal in der Eishalle trainieren. Mein Körper kribbelt bei dem Gedanken daran, bald wieder auf dem Eis zu stehen. Das Gefühl der Freiheit, der Kufen auf dem Eis und dieser kurze Augenblick, in dem es sich anfühlt, als könne man fliegen. Diese Schwerelosigkeit, wenn man zum Sprung ansetzt und das pure Glücksgefühl, wenn man mit jeder Pore seines Körpers spürt, dass das Element gelungen ist.

In den vergangenen Wochen konnte ich an nichts anderes als an die Qualifikation zur Eiskunstlauf-WM denken. Ich habe viel Zeit in der Eishalle verbracht und geübt und in jeder freien Minute außerhalb der Halle bin ich in Gedanken meine Kür durchgegangen. Es war ein sehr harter Weg. Die Wettbewerbe, um diese Qualifikation zu erreichen, haben viel von mir abverlangt und mich bis an meine Grenzen gebracht. Aber jetzt bin ich tatsächlich hier.

»Das Essen ist fertig.«

Ruckartig setze ich mich auf und sehe, dass Fynn im Türrahmen steht und mich mustert. Seine Mundwinkel zucken und in seinen Augen blitzt der Schalk auf.

»Komme schon.« Eilig stehe ich auf, streiche den Comforter glatt und schiebe mich an Fynn vorbei, der immer noch grinsend in der Tür steht.

Bestimmt macht er sich lustig darüber, wie ich verträumt an die Zimmerdecke gestarrt habe und in Gedanken versunken war.

Ein köstlicher Duft erfüllt das Wohnzimmer und lockt uns direkt in die offene Küche, wo der Tisch zum Abendessen gedeckt ist.

»Setz dich, Anna.« Richard schiebt den Stuhl an seiner linken Seite zurück und lächelt mich auffordernd an. »Ich hoffe, du isst gerne Suppe mit verschiedenem Gemüse. Sophia hat ihre wunderbare Soupe aux pois gekocht.«

»Das klingt perfekt für den Winter«, antworte ich.

»Ganz richtig.« Sophia kommt schwungvoll auf uns zu und stellt einen großen Topf vor uns ab.

Im selben Moment tritt Fynn hinter sie und legt eine Kelle daneben. »Ich habe einen Bärenhunger.« Er lässt sich auf den Stuhl gegenüber von Richard fallen und greift nach dem Topfdeckel, um sich etwas von der Suppe zu schöpfen.

»Wer den ganzen Tag auf dem Eis verbringt, kann nur hungrig sein.« Richard lacht dröhnend und klopft seinem Stiefsohn freundschaftlich auf die Schulter. Fynn scheint sich unter der Berührung sofort zu versteifen und lächelt gezwungen. Es sieht aus, als würde ihm das körperliche Schmerzen zufügen.

Erstaunt hebe ich die Augenbrauen. »Du kannst Schlittschuhlaufen?«

»Auf die Gefahr hin, mich zu wiederholen. Ich spiele Eishockey. Zumindest normalerweise.« Fynn wirft mir einen kalten Blick zu, unter dem ich sofort zu einer Eisstatue erstarrt wäre, wenn er magische Kräfte besitzen würde.

Und da fällt es mir wieder ein. Das Zimmer, in dem ich die nächste Zeit schlafen werde, hat Fynn als seinen Hockeyraum bezeichnet. »Stimmt, das habe ich vergessen«, nuschle ich und wende meinen Blick ab. Eilig probiere ich den ersten Löffel der Suppe, die Richard mir inzwischen in den Teller geschöpft hat. »Die Suppe schmeckt wunderbar. Anders als zu Hause. Viel intensiver. Welche Zutaten hast du verwendet?«, wende ich mich an Sophia.

»Grüne und gelbe Erbsen, Zwiebeln, Sellerie, Karotte in Rinderbrühe«, zählt sie an der Hand ab. »Oh, und einen Schinkenknochen. Das verleiht noch einmal zusätzlich Würze. Es freut mich, dass es dir schmeckt.« Sie schenkt mir ein warmes Lächeln.

In den nächsten Minuten genießen wir schweigend die heiße Suppe. Es ist keine unangenehme Stille wie im Auto mit Fynn. Man hat nicht das Gefühl, etwas sagen zu müssen.

»Warst du schon einmal in Kanada?« Richard sieht mich fragend an und ich schlucke schnell die warme Suppe hinunter, um ihm zu antworten.

»Leider noch nicht. Aber es war schon immer mein Wunsch, hierher zu kommen. Ich befürchte nur, dass ich in den nächsten zwei Wochen nicht allzu viel zu sehen bekomme. Abgesehen von der Eishalle.«

»Vielleicht könnten wir morgen etwas unternehmen. Was denkst du, Anna?« Sophia streicht sich eine Haarsträhne hinter das Ohr und sieht mich erwartungsvoll an.

»Das fände ich schön.«

»Solange es nicht Fallschirmspringen oder Bungeejumping ist«, wirft Richard ein und schüttelt sich, als würde er eine lästige Fliege loswerden wollen. Als er meinen fragenden Blick auffängt, schmunzelt er, während Sophia die Augen verdreht. Doch ihre Mundwinkel zucken auffällig. »Meine Frau ist ein kleiner Adrenalinjunkie. Lass dich von dieser karierten Kochschürze mit den Rüschen und dem ständigen Kochen bloß nicht in die Irre führen.«

Ich werfe Sophia einen erstaunten Blick zu, die sogleich abwehrend die Hände hebt. »Keine Sorge. Ich habe eher an einen Ausflug nach Halifax gedacht«, wendet sie sich an mich.

»Das wäre super. Ich hatte nicht so viel Zeit, um mich über die Gegend schlauzumachen, aber die Waterfront würde ich gerne mal sehen.« Kaum habe ich die Worte ausgesprochen, ertönt gegenüber von mir ein lautes

Aufstöhnen. Ich drehe meinen Kopf und blicke in Fynns genervtes Gesicht.

»Das volle Touri-Programm also. Ich bin raus.« Er schmeißt die Serviette auf seinen leeren Teller, schiebt den Stuhl laut quietschend über den Boden und verschwindet mit langen Schritten nach oben.

Perplex sehe ich ihm nach. »Welche Laus ist ihm denn über die Leber gelaufen?«

Sophia seufzt leise und Richard legt einen Arm um ihre schmalen Schultern. »Ich glaube, der Umzug macht ihm zu schaffen«, gibt sie zu und versucht sich an einem etwas schiefen Lächeln.

»Ich wusste nicht, dass ihr erst vor Kurzem hergezogen seid.« Hilflos sehe ich zwischen den beiden hin und her. »Und ich dachte, ich hätte irgendetwas falsch gemacht.«

»Oh nein. Mach dir da bitte keine Gedanken.« Richard winkt mit beiden Händen ab.

»Er wird sich bald an die Situation gewöhnt haben«, fügt Sophia hinzu. Sie scheint über das Thema nicht sprechen zu wollen, weswegen ich meine Neugier herunterschlucke und nicht weiter nachfrage.

»Ich bin ziemlich müde und würde mich gerne ein wenig hinlegen.«

»Selbstverständlich. Brauchst du noch irgendetwas?«

»Ich würde ein Glas Wasser mit nach oben nehmen, aber ansonsten bin ich wunschlos glücklich. Danke.« Ich stehe auf und lächle Richard und Sophia an. »Gute Nacht.«

»Schlaf gut, Anna«, antworten beide gleichzeitig.

Die Treppen geben ein leises Knarzen von sich, als ich nach oben in mein Zimmer gehe. Aus dem Schrank ziehe ich einen bunten Pyjama hervor und wechsle im Badezimmer nebenan rasch die Klamotten. Dann lege ich mich aufs Bett und sehe zum Fenster in die Dunkelheit hinaus.

Ich wälze mich hin und her auf der Suche nach einer bequemen Position. Obwohl ich müde bin, kann ich nicht schlafen. Die Eindrücke des Tages sind zu präsent in meinem Kopf und Fynns abweisendes Verhalten trifft mich mehr, als ich mir eingestehen will.

Kurzentschlossen stehe ich wieder auf und inspiziere meine Handtasche, die ich achtlos auf dem Tisch habe liegen lassen. Wie bei vielen anderen Frauen gleicht auch meine einem schwarzen Loch. Für einen Moment habe ich Angst, den E-Book-Reader vergessen zu haben. Doch dann ziehe ich ihn mit einem weithin hörbaren »Da bist du ja!« hervor. Blöderweise habe ich ihn mit zu viel Schwung herausgeholt. Meine Tasche fällt mit einem lauten Plumpsen herunter und ihr gesamter Inhalt ergießt sich über den Boden: Zeitschriften, Kugelschreiber, Geldbeutel, Kaugummis, Kopfhörer, die Trinkflasche, die ich mir am Flughafen gekauft habe und mein Schlüssel, der wohl am meisten Lärm verursacht.

Sofort bücke ich mich, um alles wieder einzuräumen. Da ertönen laute Schritte im Flur und wenige Sekunden später wird die Tür aufgerissen.

»Geht das auch noch lauter? Soll ich dir vielleicht dabei helfen, das Zimmer auseinanderzunehmen?« Fynn steht wutschnaubend in der Tür und seine graublauen Augen sprühen Funken.

Mein Gesicht brennt. »Sorry, mir ist die Handtasche runtergefallen.« Wie eine Idiotin deute ich mit dem

Finger zuerst auf die dunkelbraune Tasche und dann auf den restlichen Inhalt, der auf dem Boden verstreut liegt.

»Was du nicht sagst.«

Ich schlucke fest und weiß nicht genau, was ich antworten soll. Daher wende ich mich von Fynn ab und fahre damit fort, die Sachen zu verstauen. Die ganze Zeit über liegt sein Blick auf mir. Wieso verschwindet er denn nicht wieder?

Erst als meine Kopfhörer ihren Weg zurück in das schwarze Loch gefunden haben und ich die Tasche auf dem Tisch ablege, macht sich Fynn ohne ein weiteres Wort zu sagen aus dem Staub. Das Letzte, was ich höre, ist, wie er die Tür laut hinter sich ins Schloss zieht.

So ein Arsch.

Kopfschüttelnd gehe ich mit dem E-Book-Reader auf das Bett zu, ziehe den Comforter zurück und lasse mich auf das Laken fallen, das auf der Matratze festgezurrt ist. Lesen würde mir dabei helfen, zur Ruhe zu kommen. Das hat es bislang immer.

Ich springe bis zu dem Kapitel vor, das ich zuletzt gelesen habe, und lasse mich tiefer in das Kissen sinken. Ich finde direkt wieder in die Geschichte und werde in eine magische Welt hineingezogen, die weit weg von Kanada ist, und endlich schaffe ich es, abzuschalten.

Kapitel 2: Anna

In der Nacht wache ich immer wieder auf. Es hat nicht daran gelegen, dass das Bett unbequem oder ich nicht müde genug war. Im Gegenteil. Das Problem lag in Fynns Verhalten. Ich verstehe, dass es nicht leicht ist, an einem neuen Ort von vorne anzufangen. Aber dadurch hatte ich das Gefühl, nicht willkommen zu sein und in eine Familie einzufallen, die sich zuerst untereinander zurechtfinden sollte. Aber auch die Nachwehen des Jetlags haben ihren Teil zu der unruhigen Nacht beigetragen.

An Schlaf ist jetzt jedenfalls nicht mehr zu denken. Ein Blick auf die Uhr meines Handys verrät mir, dass es ohnehin bereits acht Uhr ist. Seufzend rutsche ich aus dem Laken hervor, werfe den Comforter zurück und stehe auf. Vielleicht hilft mir ein Schwall kaltes Wasser, um wach zu werden. Mit einem dunkelblauen Wollpullover und einer ebenso dunklen Jeans über dem Arm und meiner Kulturtasche in der Hand gehe ich in das Badezimmer nebenan.

»Raus hier!«

Als wäre ich gegen eine unsichtbare Wand geknallt, halte ich ruckartig an. Direkt vor mir steht Fynn und er ist nur mit einem Handtuch um die Hüfte bekleidet. Ich schlucke mehrmals nacheinander. Sein Haar ist noch nass und Wassertropfen bahnen sich einen Weg von seiner durchtrainierten Brust über die Bauchmuskeln, um schließlich unter dem Badetuch zu verschwinden. Meine Augen folgen ihnen, als würden sie magnetisch von den Tropfen angezogen werden.

»Bist du taub?« Fynns laute Stimme reißt mich schonungslos aus der Erstarrung und ich schaffe es, meinen Blick von seinem Körper loszureißen.

»Was?« In diesem Moment verstehe ich kein Wort von dem, was er sagt.

Ohne auf die Frage einzugehen, legt er eine Hand um mein Handgelenk und zieht mich aus dem Badezimmer heraus. Seine Berührung sendet kleine Blitze durch meinen Körper. »Stalkst du andere immer beim Duschen?«

Die Frage hat dieselbe Wirkung wie ein Eimer voll mit eiskaltem Wasser, der über meinem Kopf ausgeschüttet wird. »Da... Das war keine Absicht! Ich wusste nicht, dass du im Badezimmer bist«, verteidige ich mich halbherzig.

Fynn lehnt sich an den Türrahmen und ich versuche, den Blick auf seine Augen gerichtet zu lassen. »Das nächste Mal könntest du einfach klopfen.«

»Sagt derjenige, der einfach Türen aufreißt und rumbrüllt«, erinnere ich ihn an den vorherigen Abend. »Du könntest einfach abschließen.«

Fynn hebt eine Augenbraue und seine Mundwinkel zucken. »Du bist gerade mal einen Tag hier und stellst schon Ansprüche?«

Tief atme ich ein und wieder aus. Mann, der Kerl bringt mich auf die Palme. »Jetzt hör mir mal gut zu. Es war keine Absicht. Ich wollte nur ...«, versuche ich mich noch einmal zu erklären, bevor ich von Schritten auf der Treppe unterbrochen werde.

Nur wenige Sekunden später steht Sophia neben uns. »Ist alles in Ordnung?« Verwundert sieht sie zwischen Fynn und mir hin und her. Ihr Blick bleibt einen Moment länger an dem Aufzug ihres Sohnes hängen.

»Anna wollte mich gerne beim Duschen beobachten. Aber ich mache das, um ehrlich zu sein, lieber ohne Zuschauer.«

Die Hitze kriecht mir in die Wangen. Oh, bitte Erdboden. Tu dich auf und verschlinge mich. Mehrmals öffne ich den Mund und setze zum Sprechen an, doch ich bekomme kein weiteres Wort heraus.

Fynn fährt sich mit einer Hand durch die nassen Locken und scheitert kläglich daran ein ernstes Gesicht aufzusetzen.

»Anna, du kannst unser Bad benutzen. Hinter der Treppe, die zweite Tür links. Ich muss mich um das Essen kümmern.«

Ich nicke eilig. Dankbar für eine Entschuldigung, um dieser unangenehmen und vor allem peinlichen Situation zu entgehen. Im Weggehen höre ich, wie Sophia in zischendem Tonfall etwas zu Fynn sagt und er darauf antwortet. Aber die genauen Worte verstehe ich nicht.

Unten gehe ich ins Badezimmer, schließe ab und lasse mich tief einatmend auf die Kante der Badewanne sinken. Das war peinlich. Sehr, sehr peinlich. Und noch schlimmer wurde es, als Sophia dazukam. Warum bin ich nicht vorher sichergegangen, dass niemand in dem Raum ist? Die Frage kann ich mir selbst beantworten: Weil ich mir sonst keine Sorgen darüber machen muss. Mein Vater und ich wohnen zwar offiziell gemeinsam in einem Einfamilienhaus in Hamburg, aber die meiste Zeit bin ich dort alleine. Er arbeitet viel. Nimmt ständig

Extraschichten im Krankenhaus an und manchmal habe ich Angst, dass er das macht, um mir aus dem Weg zu gehen.

Mit einem ruckartigen Kopfschütteln verbanne ich diese negativen Gedanken aus meinem Kopf. Ich will weder darüber noch über den Badezimmervorfall weiter nachdenken. Also stehe ich auf, putze mir die Zähne und ziehe mich um. Nachdem ich mir dann mehrmals kaltes Wasser ins Gesicht gespritzt habe, fühle ich mich schon fast wie ein Mensch.

»Guten Morgen, Anna«, grüßt mich Richard, als ich auf der Treppe stehe, um meinen Schlafanzug und den Kulturbeutel wegzuräumen. Er sitzt auf dem großen Ohrensessel vor dem Kamin. Die Zeitung liegt aufgeschlagen auf seinem Schoß und vor ihm auf dem Tisch steht eine orangene Kaffeetasse. »Ich hoffe, du hast gut geschlafen. Hättest du Lust, heute nach Halifax zu fahren?« Richard fällt mein fragender Blick auf, denn er setzt unsicher nach: »Du wolltest dir doch das Hafenviertel ansehen. Und Halifax bietet noch mehr Sehenswürdigkeiten.«

»Oh ja, das würde ich gerne sehen. Wenn euch das keine zu großen Umstände macht.«

Richard winkt mit der Hand ab. »Das machen wir sehr gerne. Es ist auch nicht ganz uneigennützig.« Er lacht leise. »Fynn möchte die ein oder andere Besorgung machen. Das trifft sich also gut.«

Zwei Stunden später sitzen wir in Richards Wagen. Eingequetscht wie die Sardinen in einer zu kleinen Blechbüchse, denn die Hälfte der Rückbank ist voll mit Hockeykram, der nicht mehr in den Kofferraum gepasst hat. Zu allem Überfluss habe ich den Platz in der Mitte – direkt neben Fynn.

Sophia dreht sich nach hinten um und sieht uns skeptisch an. »War es wirklich notwendig, die ganze Hockeyausrüstung der letzten zehn Jahre mitzunehmen?«

»Ihr wolltet, dass ich mitkomme. Dann kann ich genauso gut das Zeug mitnehmen, um es zu verkaufen und mich im Shop nach neuen Sachen umsehen.« Das ist also der Grund für Fynns plötzlichen Meinungswechsel. Hockey-Besorgungen.

Sein Knie berührt meinen Oberschenkel und ein Kribbeln durchzuckt meinen Körper. Eilig drehe ich das Bein nach links, um die Berührung zu unterbrechen. Im selben Moment spüre ich seinen Blick auf mir liegen, doch ich ignoriere ihn und sehe stattdessen geradeaus zum Fenster raus.

In jeder Kurve lehne ich mich in die genau entgegengesetzte Richtung auf den Hockeykram, um nicht auf ihn zu rutschen, aber meine Bemühungen funktionieren leider nicht wie erhofft.

»Pass doch auf!«, zischt Fynn, als ich ihn in einer besonders engen Kurve aus Versehen anstoße und ihm sein Handy dabei aus der Hand fällt.

»Sorry, das war nicht mit A... «

»Nicht mit Absicht. Schon klar«, knurrt er. »Irgendwann ist das etwas unglaubwürdig.«

Bevor ich etwas erwidern kann, ertönt ein »Wir sind gleich da« von vorne und ich schließe meinen geöffneten Mund wieder. *Einfach ignorieren*, sage ich mir selbst in Gedanken.

Zehn Minuten später fahren wir auf einen Parkplatz, der bereits gut gefüllt ist. Richard muss ihn mehrmals umrunden, bevor er einen freien Platz findet, der groß genug für den Wagen ist.

Sobald das Auto steht, öffnet Fynn die Tür und springt hinaus. So, als würde er so schnell wie möglich Distanz zwischen uns bringen wollen. Bevor ich aussteigen kann, klatscht er mir die Autotür vor der Nase zu.

Frustriert rutsche ich auf seinen Sitz hinüber, öffne die Tür und steige aus. »Danke, sehr liebenswürdig.« Vielsagend sehe ich Fynn mit hochgezogenen Augenbrauen an und deute hinter mich auf das Auto.

»War nicht mit Absicht.« Mit einem breiten Grinsen zwinkert er mir zu. Am liebsten würde ich es ihm aus dem Gesicht wischen. Empört schnaube ich auf. Wie kann man nur so unausstehlich sein?

»Kommt ihr?« Richard und Sophia stehen Hand in Hand einige Schritte entfernt und sehen fragend zu uns.

Es ist kein weiter Weg, bis wir auf dem Waterfront Boardwalk angelangt sind. Das in der Wintersonne glitzernde Wasser und die im Hafen liegenden Boote, in den verschiedensten Formen und Größen, ziehen meinen Blick förmlich an.

»Der Hafen gehört zu den Größten in Nordamerika. Im Sommer ist hier viel mehr los, da weiß man gar nicht, wo man zuerst hinsehen soll.« Richard lacht und Sophia hakt sich ebenso lächelnd bei ihm unter. »Diese Häuser«, er deutet auf die andere Seite, »waren früher Lagerhäuser von Piraten.«

»Wirklich?«, frage ich erstaunt und betrachte die Restaurants und Bars.

»Im Moment wirkt es nicht so, aber das Hafenviertel ist in den Nachtstunden vor allem bei jungen Leuten sehr beliebt.« Sophia lächelt vielsagend und deutet mit dem Kinn auf eine Bar.

»Wenn wir schon hier sind, sollte Anna auch die Zitadelle sehen. Oder was denkst du, Mom?«

»Das ist eine hervorragende Idee!«, ruft Richard begeistert und Sophia stimmt nickend zu.

Über Fynns Gesicht huscht ein Lächeln, bevor er wieder einen ernsten Blick aufsetzt. »Ich müsste dann nur wieder zum Auto. Der Eishockey-Shop würde zumachen, bis wir von der Zitadelle zurück sind.«

Warum war mir klar, dass es sich dabei um keine nette Geste handelt? Er versucht uns loszuwerden.

Sophia presst die Lippen zusammen. Sie scheint ebenso wenig davon zu halten, dass Fynn sich abseilen möchte.

»Da könntest du recht haben«, wendet Richard ein. »Dann treffen wir uns wieder am Parkplatz? Um fünf?« Er sieht fragend zu Sophia, die ergeben mit den Schultern zuckt.

Fynn nickt und fährt sich mit der Hand durchs dunkelblonde Haar. »In Ordnung. Brauche nur den Autoschlüssel.«

Richard kramt in seiner Jackentasche und überreicht ihm das gewünschte Objekt. »Dass du mir bloß nicht wegfährst, Junge.« Er lacht viel zu laut und keiner steigt auf seinen Witz ein.

Fynn hebt die Hand mit dem Schlüssel. »Danke.« Dann dreht er sich um und läuft davon.

Für einen Moment sehen wir ihm hinterher. Erst als Sophia sanft, aber bestimmt, an Richards Jacke zupft, fängt sich dieser wieder. Er räuspert sich leise. »Na dann wollen wir mal. Auf zur Zitadelle von Halifax würde ich sagen.«

Auf dem Hügel, Citadel Hill, angekommen, lasse ich meinen Blick über die Landschaft schweifen. Trotz des Schnees und der ungemütlichen Temperaturen haben sich einige Menschen dazu entschlossen, die Anhöhe zu erklimmen. Viele von ihnen schießen Fotos mit diesen bescheuerten Selfie-Sticks. Meine beste Freundin Lena nennt sie Deppenzepter und auch wenn ich ihre Meinung nicht teile, finde ich diesen Vergleich ziemlich lustig.

»Dort vorne ist die Town Clock.«

Ich drehe mich wieder zu Richard um und sehe in die besagte Richtung. Ein eckiger Turm steht auf einem quaderförmigen, weißen Gebäude mit Fenstern. Die Old Town Clock ist scheinbar in drei Ebenen aufgeteilt. Die Erste wird von mehreren Säulen umrahmt. Die zweite Ebene besitzt ein großes, blaues Zifferblatt mit goldenen römischen Ziffern. Da fällt mir etwas auf, was mich kurz stutzen lässt. »Wieso ist die Vier auf dem Zifferblatt der Uhr falsch geschrieben?« Anstatt ›IV‹ steht dort ›IIII‹.

»Gut aufgepasst. Dafür gibt es tatsächlich verschiedene Gründe. Bei sehr alten Uhren wurde das häufig so gemacht. Zum einen, weil das damals noch die richtige Schreibweise war, zum anderen aber auch, weil die Uhrenmacher so nur drei Formen gebraucht haben, um die Zahlen darzustellen. Meine Lieblingserklärung ist aber eine andere.« Er schmunzelt und seine Augen leuchten begeistert auf. »Die Buchstaben IV waren die Anfangsbuchstaben von Jupiter. Früher hat man es als respektlos empfunden, diese auf dem absteigenden Teil einer Uhr zu verewigen.«

Ich sehe während Richards Erklärung zu dem Zifferblatt auf. »Das ist echt interessant.«

»Wenn ich mich nicht täusche, ist es bei allen vier Uhren so.«

»Vier?« Ich sehe aus dieser Perspektive nur eine.

»Es sind vier Uhren, die in die vier Himmelsrichtungen weisen.«

»Wofür wurde sie erbaut?«, frage ich Richard ohne meinen Blick von dem Glockenturm zu lösen.

»Das ist eine komische Geschichte.« Richard räuspert sich und lächelt leicht. »Die Old Town Clock wurde im 19. Jahrhundert erbaut. Prinz Edward, der Graf von Kent und Strathearn und Queen Victorias Vater, hat sie in Auftrag gegeben und der Stadt geschenkt. Als Oberbefehlshaber der britischen Streitkräfte in Nordamerika war er um 1800 in Halifax stationiert. Edward ließ diesen Glockenturm bauen, um die angebliche Unpünktlichkeit der Truppeneinheit einzudämmen. Du musst wissen, dass er eher von der Sorte oberpünktlich war.« Es klingt, als hätte Richard ein Geschichtsbuch verschluckt. Er scheint in solchen Dingen richtig aufzugehen. Wir setzen unseren Weg zur Zitadelle fort.

Staunend betrachte ich die sternförmige Anlage und die Besucherströme. Ich bin fast ein wenig enttäuscht, dass die Zeit nicht ausreicht, um an einer Führung teilzunehmen. Aber Richard wirft mit so vielen Fakten und Informationen um sich, dass ich nicht einmal annähernd ein Drittel davon behalten kann. Er blüht förmlich auf und zum ersten Mal wird mir klar, wieso er als Immobilienmakler so erfolgreich ist: Richard schafft es, die Menschen mit seiner Euphorie anzustecken und mitzureißen.

Sophia tippt lächelnd auf ihre Uhr und es kommt mir vor, als wären erst fünf Minuten vergangen. »Wie du siehst, sind wir nicht zum ersten Mal hier. Und wenn ich meinen Liebsten«, Sophia wirft Richard ein herzerwärmendes Lächeln zu, »jetzt nicht unterbreche, werden wir mit noch mehr Informationen überhäuft. Richard könnte eine Führung alleine veranstalten und würde den Besuchern vermutlich mehr Wissen vermitteln als jeder Angestellte. Er ist ein großer Fan der Architektur.« Sophia zwinkert mir vielsagend zu und sieht dann zu ihrem Mann auf. Sanft tätschelt sie seinen Unterarm. »Aber heute sollte die Lehrstunde etwas kürzer ausfallen. Viel Zeit bleibt uns nicht mehr, bis wir den Rückweg antreten müssen und uns mit Fynn auf dem Parkplatz treffen. Wie wäre es, wenn wir noch einen Abstecher in das Pier 21 Museum machen?«

»Ich glaube, davon habe ich schon mal gelesen. Das ist das Einwanderungsmuseum, oder?«

Sophia nickt. »Genau. Als ich das erste Mal dort war, war ich wirklich begeistert. Ich könnte mir vorstellen, dass es dir dort gut gefällt.«

»Also ich würde es mir gerne ansehen.«

Richard, Sophia und ich machen uns auf den Rückweg, der sehr ruhig verläuft. Ein starker Kontrast zu davor. Wir schlendern an der Waterfront entlang, bis wir vor einem quaderförmigen Gebäude aus roten Backsteinen ankommen. Auf der Vorderseite über dem Eingangsbereich steht in großen schwarzen Lettern »Pier 21«.

»Vor knapp einhundert Jahren kamen hier die ersten europäischen Immigranten auf den Schiffen an. Auf der Suche nach einem besseren Leben haben sie den Atlantik überquert und wurden dann hier in eine Halle gebracht, um ihre Einwanderungspapiere genehmigen zu lassen«, erklärt mir Sophia, nachdem wir hineingegangen sind und unsere Tickets bezahlt haben.

»Das ist noch gar nicht so lange her, wie man zuerst denkt. Von mir ist das so weit weg, dass es mir wie aus einem völlig anderen Leben vorkommt.«

Ich trete näher an eines der zahlreichen Schriftstücke heran, die seit der Eröffnung des Museums gesammelt wurden. Die Schrift wirkt alt und einige Wörter sind kaum noch zu lesen. Es dauert eine Weile, bis ich es durchgelesen habe und mit jedem weiteren Wort schnürt es mir die Kehle ein wenig mehr zu. Dieser Brief ist so voller Hoffnung auf ein neues, besseres Leben in Kanada, aber auch die Angst ist deutlich herauszulesen.

»Ich glaube, ich kann mir nicht einmal annähernd vorstellen, wie viel Angst diese Menschen gehabt haben müssen. Ich meine, sie haben ihre Heimat und alles, was sie kannten, hinter sich gelassen. Sie kamen in ein anderes Land mit fremden Menschen und einer fremden Sprache. Es war unsicher, wie es weitergeht und sie haben sich trotzdem auf dieses Abenteuer eingelassen«, wende ich mich an Sophia, die sich gerade eine der zahlreichen schriftlichen Aufzeichnungen ansieht.

»Oh ja, der Mut dieser Menschen ist beeindruckend. Auch heute noch.«

»Absolut«, murmle ich.

Der Besuch in dem Museum ist eine der besten Ideen überhaupt gewesen. Die Geschichten dieser Menschen gehen mir unglaublich nah. Es sind nicht nur die schriftlichen Aufzeichnungen, die man sich hier ansehen kann. Sondern es gibt auch viele Audio- und Videoaufzeichnungen von Interviews mit Immigranten und Menschen, die damals hier gearbeitet haben. Am meisten fasziniert mich das Archiv. Dort sind Passagierlisten enthalten, man kann sich die verschiedenen Routen der Schiffe und Immigrationsdokumente ansehen.

Ich komme einfach nicht von dem Gedanken weg, wie mutig diese Menschen waren. Es herrschte Krieg. Viele von ihnen haben Familienmitglieder verloren und mussten sich ein neues Leben aufbauen. Und dann diesen Schritt zu gehen und einfach in das Unbekannte loszuziehen, ist extrem beeindruckend. Ein Kloß bildet sich in meinem Hals.

Auch Papa und ich haben nach dem Tod von Mama versucht, weiterzumachen. Wieder zu leben. Aber ich bin nicht so mutig, wie diese Menschen. Ich habe es bis heute nicht geschafft loszulassen. Mein altes Leben zurückzulassen und etwas Neues anzufangen. Ich weiß, dass das nicht heißt, Mama zu vergessen. Und trotzdem kann ich es nicht.

»Anna?« Sophia drückt meinen Oberarm und wirft mir einen Blick zu, den ich nicht deuten kann. »Es wird langsam Zeit, zu gehen. Fynn wartet bestimmt schon auf uns.«

Ich brauche einen Augenblick, bis ihre Worte bei mir ankommen. Zu tief stecke ich noch in meinen Gedanken, die ich weit von mir schiebe. »Oh, jetzt schon?«

Richard schiebt sich neben Sophia und schmunzelt. »Schon ist gut, wir sind fast zwei Stunden hier gewesen.«

»Das habe ich gar nicht bemerkt«, gebe ich zu, worauf Sophia lacht.

»Ja, das kenne ich zu gut. Die Geschichten hier sind so ergreifend, dass man kaum merkt, wie die Zeit vergeht.«

Am Parkplatz angekommen, wartet Fynn tatsächlich bereits auf uns. Lässig an den Kofferraum von Richards Auto gelehnt, scrollt er auf seinem Smartphone herum und scheint uns entweder nicht zu bemerken oder absichtlich zu ignorieren.

Erst als Richard neben ihm zum Stehen kommt und Fynn freundschaftlich auf die Schulter boxt, sieht dieser von dem Handy auf. »Da seid ihr ja endlich.« Er drückt seinem Stiefvater den Autoschlüssel in die Hand und begibt sich zur hinteren Autotür auf der linken Seite.

Die Autofahrt zurück nach Tangier verläuft genauso unangenehm wie die Hinfahrt. Denn das, was an altem Hockeykram im Laden zurückgeblieben ist, liegt jetzt in fast derselben Menge in Form von neuen Sachen auf der Rückbank. Daher atme ich erst einmal erleichtert auf, als wir auf die verschneite Einfahrt fahren und ich nur wenig später aus dem Auto steigen und Fynns Nähe entfliehen kann.

»Gut, dass ich das Essen heute Morgen schon vorbereitet habe. Es muss nur noch einmal aufgewärmt werden.«

Richard nickt. »Das war tatsächlich eine hervorragende Idee.« Er küsst Sophia lächelnd auf den Scheitel.

»Ich weiß nicht, wie es euch geht, aber ich habe einen Riesenhunger.«

»Hast du das nicht immer?« Fynn verzieht missbilligend den Mund und wirft einen vielsagenden Blick auf Richards Bauch.

»Ich habe auch großen Hunger«, beeile ich mich zu sagen, um dem Gespräch die Härte zu nehmen.

Weder Richard noch Sophia gehen auf Fynns hämischen Kommentar ein. Sie sieht ihm nur kopfschüttelnd hinterher und Richard wirkt bedrückt, als Fynn immer zwei Stufen auf einmal nehmend, nach oben in sein Zimmer verschwindet.

Sophia zieht sich in die Küche zurück und ich folge ihr. »Kann ich dir etwas helfen?«

»Sehr gerne. Das ist lieb von dir.« Sie schenkt mir ein warmes Lächeln, doch ich erkenne in ihren Augen, dass Fynns Verhalten nicht spurlos an ihr vorbeigeht. »Könntest du den Tisch decken?«

»Schon so gut wie erledigt.«

Zwanzig Minuten später sitzen wir alle gemeinsam am gedeckten Esstisch. Es duftet wieder herrlich und mein Magen gibt bei dem wunderbaren Geruch ein forderndes Knurren von sich. Gerade hoffe ich noch, dass es niemand gehört hat, aber dann lacht Richard leise auf und zwinkert mir zu. »So geht es mir auch immer, wenn sie gekocht hat.« Er wirft Sophia einen Blick zu, der so voller Liebe ist, dass mir zuerst warm ums Herz wird, bevor es sich schmerzhaft zusammenzieht.

Schnell schaue ich weg. Bei diesem Anblick überkommen mich augenblicklich Erinnerungen, die mir die Kehle zuschnüren. Um mich abzulenken, esse ich die erste Portion, worauf mein Magen einen kleinen Hüpfer vollführt. Sophia ist wirklich eine begnadete Köchin.

»Kochst du eigentlich beruflich?« Sophia stand in der kurzen Zeit seit ich hier bin so oft in der Küche, dass ich sie kaum woanders zu Gesicht bekommen habe.

»Nein, es ist nur ein schönes Hobby«, winkt sie ab. »Ich probiere einfach gern neue Rezepte aus. Meine Mutter war früher genauso.«

Richard schüttelt den Kopf und beugt sich näher zu mir, als würde er mir ein Geheimnis erzählen. Trotzdem spricht er laut genug, sodass jeder am Tisch ihn hören kann. »Irgendwie muss sie ihre verrückte Seite ausgleichen.«

»Hey!«, ruft Sophia aus und droht Richard mit der erhobenen Gabel. »Pass bloß auf, was du sagst.«

»Komm schon Schatz, sich aus einem Flugzeug zu stürzen und das auch noch gerne zu machen, *ist* verrückt.«

Sophia rollt mit den Augen, gleichzeitig liegen jedoch Lachfältchen darum und ihre Mundwinkel zucken.

»Muss ja nicht jeder ein Schisser sein«, wirft Fynn ein und sieht Richard mit hochgezogenen Augenbrauen an, damit jeder am Tisch weiß, dass er ihn damit meint. Er fängt sich dafür einen wütenden Blick seiner Mutter ein und für ein paar Augenblicke entsteht Stille. Ich hätte gern mehr über Sophias Fallschirmsprung erfahren, traue mich jetzt aber nicht mehr, danach zu fragen.

Richard überbrückt das Schweigen schnell wieder, bevor es zu unangenehm wird. »Sag mal, Anna, was ist das genau für ein Eiskunstlaufwettbewerb, bei dem du dabei bist? Andreas hat mir am Telefon nur erzählt, dass die Teilnahme für dich sehr wichtig ist.« Richard blinzelt und führt die Gabel dann ein weiteres Mal zum Mund.

»Es ist einer der Qualifikationswettbewerbe für die Eiskunstlauf-Weltmeisterschaft und ich trete im Einzellauf der Damen an. Man muss einundzwanzig Tage vor der WM an einem von der Internationalen Eiskunstlaufunion eingetragenen Wettbewerbe teilnehmen. Und in einer dieser Qualifikationen dann unter den drei Besten sein, um ein Ticket für die WM zu ergattern. Die findet dann im Januar in Schweden statt.«

»Und wegen so etwas Bescheuertem findet in den nächsten Wochen keine Auswahl für das Team statt. Schöner Scheiß. Da könnte man meinen, dass die kommende Eishockey-Saison wichtiger wäre, und dann ...«

Sophia saugt scharf die Luft ein und bedenkt Fynn mit einem feurigen Blick, der ihn augenblicklich verstummen lässt. »Du überspannst den Bogen.«

»Das klingt aufregend. Aber es ist bestimmt merkwürdig für dich, dass deine Trainerin nicht mitkommen konnte und du jetzt allein hier bist, oder?«, schaltet sich Richard ein und setzt damit unser Gespräch fort.

»Ja, ein wenig schon«, gebe ich zu »Nach ihrem Schwächeanfall vor ein paar Wochen haben die Ärzte ihr ein Flugverbot erteilt. Aber ich kann sie jederzeit telefonisch erreichen.« Ich räuspere mich leise, bevor ich weiterspreche. »Ich bin wirklich froh, hier sein zu dürfen, vielen Dank dafür. Papa hat mir damals oft von eurer gemeinsamen Schulzeit erzählt und wie ihr die Lehrer in den Wahnsinn getrieben habt.«

»Aber das ist doch selbstverständlich«, sagt Sophia.

»Genau, wir freuen uns, dass du hier bist«, stimmt Richard zu. »Und ja, Andreas und ich hatten sehr viel

Spaß dabei, unsere Lehrer auf den Arm zu nehmen. Es ist schade, dass der Kontakt abgebrochen ist.«

»Das war auch einer der Gründe, warum ich Papa überredet habe, dich anzurufen. Ich dachte, es wäre schön, wenn ihr eure Freundschaft wiederaufleben lassen könntet.«

Richard lächelt mich an, doch ein Schatten huscht über sein Gesicht. »Er war einer meiner besten Freunde, als ich noch in Deutschland gelebt habe. Wir waren früher unzertrennlich und jeden Tag nach der Schule noch zusammen unterwegs und haben die Straßen unsicher gemacht«, schwelgt Richard in Erinnerungen. »Ich hätte es öfter versuchen müssen. Aber als er die Einladung zu unserer Hochzeit ablehnte, dachte ich, er würde den Kontakt nicht mehr wollen.«

Ich schüttle hastig den Kopf. »Das war nicht der Grund.«

Eine Stille entsteht am Tisch, die nur von dem Klirren des Bestecks unterbrochen wird. Richard isst den letzten Rest auf seinem Teller auf und wendet sich abermals an mich. »Das Eiskunstlaufen liegt dir gewiss im Blut. Ich erinnere mich noch genau daran, wie sehr deine Mutter es liebte, auf dem Eis zu stehen.«

Durch seine Worte, mit denen er vermutlich ein in seinen Augen unverfänglicheres Thema anschneiden wollte, verkrampfe ich augenblicklich und sie versetzen der Stimmung am Tisch einen weiteren Tiefschlag. Wie bereits im Museum, bildet sich ein Kloß in meinem Hals und ich umklammere die Gabel in meiner Hand fest. Ich schlucke und versuche, mir von meinen aufgewühlten Gefühlen nichts anmerken zu lassen.

»Ja, sie war wunderbar«, bringe ich ein wenig erstickt hervor. »Papa nannte sie immer seine Eisprinzessin.« Ich zwinge mich zu einem Lächeln. Sophias besorgtem Blick nach zu urteilen, fällt es alles andere als echt aus. »Er hat es geliebt bei ihr zu sein, wenn sie trainiert hat und konnte stundenlang auf der Tribüne sitzen und ihr dabei zusehen.« Fynns Blick liegt auf mir, doch dieses Mal sagt er nichts.

»Entschuldige bitte, das war unsensibel. Ich dachte nur, nach all den Jahren ...« Den Rest des Satzes kann ich selbst beenden. Nach all den Jahren solltest du über den Tod deiner Mutter hinweg sein. Darüber reden können, ohne dass sofort alles um dich herum schwarz wird und du das Gefühl hast zu fallen. Immer tiefer zu stürzen. Nach fünf Jahren sollte dich dieser Schmerz nicht mehr wie eine Lawine überrollen und unter sich begraben.

Aber ich schaffe es nicht sie loszulassen. Besonders jetzt nicht, wo sich ihr Todestag bald ein weiteres Mal jährt. Die Zeit um Weihnachten stellt für mich Jahr für Jahr eine scheinbar unüberwindbare Hürde dar. Ich dachte, es wäre das Richtige hierher zu kommen, nach allem, was ich dafür gegeben habe. Aber jetzt bin ich mir nicht mehr sicher. Zu viel prasselt auf mich ein und dass Richard Mama kannte, macht es nicht einfacher.

»Danke für das wunderbare Essen. Nur bin ich furchtbar müde und würde gerne nach oben gehen, wenn das für euch in Ordnung ist. Das sind bestimmt noch Nachwehen des Jetlags.«

»Natürlich«, sagt Sophia. In ihren Augen spiegelt sich ihre Besorgnis wider. Es ist erst früh am Abend. Sie wissen, dass ich nicht schlafen werde. Trotzdem bin ich froh, dass mich niemand zurückhält oder mit mir darüber sprechen will. Das würde alles nur verschlimmern.

Im Zimmer oben angekommen, schließe ich die Tür hinter mir und lasse mich auf das Bett fallen. Mein Gesicht presse ich auf das Kissen und schon fließen die ersten Tränen. »Ich vermisse dich so sehr«, schluchze ich in das Polster. Mein Herz bricht ein weiteres Mal und ich weiß nicht, ob es je eine Möglichkeit geben wird, es von diesem Verlust zu heilen.

Kapitel 3: Fynn

Das Handy vibriert in meiner Hosentasche und ich ziehe es hervor. Es ist eine Instagram-Nachricht, die anzeigt, dass ich auf einem Bild markiert wurde. Ich öffne die Message und das Lächeln gefriert auf meinem Gesicht, als ich das Foto sehe.

Darauf ist mein ehemaliges Eishockey-Team aus Vancouver in voller Ausrüstung auf dem Eis abgebildet. Sie grinsen breit in die Kamera und halten ihre Schläger in den Händen. Der Sponsor hat scheinbar neue Trikots geliefert, woraufhin sie ein anderes Mannschaftsfoto aufgenommen haben. Ohne mich. Als wäre es nicht schlimm genug, dass ich sie durch den Umzug im Stich gelassen habe, muss ich jetzt eine gefühlte Ewigkeit warten, bis ich selbst wieder spielen kann. Das Probetraining bei den Halifax Mooseheads verschiebt sich wegen dieser bescheuerten Eiskunstlauf-Sache.

Ein Ruck geht durch meinen Körper und ich stehe auf, wodurch der Stuhl beinahe zu Boden fällt. Schnell greife ich nach der Lehne und schiebe ihn an den Tisch.

»Wohin gehst du?«

»Nach draußen«, antworte ich schlicht und verlasse die Küche. Hauptsache weg. In mir baut sich wieder diese ungeheure Wut auf. Diese depressive Stimmung macht mich fertig und schuld daran ist dieses Mädchen. Sie taucht auf und stellt alles auf den Kopf. Keiner warnte mich vor, wie anstrengend es sein wird, wenn sie zwei Wochen lang hier ist. Und der zweite Tag ist noch nicht einmal vorbei. Im Moment ist sowieso alles abgefuckt.

So schnell ich kann, laufe ich die Treppen hinauf, um meine Schlittschuhe zu holen. Als ich an ihrem Zimmer vorbeigehe, höre ich leise Schluchzer durch die Zimmertür dringen. Meine Wut verpufft bei dem Klang genauso schnell, wie sie gekommen ist.

Verdammt. Was ist nur los mit ihr? Es sollte mir egal sein. Seit ihrer Ankunft gestern ist es für mich noch schwieriger, ein Teil dieser Familie zu sein. Für einen Moment überlege ich so zu tun, als hätte ich nichts gehört. Schüttle dann den Kopf und klopfe an die Tür. »Anna?«

Das Schluchzen wird leiser und ich höre, wie sie erstickt nach Luft schnappt. »Ja?«, antwortet sie mit zitternder Stimme.

»Ist alles in Ordnung?« Was für eine blöde Frage das ist, wo ich sie doch heulen höre, bemerke ich erst, als die Worte bereits meine Lippen verlassen haben. Meine Hand liegt auf der Türklinke, aber ich bin mir nicht sicher, ob ich hineingehen soll.

Gerade, als ich denke, dass ich keine Antwort mehr bekomme, vernehme ich ein leises »Ja«.

Mir ist klar, dass Anna mich anlügt. Unschlüssig stehe ich vor der Tür. Dann entscheide ich mich aber dazu, dass es das Beste wäre, sie in Ruhe zu lassen.

In meinem Zimmer schnappe ich mir die Schlittschuhe, die in der Ecke liegen und trete dann wenige Minuten später vor die Haustür.

Kaum atme ich die kalte Winterluft ein, fällt die Anspannung des ganzen Tages von mir ab. Das schlechte

Gewissen Anna gegenüber klopft zwar immer wieder an, aber ich wäre ohnehin die falsche Person für ein Gespräch gewesen. Ich weiß nicht einmal, wieso sie so heftig auf Richards Frage reagiert hat.

Ist auch egal. Mir wurde mal gesagt, ich solle die Probleme anderer nicht zu meinen machen. Davon habe ich selbst genug. In diesem Moment bin ich nur froh Mom, Richard und Anna zu entkommen, und laufe mit schnellen Schritten davon.

Für Außenstehende muss es wie eine Flucht aussehen. Hauptsache weg von dieser »Familie« und dem Haus. Manchmal habe ich in meinem Zimmer das Gefühl, dass die Wände auf mich zukommen.

Allein die Worte »zu Hause« klingen mehr als falsch in meinem Kopf, denn das wird es nie sein. Ich hasse es, hier leben zu müssen. Dieses große Haus in diesem kleinen Ort. Das Zimmer, in dem alle meine Sachen stehen, das sich aber trotzdem nicht so anfühlt, als wäre es meins. Mag sein, dass die kleine Wohnung, in der Mom und ich vorher gelebt haben, klein wie ein Schuhkarton war. Aber ich kam mir darin nicht wie ein Eindringling vor. Ich vermisse mein altes Leben, selbst die Großstadt mit den vollen Parks und Straßen. Dort sind meine Freunde und mein Team, das ich im Stich gelassen habe.

Mit Daumen und Zeigefinger zwicke ich in meine Nasenwurzel und versuche, einen klaren Gedanken zu fassen. Diese Gedankenspirale, in die ich wieder hineingezogen werde, kenne ich nur zu gut.

Richard und Mom sind glücklich. Und nach den vielen Jahren, in denen sie alleine war und sich nur um mich gekümmert hat, freue ich mich für sie. Aber ich kann es nicht leiden, wie er die Vaterrolle einnehmen will.

Ja, mein Dad ist ein Arschloch. Aber deswegen brauche ich keinen, der mit aller Kraft versucht, sich in diese Rolle zu pressen. Denn da wird er nie rein passen. Ich hatte nie einen Dad und habe auch keinen mehr nötig. Ich könnte kotzen.

Und dann ist da Anna. Anna, die sich nach zwei Tagen mit Mom und Richard besser versteht, als ich in den ganzen letzten Wochen. Warum haben die beiden sie hierherkommen lassen? Es ist schon anstrengend genug ohne, dass eine Fremde durch das Haus spaziert. Sie hätte genauso gut in einem Hotel pennen können. Das wäre wahrscheinlich sogar einfacher für sie.

Annas lächelndes Gesicht, eingerahmt von dunkelblonden, langen Haaren manifestiert sich vor meinem inneren Auge. Woher das auf einmal kommt, weiß ich selbst nicht. Aber irgendetwas ist anders an ihr als bei den Mädchen, die ich bisher kennengelernt habe.

Sie scheint nicht so oberflächlich zu sein. Andere wären ausgeflippt, wenn ich sie in ihrem pink-weiß karierten Pyjama mit den aufgedruckten bunten Blumen gesehen hätte. Die Haare zerzaust und barfuß.

Kurz lache ich auf bei dem Gedanken an Annas Blick, als sie mich halbnackt im Badezimmer angetroffen hat. Sie hat geschaut wie ein Rehkitz im Scheinwerferlicht. Mit großen, runden Augen und sich immer röter färbenden Wangen.

Vor unserem Umzug war ich mit Olivia zusammen. Dunkelhaarig, groß und schlank. Sie arbeitete nebenbei als Model. Jedes Lächeln, Haare zurückwerfen und Sonnenbrille nach oben schieben war genau geplant.

Nichts wurde dem Zufall überlassen. Olivia war echt heiß, wirkte aber jetzt hinterher auf mich wie ein Roboter. Als ich mit ihr Schluss machte, lachte sie laut, warf sich die Haare über die Schulter und stolzierte auf ihren hohen Schuhen davon. Im nächsten Moment hing sie am Arm eines anderen Typen. Damals mochte ich ihr selbstbewusstes Auftreten. Dass sie nicht klammerte und ich die meisten Wochenenden mit meinen Jungs verbringen konnte. Jetzt weiß ich es besser. Diese Beziehung war nur ein Mittel zum Zweck – für uns beide.

Anna ist anders, zumindest soweit ich das bislang einschätzen kann. Sie ist schusselig, bringt alles durcheinander und mich damit zur Weißglut. Wobei das nicht nur an Anna liegt.

In letzter Zeit schieße ich immer wieder über das Ziel hinaus. Es passiert mir öfter, dass ich gar nicht mehr weiß, wohin mit meiner Wut. Ich kann nichts dagegen unternehmen. Frustriert fahre ich mit den Fingern durch die Locken, die inzwischen viel zu lang geworden sind.

Meine Gedanken haben mich so eingenommen, dass ich gar nicht bemerkt habe, dass mich nur noch wenige Meter vom Teich trennen. Mir die Schlittschuhe über die Schulter werfend, bahne ich mir einen Weg durch den Busch.

Das Eis des zugefrorenen Teiches glitzert im Licht des Vollmonds. Dieser Ort ist mein Ruhepol in einem Meer aus Gedanken und Gefühlen, die mich gefangen halten und in denen ich oftmals zu ertrinken drohe. Es war mehr ein Glücksfall, dass ich den Teich gefunden habe.

Mom und ich hatten einen Streit, dass die Fetzen flogen. Um ehrlich zu sein, habe ich sie nie so wütend erlebt wie an diesem Tag. Wieder einmal hat meine Wut die Überhand gewonnen und ich bin aus dem Haus gelaufen, in der Umgebung herumgeirrt. Dann habe ich diesen Ort gefunden und seitdem komme ich immer hierher, wenn meine Gedanken zu laut werden und ich eine Pause von allem brauche.

Ich setze mich auf einen umgestürzten Baumstamm am Ufer des Teiches, nachdem ich den Schnee grob entfernt habe, ziehe meine Schuhe aus und tausche sie gegen die Schlittschuhe ein. Nur zwei Minuten später bin ich auf dem Eis.

Es ist ein wunderbares Gefühl, wieder auf den Kufen zu stehen. Die Ruhe um mich herum zu spüren und in meinen Körper einkehren zu lassen. Das Schlittschuhlaufen ist wie ein Befreiungsschlag für mich. Die beste Form der Ablenkung und Entspannung, die ich mir vorstellen kann.

Auch wenn es heute nicht so funktionieren will wie sonst. In den letzten Tagen ist zu viel passiert. Trotzdem tut es mir gut mich auszupowern und mir wird wieder einmal schmerzlich bewusst, wie sehr ich das Eishockeyspielen vermisse.

Ich habe schon in der Grundschule damit angefangen. Mom hat zwei Monate lang Extraschichten nehmen müssen, um meine Schlittschuhe bezahlen zu können. Und das, obwohl sie aus dem Secondhand-Shop neben dem kleinen Café waren, in dem sie tagsüber jobbte. Das war das schönste Geburtstagsgeschenk ever.

Ein Lächeln legt sich auf mein Gesicht bei dem Gedanken daran. Mom hat immer alles dafür getan, damit es mir gut geht. Im Gegensatz zu meinem Dad, der schon kurz nach der Geburt keinen Bock mehr auf eine Familie hatte und sich verpisst hat. Bei dem Gedanken beschleunigt sich sofort mein Puls.

Mom und ich reden nicht oft über ihn. Aber ich weiß zumindest, wie er heißt, woher er kommt und dass ich definitiv kein Interesse daran habe ihn kennenzulernen. Damit hat sich die Sache für mich erledigt. Ich habe nie einen Vater gehabt, daher gibt es nichts, was ich vermisse.

Schweratmend bleibe ich stehen, nachdem ich eine Runde nach der anderen auf dem Teich gedreht habe. Mit den Händen stütze ich mich auf meinen Oberschenkeln ab und lasse den Sauerstoff in meine Lungen strömen, bis sich mein Atem normalisiert. Obwohl mir der Schweiß vom Nacken über den Rücken läuft, tut mir das Auspowern richtig gut.

Mein Blick wandert nach oben zum Mond, vor den sich dunkle Wolken schieben. Blöderweise heißt das für mich, dass es Zeit für den Rückweg ist. Ich drehe noch eine Runde über den Teich und fahre dann zurück zum Ufer, wo ich meine Boots zurückgelassen habe.

Ich komme gerade am Haus an, als es dunkel um mich herum wird. Rasch ziehe ich die vom Schnee nassen Boots aus und stelle sie auf die Matte neben der Haustür. Beim Hineingehen höre ich Mom und Richard zwar im Wohnzimmer leise miteinander sprechen, aber ich entscheide mich dazu, direkt nach oben in mein Zimmer zu verschwinden.

Als ich an Annas Raum vorbeikomme, verlangsamen sich meine Schritte automatisch. So, als würde ich erwarten, sie immer noch weinen zu hören. Stattdessen dringt eine leise Melodie durch die Tür auf den schmalen Flur. Ich bleibe stehen und lausche den mir bekannten Klängen. Es handelt sich um den Song *It's my life* von meiner absoluten Lieblingsband: Bon Jovi.

Ich schließe die Augen und mein Fuß wippt wie von selbst im Takt des Songs mit, der mir direkt in Fleisch und Blut übergeht. Es ist nicht nur mein Lieblingssong, sondern auch der meiner Mom. Früher haben wir die Anlage bis zum Anschlag aufgedreht, wenn er im Radio lief. Sie nahm dann immer einen Holzlöffel und benutzte ihn als Mikrofon, während ich Luftgitarre spielte.

Der Refrain setzt ein und ich summe mit. Von meiner Umgebung bekomme ich gar nichts mehr mit, bis sich auf einmal die Tür mit einem Ruck öffnet.

»Kann ich dir helfen?« Anna lehnt sich an den Türrahmen. Ihre Haare hat sie zu einem wirren Ball auf ihrem Kopf zusammengebunden, aus dem mehrere Strähnen heraushängen. Ihre Augen sind verquollen und rot und sie trägt schon ihren Pyjama.

Mir bleiben die Worte im Hals stecken. Ich brauche einige Sekunden, in denen ich sie erschrocken ansehe, bis ich antworten kann. »Ich ... Ähm.« Was ist denn los mit mir? »Ich wollte dich fragen, ob es dir besser geht.«

Anna zieht kritisch eine Augenbraue nach oben. Das soll wohl so viel heißen wie »Ja, klar. Und rosa Elefanten gibt es auch.« Kurz sieht sie zu Boden und mir dann wieder direkt in die Augen. »Alles bestens.«

»Okay«, sage ich gedehnt.

»Warst du Schlittschuhlaufen?«

Kurz verstehe ich nicht, wovon sie spricht, bis sie auf das Paar Schlittschuhe deutet, das über meinen Schultern hängt. »Ja.«

Einige Herzschläge lang sagt niemand etwas. »Ist noch irgendetwas?«, fragt Anna, als ich mich keinen Zentimeter rühre. Dabei verschränkt sie die Arme vor der Brust.

»Ich habe die Musik gehört.« Ich weiß wirklich nicht, warum ich das sage. Es rutscht mir einfach so raus.

Auch Anna scheint etwas anderes erwartet zu haben. »Ich mag die Lieder von Bon Jovi.«

Ohne dass ich es will, legt sich ein Lächeln auf meine Lippen. »Ich auch.«

Anna räuspert sich leise und verlagert ihr Gewicht auf das andere Bein. »Ich lese jetzt ein wenig und gehe dann schlafen. Gute Nacht, Fynn.«

Ehe ich etwas erwidern kann, schließt sie die Tür direkt vor meiner Nase. Völlig perplex bleibe ich noch einen Moment stehen. Was war das denn? Die Musik wird ausgestellt und eine unangenehme Stille legt sich über den Flur. Kopfschüttelnd trete ich einen Schritt von Annas Tür zurück und gehe dann in mein eigenes Zimmer.

Ich lege die Schlittschuhe auf den Boden in die Ecke, bevor ich mich auf das Bett schmeiße. Umständlich ziehe ich mein Handy aus der hinteren Hosentasche hervor und schalte leise Musik an.

Mit hinter den Kopf verschränkten Armen starre ich an die Decke und lasse die Szene von eben Revue passieren. Anna hat mich überrumpelt. Und dann hat sie da in der Tür gestanden und völlig hilflos ausgesehen.

Diese Kombi hat mich echt aus der Bahn geworfen. Ich verstehe selbst nicht genau, was mich da geritten hat, mit ihr so gesprochen zu haben. So, als wäre es ganz einfach.

Kapitel 4: Anna

Nervös rühre ich mit dem Löffel in meinem Müsli herum. Heute ist mein erster Trainingstag vor dem Wettkampf und es ist ein komisches Gefühl, ohne meine Trainerin Angelika hier zu sein. Andererseits mache ich das vor allem für sie, weil ich sie nicht hängenlassen will. Zu gut erinnere ich mich an die Wettbewerbe, die mich erst zu dieser Qualifikation gebracht haben und das war echt kein Zuckerschlecken. Wir haben zu hart darauf hin trainiert, als dass ich jetzt einfach aufgeben und meine Teilnahme zurückziehen würde. Genau das habe ich Angelika gesagt, als sie krank wurde und klar wurde, dass sie mich nicht begleiten kann.

Ich horche auf. Fynn kommt die Stufen herunter und unterbricht meine Gedanken. Das erkenne ich alleine schon daran, wie laut es poltert, und ich behalte Recht. Nur wenige Sekunden später steht er in der Küche.

Sofort erinnere ich mich an das eigenartige Gespräch von gestern Abend. Zuerst dachte ich, Fynn würde sich über die Musik beschweren wollen. Doch als er stattdessen fragte, wie es mir ginge, und das völlig ohne ironische oder sarkastische Sprüche, wäre mir fast die Kinnlade nach unten geklappt. Man kann das beinahe als nett bezeichnen.

Ich beobachte Fynn dabei, wie er verschiedene Früchte in den Mixer wirft, diesen dann anschaltet und sich die Mixtur, mit einem ordentlichen Schuss Milch verfeinert, ins Glas kippt. Er dreht sich um und stützt sich mit einer Hand an der Theke ab, während er das Glas in einem Zug leert. Ich wende mich wieder meinem Müsli zu, bringe aber keinen Bissen herunter.

»Keinen Hunger?«

Ohne mich Fynn zuzuwenden, schüttle ich den Kopf. »Nein, nicht wirklich. Ist noch früh.«

Ehe ich mich versehe, schnappt er mir die Müslischale vor der Nase weg und genehmigt sich einen Löffel. Perplex sehe ich zu ihm auf, doch er guckt mich nur frech grinsend an. »Du hast gesagt, du willst es nicht. Außerdem lässt es sich mit leerem Bauch einfacher springen und alberne Pirouetten drehen.« Er zuckt mit den Schultern und verlässt die Küche in Richtung Wohnzimmer.

Ich sehe ihm fassungslos hinterher. *Was war das denn?*, schießt es mir durch den Kopf. Ein paar Sekunden lang starre ich auf den Punkt, wo Fynn vor einem Moment noch stand. Dann wende ich meinen Blick ab und ziehe mein Smartphone hervor. Schon fast 8 Uhr. In anderthalb Stunden sollte ich in der Eishalle in Halifax sein, um den Beginn der offiziellen Trainingseinheit nicht zu verpassen.

Wieder kommt jemand in die Küche und ich schaue auf. Es ist Sophia. »Guten Morgen, Anna. Hast du gut geschlafen?« Wie an den beiden vergangenen Morgen ist sie bereits geduscht, angezogen und geschminkt, während ich in Gammelklamotten und mit wirrem Dutt am Tisch sitze.

»Ja, danke.« *Hoffentlich spricht sie das gestrige Abendessen nicht an.* Meine Hoffnung, Gras über die

Sache wachsen zu lassen und so zu tun, als wäre nie etwas vorgefallen, wird jäh zerstört.

»Das freut mich. Wegen gestern Abend ...« Während Sophia einen der Stühle heranzieht und sich mir gegenüber hinsetzt, halte ich die Luft an. Bei ihren Worten schnürt sich mir augenblicklich die Kehle zu. *Nicht weinen. Nicht weinen. Nicht weinen.* Ich wiederhole diese zwei Worte in meinem Kopf wie ein Mantra.

Sophia stützt die Ellenbogen auf dem Tisch ab, faltet ihre Hände und scheint über die passenden Worte nachzudenken. »Richard wollte dich nicht verletzen und es tut ihm wirklich, wirklich leid. Dein Vater und er hatten schon länger keinen Kontakt mehr. Wir wussten nicht, dass ... «

»Ihr wusstet nicht, dass das immer noch so präsent ist«, beende ich Sophias Satz mit zitternder Stimme. Dabei starre ich auf eine kleine Einkerbung in der ansonsten makellosen hölzernen Tischplatte. Ich weiß nicht, ob ich ihrem mitleidigen Blick standhalten kann. »Macht euch bitte keinen Kopf. Es ist nicht eure Schuld. Ich war nur etwas ... überrumpelt.« *Und es ist ungewohnt über Mama zu sprechen,* setze ich in Gedanken hinzu.

»Das kann ich verstehen.« Sophia reibt sich mit der Hand über den Arm, als wäre ihr kalt. »Ich wollte dir nur sagen, dass du jederzeit zu mir kommen kannst, wenn du jemanden zum Reden brauchst.«

Ich sehe auf und versuche mich an einem Lächeln. »Danke, das ist lieb von dir.« Ich weiß, dass Sophia es gut meint und mir gerne helfen würde. Aber das ist kein Thema, über das ich mit jemandem sprechen möchte, den ich erst seit drei Tagen kenne.

»Wollen wir?« Richard streckt seinen Kopf herein und sieht mich erwartungsvoll an. Zunächst verstehe ich gar nicht, was er meint. Ich stecke mit den Gedanken noch zu tief in dem Gespräch mit Sophia fest. »Du wolltest doch schon früh in der Eishalle sein«, hilft er mir auf die Sprünge und zeigt auf die große Wanduhr über sich. Erst jetzt fällt mir auf, dass über seinem Arm eine dicke, blaue Winterjacke hängt und er schwarze Schnürboots trägt.

Schnell löse ich mich aus meiner Erstarrung, stehe auf und werfe Richard und Sophia einen entschuldigenden Blick zu. »Ich brauche noch ein paar Minuten. Aber ich beeile mich.« Um Richard nicht zu lange warten zu lassen, stürme ich die Treppe hoch. Blöderweise schaue ich dabei nicht nach vorn, sondern nur auf meine Füße und renne direkt in Fynn hinein.

»Hey!«, ruft er und wirft mir einen wütenden Blick zu. »Wegen dir ist mir fast das Handy aus der Hand gefallen.« Mit der Hand schwenkt er sein Smartphone in der Luft herum.

»Tut mir leid«, sage ich eilig. Ohne mich weiter um ihn zu kümmern, schlüpfe ich unter seinem Arm hindurch und gehe in mein Zimmer. Dort ziehe ich mich um, stopfe schnell Schlittschuhe, Klamotten zum Umziehen, Haarbürste und was ich sonst so brauche in meine große Sporttasche und wickle mir einen Schal um den Hals. Rasch noch die Mütze auf den Kopf gesetzt und ich bin fertig. Keine zehn Minuten später stehe ich schweratmend vor Richard. »Also von mir aus kann es losgehen.«

Die gesamte Autofahrt über muss ich Richard versichern, dass es mir gut geht und er sich keine Schuldgefühle einzureden braucht. Mit anderen Worten heißt das, dass meine Laune einen neuen Tiefpunkt erreicht hat, als wir endlich auf dem Parkplatz vor der Eishalle ankommen.

»Du musst nicht extra warten.«

Richard winkt ab. »Ich habe ohnehin ein paar Besorgungen in der Stadt zu erledigen und dann kann ich schon einmal das neue Haus besichtigen und Fotos für das Exposé schießen.«

Ich gebe mich geschlagen. Immerhin würde er nicht die ganze Zeit dabeisitzen und mir zuschauen. Heute bin ich lieber alleine. Ich will mich auf die neue Umgebung und die Übungen aus dem Kurzprogramm konzentrieren. An den Wettbewerbstagen ist das nicht der Fall. Da sind ohnehin alle Augen auf einen gerichtet.

Ich werfe mir die Sporttasche über die Schulter und verabschiede mich mit einem Wink von Richard. Dann stapfe ich durch den Schnee zur Eingangstür und zeige der freundlich lächelnden Frau am Ticketschalter meine Karte, die mich als Wettbewerbsteilnehmerin ausweist.

An den offiziellen Trainingstagen bekommen alle Teilnehmer des Wettbewerbs die Möglichkeit, das Eis zu testen und die Küren durchzulaufen. Bislang sind nur fünf Läufer da. Glück gehabt, dass es nicht mehr sind.

Ich habe schon geahnt, dass ich nicht die Einzige sein werde, die sich dazu entschieden hat, ein paar Tage vorher anzureisen und die offizielle Trainingseinheit wahrzunehmen. Sicher werden bei der Nächsten mehr Mitstreiter auf dem Eis sein.

Bei näherer Betrachtung erkenne ich eines der Mädchen und würde am liebsten fluchtartig die Eishalle verlassen, als sich unsere Blicke kreuzen. Chloé Monet. Sie ist eine der arrogantesten und egoistischsten Personen, die ich in meinem Leben bisher kennengelernt habe.

Bei dem letzten Wettkampf hat es einen Streit in der Kabine gegeben. Chloé und ich besitzen dieselben Schlittschuhe und hatten die Plätze nebeneinander in der Umkleidekabine. Als ich aus Versehen ihre anziehen wollte, endete die Sache in großem Gekreische und sie hat mich vor allen anderen Teilnehmerinnen angegiftet, als hätte ich ihre Designerhandtasche mit meinen dreckigen Schuhen zur Seite gekickt.

Mit einem zuckersüßen und absolut falschen Lächeln tritt sie neben mich an die Bande, an der ich stehen geblieben bin. Im Schlepptau folgt ihr ein blondhaariges Mädchen. Sie scheint keine Wettbewerbsteilnehmerin zu sein, denn sie trägt eine enge Jeanshose, die bei einem Sprungelement sofort reißen würde.

»Anna, richtig?«, sagt Chloé in gebrochenem Englisch und mit starkem französischen Akzent. Ihre perfekt gezupften, dunkelbraunen Augenbrauen wandern in die Höhe und sie streicht sich mit der freien Hand die gleichfarbigen glatten Haare, die vom Scheitel zu den Haarspitzen heller werden, hinter das Ohr.

»Guten Morgen. Und ja, Anna Hoffmann.« Sie weiß genau, wer ich bin. Beim letzten Mal habe ich besser abgeschnitten als sie und ich kann mich noch genau daran erinnern, dass sie wegen des Punkteunterschieds fuchsteufelswild wurde und mit hochrotem Kopf das Eis verließ.

Und dieses Mal geht es um die Qualifikation für die Weltmeisterschaft. Hier geht es noch einmal heftiger zu. Der Konkurrenzkampf ist größer. Ich hoffe, ich werde es schaffen, mich zu qualifizieren.

Höflich strecke ich Chloé meine Hand zur Begrüßung entgegen, doch sie ignoriert diese geflissentlich und spricht stattdessen weiter. »Schön, dass du auch schon hier bist.«

»Ja, wirklich schön«, wiederholt das Mädchen mit den schulterlangen blonden Haaren und sieht kurz zu Boden. Als wäre es ihr unangenehm, mir zu lange in die Augen zu sehen.

Die beiden sind ein komisches Duo.

Chloé dreht sich zu dem Mädchen um, als würde sie erst jetzt bemerken, dass sie da ist. Sanft legt sie eine Hand auf die vor der Brust verschränkten Arme ihrer Begleiterin. »Das ist Sarah Dubois. Eine gute Freundin.«

Sarah lächelt Chloé an, als wäre sie froh, in das Gespräch eingebunden zu werden, und richtet ihre blauen Augen dann wieder auf mich. »Wohnst du auch im Kendrix Hotel?«

»Nein, ich bin bei einem alten Schulfreund meines Vaters untergekommen.«

Sarah spitzt die Lippen, während mir der musternde Blick, den Chloé mir aus ihren hellgrünen Augen zuwirft, nicht entgeht. »Ich habe schon gehört, dass deine Trainerin nicht dabei ist.« Chloé legt sich eine Hand auf die Brust und versucht, betroffen dreinzublicken. »Das tut mir sehr leid. Es wird ohne ihre Anleitung sicherlich schwierig für dich.«

Schlange. Das ist der erste Begriff, der mir durch den Kopf schießt. »Sie ist telefonisch erreichbar«, sage ich mit zuckersüßer Stimme und will mich abwenden, als Sarahs Stimme mich zurückhält.

»Chloés Eltern haben uns eine wunderschöne Suite zur Verfügung gestellt. Eigentlich kann man es beinahe schon als Wohnung bezeichnen. Zwei Schlafzimmer mit einem Badezimmer, das man als Wellnesstempel bezeichnen könnte. Selbstverständlich mit einer freistehenden Badewanne. Das Wohnzimmer ist riesengroß und hat neben einem Plasma-Fernseher auch eine Popcornmaschine. Außerdem gibt es einen Whirlpool im Spa-Bereich des Hotels. Und nicht zu vergessen der Zimmerservice...«

Ich schalte ab. Während Sarah all die Vorzüge des Hotels im Allgemeinen und Chloés Eltern im Besonderen herunterrasselt, lässt sie Chloé nicht aus den Augen. Die scheint sich in den Worten zu sonnen und nickt immer wieder zustimmend.

Einfach ignorieren. Nett lächeln und zwischendurch nicken. Ich brauche all meine Willenskraft, um nicht mit den Augen zu rollen oder irgendetwas zu sagen, das ich später bereuen würde.

Als Sarah endlich einmal Luft holt, wittere ich meine Chance, um dazwischen zu grätschen. »War nett mit euch zu reden. Aber ihr versteht bestimmt, dass ich zum Schlittschuhlaufen hier bin.« Ich nehme einen meiner Schlittschuhe in die Hand und winke damit auf Brusthöhe vielsagend herum.

»Klar.« Chloé zieht einen Mundwinkel nach oben, was wohl ein Lächeln darstellen soll. »Wir sehen uns.«

Hoffentlich mit ausreichend Abstand dazwischen. »Sicher«, antworte ich und lächle gezwungen zurück. Ein erleichtertes Aufatmen kann ich mir nicht verkneifen, als Chloé und Sarah endlich verschwinden. Ich gehe rüber zur Umkleidekabine, um mich umzuziehen und meine Sporttasche abzustellen. Morgen muss ich früher kommen und hoffen, dass ich fertig bin, bevor Chloé da ist. Nach ihrem Ausraster beim letzten Wettbewerb kann ich mir vorstellen, dass sie scharf darauf ist, meine Kür vorher zu sehen, um unter anderem zu wissen, welchen Schwierigkeitsgrad ich für meine Sprünge gewählt habe.

Ich laufe zu dem Durchgang und stehe *endlich* auf dem Eis. In diesem Moment bekomme ich von allem anderen um mich herum rein gar nichts mehr mit. Das Gefühl des Eises unter meinen Kufen fühlt sich so heimisch an, dass alles Negative der letzten Tage von mir abfällt: Fynns Verhalten mir gegenüber, Richards Worte über meine Mutter, die Zweifel hier zu sein und das leichte Heimweh. All diese Dinge haben auf dem Eis kein Gewicht mehr. Es tut gut ein bisschen für mich zu sein. Die anderen Wettbewerber blende ich einfach aus.

Ich fühle mich so frei wie schon lange nicht mehr, als ich über das Eis pflüge und hier und da eine Pirouette oder einen kleinen Sprung einbaue. Runde um Runde fahre ich und mit jeder weiteren Runde pulsiert das pure Glücksgefühl in mir.

Leise Musik dringt an mein Ohr und bringt mich dazu, mich kurz umzusehen. Chloé und Sarah stehen wieder an der Bande und scheinen sich irgendetwas auf Chloés Handy anzusehen. Dafür, dass sie beim letzten Wettkampf ein solches Drama veranstaltet hat, nimmt sie das Training nicht allzu ernst und es wundert mich, dass ihre Trainerin nichts dazu sagt. Oder sie ist schon länger da und hat ihre Trainingseinheit beendet. Aber warum ist sie dann überhaupt noch hier? Gerade will ich meinen Blick abwenden, als Sarah mich zornig ansieht.

Was ist denn jetzt schon wieder? Nun wirft mir auch Chloé einen entsprechenden Blick zu. Ich schüttle den Kopf und wende mich von den beiden ab.

Was hat Mama mir immer eingetrichtert? Lass dich nicht aus der Ruhe bringen. Nutze diese Momente auf dem Eis, um nur an dich zu denken. Nur das Eis unter dir und die Musik der Kür in deinem Herzen zu spüren. Und jetzt Liebling, geh da raus und zeige es ihnen.

Obwohl es bereits fünf Jahre her ist, kann ich mich immer noch an jedes Wort erinnern, das Mama mir vor dem Wettkampf ins Ohr geflüstert hat. Der letzte Wettkampf bevor sie gestorben ist.

Der Wunsch, sie hier an meiner Seite zu haben, ist übermächtig. Sie wüsste genau, wie ich mit der Situation umgehen sollte, und könnte mir dabei helfen, alles aus der Kür herauszuholen. Wenn sie an der Bande gestanden und mir zugesehen hat, überkam mich immer das Gefühl, alles schaffen zu können.

Ich muss ein paar Mal schlucken, um die Welle der Gefühle, die mich überkommt, wieder in den Griff zu kriegen. Sie wäre stolz, wenn sie wüsste, dass ich das Eislaufen trotz allem nicht aufgegeben habe. Das hätte ich ohnehin nie gekonnt, denn es stellt außer der Liebe zu diesem Sport eine so starke Verbindung zu ihr her, dass es in vielerlei Hinsicht Balsam für meine Seele ist.

Nur noch zwei Tage, schießt es mir durch den Kopf. *Zwei Tage bis der erste Wettbewerbstag stattfindet.* Zu sagen, dass ich nervös bin, wäre die Untertreibung des

Jahrhunderts. Immerhin ist das der erste große Wettkampf, bei dem ich weder Angelika, noch Papa oder Lena an meiner Seite habe.

Dabei bin ich vor allem für sie hier. Ich liebe das Eiskunstlaufen und sobald ich auf dem Eis stehe, vergesse ich alles. Der Druck fällt von mir ab, genauso wie die Anstrengungen des sechs- bis siebentägigen Trainings pro Woche. Ich will gut abschneiden, aber ich würde nicht alles dafür geben, um zu gewinnen.

Glücklicherweise war es meinen Eltern völlig egal, ob ich einen Pokal mit nach Hause brachte oder nicht. Die Hauptsache blieb immer, dass mich das, was ich tue, glücklich macht. Für mich ist es jedes mal wieder eine spannende Erfahrung an Wettbewerben teilzunehmen und andere junge Leute kennenzulernen, die das Schlittschuhlaufen ebenso sehr lieben, wie ich. Nicht alle sind so wie Chloé. Gott sei Dank, denn das wäre auf Dauer *wirklich* anstrengend.

Ich weiß nicht, wie viel Zeit vergangen ist. Doch ich bin inzwischen mein Kurzprogramm durchgegangen und meinem Magen nach zu urteilen, der laut grummelnd nach Aufmerksamkeit und vor allem etwas Essbarem verlangt, müsste es bereits nach Mittag sein. Im selben Moment kommt eine Durchsage, dass das Eis freigemacht werden muss, damit es wieder geglättet werden kann. Nur wenige Augenblicke später fährt ein junger Mann mit braunen Haaren mit der Eismaschine auf die Fläche und läutet damit eine Pause ein.

Gemütlich fahre ich auf den Ausgang zu und tausche die Schlittschuhe gegen meine Boots aus. Auf dem Weg nach draußen höre ich Chloés hohe, aufgeregte Stimme zu mir schallen. Als ich ein paar Meter weitergehe, sehe ich, dass sie an dem Tresen lehnt und mit giftiger Stimme die Frau anfährt, die zu Beginn meine Anwesenheit kontrolliert hat.

»Haben Sie etwa Tomaten auf den Ohren? Ich sagte, Sie sollen mir ein Sandwich mit Schinken und Käse aber *ohne* Butter bestellen.« Chloé schnaubt wie ein wild gewordener Stier. »Stattdessen habe ich jetzt eines mit Schinken und Butter, aber ohne Käse. Sind Sie wirklich dermaßen *unfähig* oder war das etwa mit Absicht?« Sie spuckt diese ekligen Worte der armen Frau entgegen, die gar nicht so recht zu wissen scheint, wie ihr gerade geschieht.

»Ich ... Entschuldigen Sie, Miss. Aber ich habe es am Telefon genauso weitergegeben, wie Sie es zu mir gesagt haben. Da muss dem Restaurant ein Fehler unterlaufen sein.« Die rundliche Dame hat bereits ein hochrotes Gesicht vor Aufregung und reibt die beringten Hände nervös aneinander.

Chloé lacht trocken auf. »Jetzt schieben Sie die Schuld auch noch auf andere? Wenn das Ihr Chef erfährt, sind Sie die längste Zeit hier angestellt gewesen. Das versichere ich Ihnen.«

Die Gesichtsfarbe der Frau wechselt von knallrot zu leichenblass, mindestens so schnell wie bei einer umschaltenden Ampel. »Aber ... Sie können doch nicht ...« Sie kommt aus dem Stottern gar nicht mehr heraus. »Ich brauche diesen Job«, endet sie verzweifelt.

»Das hätten Sie sich vorher überlegen sollen«, speit Chloé verächtlich aus.

Mir bleibt die Spucke weg. Wütend balle ich die Fäuste und gehe mit langen Schritten auf Chloé zu.

»Halt mal die Luft an und hör damit auf, alle Menschen um dich herum wie Dreck zu behandeln. Das ist absolut scheiße und muss wirklich nicht sein. Damit machst du dir definitiv keine Freunde.« Mein Blick wandert zu Sarah, die mich zuerst mit vor Schock geweiteten Augen ansieht, sich dann aber eines Besseren belehrt und eine undurchsichtige Miene aufsetzt. »Doch, vielleicht hast du dir so zumindest *eine* Freundin gemacht. Herzlichen Glückwunsch.«

»Was fällt dir ein, du ... «

Freudlos lache ich auf. »Was *mir* einfällt? Wenn du dein blödes Sandwich einfach selbst geholt hättest, anstatt alle Menschen um dich herum zu deinen Butlern und Dienstmädchen herabzuwürdigen, wäre jedem in diesem Raum geholfen. Vielleicht kennst du den Spruch ›So wie man in den Wald hineinruft, so schallt es heraus‹.«

Mit verkniffener Miene sieht Chloé mich an. Doch sie sagt nichts, also spreche ich weiter. »Falls du die Botschaft dahinter nicht verstehen solltest: Dieser Spruch bedeutet, dass man von anderen Menschen genauso behandelt wird, wie man sie behandelt. Und ganz ehrlich? Ich wünsche es dir von ganzem Herzen, dass dir irgendwann einmal jemand zeigt, wie sich das anfühlt für so etwas«, ich deute auf das malträtierte Sandwich auf der Theke, »dermaßen runtergemacht und schlecht behandelt zu werden.« Ich habe keine Ahnung, wo das alles auf einmal herkommt. Aber es war notwendig, sonst wäre ich geplatzt.

Chloé öffnet mehrmals den Mund, als würde sie etwas sagen wollen, doch sie scheint keine passenden Worte zu finden. Filmreif wirft sie ihr glänzendes braunes Haar zurück, dreht sich um und läuft davon. Sarah folgt ihr mit eiligen, wenn auch weniger eleganten Schritten durch eine Tür.

Ich sehe ihnen nach, bis die Tür hinter Sarah zufällt. Dann wende ich mich der armen Frau zu. »Es tut mir wirklich leid.«

»Schon in Ordnung. Es gibt noch wohlerzogene Mädchen, wie du mir gerade mit Bravour bewiesen hast. Kann ich dir irgendetwas Gutes tun?« Als sie den Satz beendet, knurrt mein Bauch so laut, dass sie meine Antwort nicht verstanden hätte.

»Du hast wohl ein wenig Hunger«, schmunzelt sie und zwinkert mir zu. »Moment, da habe ich etwas für dich.« Sie schenkt mir ein warmes Lächeln und beugt sich dann hinunter, so dass ich nur den oberen Teil ihres Kopfes sehen kann.

»Hier nimm das«, sagt sie, als sie wiederauftaucht. Sie schiebt mir ein weiteres Sandwich über den Tresen zu. »Das hat das andere Mädchen bestellt. Ich glaube, dass die beiden nichts mehr essen werden. Also nimm du es ruhig.«

Zunächst bin ich mir nicht sicher, ob ich es annehmen soll. Doch nach einem aufmunternden Nicken der freundlichen Dame nehme ich das eingepackte Sandwich entgegen und lächle sie dankbar an. »Danke, das ist sehr nett von Ihnen.« Unschlüssig sehe ich mich um. »Gibt es eine Möglichkeit draußen zu essen?«

»Auf der anderen Seite der Halle unter dem Dach stehen eine Holzbank und ein kleiner Tisch. Hier, nimm den mit, dann kannst du dir die Bank freimachen, falls Schnee darauf liegen sollte.« Die Frau reicht mir einen kleinen Handbesen.

Ich bedanke mich noch einmal und gehe raus. Dort fege ich das bisschen Schnee von der Bank, setze mich auf meine Trainingsjacke und packe das Sandwich aus.

Mein Magen bedankt sich mit einem leisen Grummeln, als ich den ersten Bissen herunterschlucke. Meine Gedanken wandern sofort zurück zu dem Streit von eben. Ich finde es immer noch richtig, eingegriffen zu haben.

Aber so, wie ich Chloé bisher kennengelernt habe, wird sie mich die nächsten Tage spüren lassen, dass es ihrer Meinung nach ein großer Fehler gewesen ist mich einzumischen. Ich hoffe nur, dass meine Worte kein Nachspiel haben werden.

Kapitel 5: Fynn

»Wieso ich? Kann das nicht Richard machen?«, frage ich Mom genervt und kann gerade so ein Augenrollen unterdrücken.

Sie steht mit vor der Brust verschränkten Armen vor mir und obwohl ich zwei Köpfe größer bin, schafft sie es, dass ich mir unter ihren Blicken klein vorkomme.

»Richard hat kurzfristig einen wichtigen Besichtigungstermin bekommen und im Anschluss findet das Geschäftsessen statt, bei dem ich dabei sein werde und von dem ich dir schon letzte Woche erzählt habe.« In ihrer Stimme schwingt ein gewisser Unterton mit, der mir sagen soll, dass ich das eigentlich wissen müsste.

»Entschuldigung. Für das nächste Mal lerne ich seinen Terminkalender auswendig.« Das konnte ich mir nicht verkneifen.

Moms linkes Auge zuckt, als müsse sie all ihre Willenskraft aufbringen, um mich nicht zu schütteln. Sie öffnet gerade den Mund, als ich beschwichtigend die Hände hebe. »Ist schon in Ordnung. Ich fahre sie in die verdammte Eishalle. Aber dafür habe ich was gut bei dir.«

»Du musst deine Zeit dort nicht absitzen. Fahre in die Stadt. Du könntest Anna übrigens mal mit zum Schlittschuhfahren nehmen. Sie wäre sicher froh, auch außerhalb der Trainingszeiten ein wenig fahren zu können.«

Während Mom spricht, öffne ich eine Cola-Dose und genehmige mir einen Schluck. Ich verschlucke mich und huste mehrmals, bevor ich mich wieder beruhigt habe. »Das würde dir gefallen, was?«

Sie lächelt und zwinkert mir verschwörerisch zu. Dann dreht sie sich um und sagt im Davongehen: »Sie ist ein nettes Mädchen und hat Grips. Im Gegenteil zu den Anderen, die du mir bisher vorgestellt hast.«

Meine Augenbraue fährt in die Höhe und mir wäre beinahe der Unterkiefer vor Erstaunen auf den Tisch geknallt. So deutlich hat Mom mir nie zu verstehen gegeben, dass ihr meine damaligen Freundinnen alles andere als zugesagt haben. Kopfschüttelnd folge ich ihr zur Haustür. Anna wartet bereits auf dem Beifahrersitz des Wagens, als ich hinausgehe. Es ist arschkalt.

Meine Schlittschuhe liegen im Fußraum, wo ich sie gestern liegengelassen habe. Anna macht sich so klein wie möglich, um nicht auf sie zu treten. Auf dem Schoß hat sie eine große Sporttasche, hinter der sie fast vollständig verschwindet.

Amüsiert hüstle ich. »Du hättest sie hinten drauf werfen können.« Mit dem Daumen zeige ich über die Schulter auf die Ladefläche meines Wagens.

»Geht schon«, nuschelt sie hinter der Tasche hervor.

»Dann nicht.« Ich lasse mich auf den Fahrersitz fallen und starte den Motor. »Warum fährst du eigentlich nicht selbst?« Nicht, dass ich ihr mein Auto anvertraut hätte, aber man kann mal fragen.

»Ich habe keinen Führerschein.«

Ich runzle die Stirn. »Bist du noch zu jung?«

Ihr pikierter Blick bringt mich fast zum Lachen. »In Deutschland darf man mit achtzehn Jahren Auto fahren. Oder mit siebzehn in Begleitung eines Erwachsenen«, sagt sie in belehrendem Tonfall. »Nur zur Info: Ich bin neunzehn.« Ein kurzer Seitenblick verrät mir, dass sie zum Fenster hinaussieht. Meine Bemerkung scheint sie getroffen zu haben. »Bisher war es einfach noch nicht nötig den Führerschein zu machen.«

»Und wie kommst du dann an die Orte, wo auch immer du hin möchtest?«

»Ich fahre mit der U-Bahn zur Uni, aber ich bin auch öfters mit dem Fahrrad unterwegs.«

Mit der Hand klopfe ich im Takt der leise dudelnden Musik gegen das Lenkrad. »Du studierst?«

»Das macht man im Normalfall an der Uni.« Ich höre das Lächeln in ihrer Stimme heraus.

»Touché«, gebe ich grinsend zu. »Und was studierst du?«

Anna versucht, die Sporttasche ein wenig zur Seite zu schieben. Vermutlich, damit sie besser Luft bekommt. Das Teil ist wirklich monströs. Was sie da wohl alles drin hat?

»Du bist heute ganz schön redselig.«

Ich zucke mit den Schultern, ohne dabei meinen Blick vom Verkehr zu lösen, der hier dichter wird und hohe Konzentration verlangt. »Du musst nicht antworten.« Ich weiß selbst nicht, warum ich das alles frage. Es hat sich einfach so ergeben. Wenn ich schon den ganzen Tag mit ihr unterwegs bin, können wir auch ein paar Belanglosigkeiten austauschen.

»Nein, schon okay«, erwidert Anna eilig. Als hätte sie Angst, dass ich es mir sonst anders überlege. »Ich studiere Erziehungs- und Bildungswissenschaften im ersten Semester.«

Ich denke einen Moment lang darüber nach. »Das passt zu dir.«

»Schön, dass es dir auffällt.«

»War das etwa Ironie?«

Anna lächelt breit, wodurch eine Reihe weißer Zähne zum Vorschein kommt. Ein kleines Grübchen bildet sich dabei, das irgendwie niedlich aussieht. Ich finde es schön, wenn Menschen ehrlich lachen, ohne sich zu verstellen. Und das tut sie im Moment garantiert nicht.

»Ja, das war es tatsächlich.« Sie zwinkert mir zu. »Und was machst du so, wenn du nicht gerade jeden mit deinen Stimmungsschwankungen Achterbahn fahren lässt?«

Spätestens jetzt ist es um mich geschehen. Ich pruste los und beruhige mich erst nach ein paar zittrigen Atemzügen wieder.

»Gut gekontert.« Sie hat Humor, das muss ich ihr lassen. Vielleicht ist sie gar nicht so übel, wie ich dachte. »Ich habe mich auch für ein Studium eingeschrieben. Informatik. Fange damit aber erst nach Weihnachten an.«

»Nach Weihnachten?«

Ich nicke. »Unis in Kanada haben Trimester, deshalb kann ich im Frühjahr anfangen.«

»Und hast du ein Eishockey-Stipendium für das College bekommen?«

Damit hat sie mich. Ich beiße mir auf die Lippe und presse ein »Nein« hervor, das barscher klingt als beabsichtigt. »Leider nicht«, setze ich in versucht neutralem Tonfall hinzu.

»Verstehe.«

Es tut mir leid, auf die Frage so reagiert zu haben, und versuche Schadensbegrenzung zu betreiben. »Ist dir warm genug?« Bevor Anna die Möglichkeit hat zu antworten, lehne ich mich zu ihr herüber und drehe die Heizung auf ihrer Seite auf.

Sie greift gleichzeitig nach dem Henkel ihrer Tasche, wodurch sich unsere Hände für einen Augenblick berühren. Ein Blitz schießt durch meinen Körper und ich lehne mich zurück auf meinen Sitz.

»Danke«, murmelt sie kaum hörbar.

»Keine Ursache.« Die übrige Fahrt wandern meine Gedanken immer wieder zu dieser kurzen Berührung und ich frage mich, was dieses elektrisierende Gefühl zu bedeuten hat.

Pünktlich um 7:30 Uhr rollen wir auf den Parkplatz. Kopfschüttelnd sehe ich von der Uhr auf. Hätte mir jemand gesagt, dass ich in den Ferien so früh aufstehen würde, um ein Mädchen zur Eishalle zu bringen, wäre ich lachend vom Stuhl gefallen. *Tja, und jetzt bist du hier.*

»Warum schüttelst du den Kopf?« Anna betrachtet mich aus ihren blaugrünen Augen. Sie funkeln amüsiert.

Mit der Hand fahre ich mir über das Gesicht, bevor ich antworte: »Ich habe auf die Uhr gesehen.«

Annas glockenhelles Lachen erfüllt das Auto und bei dem Klang legt sich wie von selbst ein Grinsen auf mein Gesicht. »Diese Uhrzeit siehst du nicht oft, was?« Sie hat in den vergangenen Tagen schon bemerkt, dass ich nicht unbedingt ein Frühaufsteher bin.

»Glücklicherweise nicht, nein«, schmunzle ich. »Lass uns reingehen.«

Anna, die bereits ihre Hand an der Tür hat, fährt herum. »Uns?«

»Ich gehe mit rein.« Ihr gesamtes Gesicht drückt eine einzige Frage aus: Warum? Ich seufze und reibe mir mit der flachen Hand über die müden Augen. »Wo soll ich denn um diese Uhrzeit sonst hin? Falls es dir noch nicht aufgefallen ist, haben wir erst halb acht und um die Zeit hat außer Coffeeshops noch nichts offen.« Ich steige aus dem Wagen, ohne auf eine Antwort von Anna zu warten, und sie folgt mir wenige Sekunden später.

Der Parkplatz liegt, bis auf ein anderes parkendes Auto, das die besten Tage hinter sich hat, verlassen vor uns. Das scheint Anna jedoch zu freuen, denn sie grinst schelmisch in ihren Schal.

Drinnen begrüßt uns eine Frau mittleren Alters mit braunem kurzen Igelhaar und einer Brille, die zwei Drittel ihres Gesichts einnimmt. »Guten Morgen, Kleines. Heute bist du aber früh dran.«

Anna lächelt sie freundlich an. »Ich hatte gehofft, dann vor einer gewissen anderen Person da zu sein.«

Die Frau kichert und ihre Wangen färben sich dabei rot. »Da hast du Glück. Diese *Person,* von der du sprichst«, sie zwinkert Anna übertrieben zu, »wird nicht vor 9 Uhr hier sein.«

»Woher wissen Sie das so genau?«

»Ihr Chauffeur hat das telefonisch angekündigt, damit ein Parkplatz frei ist. Wie du siehst, ist der Ansturm sehr groß.«

»Verstehe.« Die beiden grinsen sich verschwörerisch an. Wie Geheimniskrämerinnen. Ich kapiere gar nichts.

»Und wen hast du da dabei?«

Anna dreht sich zu mir um. »Das ist Fynn, er ...«

Schnell schiebe ich mich an ihr vorbei und trete vor sie, damit die Frau mich besser sehen kann. »Anna wohnt für die Zeit des Wettbewerbs bei uns und ich würde ihr beim Training heute echt gern zusehen. Denken Sie, das würde gehen?« Ich zwinkere ihr zu und setze mein charmantestes Lächeln auf, zu dem ich zu dieser Uhrzeit fähig bin.

Die Frau sieht zwischen uns hin und her und ihre Augen wirken riesig durch die Brillengläser. »Das ist kein Problem. Eine Person geht in Ordnung.«

Mein Blick wandert zu Anna und ich wäre beinahe in lautes Gelächter ausgebrochen, als ich den Ausdruck auf ihrem Gesicht erkenne. Sie sieht aus, als hätte sie etwas krass Ekliges im Mund und würde gleichzeitig versuchen so zu tun, als wäre es das Leckerste, was sie je gegessen hat.

»Danke«, bringt sie knapp hervor. »Dann schau ich mal, dass ich aufs Eis komme, solange ich noch meine Ruhe habe.«

»Viel Spaß, Kindchen!«, ruft die Frau uns hinterher.

»Dankeschön und bis später.«

In der Halle setze ich mich auf die Tribüne, während Anna in der Umkleide verschwindet, wo sie sich umzieht, die Haare zusammenbindet und ihre Schuhe gegen die Schlittschuhe austauscht. Danach geht sie zu den zwei anderen Mädchen aufs Eis. Stumm beobachte ich sie dabei, wie sie zuerst langsam und dann immer schneller ein paar Runden dreht.

Anna vollführt einen kleinen Sprung. Dabei hebt sie das Bein an, wodurch Bein und Oberkörper in einer waagrechten Linie sind, und dreht sich.

Staunend beobachte ich, wie sie mit der freien Hand nach der Kufe des Schlittschuhs greift. Zuerst behält sie ihren Kopf und Oberkörper in einer gebogenen Form nach unten. Doch dann richtet sie sich auf, wodurch das Bein nach oben ausgestreckt ist und sie eine aufrechte Haltung einnimmt.

Ich stehe von der Tribüne auf und lehne mich an die hölzerne Abgrenzung zur Eisfläche, um das Schauspiel besser sehen zu können. *Das ist der Wahnsinn.* Bisher habe ich mich mit dieser Sportart nie auseinandergesetzt, aber hatte trotzdem ein völlig falsches Bild davon. Es sieht so leicht und spielerisch aus, dabei gehört viel mehr dazu. Abgesehen von Fitness und Kondition braucht es, nachdem was ich eben sehe, ein hohes Maß an Gelenkigkeit und Dehnbarkeit.

Anna springt auf dem linken Bein vorwärts ab, macht anderthalb Drehungen in der Luft und landet auf dem Rechten wieder.

Ich lasse sie die ganze Zeit über nicht aus den Augen. Sie scheint völlig auf sich selbst konzentriert zu sein und alles andere in ihrer Umgebung ausgeblendet zu haben. Mit voller Konzentration führt sie die Schrittfolgen, Sprünge und Pirouetten aus. Sie lässt sich komplett fallen. Glücklicherweise nicht im wörtlichen Sinn.

Irgendwie erinnert mich der Anblick an mich selbst, wenn ich auf dem Eis stehe. Nur das Hier und Jetzt im Kopf und völlig frei.

Keine Ahnung, wie lange ich hier schon stehe, als Anna auf mich zufährt. »Zu weit weggesessen, um dir fiese Sprüche auszudenken?«

»Wie kommst du darauf, dass ich das wollen würde?«

Anna zuckt lächelnd mit den Schultern und zieht die Handschuhe aus. »Ich dachte, die meisten Eishockeyspieler würden sich über das Eiskunstlaufen mit dem ständigen Pirouettendrehen lustig machen, weil es kein richtiger Sport ist. Zumindest habe ich das zu Hause in Hamburg öfter zu hören bekommen. Und, wenn ich mich richtig erinnere, hast du dich erst vor Kurzem beim Essen darüber beschwert, dass ausgerechnet wegen *sowas* keine Auswahltrainings stattfinden.« Gespielt grübelnd tippt sie sich mit dem Zeigefinger auf die volle Unterlippe.

»Na gut.« Ich hebe abwehrend die Hände und lache. »Mag sein, dass ich das gesagt habe. Aber ...«

»Oh, es kommt ein ›Aber‹? Jetzt bin ich gespannt.« Anna stützt den Ellenbogen auf dem Holz ab und sieht mich abwartend an, als würde sie keines meiner Worte verpassen wollen.

Ich streiche mir durch das Haar und sehe an ihr vorbei. »Das ist ein echt harter Sport. Das, was du da eben gemacht hast. Mit dem Bein da oben ...« Ich vollführe einige wirre Handbewegungen über meinem Kopf, um meine Worte zu veranschaulichen. »Das war echt heftig.«

»Danke für das Kompliment?« Annas Stimme rutscht am Ende des Satzes hoch, wodurch es wie eine Frage klingt.

»Ich meine das wirklich so.«

Anna grinst und lässt wieder die Grübchen auf ihren Wangen erscheinen. »Schön, dass ich dich eines Besseren belehren konnte.« Sie klopft mir auf die Schulter. Ich zucke unter der Berührung zusammen und sehe perplex zuerst meine Schulter und dann Anna an. Ihre blaugrünen Augen leuchten auf und ich brauche einen Moment, um meinen Blick von ihnen losreißen zu können.

»Also wenn du beim Wettkampf so fährst, dann hast du das Ding schon in der Tasche.«

Zum ersten Mal flackert richtige Unsicherheit in ihrem Blick auf. »Das werden wir sehen. Mir ist das Gewinnen nicht so wichtig. Ich freue mich darüber, auf dem Eis zu stehen, am Wettbewerb teilnehmen und mein Bestes geben zu können.«

»Das war aber echt gut. Du wirst die anderen in Grund und Boden ... äh ins Eis stampfen.«

Ein Kichern entschlüpft Annas Lippen und die Unsicherheit in ihren Zügen ist wieder verschwunden. »Also ...«, setzt sie an zu sagen. Eine schrille Stimme unterbricht sie jedoch und Anna fährt mit geweiteten Augen herum.

»Abwarten! Die Konkurrenz sollte man ernst nehmen.« Ein braunhaariges, extrem dünnes Mädchen kommt auf uns zu stolziert, das scheinbar den letzten Teil unseres Gesprächs mitverfolgt hat. Im Schlepptau hat sie eine Blondine, die eine Sporttasche über den Schultern trägt und zwei Kaffeebecher in den Händen balanciert.

»Wir wollen keine voreiligen Schlüsse ziehen«, endet das Klappergestell ihren Monolog und kommt direkt neben mir zum Stehen.

Sie erinnert mich sofort an meine Ex-Freundin Olivia: Eitel, oberflächlich und herablassend. Selbst das Lächeln, das sie zur Schau trägt, wirkt in meinen Augen falsch.

Annas Blick streift mich und ich erkenne in ihm Unbehagen. »Lust auf eine Vesperpause?«, fragt sie mich, ohne auf das Geplänkel der Braunhaarigen einzugehen.

»Klar.«

Der Blick der Brünetten fliegt zu mir und ein hungriger Ausdruck legt sich in ihre Augen. »Willst du mir deinen Begleiter denn gar nicht vorstellen?«, sagt sie, tritt mir in den Weg und greift mit der Hand nach meinem Unterarm. Sie fährt mit ihren Nägeln daran entlang und ich muss bei der Berührung ein Schaudern unterdrücken, das mir eiskalt und unangenehm den Rücken herunter rieselt. Mit ihren hellen, grünen Augen unterzieht sie mich einer Musterung, bis sie wieder bei meinem Gesicht landet und mehrmals nacheinander mit den Wimpern klimpert, die viel zu lang und dicht sind, um echt sein zu können.

»Der Begleiter kann sich selbst vorstellen, wenn er das wollen würde. Aber Spoileralarm: Will er nicht.« Genervt befreie ich mich von ihrem Griff und laufe an ihr vorbei, während sie erbost nach Luft schnappt.

»Was ist das denn für eine Tussi?«, frage ich Anna im Flüsterton.

»Chloé.« Sie verdreht die Augen. »Sie macht auch beim Wettbewerb mit.«

Plötzlich geht mir ein Licht auf. »Das ist nicht zufällig die Person, über die du und die Frau am Eingang gesprochen habt?«

»Doch, ehrlich gesagt schon. Gestern gab es eine Auseinandersetzung«, sagt Anna und führt mich zur Eishalle raus. Nicht ohne der Ticket-Dame ein Lächeln zuzuwerfen. Ich folge ihr zur Rückseite der Halle, wo eine schmale Bank steht, auf der wir Platz nehmen.

»Das hast du nicht wirklich zu ihr gesagt?« Fassungslos, aber in höchstem Maße amüsiert, starre ich Anna an, nachdem sie mir von dem Streit gestern erzählt hat. »Verdient hat es die Zicke jedenfalls.«

Ich habe mich echt in ihr getäuscht, denke ich und sehe Anna dabei von der Seite an.

Sie spielt mit den Fäden ihrer roten Mütze herum. »Es war einfach nicht in Ordnung, was sie der armen Frau an den Kopf geworfen hat.«

Bestätigend nicke ich. »Du hast echt Courage gezeigt. Ich finde es gut, wenn man sich für andere einsetzt.«

Annas Kopf ruckt hoch und sie sieht mir tief in die Augen, als würde sie nach etwas Bestimmtem darin suchen. Ich ziehe die Augenbraue nach oben und warte, bis sie etwas sagt.

»Was ist?«, frage ich, als nichts von ihr kommt.

»Ich checke es einfach nicht.«

Irgendetwas scheine ich verpasst zu haben. Ich verstehe überhaupt nicht, wovon sie spricht.

»Das musst du mir genauer erklären.« Abwehrend verschränke ich die Arme vor der Brust.

Annas Miene nimmt einen ernsten Ausdruck an. »Du hast zwei Seiten. Einmal bist du der, der mich weinen hört und fragt, ob alles in Ordnung ist und im nächsten Moment bist du derjenige, der jeden mit seinen Sprüchen runterzieht und wie vor eine Mauer fahren lässt.«

Wie bitte?! Ich wiederhole die Frage laut.

»Ach komm, Fynn. Ich glaube, dass du selbst weißt, wie du die Menschen in deiner Umgebung behandelst. Vor allem Richard und ich haben in den letzten Tagen einiges abbekommen. Ich will gar nicht sagen, dass ich nicht verstehe, wie schwer es sein kann, alles hinter sich lassen zu müssen und mit einer neuen Familie in einer neuen Umgebung ohne seine besten Freunde von vorne anfangen zu müssen. Ich kann sogar sehr gut verstehen, wie schwer ein Neuanfang sein kann.« Sie schluckt fest und für einen Moment bricht ihre Stimme. »Aber das gibt dir trotzdem nicht das Recht, dich allen anderen gegenüber wie ein Arsch zu verhalten.«

»Bist du auf den Kopf gefallen, als ich mal weggeschaut habe oder warum redest du so einen Scheiß?« Die Wut kocht in mir hoch und selbst in der winterlichen Kälte breitet sich eine Hitze in meinem gesamten Körper aus, die droht mich von innen heraus zu verbrennen. »Du bist gerade einmal seit drei Tagen hier und meinst mir irgendwelche Ratschläge geben zu müssen? Du kennst mich nicht mal.« Ich werde immer lauter, doch Anna zuckt unter meinem Gebrüll nicht einmal zusammen.

Stattdessen ballt sie die Hände in ihrem Schoß zu Fäusten und sieht mir direkt in die Augen. »Du wirfst mir gerade etwas vor, dass du selbst gemacht hast. Als ich hier angekommen bin, kanntest du mich noch nicht einmal und hast mich trotzdem nicht gerade nett behandelt. Und Richard meint es nur gut mit dir. Selbst ein Blinder sieht, dass er Sophia von ganzem Herzen liebt, und ich finde, dass er ein echt netter Kerl ist. Er gibt sich wirklich Mühe und wenn du ihm eine Chance geben würdest, wäre es für euch alle leichter.«

Ich habe keine Ahnung, was ich dazu sagen soll. Sie fängt meinen Blick auf und ihre Gesichtszüge werden weicher. Sachte legt sie eine Hand auf meine Schulter und unter ihrer Berührung verkleinert sich die kochende Wut in mir ein wenig. »Keiner von uns will dir etwas Böses und in dir steckt ein guter Kerl. Zumindest das, was du heute teilweise gezeigt hast, scheint echt in Ordnung zu sein.« Anna steht auf und drückt einmal meine Schulter, bevor sie wieder hineingeht.

Das hat gesessen. Ihre Worte treffen mich härter, als ich zugeben will. Frustriert fahre ich mir durch die Locken und weiß nicht so recht, wohin mit mir. Das Gespräch fegt wie ein verdammter Tornado immer wieder durch meinen Schädel und verursacht mir Kopfschmerzen. Ich stütze meinen Kopf auf den Händen ab und starre eine ganze Weile auf den Schnee unter meinen Boots. Fuck, was für ein Mist war das eben?

Der Tag lief bisher echt gut, als ich sie näher an mich herangelassen habe, ihr mehr von mir gezeigt habe. Aber das war echt eine krasse Art, jemandem die Augen öffnen zu wollen. Die Wut nimmt mit jeder verstreichenden Sekunde weiter ab, bis sie vollständig verpufft und sich eine kleine Stimme in mir meldet. Was ist, wenn Anna recht hat?

Ruckartig stehe ich auf, um diese Stimme loszuwerden, und gehe zurück in die Halle. Das Letzte, was ich im Moment will, ist länger darüber nachzudenken. Zuerst laufe ich in Richtung Eisfläche und Tribüne, doch da ist niemand zu sehen. Nur Annas Schlittschuhe liegen an ihrem Platz und gleich daneben die Handschuhe. Ich beschließe, mich auf die Bank zu setzen und zu warten, bis sie zurückkommt. Gelangweilt scrolle ich auf meinem Handy herum und umso mehr Zeit vergeht, desto genervter bin ich. *Wo sind die alle hin?*

Ich stehe auf, um mich auf die Suche zu machen. Als ich in Richtung Toiletten und Umkleidekabinen gehe, höre ich hinter der Tür zu den Damenumkleiden laute Rufe.

»Spinnst du?«, schreit Anna hysterisch.

Ohne weiter darüber nachzudenken, gehe ich in die Kabine rein. Anna rappelt sich gerade vom Boden auf, während Chloé mit einem fiesen Lächeln auf den Lippen von oben auf sie herabblickt. Ich eile auf Anna zu und reiche ihr meine Hand. »Alles in Ordnung? Was ist passiert?«

Anna lässt sich von mir hochziehen. »Sie hat mich abgefangen, als ich auf der Toilette war.« Sie deutet eine Tür weiter. »Und meinte, dass ich es noch bereuen werde, sie gestern so beleidigt und vorgeführt zu haben. Dann hat sie mich gestoßen.«

Kalte Wut durchflutet meinen Körper. Doch dieses Mal richtet sie sich auf Chloé und ich muss mich dazu zwingen, mehrmals nacheinander tief durchzuatmen, um nicht komplett die Kontrolle zu verlieren.

»Das stimmt nicht!«, faucht Chloé. »Nur, weil du zu blöd bist deine Beine richtig zu benutzen, brauchst du mich nicht als das schwarze Schaf hinstellen. Aber ich würde es wahrscheinlich genauso machen, wenn ich du wäre.« Ein selbstgefälliges Lächeln umspielt ihre Lippen. »Anders bekommt man in meiner Gegenwart eben nicht die Aufmerksamkeit solcher Typen.« Sie nickt in meine Richtung und mustert mich mit glänzenden Augen von oben bis unten.

Bei den Worten bekomme ich Brechreiz.

»Du bist das Allerletzte. Ich ...«

Ich umfasse Annas Unterarm und unterbreche sie damit. »Das führt zu nichts. Lass uns gehen. Dafür schlägst du diese dumme Schnalle beim Wettbewerb.« Ich halte inne. »Und glaub mir Chloé: Eine wie dich würde ich nicht einmal mit der Kneifzange anfassen wollen.«

Ich höre Chloé entrüstet nach Luft schnappen, bevor die Tür der Umkleidekabine ins Schloss fällt.

Kapitel 6: Anna

Heute ist es soweit.

Das ist mein erster Gedanke, sobald ich die Augen aufschlage. Es dringt kein Licht durch die hellen Vorhänge. Das bedeutet, dass es noch sehr früh sein muss. Ein Blick auf mein Handy verrät mir, dass es erst 5:30 Uhr ist. Ich drehe mich auf den Bauch, presse mein Gesicht in das Kissen und ziehe mir den Comforter über den Kopf. Das Beste wäre, noch einmal einzuschlafen und die übrigen zwei Stunden bis der Wecker klingelt sinnvoll zu füllen. Das Problem daran diesen Plan umzusetzen: Ich bin hellwach.

Genervt stöhne ich auf und strample den Comforter weg. »Hilft alles nichts«, sage ich mir selbst und stehe auf.

Umgezogen, mit frisch gewaschenem Gesicht und gebändigten Haaren mache ich mich daran, nach unten zu gehen. Dabei versuche ich, so leise wie möglich zu sein, um vor allem Sophia und Richard nicht zu wecken, deren Schlafzimmer direkt unterhalb der Treppe liegt.

Ich bin so darauf bedacht leise zu sein, dass ich nicht aufpasse, wo ich hintrete. Mit dem Fuß verfehle ich die nächste Stufe und rutsche mit dem anderen Bein weg. Ein starker Arm legt sich um meine Taille und fängt mich gerade noch rechtzeitig auf, bevor ich die restlichen Stufen heruntergefallen wäre.

»Das war knapp. Danke«, flüstere ich und lächle Fynn an, dessen Hand auf meinem Rücken liegt.

Fynn hält mich einen Augenblick länger fest und ich blicke ihm tief in die Augen. Das intensive Graublau seiner Iris hält mich gefangen. Als er seine Hand langsam wieder sinken lässt, vermisse ich im selben Moment die Wärme, die seine Berührung in mir ausgelöst hat.

»Alles in Ordnung?« Er mustert mich von oben bis unten, als würde er nachschauen wollen, ob ich mich verletzt habe.

Ich nicke. »Ich bin ausgerutscht.«

»Das habe ich gemerkt.« Seine Mundwinkel kräuseln sich zu einem Lächeln. »Solltest du nicht noch ein wenig schlafen vor dem großen Tag heute?«

Unschlüssig zucke ich mit den Schultern. »Sollte schon. Aber ich kann nicht mehr schlafen. Ich bin ehrlich gesagt ziemlich nervös.«

Fynn streicht sich verschmitzt die Locken aus der Stirn. »Ich kann auch nicht mehr pennen.« Kurz lässt er seinen Blick ins Wohnzimmer und wieder zurückschweifen. »Wie wär's mit Frühstück?«

»Das klingt gut.« Ich folge ihm in die offene Küche.

Fynn schaltet das Licht an und kramt in den Küchenschränken herum. »Setz dich ruhig schon mal.«

Zuerst sehe ich ihm eine Weile dabei zu wie er zwei Teller, Toast, Marmelade, Erdnussbutter und Müsli aus den Schränken zieht und alles gleichzeitig zum Tisch transportieren will. Das stellt eine sehr wackelige Angelegenheit dar und ich muss mir bei dem Anblick ein Lachen verkneifen. »Soll ich dir wirklich nicht helfen?«

Ich schmunzle. Sein hochkonzentrierter Gesichtsausdruck beim Müsli und Toast balancieren ist zu lustig.

»Nein, geht schon.«

Fünf Minuten später ist der Tisch gedeckt und Fynn nimmt gegenüber von mir Platz. Genüsslich beiße ich in meinen Toast. Obwohl ich zuerst dachte, dass ich vor Aufregung keinen Bissen herunterbekommen würde, verspüre ich nun großen Hunger.

»Ich wollte mit dir noch über gestern reden.« Fynn streicht sich mit der Hand über den rechten Arm und legt sie dann in den Nacken.

»Oh.« Ist das Einzige, was ich herausbringe. Nachdem er gestern die ganze Rückfahrt über geschwiegen hat, dachte ich nicht, dass er noch einmal auf das Thema zu sprechen kommen würde.

»Sorry, dass ich dich gestern so angefahren habe. Aber deine Vorwürfe waren echt heftig und ich bin dann erstmal in Abwehrhaltung gegangen.« Er legt eine kurze Pause ein und ich lasse ihm die Zeit, die er braucht, um weiterzusprechen. »Ich habe gestern noch lang darüber nachgedacht und irgendwie stimmt es schon, was du gesagt hast.« Während er diese Worte ausspricht, sind seine Augen auf einen Punkt in der Mitte des Tisches gerichtet, als würde er meinem Blick nicht begegnen wollen.

»Diese Worte aus deinem Mund müssen wie Essig auf der Zunge schmecken«, versuche ich mich an einem Witz.

Fynn entschlüpft ein lautes Lachen. Dann steht er auf und lehnt sich über den Tisch nach vorne. Seine Hände liegen jetzt nur wenige Zentimeter von meinen entfernt und mir stockt der Atem, als er mir so nahekommt. Ein Geruch, der mich an einen Spaziergang im Wald erinnert, steigt mir in die Nase und ein Lächeln legt sich auf meine Lippen.

»Es brennt eher auf der Zunge. Wie ätzende Chemikalien«, sagt er, grinst mich an und steht auf, um in die Küche zu schlendern. Dort öffnet er den Kühlschrank und holt eine Milchpackung heraus.

Mit hochgezogenen Augenbrauen sehe ich ihm dabei zu, wie er sich setzt und Milch in die Schüssel kippt. Es gibt sie also wirklich. Diese Menschen, die *zuerst* die Milch und dann das Müsli in die Schale füllen.

Fynn nimmt den ersten Löffel, schiebt ihn sich in den Mund und kaut, bevor er wieder zum Sprechen ansetzt. »Es tut mir leid, dass ich mich wie ein Ekel verhalten habe.«

»Schon vergessen. Das hast du gestern bei der Sache mit Chloé wieder wettgemacht.«

Fynn verzieht das Gesicht. »Allein schon bei dem Namen läuft es mir eiskalt den Rücken herunter.« Wie um es mir zu beweisen, schüttelt er sich und macht ein Würgegeräusch. »Und schlecht wird mir auch.«

Ich pruste los. »Da bist du nicht allein.« Ich trinke einen Schluck Orangensaft und beiße von meinem Toastbrot ab. »Übrigens war das gestern echt super von dir. Hätte echt ins Auge gehen können, wenn du nicht gekommen wärst. Ich glaube, es gibt nichts, was Chloé mehr hasst, als wenn man ihr in die Quere kommt. Ich habe mich noch gar nicht richtig bei dir dafür bedankt.« Meine Wangen werden heiß und ich lächle Fynn an.

Er winkt ab und kaut zu Ende, bevor er zu sprechen beginnt. »Das war nicht der Rede wert. Ich kenne

Mädchen wie Chloé. Für sie gibt es nur eine Person, die wirklich zählt und das ist sie selbst. Ich glaube, dass sie sich von dir angegriffen gefühlt hat. Immerhin hast du sie auf ihr Fehlverhalten hingewiesen, das können die meisten Menschen überhaupt nicht leiden.« Er zwinkert mir vielsagend zu und blickt für einen Moment auf den Boden. »Aber ich muss mich auch bei dir bedanken.« Fynn blickt auf und sieht mich ernst an.

Meine Augenbraue wandert in die Höhe. »Wofür denn?«

»Für die Gehirnwäsche.« Er stützt den Ellenbogen auf dem Tisch ab und zwinkert mir grinsend zu. Seine graublauen Augen funkeln dabei amüsiert auf. »Hat zwar gedauert, aber die Message kam an.«

»Schon in Ordnung. Das war dringend nötig. Du hast eben eine lange Leitung.«

»Ganz schön frech.«

Ich zucke mit den Schultern und grinse zurück. »Nein nicht frech, sondern ehrlich.« Mein Selbstbewusstsein steigert sich von Tag zu Tag. Inzwischen habe ich mich gut eingelebt und an die neue Umgebung gewöhnt. Und jetzt, wo Fynn und ich uns besser verstehen, fällt es mir noch leichter, ich selbst zu sein.

»So kann man das auch bezeichnen. Aber ich meine es ernst. Ich werde mit Richard sprechen und mich bei ihm entschuldigen. Das ist längst überfällig. Er macht Mom glücklich und ist echt okay. Zumindest, wenn er nicht zu sehr versucht, die Vaterrolle einzunehmen.«

»Das wird eurer Beziehung bestimmt guttun.«

Ich vernehme Schritte und wenige Sekunden später betritt Richard die Küche. »Ihr seid aber früh aufgestanden.« Er trägt einen grün-rot karierten Morgenmantel und dazu passende Pantoffeln. Sein erster Weg führt ihn zur Kaffeemaschine, wofür er sich hinter Fynns Stuhl vorbeiquetschen muss.

Mit einer dampfenden Kaffeetasse setzt Richard sich zu uns an den Tisch. »Toast?«, fragt Fynn ihn und hebt die Packung nach oben.

Perplex sieht Richard zwischen der schwingenden Toastpackung und seinem Stiefsohn hin und her. Seine Stirn legt sich in Falten. »Gerne.«

»Ich packe schon mal meine Sachen und gehe ins Badezimmer. Ihr zwei habt einiges zu besprechen.« Ich werfe Fynn einen vielsagenden Blick zu und er nickt mir beinahe unmerklich zu. Daher gehe ich davon aus, dass er meine versteckte Botschaft verstanden hat. Ich lächle in mich hinein und verlasse die Küche.

Auf dem Weg zur Treppe treffe ich auf Sophia. »Gut geschlafen?«

»Bisschen zu kurz.«

Sophia nickt wissend. »Du bist bestimmt aufgeregt.«

»Ein wenig. Das ist mein erster Wettkampf, bei dem ich alleine bin.« Der zweite Satz rutscht mir heraus, bevor ich richtig darüber nachdenken kann und mir schnürt sich augenblicklich die Kehle zu. Mein erster Wettkampf ohne Angelikas aufbauende Worte. Ohne ihre Tipps und ihr lautes Jubeln, wenn ich einen schwierigen Sprung gemeistert habe.

Die Unsicherheit greift nach mir, setzt sich in jeder meiner Poren fest und mit einem Mal überfluten mich all die negativen Gedanken, die ich zuvor sorgfältig in mir weggesperrt habe. Warum mache ich das überhaupt? Was hat mich geritten, an diesem Wettbewerb teilzunehmen? Das ist absolut hirnverbrannt. Ich bin ganz auf mich allein gestellt, das kann ja nur schiefgehen.

Sophia scheint mir meine aufkeimende Panik anzusehen, denn sie greift nach meiner Hand und umschließt sie mit der Anderen. »Ich kann verstehen, was das für dich bedeutet. Aber ich verspreche dir eines: Richard, Fynn und ich werden an beiden Wettbewerbstagen da sein und dich anfeuern. Ich weiß, dass das nicht dasselbe ist. Aber du wirst nicht alleine sein.«

»Danke.« Mehr bringe ich nicht hervor. Doch ich spüre, wie meine Stimme vor Rührung bricht. »Das bedeutet mir wirklich viel.«

Sophia drückt meine Hand, bevor sie sie loslässt. »Du wirst das schaffen und ich bin mir sicher, dass deine Trainerin unheimlich stolz auf dich ist.«

Ich nicke und lächle Sophia verunsichert an. Ich weiß, dass sie es gut meint, und ich freue mich über ihre Worte, aber die Zweifel sind immer noch zu präsent. Sie legen sich wie ein Gewicht auf meine Schultern und drücken sie nach unten. Mein Blick zuckt zum Fußboden und ich halte ihn für mehrere Sekunden gesenkt, um mich zu sammeln. »Ich gehe mal nach oben und mache mich fertig.«

Sophia nickt und ich gehe an ihr vorbei, die Treppe nach oben und in mein Zimmer. Ich sehe mich um und weiß gar nicht, was ich machen soll. Da vibriert mein Handy in der Hosentasche und ich ziehe es hervor, während ich mich auf die Bettkante setze. Ein Lächeln huscht über meine Lippen, als ich sehe, dass es eine Nachricht von Angelika ist.

Hallo Anna! Heite isr dein groser Tag. Du hast so9 hart trainiert un auf diesn Tag hingeabeitet. Es g7ibt keineen Tag an dem ic8 nich fluche, nich bei dir sein zu könen. Aber ic8 weiiß, dass du heut2 ein tolles Kurpzprogramm aufs Eis bringn wirst! Ich drücke alle Daumn und wünsch dir gazaanz viel Glück!

Lieb9e Grüüße Angelika :-)

Ein Kichern steigt meine Kehle empor, als ich all die Rechtschreibfehler lese. Jeder der Angelika kennt, weiß, dass sie Smartphones verflucht und ihres nur dann in die Hand nimmt, wenn sie muss. Umso mehr freue ich mich über diese Nachricht von ihr und dass sie sich die Mühe gemacht hat, mir zu schreiben. Rasch antworte ich ihr und lege das Handy wieder zur Seite.

Ich kaue auf meiner Unterlippe herum, lasse mich nach hinten fallen und starre an die Zimmerdecke. Trotz Angelikas lieben, aufmunternden Worten sind die Zweifel kaum weniger geworden. Vor allem der zweite Satz über das harte Training brennt sich in mein Gedächtnis und ich sehe vor meinem inneren Auge all die unzähligen Trainingstage vorbeiziehen, die mich so viel Kraft gekostet haben. Ich atme mit geschlossenen Augen einmal tief durch, bevor ich wieder aufstehe und mich für den Wettbewerb fertig mache.

Heute steht die erste Disziplin im Einzellauf der Damen auf dem Plan: Das Kurzprogramm. Es besteht aus sieben vorgegebenen Elementen, die in höchstens 2 Minuten und 50 Sekunden vorgestellt werden müssen.

Einerseits kann ich es kaum erwarten. Andererseits ist mir vor Aufregung übel.

Mein Blick wandert über die Reihen der Tribüne. Ich bin fast froh, dass die Aufenthaltsräume für die Läuferinnen aufgrund eines Wasserschadens gesperrt sind und ich dort nicht alleine sitzen muss, sondern bei Sophia, Richard und Fynn bleiben kann. Meine Augen wandern weiter, bis sie an Chloé hängenbleiben. Sie trägt ein dunkelgrünes Kostüm, das perfekt zu ihrem dunklen Haar und den ebenfalls grünen Augen passt.

Als hätte sie es gespürt, wendet sie ihren Kopf und wirft mir einen eiskalten Blick zu, der mir wohl sagen soll, dass ich mich warm anziehen muss. Ich schlucke fest und wende mich rasch wieder ab.

»Alles okay?« Fynn stößt seinen Ellenbogen gegen meinen und sieht mich mit hochgezogenen Augenbrauen fragend an.

Ich nicke. »Ich bin nur ein wenig aufgeregt.« *Und Chloé tötet mich mit Blicken.* Im Rücken spüre ich es, aber daran will ich in diesem Moment keinen weiteren Gedanken verschwenden.

»Du wirst das schaffen«, sagen Richard und Fynn gleichzeitig und werfen sich danach gegenseitig amüsierte Blicke zu.

Sophia klatscht lachend in die Hände. »Was war das denn? Gedankenübertragung?«

Die beiden grinsen ebenfalls. »Scheint fast so.« Richard zwinkert seiner Frau zu. »So paar Gemeinsamkeiten gibt es schon. Zum Beispiel würden wir beide gern mal Wayne Gretzky treffen.«

»Wen?« Auf meine Frage hin werfen sich Fynn und Richard schockierte Blicke zu, worauf ich entschuldigend die Schultern hochziehe.

»Anna!«, ruft Fynn aus und ich zucke bei der Lautstärke zusammen. »Wayne Gretzky ist der *beste* Hockeyspieler aller Zeiten.« Seine Augen sind weit aufgerissen, ebenso wie Richards. Ich muss mir ein Lachen beim Anblick der beiden verkneifen.

»Er hat fast neunhundert Tore in seiner Karriere geschossen«, schwärmt Richard und Fynn nickt bestätigend.

»Keiner in der NHL vergibt mehr die Neunundneunzig als Trikotnummer, um ihn zu ehren. Der Typ war echt der Wahnsinn.«

»Ich kann mich noch genau an das Spiel der LA Kings gegen die Vancouver Canucks 1994 erinnern«, schwärmt Richard und Fynn hängt an seinen Lippen.

»Weißt du, was mit den beiden auf einmal los ist?«, wendet sie sich an mich, während die Männer sich in dem Gespräch über den Eishockeyspieler verlieren.

»Fynn meinte, ich hätte ihm eine Gehirnwäsche verpasst.«

Sophia hakt sich bei mir unter. »Was auch immer es war, ich danke dir von Herzen dafür.« Obwohl sie es mit einem amüsierten Funkeln in den Augen sagt, weiß ich, dass eine gewisse Ernsthaftigkeit darin mitschwingt.

»Keine Ursache.« Ein Blick zum großen Monitor, auf dem bei einem Hockeyspiel üblicherweise die Punkte angezeigt werden, verrät mir, dass gleich die erste Läuferin des Tages aufs Eis geschickt wird.

»Wie du siehst, kennen sich die Männer hier nur mit Eishockey aus und ich habe leider auch keine Ahnung von Eiskunstlauf. Magst du uns eine kurze Einführung geben, damit wir verstehen, was jetzt passiert?« Sophia lächelt mir zu und Fynn und Richard nicken.

»Eine kurze Einführung, bevor es losgeht, wäre klasse«, gibt Richard zu, ohne dabei den Blick vom Eis zu lösen.

»Klar gerne. Dann wollen wir mal. Heute laufen wir alle unser Kurzprogramm. Das besteht aus sieben vorgeschriebenen Inhalten, wie Schrittfolgen und Pirouetten und Sprünge. Die Reihenfolge ist dabei völlig egal. Der Fokus liegt auf dem fehlerfreien Absolvieren der Elemente.« Ich hole gerade Luft, um genauer auf die sieben Elemente einzugehen, als eine Stimme aus den Lautsprechern dringt und mich unterbricht.

»Guten Morgen und ein herzliches Willkommen allen Zuschauern und Athletinnen zum ersten Wettbewerbstag des Eiskunstlaufwettbewerbs im Einzellauf der Damen. Heute werden die Athletinnen das Kurzprogramm vorstellen und den Anfang macht Jekaterina Petrowa für Russland!« Ein Knattern ertönt und die Stimme erstirbt.

Jekaterina betritt im selben Moment das Eis. Ich schätze, dass sie ein paar Jahre jünger ist als ich. Sie ist klein, sehr zierlich und trägt ein rotes Kostüm mit goldenen Verzierungen und glitzernden Steinen. An den Seiten wurde der rote Stoff ausgeschnitten und durch einen hautfarbenen leichteren ausgetauscht. Auch die langen Ärmel bestehen aus einem hautfarbenen Stoff.

Sie fährt zwei Runden über das Eis, um dann in der Mitte zum Stehen zu kommen und ein breites Lächeln aufzusetzen. Die Hände streckt Jekaterina in die Luft, während sie in ein leichtes Hohlkreuz geht.

Die Musik setzt ein und Jekaterina beginnt mit ihrem Kurzprogramm. Sie hat sich für ein langsames, russisches Lied entschieden und versucht, dessen Emotionen von Anfang an den Zuschauern zu zeigen. Ich beobachte sie genau, achte auf jeden Schritt, auf die Absprünge und die künstlerische Darstellung.

»Das wirkt irgendwie nicht echt.« Ich sehe zu Fynn, der seinen Blick aufs Eis gerichtet lässt. »Ihre Gesten sind zu groß und die Mimik. Es ist zu viel.«

Ich nicke zustimmend, aber dann fällt mir ein, dass er das gar nicht sehen kann. »Stimmt. Aber technisch macht sie es bisher echt gut und darauf kommt es beim Kurzprogramm vor allem an.« Als wären meine Worte ein schlechtes Omen gewesen, verpatzt Jekaterina einen Sprung, indem sie beim Aufkommen mit dem rechten Bein wegrutscht und stürzt.

Erschrocken schnappe ich nach Luft, als sie nicht sofort wieder aufsteht. »Hoffentlich ist sie nicht verletzt.« Wie gebannt starre ich auf das Eis und die Sekunden ziehen sich zäh wie Kaugummi dahin. Endlich rappelt sie sich auf und führt ihr Kurzprogramm fort. Erleichtert atme ich auf.

»Es scheint, als hätte sie die Zeit gebraucht, um zu realisieren, was eigentlich geschehen ist«, wirft Richard ein.

»Wie bei vielen anderen Sportarten, hat man beim Eiskunstlauf keine Zeit für Fehler. Gerade noch auf Goldkurs und in der nächsten Sekunde ist der Traum von einer Medaille vorbei. Jetzt kommt es darauf an, wie wir anderen abschneiden. Nicht alle Teilnehmerinnen ziehen in die nächste Runde ein. Und nur die besten drei Läuferinnen qualifizieren sich für die Weltmeisterschaft.«

Jekaterina weiß das und als sie das Kurzprogramm abschließt, sieht man ihr deutlich den Ärger im Gesicht an. Sie muss sich von diesem Wettbewerb mehr erhofft haben und mich überkommt eine Welle des Mitleids für sie. Zu gut kenne ich diese bittere Enttäuschung, wenn ein Sprung nicht gelingt, den man eigentlich bis zum Umfallen geübt und schließlich beherrscht hat. Trotzdem kann sie diesen Fauxpas mit ihrer Kür übermorgen wieder wettmachen.

Nach Russland folgen Italien, Schweiz, Polen, Ukraine, Schweden und China und schließen mehr oder weniger erfolgreich ihr Kurzprogramm ab. Die Athletin aus Italien liegt aktuell absolut verdient auf dem ersten Platz mit 61,71 Punkten. Ihre Vorstellung war nicht nur im technischen Hinblick sehr gut, sondern auch künstlerisch stark. Bisher ist es eine bunte Mischung und ich bin gespannt, wo ich mich am Ende einordnen werde.

Dennoch fällt mir auf, dass die meisten Mädchen noch sehr jung sind. Obwohl eine Teilnahme ab fünfzehn Jahren erlaubt ist, empfinde ich es als große emotionale Belastung und bin mir nicht sicher, ob man in dem Alter bereits gut genug damit umgehen kann.

Während wir uns noch einige meiner Mitstreiterinnen ansehen, ich selbst bin erst im letzten Drittel an der Reihe, stellt Fynn mir immer wieder Fragen zu den verschiedenen Sprüngen und Pirouetten. Er gibt sich große Mühe, alles nachvollziehen zu können und scheint Gefallen am Eiskunstlauf zu finden.

»Oh, das hat sie verbockt«, flucht er laut bei einem etwa fünfzehnjährigen Mädchen aus Israel. Sie hat die Landung nach dem zweifachen Axel, einem Sprung, der von vorne abgesprungen und rückwärts gelandet wird, nicht abfangen können und sich mit der Hand auf dem Eis abgestützt, um nicht zu stürzen. Das wird ordentlich Punktabzug geben. Wirklich schade für sie, denn bis zu diesem Punkt hat sie ein fehlerfreies Programm vorgetragen.

Umso näher mein Kurzprogramm rückt, desto kürzer werden meine Antworten und die Stimmung angespannter. Ich bin zu sehr in Gedanken versunken und versuche, mich auf die bevorstehende Kür vorzubereiten. Immer wieder gehe ich in Gedanken den Ablauf durch, sehe mich selbst die Sprünge, Pirouetten und Schrittfolgen vorführen. Es sind nur knapp drei Minuten, in denen ich vor den neun anonymen Preisrichtern abliefern und ihnen beweisen muss, dass ich die gewünschten Elemente technisch einwandfrei beherrsche.

»Du bist bald an der Reihe.« Richard deutet auf den großen Bildschirm, auf dem die nachfolgenden Läuferinnen und die aktuellen Platzierungen angezeigt werden.

Das bedeutet, dass ich mich auf dem Weg in den Aufwärmraum und dann nach unten machen sollte. »Ich bin bereit«, versuche ich mir Mut zuzusprechen.

»Klar bist du das«, erwidert Fynn und seine Hand zuckt, als hätte er sie auf meine legen wollen, es sich dann aber anders überlegt. »Es liegt dir im Blut. Ich glaube an dich.«

»Wir drücken dir fest die Daumen. Die, die gleich am lautesten Jubeln werden, sitzen übrigens genau hier.« Richard hebt beide Daumen und schenkt mir ein aufmunterndes Lächeln.

Es ist rührend, wie die drei mitfiebern und mich mit ihren lieben Worten aufbauen. »Danke.« Ich sehe sie alle nacheinander an und lasse mich von Sophia fest umarmen, bevor ich die Tribüne verlasse. Ich gehe in den Aufwärmraum, wo ich ein paar Dehnübungen mache, bevor ich mich zum Eis begebe.

Ich bleibe wenige Meter vom Eingang entfernt stehen und sehe dem Mädchen aus der Schweiz dabei zu, wie sie ihr letztes Element vorträgt und schließlich die Schlussposition einnimmt. Gemeinsam mit den anderen Anwesenden applaudiere ich für den gelungenen Auftritt, als sie das Eis verlässt.

Aus dem Lautsprecher dringt abermals die Ansagestimme. Zuerst wird nochmals der Name des Mädchens durchgegeben und schließlich ihre Punktzahl. Sie reiht sich auf dem aktuell zwölften Platz ein.

Die Athletin für Österreich wird angesagt und betritt das Eis, das nun für knapp drei Minuten ihr gehört. Ich bin als Nächste an der Reihe und die Aufregung dringt mit aller Macht an die Oberfläche. Rasch drehe ich mich weg von dem Eis, um mich in den nächsten zwei Minuten ganz auf mich zu konzentrieren. Die Augen schließend atme ich bewusst tief ein und aus und dehne nochmal meine Arme. Viel zu schnell geht die Zeit vorbei und ich werde von dem Sprecher aus meiner Konzentration gerissen.

Jetzt ist es so weit. Ich lege Trainingsjacke und -hose ab, unter denen ich ein bordeauxfarbenes Kostüm trage. Die insgesamt sechs schmalen Träger überkreuzen sich im Rücken und sind mit kleinen Glitzersteinen besetzt. Genauso wie das Dekolleté. Es hat meiner Mutter gehört und ich bin gleichzeitig gerührt und stolz darauf, es heute bei diesem Wettbewerb anzuhaben. Ich trage ein Stück von ihr und habe dadurch das Gefühl, sie in diesem Augenblick bei mir zu haben.

Gerade als ich mich auf das Eis begebe, wird die Punktzahl der vorherigen Läuferin durchgegeben. Sie landet aktuell auf dem fünften Platz. Ein wirklich gutes Ergebnis und ich hoffe, dass ich eine ähnliche Leistung erreiche.

»Bitte begrüßen Sie die nächste Läuferin. Anna Hoffmann für Deutschland.« Den Applaus bekomme ich nur am Rande mit. Meine Konzentration liegt vollkommen auf den Elementen, die ich gleich vorführe, und mein Herz pocht gleichzeitig so laut, dass meine Ohren rauschen.

Ich denke an Fynns Worte. *Es liegt dir im Blut. Ich glaube an dich.* Sie sind so einfach, doch bedeuten mir viel und helfen mir dabei, vor Nervosität nicht durchzudrehen. Sobald meine Kufen das Eis berühren, überkommt mich eine innere Ruhe.

Es hatte schon immer eine beruhigende Wirkung auf mich. Wenn es mir schlecht geht, wenn ich einen Ort zum Nachdenken brauche oder einfach alles um mich herum für einen Augenblick vergessen will, gehe ich Schlittschuhfahren und weiß, dass mir das helfen wird.

Ich fahre zwei kleine Runden und teste die Beschaffenheit der Eisfläche, immerhin sind schon einige andere Läuferinnen vor mir an der Reihe gewesen. Etwa in der Mitte komme ich schließlich zum Stehen und atme tief durch. Einen Arm strecke ich leicht gebeugt in die Luft, der andere zeigt seitlich nach unten. Mit geschlossenen Augen warte ich, bis die ersten zarten Klavierklänge der von mir selbst ausgesuchten Musik erklingen. Und dann geht es los.

Meine Beine kennen ihre Aufgabe genau. Die Menschen um mich herum blende ich aus. Es gibt nur noch mich, die Musik und das Eis unter meinen Kufen. Ich bin vollkommen in meinem Element, meiner eigenen Welt. Mental bereite ich mich auf den ersten Pflichtsprung, den zweifachen Axel, bei dem die Läuferin aus Israel beinahe gestürzt wäre, vor.

Ich springe ab, drehe mich zwei Mal in der Luft und lande rückwärts auf dem rechten Bein. *So muss sich fliegen anfühlen.* Die Musik vibriert in meinem ganzen Körper und ich versuche, mit ihm die Geschichte der Klänge zu erzählen und nicht nur die Schritte nacheinander abzuhaken.

Das nächste Element ist eine Waagenpirouette. Bein und Rücken bilden eine Linie, während ich mich im Kreis drehe. Ich biege meinen Rücken durch und lege meinen Kopf nach hinten. Das Bein strecke ich nach oben durch und greife mit der Hand nach der Kufe des Schlittschuhes. Damit habe ich auch die Biellmann-Pirouette geschafft.

Und obwohl nicht alles hundertprozentig klappt, einmal strauchle ich ein wenig nach einem dreifachen Sprung, ist es ein wunderbares Gefühl. Doch darüber kann ich mir nicht länger Gedanken machen. Die darauffolgende Kombination aus einem Dreifachen und dann zweifachen Sprung klappt schon besser. Ich lande genauso wie geplant, drehe mich und fahre rückwärts einen Bogen nach rechts.

Die Zeit vergeht viel zu schnell. Mit der Himmelspirouette erklingen die letzten Akkorde und ich löse die Figur auf. Ich komme wieder an meinem Ausgangspunkt zum Stehen. Ein breites Lächeln liegt auf meinem Gesicht, die Arme strecke ich über dem Kopf aus. Der Rücken ist leicht nach hinten gebogen.

Geschafft.

»Anna Hoffmann für Deutschland«, dringt es an mein Ohr und lauter Applaus folgt, wodurch die Seifenblase, in der ich mich bis eben befand, platzt.

Ich verbeuge mich kurz und fahre dann zum Ausgang. Mein Atem geht schwer vor Anstrengung, aber ich bin glücklich das Kurzprogramm geschafft zu haben. Tiefe Zufriedenheit erfüllt mich und ich hoffe, dass das die Preisrichter auch so sehen. Es ist jedes Mal wieder aufregend, auf die Wertung zu warten.

»Nun bitte die Punktzahl für Anna Hoffmann aus Deutschland«, ertönt eine Frauenstimme aus den Lautsprechern, nachdem ich Trainingsjacke und -hose wieder angezogen und mich in die kleine Lounge gesetzt habe, wo meine Reaktion auf die Punktevergabe gefilmt und direkt auf den Monitor übertragen wird. Ich lege meine Hände in den Schoß, verknote die Finger ineinander und schließe die Augen.

Ein Mann räuspert sich und bringt damit das Mikrofon zum Quietschen, bevor er spricht. »Anna Hoffmann erhält für ihr dargebotenes Kurzprogramm 60,27 Punkte. Damit liegt sie momentan auf dem vierten Rang.«

Zuerst erleichtert und dann überglücklich atme ich durch und öffne die Augen. Mein Blick sucht Fynn, Sophia und Richard und als ich sie gefunden habe, erkenne ich, wie sie von ihren Plätzen aufstehen und laut applaudieren.

Ich habe mich für das Finale qualifiziert! Übermorgen werde ich meine Kür laufen. Egal, ob die nächsten drei Läuferinnen besser abschneiden oder nicht, ich bin unter den besten 24 Teilnehmerinnen. Und da fällt es mir wie Schuppen von den Augen: Wenn ich es auf den dritten Platz schaffe, werde ich mich für die Weltmeisterschaft qualifizieren.

Als mir das klar wird, breitet sich ein, wenn möglich, noch breiteres Grinsen auf meinem Gesicht aus, das von dort nicht mehr verschwindet.

Zurück auf der Tribüne, umarmt mich Sophia fest und drückt mir dann einen Kuss auf die Stirn. »Du warst wundervoll! Wirklich unglaublich schön. Es sieht so spielerisch leicht aus, wie du über das Eis fliegst.«

»Danke. Auch dafür, dass ihr hier seid.« Ich sehe sie alle nacheinander an. »Das bedeutet mir viel. Und es hat gestimmt, ihr habt am lautesten gejubelt.«

»Das ist selbstverständlich.« Sophia drückt meine Hand und lässt mich dann vorbei, damit ich mich hinsetzen kann.

»Mom hat Recht, das war der Wahnsinn. Ich fand es im Training schon heftig, aber das heute und mit der Musik war nochmal eine andere Hausnummer.« Fynn grinst mich an und rutscht ein Stück zur Seite, damit ich mehr Platz habe.

Ich streiche mit der Hand über meine ohnehin glatten Haare, die ich heute in einem strengen Dutt trage. »Danke. Wer hätte gedacht, dass dir so etwas gefällt.«

»Jaja, hab den Seitenhieb verstanden. Aber ich wiederhole mich gern noch einmal: Ich habe mich getäuscht. Das, was du dort auf dem Eis gemacht hast, würde ich nie hinbekommen. Nie.«

»Das ist das größte Lob des Tages«, scherze ich. Insgeheim freue ich mich jedoch über die Anerkennung, die in Fynns Worten deutlich mitschwingt.

»Als nächste Läuferin begrüßen wir Chloé Monet für Frankreich.« Ich folge dem Beispiel der übrigen Zuschauer und applaudiere auf die Ansage des Sprechers hin.

Chloé steht in ihrem funkelnden, dunkelgrünen Kostüm auf dem Eis in ihrer Anfangsposition. Dabei liegt eine Hand locker auf ihrer Taille, der andere Arm ist elegant über den Kopf ausgestreckt. Die Musik setzt ein, sie hat sich für eine schnellere Nummer mit Text entschieden und legt direkt mit viel Schwung los.

In einem weiten Bogen rauscht sie über das Eis, dreht sich um hundertachtzig Grad und vollführt rückwärtsfahrend einen weiteren Schlenker in Richtung Mitte. Sie dreht sich nach vorne, springt ab und vollführt einen zweifachen Axel, den sie ohne Probleme rückwärts landet.

Chloé versucht den ganzen Raum zu nutzen, fährt viele weite Bögen und bedient sich an großen Gesten. Doch ihr Gesicht bleibt dabei völlig emotionslos. Nicht etwa konzentriert, denn es liegt ein breites Lächeln darauf, aber ihr Ausdruck wirkt wie in Stein gemeißelt, als würde sie nichts an sich heranlassen wollen.

Es sieht unecht aus und das scheine nicht nur ich zu bemerken. Denn obwohl sie bislang technisch eine wirklich gute Performance hinlegt, reißt sie das Publikum leider nicht mit.

»Und?«, fragt Fynn ohne die Augen vom Eis zu lösen. »Wie ist es?«

Ich blinzle ein, zweimal bis ich verstehe, was er meint. »Bis jetzt außer ein paar Kleinigkeiten fehlerfrei, aber sie geht auf Nummer sicher und sieht dabei immer irgendwie ... genervt aus. Mir fehlt der künstlerische Ausdruck. Die Emotionen.«

Fynn nickt wissend. »Sie wirkt sehr kühl. Aber das ist kein Wunder.«

In diesem Augenblick vollführt Chloé eine Biellmann-Pirouette. Sie löst die Figur schnell wieder auf und ich bin mir nicht sicher, ob sie die geforderte Anzahl der Umdrehungen erreicht hat. Die knapp drei Minuten müssten beinahe vorbei sein und ich behalte recht.

Chloé vollführt einen letzten Sprung, den sie etwas wackelig landet und schließt das Kurzprogramm ohne größeren Fehler ab. Damit müsste sie sich weit oben platziert haben und wir warten gespannt auf die Wertung der Preisrichter.

»Du warst besser«, sagt Fynn bestimmt. »Da kam gar nichts rüber.«

Ich sehe ihn lächelnd an. »Darauf kommt es aber leider nicht an. Es geht vorrangig um die Technik und da ist ihr kein gröberer Schnitzer unterlaufen. Das hat sie wirklich gut gemacht. Sie bekommt vermutlich einen kleinen Abzug, weil sie die Biellmann-Pirouette zu früh gelöst hat. Sie hat sich oft an das mittlere Ausführungsniveau gehalten und dadurch weniger Punkte bekommen. Ich glaube, dass es sehr eng wird.«

»Mal sehen«, antwortet er knapp und sieht dann wieder nach vorne, als die Stimme aus den Lautsprechern erklingt.

»Bitte die Punktzahl für Chloé Monet aus Frankreich.«

Eine männliche Stimme gibt das Ergebnis bekannt. »Chloé Monet erhält für das dargebotene Kurzprogramm 60,27 Punkte und belegt damit den vierten Rang. Sie ist gleichauf mit Anna Hoffmann aus Deutschland.«

Auf dem großen Monitor erkenne ich, wie Chloé ebenfalls vor Fassungslosigkeit der Mund aufklappt. Kaum zu glauben, was da gerade passiert.

Punktgleich? Ausgerechnet Chloé und ich? Das wird sie definitiv nicht freuen.

Ich brauche einen Augenblick, bis diese Information vollständig bei mir ankommt.

Chloés Mimik wandelt sich hingegen rasch von Fassungslosigkeit zu Ärger. Ihr Kopf nimmt eine leuchtend rote Farbe an und sie stampft wütend in Richtung der Tribünen davon, wo ein Typ mit kurzem braunem Haar, sie mit einer Umarmung und einem Kuss auf die Stirn empfängt.

Sie stößt ihn widerwillig von sich und lässt sich auf ihren Sitzplatz fallen. Ich erkenne, wie sie immer wieder den Kopf schüttelt und wild auf ihn einredet, als könnte er irgendetwas an der Situation ändern.

Chloé hat einen Freund? Dass sich das einer freiwillig antut.

Als ich genauer hinsehe, erkenne ich, dass es sich bei dem Typen um einen Angestellten der Eishalle handelt. Zumindest war er an beiden Trainingstagen da und hat die Eismaschine bedient.

»Was bedeutet das jetzt?« Fynn reißt mich mit seiner Frage aus dem Erstaunen und den wirren Gedanken heraus. Dann folgt er meinem Blick und beobachtet ebenfalls die Szene zwischen Chloé und ihrem Freund.

»Jetzt kommt es auf die Kür übermorgen an. Die zählt zwei Drittel«, beantworte ich seine Frage. »Die Bessere bekommt das Ticket zur WM.«

»Dann ruhst du dich morgen aus und gibst bei der Kür einfach noch einmal richtig Gas.«

Ich nicke bekräftigend und schenke ihm ein breites Lächeln. »Worauf du dich verlassen kannst!«

Kapitel 7: Fynn

Annas Aufregung ist ansteckend. Sie hat den Platz neben mir auf der Tribüne und es fällt ihr schwer, ruhig zu sitzen. Heute Morgen musste Mom ihr das Frühstück beinahe mithilfe eines Trichters einflößen, weil sie kaum einen Bissen herunterbekommen hat.

Die Anzahl der Teilnehmerinnen hat sich im Vergleich zu vorgestern stark reduziert. Ich meine Anna sagen gehört zu haben, es wären insgesamt vierundzwanzig Läuferinnen in der zweiten Runde dabei.

Es ist gar nicht so einfach, den Durchblick zu behalten, wenn man sich mit der Sportart vorher nie auseinandergesetzt hat.

Wie ich mir inzwischen eingestehe, ist es eben nicht nur bescheuertes Auf-Dem-Eis-Herumgerutsche, sondern ein harter und anstrengender Sport. Da gehört ein Haufen Disziplin dazu und umso öfter ich es mir anschaue, desto beeindruckter bin ich davon, mit welcher Leichtigkeit die Mädels diese komplexen Schrittfolgen, Pirouetten und Sprünge vorführen.

»Himmelspirouette«, murmelt Anna leise vor sich hin. *Ob sie merkt, dass sie die Namen der einzelnen Elemente vor sich hin flüstert?*

Den gestrigen Abend haben wir damit verbracht, uns von ihr ein paar der Figuren genauer erklären zu lassen. Doch ohne die jeweiligen Sprünge und Bewegungen vor Augen zu haben, ist das gar nicht so leicht zu verstehen. Meine Vorstellungskraft scheint dafür jedenfalls nicht auszureichen.

Ich genehmige mir zwei, drei Sekunden, um sie von der Seite zu betrachten. Anna hat den Mund ein winziges Stück weit geöffnet. Ihre vollen Lippen zittern fast unmerklich, als sie tief die Luft einsaugt und langsam wieder ausströmen lässt. Mit einem blauen Band, das zu einer Schleife geformt ist, hat sie ihr dunkelblondes Haar zusammengebunden. So tragen es die meisten der Teilnehmerinnen.

Zwei steile Falten zeichnen sich zwischen ihren Augenbrauen ab, so konzentriert sieht sie mit zusammengekniffenen Augen auf das Eis. Als würde sie keine einzige Sekunde verpassen und jede Bewegung ihrer Konkurrentinnen analysieren wollen.

Anna hat mir gestern erzählt, dass sie das Wort »Konkurrentinnen« verabscheut. Sie macht Eiskunstlauf, weil sie es liebt auf dem Eis zu stehen. Sie fährt, seit sie denken kann und fühlt sich in diesen Momenten ihrer Mutter besonders nah. Weiter nachgebohrt habe ich nicht, denn inzwischen habe ich von Mom erfahren, was geschehen ist. Wenn Anna mir selbst davon erzählen möchte, dann wird sie das nachholen.

Ich atme tief durch, fahre mir mit der Hand durchs Haar und drücke mir dann mit Daumen und Zeigefinger ins Nasenbein. Wie immer, wenn ich bedrückende Gedanken habe und diese loswerden möchte. Das ist jetzt kein Thema für diesen Augenblick.

In den letzten Tagen ist einiges passiert. Das Gespräch zwischen Richard und mir hat das ein oder andere Missverständnis zu Tage befördert, über das wir gesprochen haben, um es dann endlich aus der Welt zu räumen. Er wollte nie die Vaterrolle einnehmen, sondern eine Person in meinem Leben sein, auf die ich vertrauen und an die ich mich jederzeit wenden kann. Wie Mom es mir die ganze Zeit gepredigt hat, habe ich schon einen Dad. Arschloch hin oder her.

Nur war Richard von meinem abweisenden Verhalten so überrumpelt, dass er sich nicht mehr zu helfen wusste. Dabei ist es dann zu den missglückten Versuchen gekommen, mein ›Kumpel‹ zu werden. Er hat sich *zu* viel Mühe gegeben und ich war davon nur noch genervt und habe ihn darauf beschissen behandelt. Ein Teufelskreis also.

Die gemeinsamen Abendessen fühlen sich seitdem schon besser an. Die Stimmung ist fröhlich und gelöst. Wir haben gemeinsam gelacht und laut durcheinander gesprochen. Jeder wollte zu Wort kommen und seine Eindrücke des Tages zum Besten geben. Fast wie bei einer richtigen Familie. Klar, es kann nicht von heute auf morgen perfekt laufen. Manchmal bin ich immer noch angepisst und lasse den ein oder anderen bescheuerten Spruch los, aber zumindest fällt es mir inzwischen auf – und das ist schon mal ein Anfang.

Aber das hat mir gezeigt, wie es sein kann. Wie es von Beginn an möglich gewesen wäre, wenn ich mich nicht mit aller Kraft dagegen gewehrt und alles schon aus Prinzip beschissen gefunden hätte. Ich bin Anna dankbar dafür, mir den Kopf gewaschen zu haben. Auch wenn ich erst richtig pissig auf sie war.

»Das war's«, flüstert Anna und reißt mich damit aus meinen Gedanken.

Mein Blick klärt sich und ich sehe, wie die japanische Läuferin auf dem Eis stürzt und ein kleines Stück rutscht, bevor sie sich schnell wieder aufrappelt und weiterfährt. Sie ist vorgestern als Letzte gestartet und heute wird alles in umgekehrter Reihenfolge sein, wodurch sie als Erste das Eis betreten hat. Ich kann ihr Gesicht nicht genau erkennen, dafür sitzen wir zu weit weg, aber sie versucht sich von dem Fehler nichts anmerken zu lassen, und geht in das nächste Element, eine Pirouette, über.

»Du hast schon vorher erkannt, dass sie stürzen wird?«

Anna nickt und kaut sich dabei enttäuscht auf der Unterlippe herum. »Bei dem Absprung war das leider schon vorprogrammiert. Das ist schade, bisher hat mir die Kür gut gefallen. Die Musik, ihr Ausdruck und die Bewegungen haben wunderbar zusammengepasst. Beim Kurzprogramm hat sie sehr gut abgeschnitten.«

Das Krasse ist, dass sie es wirklich so meint. In ihrer Stimme schwingt kein Neid mit, nur Bedauern für das Mädchen dort unten auf dem Eis, das bis zu diesem Punkt eine echt gute Leistung abgeliefert hat.

Chloé hätte laut aufgelacht und dabei noch mit dem Finger auf ihre Konkurrentin gedeutet. Jedes Wort aus ihrem Mund wäre negativ gewesen. Sie hätte nie zugeben können, dass die Japanerin eine tolle Kür gefahren ist.

Das Mädchen kämpft mit den Tränen, als ihre Wertung abgegeben wird und sie vorläufig auf dem achten Rang landet. Scheinbar hat sie sich eine bessere Platzierung gewünscht und ist enttäuscht, die Qualifikation verpasst zu haben. In meinen Augen ist sie viel zu jung, um diesen Wettbewerbsbedingungen standzuhalten, die in jedem Sport eine große psychische Belastung darstellen.

»Weißt du, wie alt sie ist?«

»Um zum Wettbewerb zugelassen zu werden muss sie mindestens 15 Jahre alt sein. Ich glaube nicht, dass sie sehr viel älter ist.«

Ich nicke. So etwas habe ich mir schon gedacht. »Wenn das tatsächlich ihr erster großer internationaler Wettbewerb ist, ist der achte Platz ein mega gutes Ergebnis, oder?«

Anna zuckt mit den Schultern und lächelt mich schief an. »Du musst dir das so vorstellen: Sie hat sicherlich schon viele Jahre für diesen Moment trainiert. Woche für Woche, Monat für Monat und Jahr für Jahr diszipliniertes und hartes Training. Meistens sechs- bis siebenmal in der Woche. Die meisten von uns müssen viel von ihrer Kindheit und Jugend für diesen Traum aufgeben. Wenn man sich dann etwas anderes erhofft und vorgestellt hat, ist es nur natürlich enttäuscht zu sein.«

»Das stimmt. Aber wenn du jahrelang dasselbe trainierst, musst du das dann nicht irgendwann im Schlaf vorführen können?« Ich hoffe, dass das für sie nicht so bescheuert klingt, wie es sich laut ausgesprochen in meinen Ohren anhört.

»Wenn du mehrmals in der Woche trainierst, den Puck ins Netz zu verfrachten, warum triffst du dann nicht in jedem Spiel?«

»Touché.« Ich grinse Anna kurz an. »So war das gar nicht gemeint. Man denkt nur immer, dass es einem irgendwann in Fleisch und Blut übergeht. Beim Hockey ist es oft tagesabhängig und bei euch wahrscheinlich auch. Man hat gute und schlechte Tage und solche Tage, an denen absolut gar nichts hinhaut.«

Anna dreht sich zu mir. Erleichtert erkenne ich in ihrer Mimik keine Wut über meine unbedachte Frage. Sie lächelt mich an und nickt. »Ein Sprung kann in jedem einzelnen Training funktionieren. Ohne Probleme. Und wenn man dann unter Wettbewerbsbedingungen antreten muss, können einem die leichtesten Sprünge zum Verhängnis werden. Zu viel oder zu wenig Schwung, eine falsche Arm- oder Beinbewegung.« Anna zuckt mit den Schultern. »Manchmal sind es die kleinen Dinge.«

»Anna, du bist gleich an der Reihe«, unterbricht Mom unser Gespräch, worauf Anna sich neben mir von ihrem Platz erhebt und die blauen Handschuhe anzieht, die perfekt zu dem königsblauen Anzug passen, den sie heute trägt.

»Dann mache ich mich mal auf den Weg.« Ihre Stimme zittert ein wenig vor Aufregung.

»Du schaffst das.« Ich hebe beide Daumen nach oben und versuche meine ganze Zuversicht in die Worte zu legen. »Du wirst sie alle umhauen.«

Sie lächelt mich an. »Danke. Ich bin gespannt, wie euch die Kür gefallen wird.«

»Wir werden begeistert sein, wie vorgestern.« Mom drückt kurz Annas Hand und streicht ihr liebevoll über den Arm, bevor sie sie dann wieder freilässt, damit Anna hinunter zum Eis gehen kann. Mom hat sie wirklich gern, das merke ich schon daran, wie sie mit ihr spricht.

Ich sehe Anna hinterher und behalte sie auch dann noch im Blick, als sie unten an der Bande ankommt.

Mein Blick wandert zur Seite und ich erkenne Chloé nur wenige Meter entfernt von ihr stehen.

Ihre Augen sind fest auf das Eis gerichtet. Die ersten Takte der Musik erklingen und die Läuferin, die vor Chloé an der Reihe ist, beginnt mit ihrer Kür. Nur am Rande bekomme ich ihren Auftritt mit, ich kann meine Augen einfach nicht von Anna lösen.

Selbst von hier oben ist ihr die Anspannung anzusehen. Sie klammert sich mit beiden Händen an der Bande fest und steht stocksteif da, rührt sich keinen Millimeter. Der letzte Ton des Liedes verklingt und die isländische Repräsentantin begibt sich mit einem breiten Lächeln in die Schlussposition.

»Das war Freyja Ericdottir für Island!«, kommt es knatternd aus den Lautsprechern. Während der Ansage verlässt sie das Eis.

Während Freyja sich auf den Weg nach oben macht, um ihre Punkte für die dargebotene Kür zu bekommen, tritt Chloé näher an Anna heran. Sie sagt etwas zu ihr und ich wüsste zu gerne, was es ist. Anna weicht einen Schritt von ihr zurück und im selben Moment ballt sich meine Hand zur Faust.

»Was geht dort unten vor sich?«

Ich löse den Blick für einen Moment von Anna und sehe stattdessen zu Richard, der sich halb auf seinem Sitz aufrichtet und die Szene zwischen Chloé und Anna mit gerunzelter Stirn beobachtet.

Gerade wendet Chloé sich ab, fährt auf das Eis und macht sich für ihren Auftritt bereit.

»Bitte die Punktzahl für Freyja Ericdottir aus Island.«

Gespannt blicke ich auf den Monitor, während gleichzeitig dieselbe männliche Stimme wie am ersten Wettbewerbstag die Punktzahl verkündet. »Freyja Ericdottir erreicht insgesamt 102,52 Punkte und belegt damit aktuell den dritten Rang.«

Ich stimme in den Applaus des Publikums ein und sehe das sowohl erleichterte als auch glückliche Lächeln auf Freyjas Lippen. Dann wende ich mich Chloé zu, die gerade noch eine Runde auf dem Eis hinlegt, um dann in der Mitte der Fläche zum Stehen zu kommen. Jetzt kommt es auf ihren und Annas Auftritt an.

Wenn meine Jungs mich dabei sehen würden, wie sehr ich bei einem *Eiskunstlaufwettbewerb* mitfiebere, würden sie in einen Lachflash ausbrechen, der sich gewaschen hat und damit wahrscheinlich nicht vor Weihnachten aufhören können.

»Nun begrüßen wir Chloé Monet auf dem Eis. Sie vertritt Frankreich.«

Ist der Typ nicht irgendwann genervt davon, immer dasselbe sagen zu müssen?, schießt es mir durch den Kopf bei der sich ständig wiederholenden Ankündigung.

Mir jedenfalls geht es so. Sie könnten sich ruhig ein paar andere Floskeln einfallen lassen, um die Athletinnen auf dem Eis zu begrüßen.

Wie auch immer. Jetzt wird es spannend, denn Chloé hat gestern eine gute Leistung hingelegt und so ungern ich das zugeben will, kann man sie als Annas stärkste Konkurrenz bezeichnen.

Flotte Musik ertönt aus den Lautsprechern. Chloé setzt weniger auf die emotionale Schiene, sondern will, wie bereits bei ihrem Kurzprogramm, direkt Power geben. Sie fliegt geradezu über das Eis, doch ihr scheint irgendetwas Probleme zu bereiten. Ihr Körper wiegt nach links und rechts, als hätte sie Schwierigkeiten sich auf den Beinen zu halten.

»Kommt nur mir das so vor oder wirkt Chloé ein wenig wackelig auf den Beinen?«

Ich sehe zu Richard und Mom, die nervös auf ihrer Lippe herumkaut und mit großen Augen auf das Eis starrt. »Irgendetwas stimmt da nicht.«

Das bestätigt meine vorherige Aussage. Ich lege die Ellenbogen auf den Oberschenkeln ab und beuge mich weiter nach vorne. Mein Bein wippt auf und ab. Chloé fährt einen weiten Bogen an der Bande entlang und vollführt eine Pirouette. Dabei hebt sie das rechte Bein an, sodass es mit ihrem Rücken eine waagrechte Linie bildet, aber sie scheint Probleme zu haben, sich auf dem einen Bein zu halten und unterbricht die wackelige Angelegenheit bereits nach wenigen Drehungen.

Wieso macht sie weiter? Ich schüttle den Kopf und kann meinen Blick nicht vom Eis abwenden.

Chloé vollführt einen weiteren Bogen und setzt dann zum ersten Sprung ihrer Kür an. »Oh shit!«, entfährt es mir und Mom japst zeitgleich laut nach Luft.

Chloés rechter Schlittschuh rutscht bei der Landung weg, wodurch ihr Fuß einknickt. Mit Schwung schlägt sie seitlich auf das Eis auf, ohne den Sturz abfangen zu können. Das sieht echt übel aus.

Stimmen werden laut, als sie nicht aufsteht und die Musik wird sofort abgestellt. Es dauert einige Momente, bis zwei Sanitäter mit einer Trage vorsichtig das Eis betreten und Chloé darauf verfrachten. Eine Frau in einem blauen Trainingsanzug, bei der es sich wahrscheinlich um Chloés Trainerin handelt, läuft ebenfalls aufs Eis und lehnt sich über die Trage. Mit einer Hand hält Chloé sich die linke Schulter und auch ihr Kopf scheint etwas abbekommen zu haben. Wir sitzen jedoch zu weit weg, um Näheres erkennen zu können.

Anna steht an der Bande und selbst von hier aus kann ich ihr den Schock ansehen. Sie ist so nah dran, dass es für sie noch übler ausgesehen haben muss.

»Das sieht gar nicht gut aus«, sagt Richard und ich nicke bestätigend.

Obwohl Chloé ein Miststück ist und Anna echt mies behandelt hat, hoffe ich auch, dass sie schnell wieder auf die Beine kommt und keine schweren Verletzungen davongetragen hat. Es muss schlimm sein, bei einem so wichtigen Wettbewerb auszufallen. Vor allem, wenn man wie Chloé die Chance auf die WM-Qualifizierung hatte.

Geschockt sehen wir den Sanitätern dabei zu, wie sie Chloé behutsam zudecken und vom Eis tragen. Sie gehen mit ihr direkt an Anna vorbei, die sich umdreht und den Sanitätern nachblickt, bis sie aus der Halle verschwunden sind. Vermutlich bringen sie Chloé direkt in den Krankenwagen, um die Schulter zu untersuchen.

Tiefes Schweigen liegt über der Eishalle, während sie weggetragen wird. Der Schock über diesen Vorfall sitzt tief und ich kann einfach nicht vergessen, wie komisch Chloé bereits zu Beginn ihrer Kür gefahren ist und wie wackelig sie auf den Schlittschuhen war. Ein ungutes Gefühl überkommt mich. Auch Mom und Richard sagen die ganze Zeit über nichts mehr und starren mit leerem Blick auf das Eis.

»Chloé Monet für Frankreich kann aufgrund einer Verletzung leider nicht mehr am Wettbewerb teilnehmen. Wir wünschen ihr eine schnelle Genesung und hoffen, sie beim nächsten Wettbewerb wieder auf dem Eis begrüßen zu dürfen.«

Mom und ich werfen uns einen stummen Blick zu. »Das arme Mädchen.«

»Hoffentlich lässt Anna sich nicht zu sehr davon mitreißen«, wirft Richard ein.

Sie fährt gerade auf das Eis, doch ihr Blick scheint die ganze Zeit auf den Punkt gerichtet, wo Chloé gestürzt ist. »Komm schon Anna, konzentriere dich«, murmle ich so leise, dass nur ich die Worte hören kann.

Sie platziert sich in der Mitte des Eises und begibt sich in die Anfangsposition, in der sie beide Arme nach oben ausstreckt und sich leicht nach links beugt. Zuvor hat sie noch angespannt gewirkt, was bei dem Vorfall nur verständlich ist, aber sobald die Musik einsetzt, scheint diese von ihr abzufallen.

Für die Kür hat Anna sich ein Lied mit Text ausgesucht. Es handelt sich um *A Million Dreams* von *P!nk* und es passt einfach perfekt. Wie der Song legt auch sie zunächst langsam und ruhig los. Eine einzelne Pirouette, unaufgeregt und zart. Weitgreifende Schrittfolgen und weiche Sprünge. Der Ausdruck auf ihrem Gesicht ist träumerisch und sie erzählt die Geschichte des Liedes mit ihrem gesamten Körper.

Doch sobald der Refrain einsetzt, werden Annas Sprünge größer, die Drehungen schneller und spektakulärer und trotzdem sieht es spielerisch leicht aus, als würde sie über das Eis fliegen. Anna füllt mit ihren Bewegungen die gesamte Halle aus. Ihr Auftritt nimmt mich völlig gefangen. Es ist unmöglich, die Augen von ihr abzuwenden und je länger das Lied andauert, desto mutiger wird sie. Als würde sie mit jedem weiteren Ton an Selbstbewusstsein gewinnen und über sich hinauswachsen.

So etwas habe ich noch nie gesehen. Selbst diejenigen, die sie nicht kennen, sehen, dass sie nichts weiter will, als dort unten auf dem Eis zu stehen und Schlittschuh zu fahren. Wie viel Liebe und Hingabe sie hineinsteckt und was es ihr bedeutet.

Und das ist es, was sie von den anderen Mädchen unterscheidet und der Grund dafür ist, dass ihr Auftritt so magisch wirkt. Ich habe das Gefühl, genau zu verstehen, was sie den Zuschauern sagen will: Einer ihrer einer Millionen Träume besteht darin, genau das zu tun, was sie eben macht: Auf dem Eis zu tanzen und die Menschen allein durch ihren Auftritt etwas tief in ihren Herzen fühlen zu lassen.

Ich sehe zu Mom und Richard, die genauso begeistert sind wie ich. Moms Augen füllen sich sogar mit Tränen und Richard greift nach ihrer Hand, um sie sanft zu tätscheln.

»Ich glaube, ich habe noch nie etwas so Wunderschönes gesehen«, haucht sie und im Stillen stimme ich ihr zu. Das ist wirklich ein unglaublicher Moment, der leider viel zu schnell vorbeigeht.

P!nk legt zum Schluss noch einmal richtig los und Anna folgt ihrem Beispiel. Sie vollführt zuerst einen zweifachen und dann einen dreifachen Sprung als Abschluss und kommt mit dem letzten verklingenden Ton zum Stehen. Als Schlusspose streckt sie ihren linken Fuß nach hinten aus und hebt einen Arm nach oben. Ein bezauberndes Lächeln liegt auf ihren Lippen, als der tosende Applaus einsetzt.

»Anna Hoffmann für Deutschland!«, erklingt es kaum hörbar aus den Lautsprechern. Zu laut ist der Jubel von den Rängen. Annas Auftritt hat nicht nur unser Herz berührt, sondern das vieler anderer in dieser Halle ebenfalls. Wenn möglich wird ihr Lächeln noch breiter, als sie vom Eis fährt.

»Anna Hoffmann erhält für ihre Darstellung 105,89 Punkte und belegt damit knapp den dritten Rang hinter Li Wang mit 107,55 Punkten und der erstplatzierten Giovanna Rossi aus Italien.

Ich wende meinen Blick vom Eis ab, als Anna auf uns zu kommt. Ihre Wangen sind gerötet und ein breites Grinsen lässt ihre Augen glücklich aufleuchten. »Ich fasse es nicht.« Mit einem Plumps lässt sie sich auf ihren Platz neben mich sinken.

»Also, ich war bei deinem Kurzprogramm schon beeindruckt. Aber das war ...« Mom schluckt und sucht nach den richtigen Worten. »Es war einfach unglaublich. Dein Auftritt hat mich wirklich sehr berührt.«

Die Worte reichen nicht annähernd aus, um die Gefühle während Annas Performance zu beschreiben.

»Meine Mom ist diese Kür mal gefahren. Ich habe sie nur ein bisschen abgewandelt und ein anderes Lied benutzt.« Sie weicht meinem Blick aus und sieht kurz zu Boden.

»Sie wäre unheimlich stolz auf dich.« Mom legt eine Hand auf Annas und lächelt sie an.

Anna beißt sich auf die Unterlippe und nickt. »Das hoffe ich.«

»Ich bin mir da *sehr* sicher und das solltest du dir auch sein. Ich weiß, du hast es selbst nicht gesehen. Aber das, was du dort unten«, ich deute auf die glitzernde Eisfläche, »gemacht hast, war wirklich der Wahnsinn. Unbeschreiblich.«

»Ich kann Fynn nur zustimmen. Zusammen mit der Musik war es wirklich ein magischer Moment. Und wenn es einen Himmel gibt, dann hat Anita mit Freudentränen in den Augen zu dir heruntergesehen.«

Annas Unterlippe bebt. »Danke Richard. Es ist eine schöne Vorstellung, dass Mama dort oben sitzt und mir zugesehen hat.« Ihre Stimme klingt gepresst vor Rührung.

»Gruppenumarmung!«, ruft Richard darauf aus und ehe ich mich versehe, schlingt er einen Arm um Mom und den anderen um mich, wodurch Anna in der Mitte von uns allen gleichzeitig zusammengedrückt wird. Ihr Kopf wird auf meine Brust gepresst und bestimmt hört sie mein wild schlagendes Herz. Ihre Nähe sendet Blitze durch meinen Körper, die meinen Puls noch weiter in die Höhe treiben.

Annas Lachen an meiner Brust gehört zu den schönsten Dingen, die ich je gehört habe. Es kriecht direkt in mein Herz und nistet sich dort ein, macht es sich gemütlich und baut sich ein Nest.

Auch auf mein Gesicht legt sich ein Lächeln, ohne dass ich etwas dagegen tun kann. Wie von selbst hebt sich meine Hand und streicht eine widerspenstige Strähne, die sich aus Annas Frisur gelöst hat, aus ihrem Gesicht. Dabei berührt mein Zeigefinger leicht ihre Wange. Mit großen Augen sieht sie mich an, sagt aber nichts. Der Moment geht viel zu schnell vorbei.

Als Richard und Mom uns loslassen und Anna sich von mir löst, spüre ich die Kälte wieder. Sie kriecht mir in die Glieder und ich ziehe augenblicklich den Reißverschluss der Jacke weiter zu. Mein Puls beruhigt sich langsam und ich frage mich, ob Annas Nähe der Grund für mein galoppierendes Herz war oder die Aufregung der letzten Tage. Ich schüttle den Kopf. Es wäre gelogen zu behaupten, dass ihre Berührung, und wenn sie noch so kurz war, nichts in mir ausgelöst hat.

Wie so oft fahre ich mir mit der Hand durch die wirren Locken. Anna macht irgendetwas mit mir. Und im Moment kann ich nicht einschätzen, was ich davon halten soll.

»Das war Jekaterina Petrowa. Sie belegt den vierten Rang mit 102,82 Punkten. Hiermit stehen die Platzierungen fest.«

»Moment mal.« Ich richte mich ruckartig auf und drehe mich zu Anna um, ohne den weiteren Worten der Sprecherin zu lauschen. Sind wirklich schon alle durch? Ich musste die letzten Läuferinnen verpasst haben. »Heißt das, dass du es geschafft hast, dich für die Weltmeisterschaft zu qualifizieren? Was ist mit Chloé?«

»Da sie nicht länger teilnehmen kann, scheidet sie theoretisch aus«, antwortet Anna geistesabwesend und wird noch bleicher.

Mir wäre fast ein leises Aufkeuchen entwischt. Anna hat sich dieses Ticket mehr als verdient. Ich will sie vor Freude in die Arme schließen, doch ihre zusammengekrümmte Körperhaltung lässt mich innehalten. »Solltest du dich nicht freuen?«, frage ich vorsichtig.

Ihr Kopf ruckt in meine Richtung. »Mich freuen? Chloé ist verletzt, Fynn. Wer weiß wie schwer. *So* wollte ich definitiv nicht gegen sie gewinnen.«

»Aber dich trifft keine Schuld. Das ist einfach beschissen gelaufen. Mir tut es auch leid für Chloé, obwohl ich sie nicht leiden kann. Aber du hast es verdient. Du warst mit Abstand die Bessere. Das kann dir jeder hier in der Halle bestätigen.«

Erschöpft reibt Anna sich über das Gesicht. »Ich glaube, da muss ich erst einmal eine Nacht drüber schlafen.« Ein schwaches, müdes Lächeln erscheint auf ihrem Gesicht und erst jetzt erkenne ich, wie viel Kraft Anna die letzten Tage gekostet haben.

Mom beugt sich vor und drückt Annas Schulter. »Zu Hause lasse ich dir ein heißes Bad ein und dann gehst du ins Bett und ruhst dich aus. Bestimmt werden wir die nächsten Tage erfahren, wie es Chloé ergangen ist. Ich bin mir sicher, dass sie schnell genesen wird. Ich weiß, dass ihr Eis-Mädels hart im Nehmen seid.« Sie reibt über Annas Arm und die Worte scheinen ihr zu helfen. »Wir sind trotzdem sehr stolz auf dich und ich kann Fynn nur zustimmen, du hast dir diese Qualifizierung mehr als verdient.«

Anna nickt langsam und zieht ihr Handy hervor.

»Was machst du?«

Sie sieht zu mir auf. »Ich sollte meiner Trainerin antworten. Sie hat mir schon zehn Nachrichten geschickt und die letzten paar kann ich nicht einmal mehr entziffern. Ich glaube, sie will wissen, wie es gelaufen ist.« Anna hält mir das Handy vors Gesicht.

Beim Lesen der Messages muss ich leise auflachen. Obwohl ich kein Deutsch kann, bin ich mir sicher, dass die meisten deutschen Wörter keine Zahlen, Satzzeichen oder Großbuchstaben mitten in einem Wort haben. Das Handy brummt und kündigt eine weitere

Nachricht an. Anna wirft einen Blick darauf und ihr Lächeln verschwindet wieder von ihrem Gesicht.

»Alles okay?«

»Die ist von meinem Papa«, murmelt sie. »Er wünscht mir viel Glück heute.«

Verwirrt sehe ich Anna an, die sich jedoch nur auf ihr Handy konzentriert. »Ihm ist schon klar, dass der Wettbewerb vorbei ist oder?«

»Scheinbar nicht«, antwortet sie trocken und beginnt etwas auf ihrem Smartphone zu tippen. Aber ich höre die unterdrückte Wut in ihrer leicht zitternden Stimme heraus.

Kapitel 8: Fynn

»Bist du dir sicher, dass du jetzt nochmal in die Eishalle möchtest?« Moms Stimme klingt besorgt, als sie Anna die Milch aus dem Kühlschrank herausgibt. Sie stemmt die Hände in die Hüften und beobachtet Anna dabei, wie sie die Milch in ihre Cornflakes kippt. Unter ihren Augen liegen dunkle Ringe, als hätte sie die ganze Nacht nicht geschlafen. Dabei fühlte sie sich nach dem heißen Bad gestern schon ein wenig besser.

»Heute findet die Siegerehrung statt.«

Mom schnappt nach Luft. »Die Siegerehrung ist heute?« Sie greift fester um die Henkel ihrer Handtasche. Richard und sie haben sich bereits fertiggemacht für einen Termin mit einem potenziellen Kunden ein paar Orte weiter.

Anna nickt nur, weil sie sich gerade einen Löffel Cornflakes in den Mund geschoben hat und bedächtig kaut. »Heute Abend um sieben Uhr«, fügt sie hinzu, nachdem sie heruntergeschluckt hat.

Einen gehetzten Blick auf die Uhr werfend, als wäre diese gleichzeitig ihr Terminplaner, seufzt Mom auf. »Das schaffen wir nicht pünktlich«, murmelt sie. »Richard? Können wir das Abendessen mit dem Kunden auf morgen Abend verschieben? Annas Siegerehrung findet heute statt«, ruft sie laut über die Schulter.

Nur wenige Momente später kommt Richard in die Küche und schließt die letzten Hemdknöpfe. Mom bindet ihm im Anschluss die dunkelblaue Krawatte.

»Das ist zu kurzfristig. Er ist extra aus dem Norden angereist. Es tut mir wirklich leid, Anna. Das hatte ich nicht auf dem Schirm«, sagt er in bedauerndem Tonfall. »Aber wir kommen auf jeden Fall nach.«

Anna winkt ab. »Alles gut. Ihr habt schon so viel für mich gemacht.«

Mom schaut immer noch zweifelnd, kann aber an dem Dilemma nichts mehr ändern. »Hätte ich das gewusst«, murmelt sie vor sich hin.

»War ja wieder klar«, rutscht es mir heraus und ich kann mir einen genervten Blick nicht verkneifen. »Dann bleibt es wieder an mir hängen. Ne Wahl habe ich sowieso nicht. Irgendjemand muss sie ja fahren.« Ich beiße ein großes Stück vom Brot ab und als ich Annas Blick begegne, räuspere ich mich. »Sorry, so war es nicht gemeint. Ich begleite dich gerne zu dieser unferienhaften Uhrzeit in die Eishalle. Und bleibe heute Abend bis zum bitteren Ende.« Ich zwinkere Anna zu und auf ihrem Gesicht erscheint ein zaghaftes Lächeln. »Auch wenn ich nicht kapiere, warum du jetzt schon hin willst.« Meine Worte gehen unter, als Mom sich neben mich stellt und eine Hand auf meine Schulter legt.

»Du machst Bilder von der Siegerehrung«, beschwört sie mich und sieht mir dabei tief in die Augen.

»Mindestens eine Million. Versprochen.« Ich ziehe mein Handy hervor und wedele damit vor ihrem Gesicht herum.

»Besser ist es«, sagt sie mit gespielt strengem Blick. »Wir müssen gehen. Ist das auch wirklich in Ordnung?« Ihre Stirn legt sich in Falten und das schlechte Gewissen steht ihr ins Gesicht geschrieben.

»Nope«, sage ich, während Anna im selben Moment »Es ist alles gut« antwortet. Sie schenkt Mom ein warmes Lächeln, das sie zu beruhigen scheint. »Fynn ist ja da.«

»Unfreiwillig wohlgemerkt.«

Mom haut mir mit ihrer Handtasche gegen die Schulter, bevor sie sich diese unter den Arm klemmt und sich mit dem anderen bei Richard unterhakt.

»Autsch, wofür war das denn?«

»Du weißt genau wofür«, antwortet sie und gibt mir diesen typischen Mom-Blick. »Meldet euch zwischendurch und schickt … «

»Wir schicken euch Bilder. Und jetzt solltet ihr euch beeilen, bevor der Kunde es sich anders überlegt«, unterbreche ich Mom und winke den beiden mit der freien Hand zu.

»Besser wäre es, wenn wir das heute unter Dach und Fach kriegen. Also ihr zwei! Macht's gut. Wir sehen uns heute Abend, wenn auch etwas später als üblich. Genieße den Moment Anna. Du warst wunderbar gestern und kannst wirklich stolz auf deine Leistung sein.«

Annas Wangen röten sich und sie richtet die blaugrünen Augen für einen Moment zu Boden. »Das werde ich. Bis heute Abend.«

Mom und Richard verlassen das Haus. »Ich dachte schon, dass sie gar nicht mehr gehen«, rufe ich aus, sobald die Tür mit einem lauten Rums ins Schloss fällt, und schlage die Hände über dem Kopf zusammen. »Ist ja echt anstrengend, wie sehr die dich mögen.«

»Ich mag deine Eltern auch sehr gerne.«

Bei dem Wort »Eltern« zieht sich etwas in mir zusammen, von dem ich dachte, dass ich es nach dem Gespräch überwunden habe. Aber so schnell geht das wohl doch nicht. »Er ist nicht mein Vater«, knurre ich und drücke das Brot in meiner Hand fest zusammen.

Anna hebt abwehrend die Hände. »Sorry, so war es nicht gemeint.«

Ich fange mich genauso schnell wieder, wie die Wut aufgeflammt ist. »Schon okay«, gebe ich knapp zurück und fahre mir müde über das Gesicht. »Von mir auch nicht.« Ich spreche so leise, dass sie die letzten Worte wahrscheinlich gar nicht mehr hören kann.

Anna wirft einen Blick auf die Uhr. »Wir müssen bald los, sonst verpasse ich das Schaulaufen.«

Perplex sehe ich sie mit hochgezogenen Augenbrauen an und lasse mich auf das neue Thema ein. »Ich glaube, das hast du vergessen zu erwähnen. Was ist das genau?«

»Alle Medaillengewinner, also auch aus dem Einzellauf der Herren, dem Paarlauf und dem Eistanz, und ein paar ausgewählte Eiskunstläufer treten noch einmal mit ihren Küren für das Publikum auf.«

Ich seufze übertrieben laut auf. »Wann geht es los?«

Verschmitzt lächelt sie mich an. »In anderthalb Stunden.« Ehe ich etwas sagen kann, rennt sie wie von der Tarantel gestochen davon. Das heißt, wir sind mal wieder spät dran. »Ich hole schnell meine Sachen«, ruft sie mir über die Schulter hinweg zu, während sie schon die Stufen nach oben in ihr Zimmer läuft. Das wird ein paar Minuten dauern, denn wenn ich mich an ihre Frisur erinnere, hat sie heute noch nicht das Innere des Badezimmers gesehen.

Anna ist nicht einmal eine Woche da und schon stellt sie alles auf den Kopf. Aber aus meiner jetzigen Position betrachtet im positiven Sinne. Wer hätte gedacht, dass das passieren wird. Ich auf jeden Fall nicht. Vor allem, weil es zu Beginn noch ganz anders war.

»Bereit?«, frage ich Anna, als sie fünfzehn Minuten später schweratmend wieder neben mir zum Stehen kommt. Ihr Haar hat sie mit einem Zopfgummi zu einem Dutt gebändigt und sie steckt in ihrer dicken Daunenjacke und einer dunklen Jeanshose. Über ihrer Schulter hängt die Sporttasche.

»Ja«, bringt sie erstickt hervor. Sie wirft einen weiteren Blick auf die Uhr und nickt sich selbst zufrieden zu. »Gar nicht übel was?«

Leise lachend strecke ich die Hand aus. »Gib mir deine Tasche.« Ich nehme das Teil entgegen, gehe zur Garderobe und ziehe ebenfalls Jacke und Schuhe an.

»Hast du gerade noch schnell eine Gentleman-Pille geschluckt oder versuchst du, den vorherigen Spruch wieder gut zu machen?« Sie boxt mir spielerisch auf den Oberarm und lässt mich stehen.

Lachend folge ich ihr aus dem Haus und wir fahren zur Eishalle. Innerhalb kürzester Zeit bin ich den Weg inzwischen so oft gefahren, dass ich ihn auswendig kenne. Immerhin weiß ich dann schon, wo das Hockeytraining stattfinden wird. Wenn sie mich im Team aufnehmen.

Ich muss irgendeinen Laut ausgestoßen haben, denn Annas bohrender Seitenblick trifft mich. »Was ist los?«

Mit der Hand fahre ich mir durchs Haar, während ich die andere oben auf dem Lenkrad liegen lasse. »Ich habe gerade an die Auswahl gedacht. Für die Hockeymannschaft.«

»Hast du Angst, nicht gut genug zu sein?« Anna trifft den Nagel wieder auf den Kopf. Ich schätze Ehrlichkeit sehr und finde ihre direkte Art erfrischend. Es ist das krasse Gegenteil zu den Mädchen, die ich bisher kennengelernt habe.

Zuerst zucke ich mit den Schultern, doch nicke dann. Irgendwie bringt sie mich dazu, bei solchen Dingen ehrlich zu sein, obwohl ich nicht gerne über meine Gefühle spreche. Ich weiß nicht wie, aber sie bekam es bisher immer hin.

»Es ist nicht einfach, in meinem Alter in ein gutes Team zu kommen.«

»Das klingt fast so, als wärst du schon achtzig.« Sie lacht leise, verstummt jedoch schnell wieder, als sie meinen Blick auffängt. »Aber ich verstehe das.«

Meine Augenbrauen wandern in die Höhe. »Wie das?«

Nun ist es Anna, die mit den Schultern zuckt. »Die Teilnehmerinnen an diesen großen Wettbewerben, wie die Qualifikationen, Europameisterschaften oder Weltmeisterschaften, werden jedes Jahr jünger. Bei der letzten Europameisterschaft war ein fünfzehnjähriges Mädchen aus Russland dabei und wenn ich mich richtig erinnere, hat sie den zweiten Platz belegt. Diese jungen Mädchen wiegen um einiges weniger, wodurch ihnen die Sprünge und Pirouetten leichter fallen. Sie können sich einfach schneller drehen. Dadurch gehöre ich mit neunzehn schon fast zum alten Eisen und es wird immer schwieriger, sich zu qualifizieren. Andererseits fehlt es ihnen wiederum an Lebenserfahrung, wodurch der künstlerische Ausdruck nicht so zur Geltung kommt.«

»Darauf wäre ich nie gekommen. Klingt aber einleuchtend. Wer hätte gedacht, dass Eishockeyspieler und Eiskunstläuferinnen doch mehr gemeinsam haben, als nur die Liebe zum Eis unter den Kufen.«

»Das hast du schön gesagt.« Sie legt sanft eine Hand auf meine Schulter und drückt sie kurz. »Aber hey, das wird schon.«

Bei der Berührung wird mir abwechselnd warm und kalt und ich muss mich mit aller Kraft dazu zwingen, mich weiter auf den Straßenverkehr zu konzentrieren.

Nur wenige Sekunden später nimmt sie ihre Hand wieder fort und ich vermisse die Wärme, die sie ausgestrahlt hat. »Wenn wir weitersuchen würden, wärst du überrascht, wie viele Parallelen es wirklich gibt.«

»Das glaube ich dir sogar.«

Wir fahren auf dem Parkplatz vor, der bereits gut gefüllt ist, und ich fühle so etwas wie Enttäuschung tief in mir. Es war schön, mich mit Anna zu unterhalten und Späße zu machen. Aber woher dieses komische Gefühl in ihrer Nähe auf einmal kommt weiß ich nicht. Mit einem Kopfschütteln versuche ich, diese Gedanken loszuwerden und steige rasch aus dem Wagen.

Beim Aussteigen schlägt mir die kalte Luft wie eine Faust entgegen.

»Wieso läufst du eigentlich nicht mit einem Partner?« Die Frage rutscht mir heraus, bevor ich richtig darüber nachdenke. Hoffentlich versteht sie das nicht falsch. Wobei ich mich selbst belüge, wenn ich sagen würde, dass es mich nicht interessiert, ob sie jemanden hat oder nicht.

»Ich habe schon seit zwei Jahren keinen Eiskunstlaufpartner mehr. Bei uns war der große Fehler, dass wir zusammengekommen sind und uns häufig gestritten haben. Als die Beziehung auseinanderging, war es auch mit dem Eislaufen vorbei.« Anna schnaubt, wodurch eine kleine Wolke in der kalten Luft entsteht. Dabei kräuselt sich ihre Nase, was süß aussieht. Ruckartig zieht sie die Eingangstür auf und geht hinein.

»Das tut mir leid.« Insgeheim tut es das ganz und gar nicht. Denn das scheint zu bedeuten, dass sie keinen Freund hat. Und dieser Gedanke erleichtert mich.

»Mir nicht. Es ist besser so. Er war ein Idiot.«

Bei ihren Worten legt sich ein, wahrscheinlich dämliches, Grinsen auf mein Gesicht. Glücklicherweise sieht sie das nicht, da sie vor mir läuft. Anna erwartet keine Antwort darauf, denn sie schiebt sich an den Menschen vorbei, die im Weg stehen. Kurz danach sitzen wir auf unseren Plätzen nebeneinander auf der Tribüne.

»Gerade rechtzeitig«, sagt Anna, als das erste Paar aufs Eis fährt.

»Wir hatten Glück, dass der Verkehr so gut lief. Das hätte morgen schon wieder anders aussehen können.«

Anna nickt nur. Ihre Augen heften sich wie gebannt auf die zwei Eistänzer, die auf der Eisfläche sind und sich warmlaufen. Der Mann legt in diesem Moment die Hände um die Taille seiner Partnerin und hebt sie mit ausgestreckten Armen nach oben über den Kopf. Dabei fährt er ein paar Meter weiter, bevor er sie langsam wieder sinken lässt, und sicher auf dem Eis abstellt. Wie viele Stunden pro Woche der wohl ins Fitnessstudio gehen muss, damit das so spielerisch leicht aussieht?

Als Nächstes fährt das Mädchen vor ihn und er greift unter ihre Arme. Sie lässt sich darauf nach hinten fallen und wird von ihrem Partner im Kreis über das Eis gezogen. Das Ganze erinnert mich an einen selbstgemachten Zirkel: Der Mann ist der Mittelpunkt und die Läuferin kreist darum. Damals war es ein Bleistift mit einer Schnur, heute zwei Menschen. Der Vergleich lässt mich kurz auflachen.

»Warum lachst du?«

Kurz erkläre ich Anna die Assoziation und sie kichert ebenfalls leise. »Das ist gut. Wirklich, den muss ich zu Hause Lena erzählen. Die wird sich schlapp lachen.«

»Wer ist Lena?«

»Meine beste Freundin. Sie fährt zwar selbst nicht, aber begleitet mich oft zum Training und schaut zu. Echt schade, dass sie nicht dabei sein kann. Das würde ihr gefallen.« Sie deutet mit dem Kinn aufs Eis.

»Studiert ihr zusammen?« Ich will nicht, dass das Gespräch schon vorbei ist. Es ist komisch, denn sonst bin ich eher weniger der redselige Mensch, aber mit Anna ist es leicht zu sprechen, wenn man sich darauf einlässt.

»Sie studiert soziale Arbeit. Wir haben nur ein paar Vorlesungen zusammen. Aber sie schreibt alles für mich mit und gibt es mir später.« Anna seufzt und sieht zu mir. »Es wird nicht einfach, das alles nachzuholen.«

»Du schaffst das. Und deine Freundin«, ich gerate kurz ins Stocken, weil mir der Name nicht mehr einfällt, »kann dir dabei bestimmt helfen.«

»Bestimmt«, sagt Anna. So wirklich überzeugt wirkt sie aber nicht. »Das wird schon klappen. In den Semesterferien habe ich Zeit, mir die Materialien anzuschauen.«

Ich richte meinen Blick wieder nach vorne zur Bahn, wo gerade ein Wechsel stattfindet. Ein anderes Paar und eine einzelne Läuferin betreten das Eis, um sich auf ihren Auftritt vorzubereiten.

Meine Augen wandern weiter und ich erblicke Chloé in der Nähe des Eingangs. Ihr Arm liegt in einer großen blauweißen Bandage, die mit einer zusätzlichen Schlaufe um den Hals versehen ist. Vermutlich, um den Arm an demselben Platz im rechten Winkel vor ihrer Brust zu halten und zu stabilisieren.

Mit dem Ellenbogen stupse ich Anna leicht an, um ihre Aufmerksamkeit zu erlangen. »Da vorne ist Chloé.«

Ihr Blick wandert augenblicklich in die angegebene Richtung. »Das mit ihrer Schulter sieht aber nicht gut aus.« Chloés Kopf dreht sich zu uns, als hätte sie uns sprechen gehört, was gar nicht möglich ist. Den Mund zu einer Grimasse verzogen, packt sie ihre blondhaarige Freundin mit der gesunden Hand fest am Arm und zerrt sie mit sich.

»Oh, oh. Ich befürchte, dass sie hierherkommt. Und sie scheint nicht gut drauf zu sein.« Meine dunkle Vorahnung bewahrheitet sich, als Chloé sich die Tribüne nach oben kämpft, an den Menschen vorbeischiebt und vor uns zum Stehen kommt.

»Wie geht es dir?« Annas Stimme ist freundlich, obwohl Chloé sie wütend anfunkelt. Andere wären bei den Blitzen, die beinahe aus ihren Augen schießen, zurückgewichen.

»Wie soll es mir schon gehen?«, faucht sie und im selben Moment drehen sich mehrere Köpfe in unsere

Richtung. »Und das ist alles deine Schuld! Das du dich überhaupt noch hierher traust«, giftet Chloé weiter.

Anna sieht sie mit großen Augen verständnislos an. »Meine Schuld?« Mehr bringt sie nicht hervor, doch ihre Stimme rutscht einige Oktaven in die Höhe und zittert.

»An den Kufen meiner Schlittschuhe wurde herumgepfuscht!«

Mir klappt die Kinnlade beinahe zu Boden und Anna scheint es genauso zu gehen.

»Aber ... Ich ... niemals«, stammelt sie, unfähig einen klaren Satz hervorzubringen.

Beschwichtigend hebe ich die Hände und sehe Chloé fest in die Augen. »Nur, damit ich das richtig verstehe. Du glaubst, dass sich jemand an deinen Schlittschuhen zu schaffen gemacht hat?«

»Nicht *jemand*, sondern Anna. Das weiß ich mit absoluter Sicherheit.«

Ich muss einige Male tief durchatmen, um die aufkeimende Wut zu unterdrücken und Chloé nicht anzubrüllen. »Anna würde das nie tun. Was hätte sie denn davon?«

Chloés hellgrüne Augen glitzern gefährlich auf. »Du meinst außer die Qualifizierung für die Weltmeisterschaft?«

Anna sitzt kopfschüttelnd neben mir und ihr Gesicht verliert mit jeder verstreichenden Sekunde weiter an Farbe. Aus meinem Rucksack ziehe ich eine Wasserflasche hervor und reiche sie ihr. »Trink das.« Ich mache mir Sorgen, dass sie gleich von dem Sitz kippen wird.

Chloé macht einen weiteren Schritt auf Anna zu. Schnell stehe ich auf und schiebe mich dazwischen.

»Mit solchen Anschuldigungen wäre ich vorsichtig. Ich lege meine Hand dafür ins Feuer, dass sie so was nie machen würde. Aber nach der Sache in der Umkleidekabine wäre ich mir nicht einmal sicher, ob du es nicht selbst tun würdest, um Anna an den Schuh zu pissen.«

Chloé saugt scharf die Luft ein und gibt ein empörtes Schnauben von sich. Es fehlt nur noch, dass sie filmreif aufstampft und die Haare zurückwirft. »Auf ein solches Niveau würde ich mich nie herablassen.«

Spätestens nach der Garderoben-Sache bist du auf diesem Niveau. Diese Gedanken behalte ich lieber für mich, bevor der Streit ausartet.

»Chloé, können wir nicht in Ruhe ...«, setzt Anna an. Sie wird jäh unterbrochen, indem Chloé die gesunde Hand hebt und abwinkt.

»Ich habe bereits mit dem Wettbewerbs-Komitee und der Polizei gesprochen. Du wirst von ihnen hören.« Nach diesen Worten dreht sie sich mit wehenden Haaren schwungvoll um und lässt uns stehen. Die Blondine, die die ganze Zeit schweigend danebenstand, dackelt ihr wie ein braves Schoßhündchen hinterher.

Fassungslos lasse ich mich wieder auf meinen Platz fallen. »Was geht hier eigentlich ab?«, murmle ich schockiert vor mich hin.

Anna schluchzt leise auf und an ihrer Wange kullert eine einzelne Träne herunter. Mit dem Daumen streiche ich sie fort und nehme sie dann fest in den Arm. »Es wird alles gut. Mach dir keine Sorgen. Die ganze Sache wird sich aufklären. Jeder weiß, dass du das nie machen würdest.« All das und noch mehr beruhigende Worte strömen aus meinem Mund, während ich den leichten Kokos-Duft ihres Haares einatme. Sanft löse ich mich von ihr.

»Danke«, flüstert sie. »Ich kann es nicht fassen, dass Chloé mich verdächtigt.« Anna nestelt an ihren roten Handschuhen herum.

»Ich auch nicht.«

Die Musik klingt ab und eine männliche Stimme ertönt aus den Lautsprechern. »Anna Hoffmann wird gebeten, an die Zentrale zu kommen. Anna Hoffmann an die Zentrale, bitte.«

Unsere Blicke treffen sich und in ihrem lese ich den Schock. Chloé scheint nicht geblufft zu haben, als sie sagte, dass das Komitee informiert wurde.

Kapitel 9: Anna

»Disqualifiziert?«, rufe ich viel zu laut aus. »Aber bislang hat die Polizei noch nicht einmal mit mir gesprochen!«

»Entschuldigen Sie bitte, Ms. Hoffmann. Uns bleibt keine andere Möglichkeit, als Sie vorläufig aus dem Wettbewerb auszuschließen, bis Ihre Unschuld bewiesen ist.«

»Aber ... «

Herr Noriati, ein Mitglied des Ausschusses, fährt unerbittlich fort, ohne mich zu Wort kommen zu lassen. »Die Polizei hat bereits mit ihren Ermittlungen begonnen und sie konnten einwandfrei feststellen, dass auf jeden Fall *kein* Unfall vorliegt. Ms. Monet hat auf mich ebenfalls sehr glaubwürdig gewirkt.« Er wirft einen kurzen Seitenblick zu Chloé, die selbstgefällig nickt und den verletzten Arm mit ihrem Gesunden stützt. Neben ihr steht ihre Trainerin, die unser Gespräch mit verkniffener Miene verfolgt.

»Im Augenblick sind uns die Hände gebunden. *Falls*«, seine Stimme nimmt an Lautstärke zu, »sich herausstellt, dass diese Anschuldigungen der Wahrheit entsprechen, werden Sie außerdem für Wettbewerbe in den nächsten zwei Jahren gesperrt.«

Unfähig etwas zu sagen, schüttle ich mehrmals den Kopf. *Das ist ein Albtraum. Bestimmt werde ich gleich aufwachen und es wird sich als blöder Traum heraus-*

stellen. Leider wache ich nicht auf. Und leider ist es die harte Realität.

»Sie können doch nicht einfach … Ich meine, kann man nicht zuerst die Ermittlungen …«

Fynn legt schützend einen Arm um meine Taille und ich bin dankbar für die Stütze, denn meine Welt beginnt zu wanken. Scham und Angst formen sich in mir zu einer gigantischen Welle und drohen mich unter sich zu begraben.

»Das Gespräch ist für mich hiermit beendet, Ms. Hoffmann. Wie bereits erwähnt, haben wir keine andere Möglichkeit. Die Polizei wird sich in den nächsten Tagen an Sie wenden. Ob Sie nun der Siegerehrung und dem Schaulauf dennoch beiwohnen wollen, ist Ihnen selbst überlassen. Trotzdem wünsche ich Ihnen einen angenehmen Tag.« Mit diesen Worten entlässt er uns und verlässt den Raum.

»Du stellst eine Gefahr für alle dar und solltest meiner Meinung nach nicht nur zwei Jahre, sondern lebenslänglich gesperrt werden.« Chloé wirft mir einen letzten, vernichtenden Blick zu, bevor sie sich schwungvoll umdreht und mit ihrer Trainerin im Schlepptau davon stöckelt.

Das war es dann also.

Als nur Fynn und ich übrig sind, nimmt er mich fest in den Arm und ich lasse meinen Kopf erschöpft auf seine Brust sinken. Er stützt mich, ohne ein Wort zu sagen, und ich bin froh, dass er hier ist. Es fühlt sich gut an, von ihm gehalten zu werden und vor ihm nicht so tun zu müssen, als würde die Geschichte an mir abprallen, obwohl mich die Vorwürfe erschüttern.

Ich kann nicht fassen, was gerade passiert. Ich habe nichts getan! Und ich würde nie, niemals, an den Schlittschuhen einer anderen Läuferin herumwerkeln und die verdammten Schrauben lösen. Aber daran sehe ich wieder, wie schnell man abgestempelt wird. Es ist nicht nur, weil Chloé und ich beide die Chance hatten, die Qualifizierung für die Weltmeisterschaft zu erreichen. Sondern auch wegen unseres Streits bei dem letzten Wettbewerb, den damals andere Läuferinnen mitbekommen haben. Chloé hat es sich nicht nehmen lassen, das gegenüber dem Ausschuss zu erwähnen. Damit spricht eine weitere Sache gegen mich.

Meine Gedanken wirbeln so schnell durch meinen Kopf, dass es weh tut. Als Hauptverdächtige zu gelten und disqualifiziert zu werden, wenn auch nur vorläufig, haut mich um. Ich hätte nie gedacht, dass ich jemals in eine solche Situation hineingerate.

»Ich habe nicht einmal mehr die Chance bekommen, mich zu erklären oder überhaupt etwas zu sagen«, hauche ich an Fynns Brust, worauf er mir unbeholfen über den Rücken streicht.

»Das wird sich alles aufklären. Lass uns jetzt erst einmal nach Hause fahren, okay? Du solltest dich ausruhen.« Er drückt mich und ich spüre ein letztes Mal seine Wärme, bevor ich mich aus der schützenden Umarmung löse.

Ich nicke langsam und werfe Fynn ein dankbares Lächeln zu. Froh, ihn in diesem Moment an meiner Seite zu haben und das nicht allein durchstehen zu müssen. Bei der Siegerehrung will ich trotzdem auf keinen Fall dabei sein und bin daher froh, dass Fynn mich nach Hause bringt.

Eine warme Hand legt sich auf meinen Rücken und ich fahre erschrocken auf. Ich habe gar nicht mitbekommen, dass jemand mein Zimmer betreten hat. Seit wir zurückgefahren sind, habe ich mich hier verschanzt und die Welt ausgesperrt.

Sophia zieht sich den Stuhl neben mir heran. »Fynn hat uns alles erzählt, als wir eben zur Tür hereingekommen sind. Ich kann nicht fassen, dass dieses Mädchen dich beschuldigt, ihre Schlittschuhe manipuliert zu haben.« Die Worte verlassen so schnell ihre Lippen, dass ich Mühe habe, alles zu verstehen. Doch daran erkenne ich, dass sie diese Nachricht fast ebenso sehr mitnimmt, wie mich.

Müde reibe ich mir über die Stirn und zucke mit den Schultern. »Für sie muss es so ausgesehen haben, als hätte ich mir meine größte Konkurrentin aus dem Weg schaffen wollen.«

Sophia streicht mir über den Arm. »Ich kann verstehen, dass diese Anschuldigungen schwer zu verdauen sind. Aber ich bin mir sicher, dass alles wieder in die richtige Bahn kommen wird. Die Ermittlungen sind in Gange und es wird nicht lange dauern, bis sich alles aufklärt.«

»Ich hoffe wirklich, dass die Polizei mir glauben oder zumindest richtig zuhören wird.«

»Natürlich werden sie das und wir sind auch da. Richard und ich werden dich hinfahren und, wenn du das möchtest, bei dem Gespräch dabei sein.«

Ich nicke. »Danke. Das ist lieb von euch.«

»Das ist selbstverständlich. Lass uns nach unten gehen. Es wird nicht besser, wenn du stundenlang allein hier bist und grübelst.« Sie rüttelt sanft mein Knie und ich folge ihrem Rat. Wir setzen uns in die Küche, wo Sophia uns einen Tee aufbrüht.

Die Frage, wer wirklich an Chloés Schlittschuhen herumgepfuscht hat, wird in mir immer drängender. Eine der anderen Läuferinnen? Eine Person, die bislang niemand auf dem Schirm hatte?

Eines kann ich nur unter Garantie sagen: Ich habe Chloés Schlittschuhe nicht einmal angefasst. Nur muss ich sowohl den Ausschuss, Chloé, als auch die Polizei davon überzeugen. Wenigstens habe ich Richard, Sophia und Fynn an meiner Seite, die eine große Stütze sind.

Vorhin habe ich versucht, Papa anzurufen. Aber er ist nicht an sein Handy gegangen und hat bisher nicht zurückgerufen. Allein der Gedanke daran versetzt mir einen kleinen Stich. Wahrscheinlich ist er in der Klinik. Hat wieder eine dieser 24-Stunden-Schichten angenommen, die ihn völlig auslaugen. Dabei brauche ich seinen Rat im Moment so dringend.

Ein lautes Klopfen an der Tür lässt mich aus meinen Gedanken auffahren. Es ist früher Abend und draußen setzt langsam die Dunkelheit ein.

»Ich gehe schon.« Sophia verlässt die Küche und kurz darauf dringen verschiedene Stimmen zu mir. Eine davon ist eindeutig männlich, doch von den gesprochenen Worten verstehe ich nichts. Sie scheinen an der Tür zu diskutieren, bis sich diese laut schließt und mehrere Paar Schuhe in unsere Richtung kommen.

Zwei Polizisten betreten die Küche. Sophia kommt hinter ihnen zum Stehen. Der Ältere der beiden, in seinen dunklen Haaren ist die ein oder andere graue

Strähne zu erkennen, spricht mich als Erstes an. »Guten Tag, Ms. Hoffmann. Wir hätten ein paar Fragen an Sie bezüglich des Falls Chloé Monet. Sie wissen bestimmt, worum es geht.« Seine kleinen, dunklen Augen scannen mich förmlich und scheinen jede noch so kleine Regung auf meinem Gesicht zu analysieren.

»Ja, ich weiß worum es geht.«

»Wollen Sie sich nicht lieber setzen? Ich kann Ihnen gerne einen Kaffee zubereiten, wenn Sie das möchten.« Ganz die perfekte Gastgeberin, macht Sophia sich auf in die Küche. Währenddessen kommen die Herren ihrer Aufforderung nach, also lasse ich mich ebenfalls wieder auf meinen Platz sinken.

Der ältere Polizist kramt Notizblock und Kugelschreiber aus der Brusttasche hervor und legt beides vor sich auf den Tisch. Dann faltet er die Hände darauf und beugt sich vor. Während er spricht, lässt er mich keine Sekunde aus den Augen und ich fühle mich unwohl in meiner Haut. »Mein Name ist Clark und das ist mein Kollege Johnson.« Mit einer wedelnden Handbewegung deutet er auf den jungen dunkelblonden Polizisten, der sich im Hintergrund hält. Er saugt aber jedes Wort seines älteren Kollegen auf, als wäre er sein größtes Idol.

»Chloé Monets Kufen wurden manipuliert. Bei dem Sturz hat sie sich eine schwere Schlüsselbeinfraktur zugezogen. Es besteht der Verdacht der fahrlässigen Körperverletzung. Was haben Sie dazu zu sagen?«

»Ihr Kaffee.« Sophia kommt mir zuvor und stellt die Kaffeetassen vor die Polizisten, sowie Milch und Zucker auf dem Tisch ab. Dann zieht sie sich wieder in die Küche zurück und hantiert dort mit dem Geschirr herum. Ich weiß, dass sie das tut, um in meiner Nähe sein zu können und dafür bin ich ihr dankbar.

»Ich habe nichts damit zu tun«, antworte ich knapp.

»Laut Ms. Monet hatten Sie Zugang zu den Schlittschuhen. Ist das richtig?«

Unauffällig trockne ich meine verschwitzten Hände an der dunklen Jogginghose ab. »In der Theorie haben alle Teilnehmer und Trainer Zugang zu den Umkleidekabinen.«

»Also ja.« Der Polizist macht sich eine Notiz. »Wo waren Sie unmittelbar vor Ms. Monets Lauf?«

»Ich stand unten an der Bande, weil ich direkt nach ihr an der Reihe war«, gebe ich zu. »Aber zu diesem Zeitpunkt hatte sie die Schlittschuhe schon an. Ich kam erst später nach unten.«

»Kann das jemand bezeugen?«

»Ja, ich.« Fynn tritt hinter meinen Stuhl und legt die Hände auf der Lehne ab. »Und Mom und Richard auch.«

Clarks Blick wendet sich ihm zu. Fynns Gesicht ist angespannt. Mit mahlendem Kiefer ficht er ein Blickduell mit dem Polizisten aus. »In Ordnung.« Wieder ein Gekritzel auf dem Notizblock. »Und wie ist Ihr Name?«

»Fynn Gagnon.«

»In welcher Beziehung stehen Sie zueinander?« Der Blick des Polizisten wandert zwischen Fynn und mir hin und her.

»Fynns Stiefvater, Richard, ist ein alter Schulfreund meines Vaters. Ich bin hier für die Zeit des Wettbewerbs untergekommen. Vorher haben wir uns noch nie gesehen.«

Der Polizist nickt. »Ms. Monet sagte uns, dass Sie beide sich nicht gut miteinander verstehen. Es gab mehrere Streitigkeiten und bei der letzten Auseinandersetzung haben Sie Ms. Monet gestoßen, wodurch sie zu Boden gestürzt ist. Ist das korrekt?«

»Nein!«, rufe ich aus. »Also ja, es gab Streitigkeiten. Aber ich habe Chloé nicht gestoßen. Das war genau umgekehrt.« Das Chloé den Spieß herumdreht und mich auf diese Art und Weise zusätzlich bei der Polizei anschwärzt, haut mich völlig um.

»Eine Freundin von Ms. Monet«, Clark wirft einen Blick auf seine Unterlagen, »Sarah Dubois, war laut eigener Aussage bei den Streitigkeiten ebenfalls vor Ort und hat Ms. Monets Ausführungen bestätigt.«

Ratlos schüttle ich den Kopf und bin schon wieder den Tränen nahe. »Ich habe nichts dergleichen getan. Weder habe ich mich an diesen verdammten Schrauben zu schaffen gemacht, noch Chloé zu Boden gestoßen.«

»Ich will Ihnen nicht zu Nahe treten, Ms. Hoffmann. Aber im Moment fällt es mir zugegebenermaßen sehr schwer Ihren Worten Glauben zu schenken.«

»Es stimmt, dass Anna und Chloé einen Streit hatten, aber Anna war diejenige, die am Boden lag, als ich die Umkleidekabine betreten habe.« Fynn versucht, seine Stimme möglichst ruhig zu halten, aber ich höre deutlich die Wut darin heraus.

»Sie haben den Streit mitbekommen?«

»Ich habe laut streitende Stimmen aus der Kabine gehört und bin dann hineingegangen«, räumt Fynn ein. »Da habe ich gesehen, wie Anna sich wieder vom Boden aufgerappelt hat und Chloé vor ihr stand und auf sie herunter grinste. Das sah für mich definitiv nicht so aus, als wäre es ihr in diesem Moment schlecht gegangen.«

»Aber gesehen haben Sie nicht, wie Ms. Hoffmann zu Boden gestoßen wurde?«

»Nein«, presst Fynn zwischen zusammengebissenen Zähnen hervor und sieht zu mir herunter. Dabei scheint er meinen verzweifelten Blick aufzufangen, denn er legt beruhigend eine Hand auf meine Schulter.

Clark räuspert sich und packt Notizblock und Zettel zurück in die Brusttasche. »In Ordnung, das reicht erst einmal. Bei weiteren Fragen werden wir Sie auf das Revier vorladen.« Der Polizist steht auf und der junge Johnson macht es ihm schleunigst nach, wobei sein Stuhl beinahe zu Boden fällt.

»Danke für Ihre Zeit.« Clark und Johnson reichen mir nacheinander die Hand.

Schwerfällig erhebe ich mich aus meinem Stuhl, doch Sophia drückt mich an der Schulter sanft wieder zurück. »Ich mache das schon.« Sie begleitet die Männer aus der Küche heraus zur Haustür und verabschiedet sie dort.

Als ich höre, wie die Tür zufällt, bin ich erleichtert. Die Anwesenheit der beiden und die Fragen des älteren Beamten haben mich durcheinandergebracht. Hinzukommt Chloés Lüge über das Geschehen in der Umkleidekabine, die ich nicht widerlegen kann.

»Alles in Ordnung?« Fynn setzt sich auf den Stuhl, auf dem eben Polizist Clark gesessen hat.

Hilflos zucke ich mit den Schultern. »Es ist einfach zu viel. Ich habe das Gefühl, dass mein Kopf platzt.« Mit Zeige- und Mittelfinger massiere ich meine pochenden Schläfen.

»Das kann ich verstehen. Es kam alles auf einmal, das ist echt extrem. Aber es wird alles gut. Du warst es nicht. Der Satz ist zwar schon ganz schön ausgelutscht, aber: Die Wahrheit wird ans Licht kommen.«

Ich reibe mir mit den Fingern über die Stirn. »Die Polizisten waren nicht unbedingt auf meiner Seite. Gerade die Sache mit dem Streit und Sarahs Aussage machen alles noch schlimmer.«

»Sie lügt und wir beide wissen das. Ich frage mich nur, was sie davon hat. Chloé kommt mir nicht gerade wie eine gute Freundin vor. Im Gegenteil.«

Die angehaltene Luft entweicht stoßweise meinen Lippen. »Sarah kommt mir wie der typische Mitläufer vor. Sie will dazugehören und Chloé ist in dem Fall wohl die Person, zu der sie aufschaut.« Allein bei dem Gedanken daran, Chloé als »Vorbild« zu sehen, schüttelt es mich. Ich kenne nur wenig Menschen, die an ihre Arroganz und Überheblichkeit heranreichen. Und das hat wirklich etwas zu bedeuten.

Fynn lehnt sich im Stuhl zurück und stößt dabei aus Versehen mit seinen Füßen an meine, als er die Beine ausstreckt. »Sorry«, murmelt er und zieht sie eilig wieder zurück. »Das mit Sarah dachte ich mir auch. Glaubst du, dass sie die Lüge wirklich weiter durchzieht? Wenn sie zugeben würde, dass Chloé dich gestoßen hat und nicht andersherum, wäre die Sachlage schon eine andere.«

»Ich bin mir gar nicht sicher, ob das einen so großen Unterschied machen würde. Wir sind immer noch Konkurrentinnen und haben beide den vierten Platz belegt und standen kurz davor, die Qualifizierung zu erreichen, bevor die Kür losging. Klar denken sie da dann zuerst an mich. Ich sage nur Nancy Kerrigan.«

»Wer?«

»Nancy Kerrigan war eine amerikanische Eiskunstläuferin. In den neunziger Jahren war sie die Favoritin für den Olympiasieg. Aber nach dem Training wurde sie in den Katakomben von zwei Männern abgefangen. Einer von ihnen schlug ihr mit einer Eisenstange auf das Knie.« Meine Stimme kippt weg und ich räuspere mich, bevor ich weiterspreche. »Der Mann hat damals fast 7000 Dollar dafür eingesackt. Und der Plan stammte von dem Ehemann ihrer größten Konkurrentin Tonya Harding.«

Fynn sieht mich mit großen Augen ungläubig an. »Das ist krank.«

Nickend lege ich meinen Kopf auf der Handfläche ab. »Es ist schrecklich.«

»Weißt du was?«

Ich hebe den Kopf und sehe in Fynns entschlossenes Gesicht. »Was?«, frage ich schwach.

»Wir werden herausfinden, was wirklich passiert ist.«

Ein komisches Geräusch entschlüpft meinem Mund. Irgendetwas zwischen auflachen, schluchzen und räuspern. »Und wie?«

»Es muss irgendjemand etwas mitbekommen haben. Vor der Umkleidekabine stand doch jemand. Vielleicht weiß er mehr. Oder was ist mit der Frau am Eingang? Du hast gesagt, dass es zwischen Chloé und ihr eine Auseinandersetzung gab. Wir sollten mit ihr sprechen.«

Unschlüssig zucke ich mit den Schultern. »Glaubst du wirklich, dass das etwas bringt?«

»Es ist auf jeden Fall besser, als den ganzen Tag hier herumzusitzen und Trübsal zu blasen. Außerdem glaube ich kaum, dass diese zwei Hohlköpfe von Polizisten so schnell irgendetwas auf die Kette kriegen. Wie hießen sie nochmal?«

»Clark und Johnson«, murmle ich.

Fynn zuckt mit den Schultern. »Wie auch immer. Ich glaube wir sollten uns selbst auf die Suche nach der Wahrheit machen.«

»Das heißt, du willst in die Eishalle fahren?« Unsicherheit durchflutet meinen Körper. Ich bin mir nicht sicher, ob es eine gute Idee ist noch einmal dorthin zu gehen. Andererseits gibt es keinen anderen Ort, an dem ich mehr zu dem Vorfall in Erfahrung bringen kann.

»Ja, gleich morgen. Was denkst du?«

Halbherzig nicke ich schließlich. »Viel Hoffnung habe ich zwar nicht, aber vielleicht finden wir etwas Nützliches heraus.«

Fynn steht auf und tritt neben meinen Stuhl. Er legt eine Hand auf meine Schulter und drückt sie kurz, wie Sophia es oft tut. Mein Herz pocht bei der Berührung heftig in meiner Brust. »Wir bekommen das hin«, sagt er und in seinen Augen lese ich nichts als Entschlossenheit.

Kapitel 10: Fynn

Ich kann nicht damit aufhören, nervös auf dem Lenkrad herum zu trommeln. Wir fahren auf den Parkplatz vor der Eishalle. Die Fahrt ist sehr ruhig verlaufen. Anna hat die ganze Zeit über stumm aus dem Fenster gestarrt und ihren eigenen Gedanken nachgehangen, während ich fieberhaft darüber nachgedacht habe, wie wir die Lügen von Chloé und Sarah aufdecken können.

Denn eines ist klar: Anna hat mit diesem Vorfall nichts zu tun. Darüber braucht gar nicht erst diskutiert zu werden. Aber wer war es dann? Wer hasst Chloé genug, um ihr das anzutun?

Diese Frage stellt uns vor eine Mauer, die unüberwindbar scheint. Ich wollte es Anna nicht so sagen, aber von den Polizisten ist keine Hilfe zu erwarten. Es war rauszuhören, dass sie Chloé, zumindest nach dem aktuellen Ermittlungsstand, mehr Glauben schenken. Doch kann man ihnen das vorwerfen?

Sie betrachten die Sache nüchtern, als unbeteiligte dritte Person. Kennen weder Anna noch Chloé oder Sarah und wenn man es so sieht, stehen zwei Aussagen gegen eine. Denn es ist Fakt, dass ich verdammt nochmal nicht genau gesehen habe, wie Anna geschubst wurde und keiner von uns bezeugen kann, dass sie nicht die Möglichkeit hatte, an Chloés Schlittschuhe dranzukommen.

Ach, das ist doch ein Abfuck. Ich schlage einmal fest auf das Lenkrad und Annas Kopf fährt zu mir herum.

»Alles okay?«

»Lass uns reingehen.« Mag sein, dass ich damit in alte Muster zurückfalle und Anna mit dem Verhalten ordentlich vor den Kopf stoße, aber es bringt nichts, ihr Dinge zu erzählen, die sie selbst weiß: Die Situation ist im Moment richtig beschissen.

Anna schluckt und nickt langsam. »Okay.« Ohne mir einen weiteren Blick zu schenken, steigt sie aus dem Wagen und wir gehen auf die Eishalle zu.

Das Glück scheint ausnahmsweise mit uns zu sein, denn die Frau sitzt in dem kleinen Kabuff und als sie uns näherkommen sieht, reißt sie die Augen weit auf. Mit einer schnellen Bewegung winkt sie uns zu sich heran. »Es ist keine gute Idee, dass ihr hierhergekommen seid.«

»Wir wollten mit Ihnen sprechen.«

Ich muss mich mit aller Kraft zurückhalten, nichts Blödes zu sagen. Wir wissen selbst, dass das ganz schön in die Hose gehen kann. Ich schiebe meine ruhelosen Hände in die Hosentasche, während Anna näher an das Kassenhäuschen herantritt.

Sie übergeht die letzten Worte der Frau und spricht weiter. »Es geht um diesen ... Vorfall.«

Die Frau nickt wissend. »Ich habe schon davon gehört. Wisst ihr, hier vorne bekommt man mehr mit, als einige denken. Und manchmal mehr, als einem lieb ist.«

»Das glaube ich Ihnen. Hat die Polizei Sie schon befragt?«

»Ja, sie waren kurz hier. Ein großer, dunkelhaariger Polizist mit starrem Blick und ein junger, blonder Kerl. Er hat kaum ein Wort herausgebracht und das Sprechen dem Älteren überlassen. Clock und Jansen?«

Zum ersten Mal seit gestern sehe ich ein zartes Lächeln auf Annas Lippen. »Clark und Johnson.«

»Ja, genau die beiden! Ich habe ihnen erzählt, dass ich mir nicht vorstellen kann, dass du so etwas tun würdest.«

Erleichtert atmet Anna auf. »Das ist lieb von Ihnen.« Sie schenkt der Dame ein weiteres kleines Lächeln. »Haben Sie den Streit mit Chloé angesprochen?«

»Nur kurz. Bedauerlicherweise haben die Beamten mich nicht ausführlich davon berichten lassen. Sie meinten, dass diese Sache nichts mit dem Fall zu tun hat.«

Ich trete näher heran. »Wir wollen Sie nur ungern länger stören, aber eine Frage hätte ich noch. Haben Sie vielleicht jemanden beobachten können, der kurz vor Chloés Kür in Richtung der Umkleidekabinen gegangen ist?«

»Leider nicht. Tut mir leid ihr beiden.« Die Frau verzieht entschuldigend ihren Mund.

»Ich danke Ihnen trotzdem für Ihre Hilfe.«

»Jederzeit.«

Wir bleiben einige Schritte entfernt stehen und Anna lehnt sich kraftlos gegen die weiße Wand. »Das war nicht wirklich hilfreich.«

Da muss ich ihr leider recht geben. Ich hatte die Hoffnung, zumindest ein oder zwei hilfreiche Informationen zu bekommen.

»Aber sie hat sich für dich ausgesprochen. Das ist schon einmal eine gute Sache.« Ich weiß, dass das nur ein halbherziger Versuch ist, Anna aufzumuntern. Gerade bekomme ich es aber nicht besser hin.

»Und jetzt?« In Annas Augen liegt so viel Verzweiflung, dass ich wegsehen muss.

»So schnell geben wir nicht auf. Wir sollten noch einmal mit dem Ausschuss reden. Denkst du, sie sind heute noch hier?«

»Bestimmt. Aber ich glaube kaum, dass sie uns zuhören werden.«

»Lass es uns zumindest versuchen. Komm.«

Bevor Anna nochmals widersprechen kann, greife ich nach ihrer Hand und ziehe sie weiter. Wir gehen an den Umkleidekabinen und Toiletten vorbei auf die Tribüne zu und ich versuche, das Kribbeln zu ignorieren, das sich von meiner Hand durch den ganzen Arm hinaufzieht.

Das Eis glitzert im Licht, doch die angespannte Stille in der Halle ist nicht zu leugnen. Auf der gegenüberliegenden Seite, vor den Sitzplätzen der Tribüne, stehen drei Männer in Anzügen. Es scheint eine hitzige Diskussion stattzufinden, denn sie gestikulieren wild, reden durcheinander und wirken angespannt.

»Da ist Herr Noriati.« Anna deutet auf einen der Männer mit Glatze und der schwarzen runden Brille, der die anderen beiden um einen Kopf überragt. Er ist schlank und trägt ein blütenweißes Hemd unter dem dunkelblauen Anzug, das einen beinahe erblinden lässt.

Inzwischen sind wir nur wenige Meter von ihnen entfernt, aber die Männer sind so in ihre Diskussion vertieft, dass sie Anna und mich gar nicht bemerken.

»Glaub mir, Tom«, spricht einer der beiden Männer Mr. Noriati an. »Das wird ein böses Ende nehmen. Ich habe heute mit Mr. Monet gesprochen und er war definitiv nicht zu Scherzen aufgelegt.« Das Doppelkinn des Mannes bebt, während er spricht, und er verschränkt die Hände vor seinem massiven Bauch. Mich würde es nicht wundern, wenn der Knopf des Jacketts platzt, dem Noriati gegen die Stirn knallt und er daraufhin K.O. geht.

»Er hat gedroht, uns die besten Anwälte Frankreichs auf den Hals zu jagen.« Der Mann zieht ein Tuch hervor und tupft sich damit über die schweißnasse Stirn. Er atmet schwer und sein Gesicht hat eine dunkelrote Farbe angenommen. Sieht aus, als wäre er einen Marathon gelaufen.

»Beruhige dich, Ian. Du wirst sehen, dass alles in Ordnung kommt. Anna Hoffmann wurde vorläufig disqualifiziert. Als Nächstes werden wir Mr. Monet darüber informieren und damit unseren guten Willen zeigen, diese Sache zu klären. Und die Polizei wird ihre Arbeit machen. Ob es wirklich das Mädchen war oder nicht wird sich noch herausstellen. Das ist jetzt erst einmal zweitrangig.«

»Zweitrangig?«, presse ich zwischen zusammengebissenen Zähnen hervor. »Diesen Idioten ist es wichtiger, Chloés Vater davon abzuhalten sie mit Klagen zu überschütten, anstatt etwas dafür zu tun, diesen Vorfall so schnell wie möglich aufzuklären.« Es kostet mich einiges an Selbstbeherrschung, um meine Stimme ruhig zu halten.

Anna ballt die Hände zu Fäusten und schiebt sie dann in ihre Jackentasche. »Mir reicht es«, zischt sie. »Meine

Geduld ist am Ende.« Ich habe sie noch nie so wütend gesehen und reagiere nicht schnell genug, um sie zurückzuhalten. Mit weit ausholenden Schritten geht sie auf die Männer zu und kommt mit erhobenem Kinn vor ihnen zum Stehen.

»Es ist also zweitrangig, dass ich für eine Tat beschuldigt werde, die ich nie begangen habe? Es ist zweitrangig, dass ich als Drittplatzierte aus dem Wettbewerb herausgeworfen werde und meine Teilnahme an der Weltmeisterschaft vergessen kann, obwohl ich mir nichts habe zu Schulden kommen lassen? Dass ich als Kriminelle dargestellt werde, ist zweitrangig, solange *Sie* nicht von Chloés Vater verklagt werden und einen Haufen Geld bezahlen müssen?« Anna stemmt die Hände in die Hüften und funkelt die Männer wütend an. »Ich sage Ihnen jetzt einmal etwas. Es sollte in Ihrem Interesse sein, dass diese Sache aufgeklärt und der *wahre* Täter geschnappt und zur Rechenschaft gezogen wird. Denn sonst trete *ich* mit diesem Vorfall an die Öffentlichkeit.« Es würde nur noch fehlen, dass Anna bei jedem ihrer Worte den Zeigefinger in die Brust von Mr. Noriati pikst. Die Männer werfen sich verwirrte Blicke zu. Das haben sie nicht erwartet. Anna wirft einen letzten vor Wut funkelnden Blick in die Runde und läuft dann davon.

Das Mädchen ist ein Mordskerl. Ich folge ihr und das Lächeln auf meinen Lippen wird immer breiter. Das Bild der drei erwachsenen Anzugträger wird mir nicht so schnell aus dem Kopf gehen. Sie standen da, als hätte Anna sie mit einem Kübel eiskalten Wassers übergossen.

»Ms. Hoffmann!«

Oh nein.

Anna und ich drehen uns gleichzeitig um. Mr. Noriati eilt hinter uns her und läuft dabei so staksig wie ein Storch im Salat. »Warten Sie.« Er sieht alles andere als fröhlich aus, und als Anna stehen bleibt, warte ich.

»Was haben Sie hier zu suchen?«

Anna braucht einen Moment, um seine Worte zu realisieren. »Ich wollte noch einmal mit Ihnen reden. Aber das hat sich jetzt erledigt.«

»Ihr Auftauchen und der Auftritt eben waren wirklich unüberlegt und Sie sollten die Ermittlungen der Polizei abwarten.« Mr. Noriati holt tief Luft, bevor er weiterspricht. »Sie haben von heute an Hausverbot in der Eishalle.« Sein Blick wandert zu mir. »Sie beide. Gehen Sie bitte.«

»Das ist hoffentlich ein schlechter Witz«, rutscht es mir heraus. In diesen Momenten muss ich lernen, zuerst nachzudenken und dann die Klappe aufzureißen. Oder es besser sein zu lassen.

»Ich kann Ihnen versichern, dass ich keine Scherze mache. Und nun verlassen Sie bitte die Halle.« Mit dem ausgestreckten Arm deutet er in Richtung des Ausgangs. Ich beiße die Zähne so fest zusammen, dass es knackt, und möchte gerade etwas sagen, als sich eine Hand um meinen Unterarm legt und daran zieht.

»Komm, wir gehen.« Anna lächelt mich traurig an und führt mich dann von dem Noriati weg zum Ausgang. Von ihrer vorherigen Wut ist nichts mehr zu sehen, stattdessen kehren Resignation und Ungläubigkeit in ihren Ausdruck zurück.

Wir treten aus der Eishalle und ich atme tief die kühle, frische Luft ein.

»Es bringt nichts, weiter mit ihm zu streiten. Er hätte die Polizei gerufen, wenn wir nicht gegangen wären. Und das hätte alles nur noch schlimmer gemacht.«

Anna und ich setzen uns in den Wagen und ich muss ihr zähneknirschend zustimmen. Das wäre gefundenes Fressen gewesen, um sie weiter anzuschwärzen.

»Es hat gar nichts gebracht, hierherzukommen.« Meine Hände umklammern fest das Lenkrad und ich starre geradeaus durch die Windschutzscheibe. Der Motor ist an und die Heizung läuft auf Hochtouren, doch ich kann nicht losfahren. Die Wut über dieses ignorante Verhalten ist zu frisch und wütet in meinem Bauch.

Ich lege den Rückwärtsgang ein und sehe in den Rückspiegel. »Moment mal. Ist das nicht diese Freundin von Chloé?« Schnell drehe ich mich nach hinten um. »Klar, das ist sie«, beantworte ich mir die Frage selbst.

»Sarah ist hier?« Anna dreht sich ebenfalls um, während ich die Handbremse anziehe und die Autotür öffne. »Was machst du?«

»Ich werde mit ihr ein paar Takte reden. Vielleicht sagt sie dann die Wahrheit.«

»Das halte ich für keine gute Idee.«

»Hast du eine Bessere?« Anna antwortet nicht sofort, weshalb ich die Chance ergreife und aussteige.

»Fynn! Warte!« Das ist das Letzte, was ich höre, bevor ich die Tür hinter mir zuschlage.

»Hey, Sarah!«, rufe ich dem Mädchen auf gut Glück hinterher. Sie ist fast beim Eingang angekommen, dreht sich jedoch um, als sie meinen Ruf wahrnimmt.

Im Joggen hole ich sie ein und stelle mich zwischen sie und die Eingangstür. »Kann ich kurz mit dir reden?«

Sarah starrt einen Punkt über meiner Schulter an. »Eigentlich nicht. Bist du nicht der Freund von Anna Hoffmann?« Sie rümpft die Nase, als wäre ich eine Kakerlake, die in ihrem Salat sitzt. »Lass mich vorbei. Ich muss etwas für Chloé holen.«

»Gefällt es dir, ihr Laufbursche zu sein? Warum lässt du das mit dir machen?«

»Sie ist verletzt und muss sich ausruhen. Wir sind Freundinnen und Freundinnen unterstützen sich gegenseitig. Vor allem in solchen Situationen. Immerhin trägt Anna die Schuld daran, dass es so weit gekommen ist.« Es mag Wunschdenken sein, aber in meinen Ohren klingen die Worte wie auswendig gelernt. Ohne Emotionen, einfach nur vorgetragen.

»Wir wissen beide, dass das nicht die Wahrheit ist.« Sarah versucht, sich an mir vorbeizuschieben, doch ich rühre mich nicht von der Stelle.

Sie tritt einen Schritt zurück. »Was willst du?«, faucht sie mich an und macht mit diesem Ton Chloé Konkurrenz.

»Wie wäre es, wenn du aufhören würdest, Lügen zu erzählen? Anna hat weder Chloé zu Boden gestoßen, noch an ihren Schlittschuhen herumgepfuscht.«

Sarah schnaubt und schlingt sich die Arme um den Körper, als wäre ihr kalt. »Ich werde gar nichts mehr sagen.«

»Nur als kleiner Tipp. Chloé nutzt dich nur aus. Ihr werdet nie echte Freundinnen sein und für so eine Person ist es das nicht wert, bei der Polizei eine Falschaussage zu machen. Damit machst du dich selbst strafbar.«

Ich scanne Sarahs Gesicht ab, um irgendeine Regung zu erkennen. Sie hat sich gut im Griff und startet einen weiteren Versuch, mich wegzuschieben.

Dieses Mal trete ich von selbst einen Schritt zur Seite. Das hat keinen Wert. »Wir werden nicht aufgeben«, rufe ich ihr im Gehen hinterher. Doch ich weiß nicht, ob sie meine Worte gehört hat.

Frustriert steige ich zurück ins Auto, wo Anna mit vor der Brust verschränkten Armen zum Beifahrerfenster hinaussieht. »Musste das sein?«

»Was meinst du?«

»Du bist sie total angegangen«, sagt Anna aufgebracht und wirft dabei die Hände in die Luft. »Dreimal darfst du raten, wohin ihr erster Weg sie jetzt führt.«

Verärgert lehne ich mich zu ihr herüber. Dabei stütze ich mich mit dem Arm auf der Mittelkonsole ab. »Ich habe sie zur Rede gestellt, nicht angegangen. Du willst doch auch, dass sie aufhört zu lügen! Ich habe ihr nur gesagt, welche Möglichkeiten sie hat, und ich glaube nicht, dass sie jetzt zu diesem Noriati rennt.«

»Sorry.« Anna vergräbt ihr Gesicht in den Händen und sieht dann mit leicht geröteten Augen auf. »Du willst mir helfen und ich habe nichts Besseres zu tun, als dich dafür blöd anzumachen. Ich habe einfach Angst, mit dem Nachhaken alles noch schlimmer zu machen.«

»Ich kann verstehen, dass das gerade alles zu viel ist.«

»Das klingt jetzt total klischeehaft, aber es fühlt sich so an, als würde man mir den Boden unter den Füßen wegziehen.« Sie atmet tief durch und setzt leiser hinzu: »Ich habe keine Ahnung, was ich tun soll.«

Ich lege wieder den Rückwärtsgang ein und löse die Handbremse. »Es würde jedem so gehen. Wenn ich in deiner Situation wäre … « Mir wollen die richtigen Worte einfach nicht einfallen, um den Satz zu beenden.

Doch Anna übernimmt das für mich. »Du würdest durchdrehen.«

Ein tiefes Lachen entschlüpft meinen Lippen. »Ich würde so was von durchdrehen.«

Kapitel 11: Anna

Ich verstehe das alles nicht. Chloé belügt die Polizisten. Sarah unterstützt ihre Behauptungen und rückt mich damit in ein noch schlechteres Licht. Dieser Clark glaubt mir kein Wort, der Ausschuss ist mehr daran interessiert, Chloés Vater Honig ums Maul zu schmieren und ihn davon abzuhalten, sie auf viel Geld zu verklagen. Und zu allem Überfluss haben Fynn und ich Hausverbot in der Eishalle. Wie sollen wir jetzt noch irgendetwas herausfinden? Ich habe das Gefühl, dass die gesamte Welt sich gegen mich verschworen hat.

Meine Gedanken färben sich immer dunkler, ohne, dass ich etwas dagegen tun kann. Mit von Tränen verschleiertem Blick trete ich an das Fenster und sehe hinaus. Nicht einmal die Schönheit der aufgehenden Sonne kann mir in diesem Augenblick helfen. Ich starre in den Himmel und Tränen laufen an meinen Wangen herunter.

Das Bild meiner Mutter manifestiert sich vor meinen Augen. Wie sie lacht, mir liebevoll über die Haare streicht und mir sagt, dass alles gut werden würde. Egal welches Problem es gegeben hat, ich habe gewusst, dass Mama immer eine Lösung parat hat. Ich bin mir sicher, dass sie auch in diesem Moment wüsste, was zu tun ist.

»Ich wünschte, du wärst hier«, flüstere ich mit auf den Himmel gerichteten Blick. »Ich weiß nicht, wie ich es schaffen soll, damit fertigzuwerden.« Kraftlos lasse ich mich auf den Stuhl vor dem Schreibtisch sinken und lege den Kopf auf der Hand ab, um weiter hinaussehen zu können. Kurzerhand greife ich nach meinem Handy und wähle Angelikas Nummer. Es tutet ein paar Mal und irgendwann springt die Mailbox an. Ich lege auf und halte das Smartphone mit einem Seufzen von mir. Vielleicht würde sie mich später zurückrufen. Rasch tippe ich noch eine Nachricht an Lena, mit der ich gestern Abend eine Stunde lang telefoniert habe. Wir konnten nicht lange sprechen, da es in Deutschland schon zehn Uhr abends war. Aber es hat gutgetan mit ihr über alles zu reden.

Ich weiß nicht, wie viel Zeit inzwischen vergangen ist. Meine Tränen sind versiegt und das Einzige, was übriggeblieben ist, sind meine kreisenden Gedanken. Es gibt eine Frage, die in mir übermächtig ist und die ich mir immer wieder stelle: Wer würde Chloé das antun?

War es eine andere Eiskunstläuferin? Obwohl ich nicht jede von ihnen persönlich kenne, kann ich mir nicht vorstellen, dass eine von ihnen dafür verantwortlich ist. Andererseits stellt sich dann die Frage, wer sonst noch ein Interesse daran hätte, Chloé zu schaden. Oder war es ein Versehen? Sollte es eine andere Eiskunstläuferin erwischen?

Das Klingeln meines Handys reißt mich aus den Gedanken. Hastig schnappe ich es mir von dem Schreibtisch und werfe einen Blick darauf. Mein Vater lächelt mir auf dem Bildschirm entgegen und ich nehme den Anruf an.

»Hallo Papa.« Meine Stimme klingt kühler als beabsichtigt. Andererseits sind inzwischen *zwei* volle Tage vergangen, seit ich versucht habe, ihn zu erreichen.

Selbst Richard hat ihn mehrmals angerufen, aber bisher keinen Rückruf bekommen.

»Guten Morgen, Anna. Oder bei mir wohl eher gute Nacht.« Papa gähnt demonstrativ in den Hörer. »Wie geht es dir?«

Freudlos lache ich auf und stehe vom Stuhl auf. »Schlecht. Sehr schlecht sogar.«

»Was ist denn los? Lief der Wettbewerb nicht so, wie du es dir vorgestellt hast?« Trotz der Nachfragen bleibt seine Stimme eher neutral im Ton.

Ungläubig schüttle ich den Kopf. *Glaubt er wirklich, dass ich ihn wegen so einer Kleinigkeit mehrmals anrufen würde? Manchmal frage ich mich, ob er mich überhaupt kennt. Als Mama noch am Leben war, war das anders.*

Ich muss zweimal tief durchatmen, um die Wut in den Griff zu bekommen, bevor ich sprechen kann. In knappen Worten erzähle ich ihm von dem Vorfall und laufe dabei im Zimmer auf und ab. Die Enttäuschung darüber, dass er sich seit meiner Ankunft erst einmal kurz gemeldet und mir sogar zu spät viel Glück für den Wettbewerb gewünscht hat, versuche ich ebenso herunterzuschlucken.

Diese Art der Streitereien haben wir schon mehrmals hinter uns und es hat sich nie etwas geändert. Seit Mamas Tod ist er nicht mehr derselbe. Außer seiner Arbeit scheint ihn nichts zu interessieren oder zu erreichen. In Gedanken vergleiche ich es gern mit einer Seifenblase, in der er lebt.

»Nur damit ich es richtig verstehe. Du wurdest disqualifiziert, weil sie denken, dass du die Schlittschuhe dieses anderen Mädchens sabotiert hast?«

»Ja«, antworte ich schlicht und bin gespannt auf seine Reaktion. Er sagt eine Weile lang nichts. »Papa? Bist du noch dran?«

Ich höre ein leises Räuspern. »Das wird sich bestimmt aufklären. Solange die Ermittlungen andauern, wirst du in Kanada bleiben müssen. Ich werde mit Richard sprechen.«

Ist das alles, was er dazu zu sagen hat? Kein einziges aufbauendes Wort? Wieder kochen Wut und Enttäuschung in mir hoch, die um die Oberhand in meinem Inneren kämpfen. Erschöpft lasse ich mich auf das Bett sinken.

Was hast du dir erhofft, Anna? Vielleicht, dass er hierherkommt? Ich muss nach all der Zeit endlich anfangen zu akzeptieren, dass er nicht mehr derselbe ist und wir nicht mehr dieselbe Verbindung haben. Dadurch könnte ich mir selbst viele Schmerzen und enttäuschende Momente ersparen. *Aber ein Rat, irgendeinen Anhaltspunkt, wie ich weiter vorgehen soll, wäre hilfreich gewesen.*

»Es tut mir leid, dass ich nicht kommen kann. Ich muss ...«, setzt er an, als hätte er meine Gedanken hören können.

»Ich weiß, du musst deine Schichten einhalten. Ihr habt zu wenig Personal auf der Station.« Vor meinem inneren Auge sehe ich, wie er sich gerade mit Daumen und Zeigefinger über das stoppelige Kinn reibt und die Stirn in Falten legt. Den Vorwurf in meinen Worten kann er nicht überhört haben.

»Ich werde mit den Polizisten sprechen«, sagt er entschieden und es raschelt laut. »Hast du die Telefonnummer von den Beamten?«

»Nein, aber ich glaube, dass Sophia sie sich aufgeschrieben hat.« Mit jeder verstreichenden Minute nehmen die pochenden Schmerzen in meinem Kopf zu und ich würde mich am liebsten für den Rest des Tages unter der Bettdecke verkriechen.

»Was soll ich machen?«, frage ich ihn verzweifelt.

Papa seufzt laut. »Wir müssen warten, bis die Ermittlungen abgeschlossen sind. Aber lass mich zuerst mit Richard sprechen. Ich habe nicht mehr viel Zeit, bis die Schicht losgeht. Wir hören uns bald wieder, ja? Pass auf dich auf und halte die Ohren steif.«

»Ich wünsche dir eine ruhige Schicht. Bis bald.« Ich drücke auf den roten Knopf und werfe das Handy ans Bettende, von wo aus es auf den Boden rutscht. Aber das ist mir egal.

Ich vermisse den Vater, der gerne Späße gemacht und immer gelacht hat. Der Zeit mit mir verbracht und sich jeden Abend beim gemeinsamen Essen erkundigt hat, wie mein Tag war. Der versucht hat, so oft es geht, im Training und bei den Wettbewerben dabei zu sein, um mich gemeinsam mit Mama anzufeuern.

Zu gut kann ich mich an unser Shampoo-Debakel erinnern. Ich war etwa zehn Jahre alt und Papa und ich hatten beschlossen, auszuprobieren, was passiert, wenn man eine komplette Flasche in die Badewanne kippt. Das Ende vom Lied war, dass der Schaum über den Badewannenrand gelaufen ist und wir eine Ewigkeit gebraucht haben, um alles wieder aufzuwischen. Damals hat er sich noch Zeit für mich und so einen Quatsch genommen, aber das ist schon lange nicht mehr der Fall.

Ich glaube, dass er gar nicht bemerkt, wie sehr er sich verändert hat und wie weh mir das tut. Manchmal frage ich mich, ob ihm die verstreichende Zeit auffällt. Vielleicht ist ihm gar nicht bewusst, dass seit meinem Anruf zwei Tage vergangen sind. Häufig ist es so, dass er vierundzwanzig Stunden arbeitet und dann genauso lang frei hat. Diese Zeit verbringt er größtenteils mit essen und schlafen, da beides während der Schicht zu kurz kommt. Augenblicklich fühle ich mich schlecht, weil ich mich am Telefon so abweisend verhalten habe.

Andererseits leben wir aneinander vorbei, anstatt miteinander und in Hamburg verbringe ich inzwischen mehr Zeit bei Lena als zu Hause. Glücklicherweise ist das für ihre Eltern in Ordnung. Sie wissen über meine Familienverhältnisse Bescheid und »greifen gern unter die Arme«, wie sie selbst sagen.

Mich unter die warme Bettdecke kuschelnd, starre ich an die weiß gestrichene Decke. Genau dieselben Gedankengänge hatte ich schon so oft und bin nie zu einem Schluss gekommen. Es hilft nichts, mir immer wieder den Kopf darüber zu zerbrechen und mich zu fragen, ob ich etwas hätte anders machen müssen.

Ich war vierzehn, als Mama an Darmkrebs starb. An Heiligabend vor fünf Jahren. Es ging ihr schlecht und es wurde schnell klar, dass es sich um etwas Schwerwiegenderes handelt. Sie hat innerhalb kürzester Zeit stark abgebaut und der Krebs schritt zügig voran.

Mamas eingefallenes, bleiches Gesicht mit den weit hervorstehenden Augen schiebt sich vor die anderen Erinnerungen, die unweigerlich in meinem Kopf herumfliegen. Zu diesem Zeitpunkt war ihr ursprüngliches Ich kaum noch zu erkennen. Sie war eine schöne Frau mit vollen, blonden Locken und einem strahlenden Lächeln gewesen, bei dem einem sofort warm ums Herz wurde, und so behalte ich sie in Erinnerung.

Sophia erinnert mich ein bisschen an sie. Mama war auch eine Frohnatur und immer voller Tatendrang. Als Familie haben wir versucht, so oft wie möglich an den Wochenenden etwas gemeinsam zu unternehmen. Manchmal ein Besuch im Freizeitpark oder ein Spaziergang im Park, um dort die Enten mit Brotkrumen zu füttern, die wir extra eingepackt hatten. Obwohl es schmerzt, erinnere ich mich gern an diese Zeit zurück.

Es klopft zaghaft an der Tür. »Anna? Darf ich hereinkommen?«, dringt Sophias Stimme durch den kleinen Spalt.

Ich setze mich wieder auf und rutsche vor bis auf die Bettkante. »Komm ruhig herein.« Meine Hände klemme ich zwischen die Oberschenkel und warte, bis Sophia hereinkommt.

Ein kleines Lächeln liegt auf ihren Lippen und sie zieht sich den Stuhl heran. »Wie geht es dir?«

Ich atme tief aus und wackle unbestimmt mit dem Kopf hin und her. »Hat Papa schon mit Richard gesprochen?«

»Sie telefonieren gerade. Aber ich habe schon geahnt, dass das Gespräch dich aufgewühlt hat, und wollte nach dir sehen.«

Ohne es zu bemerken, habe ich den Stoff des Comforters in die Hände genommen und knete darauf herum. »Das ist lieb von dir. Aber es ist schon in Ordnung.«

Sophias Augenbrauen wandern in die Höhe, wodurch sich ihre Stirn in zahlreiche Falten legt. Wie jede Mutter hat sie einen Riecher dafür, wenn etwas nicht stimmt.

»Ich kenne Andreas zwar nicht persönlich, aber Richard hat mir ein paar Dinge erzählt. Fynn hat etwas Ähnliches mit mir durchmachen müssen.«

»Was genau meinst du?«

»Nachdem sich Fynns Vater kurz nach der Geburt gegen ein gemeinsames Leben mit uns entschied, war ich auf mich allein gestellt. Ich war gerade achtzehn, hatte keinen Abschluss und musste mehrere schlechtbezahlte Jobs gleichzeitig annehmen, um mich und Fynn über Wasser zu halten. Dadurch war ich nur selten zu Hause und er musste viel Zeit allein oder bei den Nachbarn verbringen, die auf ihn aufgepasst haben. Die Jenkins hatten keine eigenen Enkel und fanden es schön, wenn Fynn sie besuchte. Als er älter wurde, ging er zu Freunden und trainierte viel. Wir Eltern wissen, dass das für euch Kinder nicht schön ist, wenn wir wegen der Arbeit kaum zu Hause sind. Auch Fynn hat das nicht gutgetan, aber manchmal gibt es einfach keine andere Möglichkeit.«

Sophias Worte schnüren mir den Hals zu und ich starre auf einen kleinen Fleck auf dem Teppich. »Aber er müsste nicht so viel arbeiten, um genug Geld zu verdienen. Es wäre einfach schön, ihn nicht immer nur Mal schnell zwischendurch zu sehen. Ich glaube, dass ich an zwei Händen abzählen kann, wie oft wir seit Mamas Tod gemeinsam gegessen haben.«

Sophia atmet hörbar ein. »Hast du schon versucht mit ihm darüber zu sprechen?«

»Ja, schon mehrmals. Aber ich habe das Gefühl, dass er mir nicht richtig zuhört. Mit ihm ein Gespräch wie im Moment mit dir zu führen, ist undenkbar.«

»Ich bin mir sicher, dass dein Vater dir zuhört und auch selbst bemerkt, dass du ihn brauchst. Aber er hat sich in den letzten Jahren eine Schutzschicht angelegt und die besteht darin, sich mit der Arbeit abzulenken. Ich könnte mir vorstellen, dass er so in seiner Routine festgefahren ist, dass er keine Möglichkeit sieht, daraus auszubrechen, ohne selbst daran kaputtzugehen.«

Sophias Worte treffen mich tief im Herzen. *Sieht er wirklich keinen anderen Ausweg aus seiner Trauer?* Die Antwort liegt auf der Hand und sie schmerzt: Ja.

Hätte mir das nicht schon längst selbst auffallen müssen? War es falsch ihn immer und immer wieder darauf hinzuweisen?

»Ich wollte ihm nie weh tun mit meinen Worten. Aber ich vermisse ihn.« Alles platzt aus mir heraus, als wäre ich ein mit Wasser gefüllter Ballon, der auf den Asphalt klatscht. Hemmungslos fange ich an zu schluchzen und nur Sekunden später finde ich mich in Sophias Armen wieder. »Was hätte ich sonst tun sollen?« Mit dem Handrücken wische ich mir die Tränen aus dem Gesicht.

Sie streicht sanft über meinen bebenden Rücken. »*Du* hättest nichts anders tun müssen. Es ist nicht deine Aufgabe, ihm die Augen zu öffnen und zu zeigen, dass das der falsche Weg ist. Er ist ein erwachsener Mann und muss das selbst herausfinden und ich hoffe für euch beide, dass er das schaffen wird.«

»Und wenn er es nicht schafft?«, frage ich leise und meine Stimme bricht.

Sophia drückt meine Hand, mit der ich mich auf der Matratze abstütze. »Darüber machen wir uns jetzt keine Gedanken. Es braucht seine Zeit über diesen Schmerz hinwegzukommen und hast du nicht gesagt, dass er an Weihnachten zu Hause ist?«

Ich nicke. »Die Klinikleitung hat darauf bestanden, dass er über die Feiertage freinimmt.«

»Das ist ein guter Anfang. Findest du nicht?«

»Wäre das erste Mal, dass er an Weihnachten zu Hause ist seit ...«

»Ich verstehe schon.« Sophia lächelt mich sanft an und diese drei Worte wärmen mich von innen heraus, denn bei ihr habe ich das Gefühl, dass sie es *wirklich* versteht.

»Du erinnerst mich an sie.« Diese Worte rutschen mir heraus, bevor ich darüber nachdenken kann. Doch Sophias Lächeln verstärkt sich, also fahre ich fort. »Sie hat viel gelacht und wusste immer einen Rat. Neben dem Schlittschuhlaufen gehörte das Kochen zu ihren größten Leidenschaften. Mama hat es geliebt, für viele Personen mehrere Gänge zu zaubern und umso dreckiger die Küche war, desto mehr war sie in ihrem Element.«

Sophia lacht laut und wirft dabei die dunklen Haare hinter die Schultern. »Wir sind uns wirklich ähnlich, was?«

Ich nicke lächelnd. »Ja, sehr sogar.« Einen Moment lang sagt niemand etwas. Jeder hängt in dem Augenblick seinen eigenen Gedanken nach. »Manchmal habe ich nur noch verschwommene Bilder davon im Kopf, wie sie ausgesehen hat, oder erinnere mich nicht mehr an den Klang ihrer Stimme.« Das zuzugeben fällt mir nicht leicht, aber Sophia strahlt so viel Ruhe aus, dass die Worte wie von selbst meine Lippen verlassen.

»Das ist leider normal. Wir Menschen vergessen sehr schnell, wenn etwas nicht mehr präsent ist. Mir geht es mit meinen Eltern ähnlich. Ich habe beide früh verloren und musste mit denselben Gedanken und Problemen kämpfen wie du. Aber mit der Zeit lernt man, dass das ein unausweichlicher Prozess ist. Leider.«

»Woher weißt du das alles?«

Sophia zwinkert mir zu. »Vor Fynns Geburt habe ich zwei Semester Psychologie studiert.«

Erstaunt reiße ich die Augen auf. »Wirklich?« Kurz denke ich noch einmal über ihre Worte nach. »Das passt total.«

»Es hat mir großen Spaß gemacht. Aber ich bin froh, dass es so gekommen ist, auch wenn es zu Beginn nicht einfach war. Denn sonst hätte ich keinen so wunderbaren Sohn und Richard wahrscheinlich nie kennengelernt.« Ihre Augen leuchten auf und ich wünsche mir, irgendwann genauso glücklich zu sein, wie die beiden es sind.

»Fynn ist ein guter Junge«, sagt Sophia mit abwesendem Blick und sieht über meine linke Schulter hinweg an die gegenüberliegende Wand.

Ich nicke bekräftigend. »Am Anfang war es zwar nicht so einfach, aber inzwischen verstehen wir uns gut. Er gibt sich viel Mühe, um mir zu helfen und herauszufinden, wer Schuld an Chloés Unfall ist.«

»Ich frage mich immer noch, was du zu ihm gesagt hast. Seit wir hierhergezogen sind, gab es immerzu Streit. Über die kleinsten Dinge. Man weiß irgendwann nicht mehr, was man tun soll. Ich saß zwischen den

Stühlen, habe einerseits Fynns Wut darüber verstanden, von allem weggehen zu müssen, was er bisher kannte. Aber andererseits konnte ich sein Verhalten gegenüber Richard nicht tolerieren.«

Ich zupfe an den Ärmeln meines Pullovers herum. »Wahrscheinlich habe ich nichts anderes gesagt als du. Nur musste er es wohl von jemand anderem hören.«

»Du tust ihm gut«, stellt sie fest. Mein Blick fliegt durch den Raum auf der Suche nach einer Antwort auf Sophias Worte. Doch ich werde nicht fündig und rutsche unter ihrem intensiven Blick unwohl auf der Bettkante herum.

»Habt ihr etwas Neues herausgefunden?«, erlöst Sophia mich nur wenige Augenblicke später.

»Leider nicht. Nur, dass Chloés Vater vermutlich einen Anwalt auf die Mitglieder des Ausschusses jagt.« Kurz gebe ich das Gespräch wieder, das Fynn und ich in der Eishalle mitbekommen haben.

»Das ist wirklich unglaublich.« Sophia legt die Hände ineinander und schüttelt den Kopf. »Dass es den Menschen immer nur um das verdammte Geld gehen muss, anstatt um das Wohl anderer.«

Stille breitet sich zwischen uns aus. Eine Stille, in der keiner weiß, was er sagen soll. Doch es ist nicht unangenehm. Wir hängen beide unseren Gedanken nach, bis es noch einmal an der Tür klopft.

»Ja?«

Fynn betritt das Zimmer. »Ach, da bist du Mom. Ich befürchte, dass Richard deine Hilfe in der Küche braucht. Sonst brennt er alles an. Das riecht jetzt schon echt fragwürdig.«

Sophia springt ruckartig auf. »Entschuldige bitte. Aber ich muss das Mittagessen retten.« Schon ist sie zur Tür hinausgestürmt und läuft die Treppen herunter.

Fynn lehnt sich an den Türrahmen und wirft mir ein verschmitztes Lächeln zu. »Ich hatte schon Sorge, dass wir heute ohne Essen den Tag hinter uns bringen müssen.«

»Hab keinen Hunger.«

Seine Stirn legt sich in Falten und er wirft mir einen sorgenvollen Blick zu. »Du hast bisher nichts gefrühstückt oder? Spätestens wenn du davon probiert hast, kommt der Appetit zurück. Zumindest, wenn Mom es rechtzeitig schafft, Richard vom Herd zu zerren. Das verspreche ich dir.«

»Ich glaube, ich lege mich vorher noch eine Runde hin.« Ein kleiner Seitenhieb, dass ich gerne ein wenig Zeit für mich hätte. Glücklicherweise versteht Fynn es sofort.

»Dann ruh dich aus. Mom kann dich später wecken, wenn das Mittagessen fertig ist.«

Ich nicke. »Danke.« Er hebt die Hand, wirft mir einen letzten besorgten Blick zu und schließt dann die Tür hinter sich. Suchend sehe ich mich nach meinem Handy um, das immer noch auf dem Boden liegt und beschließe, mir ein Hörbuch anzuhören. Das »Aktuelle«, in dem ich bestimmt schon mehrere Wochen nicht mehr weitergehört habe, wird mir direkt auf der ersten Seite der App angezeigt. Ich starte das Hörbuch von vorne, lege das Handy auf den Nachttisch und kuschle mich unter den Comforter.

Kapitel 12: Fynn

Anna habe ich in den letzten zwei Tagen selten zu Gesicht bekommen. Die meiste Zeit verbringt sie in ihrem Zimmer. Allein. Dort hört sie Musik oder ein Hörbuch. Mir ist aufgefallen, dass sie kaum etwas isst, und Mom macht sich große Sorgen. Mir würde die ganze Scheiße auch auf den Magen schlagen, aber es bringt nichts, sich tagelang im Bett zu verkriechen. Dadurch wird es nur schlimmer.

Leichtfüßig springe ich die Treppen hinauf, nachdem ich mir von Mom und Richard das »Go« für meine Idee geholt habe. Ich klopfe im selben Takt zu meinem laut pochenden Herzen an Annas Tür. Leise Musik dringt durch sie hindurch, die nun ausgeschaltet wird. Dann erklingen schlurfende Schritte und die Tür öffnet sich.

»Hi.«

»Hey«, gibt Anna leise zurück und lächelt schief, doch es erreicht ihre Augen nicht, unter denen dunkle Ringe liegen. Das dunkelblonde Haar trägt sie in einem aufgelösten Zopf, wodurch ihr der Großteil davon in wirren Strähnen ins Gesicht fällt. Immerhin hat sie anstatt des Blümchen-Pyjamas ein dunkelblaues T-Shirt mit weißen Punkten und eine Jogginghose an.

»Was gibt's? Willst du reinkommen?« Anna tritt zur Seite, damit ich eintreten kann. Sofort schlägt mir die warme, stickige Luft entgegen.

»Ist dir nicht warm?« Sie zuckt mit den Schultern, als wisse sie nicht, wovon ich spreche. »Du hast doch nichts dagegen, wenn ich kurz lüfte?«

»Ein bisschen frische Luft kann nicht schaden.«

Ich öffne die zwei großen Fenster und lasse mich dann auf den Stuhl am Schreibtisch sinken. Darauf drehe ich mich dreimal um die eigene Achse, bevor ich anfange zu sprechen. »Ich spare mir die Frage, wie es dir geht. Wir beide wissen, dass die Antwort darauf ›beschissen‹ ist.« Mit einem Wink gebe ich Anna zu verstehen, dass sie gar nicht erst zu versuchen braucht, mir zu widersprechen. »Deshalb habe ich mir etwas überlegt. Du und ich machen einen Ausflug.«

Annas linke Augenbraue wandert in die Höhe. »Einen Ausflug?«

»Ja. Ich habe schon alles geplant«, wiederhole ich. »Mom und Richard wissen Bescheid und finden die Idee großartig, um es mit ihren Worten zu sagen.«

»Und wohin soll es gehen?«

»Das wird jetzt noch nicht verraten. Aber es wird dir gefallen. Und es geht morgen schon los.«

Anna verschränkt die Arme vor der Brust, wodurch es aussieht, als würde sie sich selbst umarmen. »Ich weiß nicht, ob das so eine gute Idee ist.« Kurz sieht sie zu Boden und schüttelt den Kopf, bevor ihre Augen wieder auf meine treffen. »Nein, das geht nicht.«

»Warum nicht?« Ich habe mir gedacht, dass sie mir nicht vor Freude in die Arme hüpfen wird und ich zuerst ein wenig Überzeugungsarbeit leisten muss. Es sieht im Moment fast danach aus, als hätte sie Angst davor, mit mir fortzugehen. »Du wirst begeistert sein, da bin ich mir sicher.«

Sie seufzt. »Das will ich gar nicht bestreiten. Aber was ist, wenn die Polizisten sich in der Zeit melden und mich auf die Wache vorladen?«

»Dann wird Mom ihnen sagen, dass du erst nach dem Wochenende wieder zu sprechen bist. Sie können sich bestimmt für drei Tage gedulden.«

»Und der Ausschuss?«

Ich drehe mich abermals mit dem Stuhl. »Dasselbe.«

Sie sieht immer noch nicht überzeugt aus, weshalb ich nachsetze. »Glaub mir, das wird super. Und sind wir mal ehrlich. Alles ist besser, als den ganzen Tag hier oben herumzuliegen und an die Decke zu starren. Dadurch ändert sich an der Situation nichts. Und du siehst echt fertig aus. Ein Tapetenwechsel und ein bisschen Ablenkung werden dir guttun. Außerdem solltest du mal etwas essen, bevor bald nichts mehr von dir übrig ist, das die Polizei vorladen kann. Wir glauben, dass es dir helfen wird, wenn du zwischendurch mal etwas Anderes als diese vier Wände zu sehen bekommst.«

Annas Verlegenheit spiegelt sich in ihren glühenden Wangen wider. »Stimmt.« Sie sieht an sich herunter und dann auf das ungemachte Bett, auf dem Notizbuch, Handy, Kopfhörer und ein Haufen anderer Kram verteilt liegen. »Ich habe mich echt gehen lassen.«

»Also?« Ich ziehe das »o« in die Länge, lege meine Unterarme auf den Schenkeln ab und beuge mich nach vorne.

Sie denkt einen Augenblick darüber nach, wirft nochmal einen Blick auf das verwüstete Bett und nickt dann kräftig. »Also gut, ich bin dabei.«

»Das wollte ich hören.« Ich klatsche in die Hände und stehe ruckartig auf. »Dann pack schon mal ein paar Sachen ein.«

»Und was genau, oh großer Geheimniskrämer?« Anna legt die Handflächen aufeinander und verbeugt sich, als wäre ich ihr Sensei.

Laut pruste ich los und stütze mich mit der Hand auf dem Schreibtisch ab. »So viel warme Kleidung wie möglich. Sprich Pullover, Ski-Unterwäsche, Handschuhe, Schal, Daunenjacke«, zähle ich an den Fingern ab, bis Anna meinem Redefluss mit abwehrend gehobenen Händen Einhalt gebietet.

»Schon gut, schon gut. Ich habe es verstanden. Sonst noch etwas?«

Kurz denke ich nach. »Handy und Zahnbürste. Um den Rest kümmere ich mich.«

»Man sieht dich selten so enthusiastisch«, neckt Anna mich und zieht dabei eine Grimasse.

Ich lache laut auf. »Das klingt ganz nach der alten Anna. Schön, dann sehen wir uns spätestens morgen früh um sechs in aller Frische. Ich muss noch ein paar Dinge vorbereiten.«

»Um sechs?«, stößt sie laut und mit weit aufgerissenen Augen hervor. Dann wirft sie einen Blick auf die Uhr ihres Handys. »Es ist schon halb zehn.«

»Dann würde ich mich an deiner Stelle mit dem Packen beeilen, damit du noch ein paar Stunden Schönheitsschlaf abbekommst. Da musst du echt etwas nachholen.« Lachend renne ich aus der Tür, als Anna nach einem Kissen greift und es mir hinterherwirft.

»Du bist einfach unglaublich!«, ruft sie mir nach und ich höre das Lachen in ihrer Stimme.

»Danke! Schlaf gut und vergiss nicht, dir den Wecker zu stellen. Ich will pünktlich losfahren.« Ich höre nur ein paar einzelne gemurmelte Worte, die ›Schönheitsschlaf‹, ›sechs Uhr‹ und ›Blödmann‹ enthalten.

»Hey! Das habe ich gehört.«

»Wolltest du nicht irgendetwas vorbereiten? Oder stehst du gern vor meiner Tür herum?« In Annas Stimme klingt ein Lächeln mit und ich bin froh, sie ein wenig aufgemuntert zu haben. Aber noch erleichterter bin ich darüber, dass sie zugestimmt hat mitzukommen.

Es ist unmöglich, mir ein Grinsen zu verkneifen. »Keine Sorge, ich bin schon weg.«

Stöhnend drehe ich mich um und presse das Kissen auf den Kopf, als mich der Wecker laut schellend aus meinem wohlverdienten Schlaf reißt.

»Oh, fuck«, fluche ich und schlage mit der Hand mehrmals darauf, damit er endlich Ruhe gibt. Die Vorbereitung hat gestern länger gedauert, als erwartet und entsprechend kurz ist die Nacht ausgefallen. Trotzdem stehe ich murrend auf und ziehe mich an, um dann zombiegleich das Zimmer zu verlassen und ins Badezimmer zu wanken.

»Also ich bin so weit.« Anna grinst mich frisch geduscht, fertig angezogen und mit ihrer großen Sporttasche bepackt an. Ihre Haare hat sie zu zwei geflochtenen Zöpfen frisiert.

Wow. Es ist kurz vor sechs Uhr und sie ist schon fertig. Müde fahre ich mir durch die Haare und schüttle den Kopf. »Wie kannst du schon so … wach sein?«, murre ich. Mir fallen immer wieder die Augen zu, da hilft wohl nur eine eiskalte Dusche.

»Ich habe gestern gepackt und bin vor einer Stunde aufgestanden, damit ich vor dir ins Bad gehen kann. Unten wollte ich nicht rein, um Richard und Sophia nicht zu wecken.«

»Bin gleich fertig.« So früh am Morgen, direkt nach dem Aufstehen, bin ich nicht dazu in der Lage viel zu sprechen.

Eine schnelle Dusche und ein kurzes Frühstück später, sitzen wir im Auto. Erleichtert stelle ich fest, dass wir im Zeitplan liegen. Wenn der Verkehr mitspielt, werden wir in knapp anderthalb Stunden unseren ersten Halt erreichen.

»Willst du mir einen Tipp geben?« Anna sieht immer wieder zum Fenster hinaus, als bestünde die Möglichkeit, dass die Schneelandschaft ihr etwas über unser Reiseziel verrät.

»Hmm.« Ich trommle mit der flachen Hand im Takt der Radiomusik aufs Lenkrad. »Schnee.«

Anna prustet los und schüttelt den Kopf. »Das soll der Tipp gewesen sein?«

»Du solltest nehmen, was du kriegen kannst.«

Eine Stunde später fahren wir auf den Parkplatz. Ein großes, hölzernes Schild ragt aus dem schneebedeckten Grün, auf dem in schräg eingeritzten Lettern »Wildlife Park« und darunter in kleinerer Schrift »Nova Scotia« steht.

»Wenn du jetzt noch sagst, dass ich hier Elche sehen kann, falle ich vor Freude um.«

»Wir sind in einem Wildtierpark in *Kanada* und du bist dir nicht sicher, ob es hier Elche gibt?«

Anna klatscht vor Freude in die Hände. »Auch wieder wahr. Na los, komm schon.« Noch bevor ich einmal blinzeln kann, springt Anna aus dem Wagen. Ich folge ihr und ziehe aus dem Kofferraum meinen großen Rucksack mit dem Proviant hervor, den Mom uns liebevoll zubereitet hat.

Wir folgen dem kleinen Weg, der uns von dem Parkplatz zum Eingang führt, und erreichen ein Gebäude aus Holz. Eine große Frau, sie muss sich nach unten beugen, damit wir sie durch das rechteckige Fenster sehen können, mit kleinen dunklen Augen lächelt uns freundlich an.

»Wie kann ich euch weiterhelfen?«

»Wir hätten gerne zwei Eintrittskarten und ich habe gestern angerufen und Schneeschuhe für zwei Personen reservieren lassen.«

»Gerne. Einen Moment bitte.« Ich werfe Anna einen Seitenblick zu, während die Frau in dem hinteren Bereich verschwindet. Sie lächelt mit verträumten Blick vor sich hin und in Gedanken klopfe ich mir selbst zufrieden auf die Schulter. *Wusste ich doch, dass ihr das gefallen wird. Da haben Mom, Richard und ich einen Volltreffer gelandet.*

»War der Name Gagnon?«

»Ja genau«, rufe ich zurück und die Frau taucht einen Moment später wieder auf. Ich reiche ihr das Geld für den Eintritt und sie schiebt mir die Schneeschuhe über den Tresen hinweg zu.

»Dankeschön.«

»Einen schönen Aufenthalt euch zwei. Kleiner Tipp: Wenn ihr gleich zu den Wölfen und Elchen geht, habt ihr die beste Chance sie zu sehen. Eben war die Fütterung und es sind bisher nicht so viele Besucher unterwegs. Heute ist es sehr kalt und es soll ordentlich schneien.« Die Frau legt uns eine Broschüre, auf deren Rückseite ich eine Karte des Parks erkenne, dazu.

Anna schnappt sich den Flyer und sieht sich den Plan näher an.

Ich bedanke mich und klemme mir die Schneeschuhe unter den Arm. »Dann mal los.«

Die Frau behält recht. Als Erstes erblicke ich das majestätische Geweih eines Elches und tippe Anna auf die Schulter, die in die entgegengesetzte Richtung zu den Wölfen sieht. »Dreh dich mal um.«

Sie kommt meiner Aufforderung nach und gibt dann einen entzückten Laut von sich, als sie den Elch sieht.

»Er ist wunderschön.« Sie geht näher heran und betrachtet das große Tier. Es steht in einem aus Holz gebauten Unterstand, in den man von vorne hineinsehen kann, und knabbert an einem Zweig herum.

»Wusstest du, dass Elche im Sitzen schlafen?«

Anna dreht sich zu mir um und ihre Augen blitzen amüsiert auf. »Nicht im Ernst?«

»Doch. Sie machen das, um schnell fliehen zu können. Apropos schnell. Obwohl sie eher gemütlicher Natur sind, können sie bis zu 56 Kilometer pro Stunde schnell laufen, wenn es darauf ankommt.«

»Hast du ein Lexikon verschluckt, bevor wir hierhergekommen sind?«

»Bist du beeindruckt von meinem Elch-Wissen?«, stelle ich amüsiert eine Gegenfrage.

»Ich gebe es nur ungern zu, aber interessant ist es.«

Ich rolle übertrieben mit den Augen und vollführe eine bedauernde Geste. »Verdammt. Ich hätte mehr solcher Fakten auswendig lernen sollen.«

»Oder sparsamer damit umgehen. Jetzt weißt du es für das nächste Mal.« Anna zwinkert mir zu und es fehlt nur noch, dass sie mir wohlwollend auf die Schulter klopft.

»Wohin geht's als Nächstes?« Voller Tatendrang greift sie wieder zu der Karte und wir suchen uns einen der zahlreichen Wanderwege für die Schneeschuhtour aus.

Anna lebt richtig auf und es macht mich glücklich, sie ohne diese ständige Sorge in den Augen zu sehen. Sie ist nicht mehr so bleich und hat in der letzten Stunde mehr gelacht, als in den letzten zwei Tagen zusammengezählt.

Nachdem wir uns für eine Tour entschieden haben, gehen wir zu einer Bank, die ich mit dem Arm vom Schnee befreie, und ziehen uns die Schneeschuhe an.

»Jetzt kann es losgehen.« Auf Annas Kommando watscheln wir nebeneinander durch den Schnee und schauen abwechselnd nach links und rechts, um die Tiere zu beobachten.

»Da ist das Rotwild-Gehege.« Ich deute mit dem Zeigefinger auf die gegenüberliegende Seite. Durch die Blätter erkennt man einige Hirsche. Wir überqueren den Wanderweg, um einen besseren Blick auf die Tiere zu haben, und stehen dann an das große Holzgatter gelehnt da, das uns neben einem Zaun weiter unten im Gehege von dem Rotwild trennt.

»Im Frühling werden die Kitze geboren.«

Anna lächelt mich bezaubernd an. »Da sieht man die Kleinen und ihre Mamas bestimmt nicht mehr so gut wie jetzt.«

Ich schüttle den Kopf. »Meistens kann man sie trotzdem gut beobachten. Der Wanderweg führt theoretisch ein ganzes Stück lang an dem Gehege hier vorbei. Weiter hinten kommt ein kleiner Wald, in dem sie sich dann oft aufhalten. Wenn man genug Geduld und ein Fernglas mitbringt, kann man sie sehen.«

Wir setzen unsere Wanderung fort und kommen an den Füchsen, Wölfen und Kojoten vorbei, von denen mich die Polarwölfe am meisten beeindrucken, bevor sich eine große Schneelandschaft vor uns erstreckt.

»Das ist richtig schön«, haucht Anna und sieht sich um. »So etwas gibt es in Hamburg gar nicht.« Ihr Blick wandert über die mit Schnee bestückten Tannenzweige und die weite weiße Fläche.

In der Ferne erkenne ich schwarze Schemen, die sich von dem strahlenden Weiß des Schnees abheben. Es gibt wohl noch mehr Menschen, die auf die Idee gekommen sind, im Schnee spazieren zu gehen.

»Was gibt es dann in Hamburg?«

»Du meinst außer dem riesengroßen Hafen?« Anna lacht und boxt mir spielerisch gegen die Schulter.

»Hey«, rufe ich aus und schubse sie leicht. Doch sie verliert den Halt, rudert wild mit den Armen und fällt mit vor Schreck geweiteten Augen rückwärts in den Schnee, bevor ich sie festhalten kann.

»Oh, sorry.« Ich strecke Anna meine Hand entgegen, um ihr aufzuhelfen.

»Das bekommst du zurück!« Anstatt sich von mir nach oben ziehen zu lassen, zerrt sie an meinem Arm und ich schaffe es gerade noch, mich neben ihr in den Schnee fallen zu lassen, bevor ich auf ihr lande. Anna lässt mir keine Zeit, um mich aufzurappeln, sondern stürzt sich mit einer Handvoll Schnee auf mich und klatscht ihn mir direkt ins Gesicht.

Lachend wische ich ihn weg und als ich die Augen wieder öffne, sind sich unsere Köpfe so nah, dass ich ihren Atem über mein Gesicht streifen spüre. Mein Herz pocht wild in meiner Brust, als würde es herausspringen wollen. Anna beugt sich weiter nach vorn und kommt mir noch näher. Die Zeit steht still und ich höre nichts als das laute Schlagen meines Herzens und meinen rasenden Puls.

»Das hast du jetzt davon mich einfach fallen zu lassen«, grinst sie. »Du sitzt in der Schneefalle.«

Ich schüttle lachend den Kopf. »Bist du dir da sicher?« Ohne dass Anna es bemerkt, schnalle ich mir die Schneeschuhe ab, um mehr Bewegungsfreiheit zu haben, greife dann nach ihren Händen, um der Einseiferei Einhalt zu gebieten, und drehe den Spieß um. Ich lehne über ihr, stehe auf und trete blitzschnell ein paar Schritte zurück und ehe Anna reagieren kann, prallt mein erster Schneeball an ihrer Schulter ab.

»Ich glaube, du hast dich geirrt.«

Irritiert sieht sie zuerst zwischen mir und ihrer Schulter hin und her und rappelt sich dann schwerfällig auf. »Das war ein Fehler.« Aus ihren blaugrünen Augen blitzt mir der Schalk entgegen. »Schneeballschlacht!«, ruft Anna laut.

Sofort macht sie sich selbst daran Kugeln zu formen und sie mir in kurzen Abständen entgegenzufeuern.

Nach mehreren Bällen sind wir ziemlich aus der Puste und unsere Zielfähigkeiten lassen deutlich nach.

»Hast du genug?«, frage ich, als Annas Schneeball sein Ziel, also mich, um mindestens einen halben Meter verfehlt.

»Niemals.«

Der Schlagabtausch hält weitere fünf Minuten an, bevor Anna kapitulierend den Arm hebt und sich dann, dieses Mal ohne mein Zutun, erschöpft rückwärts in den Schnee fallen lässt.

»Gut, dass ich die Skihose angezogen habe. Mit meiner Jeans wäre ich jetzt schlecht dran.«

»Du meinst gut, dass ich dir gesagt habe, dass du eine Skihose anziehen solltest. Denn mit einer Jeans wärst du vor allem eins: klatschnass.« Ich lasse mich neben sie in den Schnee sinken und sehe zum hellblauen Himmel hinauf.

Anna bewegt sich und ich drehe den Kopf in ihre Richtung. Einige Sekunden lang beobachte ich sie. »Was machst du da?«

»Einen Schneeengel.« Mit den Armen und Beinen rudert sie hoch und runter, bis sich ein Abdruck bildet. Dann steht sie vorsichtig auf. »Siehst du?«

»Das habe ich schon ewig niemanden mehr machen sehen.«

Sie zuckt grinsend mit den Schultern. »Und ich schon ewig nicht mehr gemacht. Wollen wir weiter oder liegst du gern da unten rum?« Anna streckt mir dieses Mal ihrerseits die Hand entgegen und für eine Sekunde überlege ich, es ihr mit barer Münze heimzuzahlen. Doch dann lasse ich mich von ihr, unter einigem Ächzen, nach oben ziehen.

»Muss nur noch schnell die Schneeschuhe wieder anziehen.« Glücklicherweise haben wir uns nur wenige Meter von dem Punkt entfernt, wo ich sie ausgezogen habe, weswegen wir gar nicht erst lange danach suchen müssen. Schnell ziehe ich sie wieder an und wir können unseren Weg durch die winterliche Landschaft fortführen.

Inzwischen ist der Vormittag vollständig verstrichen und die Sonne hat den höchsten Punkt am Himmelszelt erreicht. Wir wandern durch den Schnee, lachen viel und genießen die Zeit an der frischen Luft. Öfters stupsen wir uns gegenseitig an, um auf Greifvögel zu deuten, die über uns ihre Kreise ziehen oder ein kleines Streifenhörnchen zu beobachten, das unseren Weg kreuzt.

»Ich bin froh, dass du dir meine Worte zu Herzen genommen hast«, sagt Anna auf dem Rückweg zum Park auf einmal und ich verstehe zuerst nicht, wovon sie spricht. Daher ziehe ich fragend eine Augenbraue nach oben, woraufhin sie weiterredet.

»Der Fynn gerade gefällt mir viel besser, als der mürrische, immer schlecht gelaunte und wortkarge Fynn, der du am Anfang warst.«

Mein Herzschlag nimmt wieder an Fahrt auf und ich verstehe gar nicht genau warum. »Danke.« Meine Stimme bricht ab und ich räuspere mich leise. »So gefällt es mir auch viel besser«, antworte ich und meine es genauso.

Kapitel 13: Anna

»Ich wusste gar nicht mehr, dass im Schnee laufen und herumalbern so müde macht.« Kaum beendete Fynn seinen Satz, entschlüpft ihm ein lautes Gähnen. »Keine Sorge, wir sind gleich da.« Er hat meinen besorgten Seitenblick bemerkt.

Mir rutscht ebenfalls ein Gähnen heraus. »Echt blöd, dass wir uns mit dem Fahren nicht abwechseln können. Wenn ich zurück in Hamburg bin, mache ich doch den Führerschein.«

Fynn schmunzelt. »Die letzten paar Tage haben dich jetzt dazu gebracht, deine Entscheidung zu ändern?«

»Ja«, sage ich knapp. »In Hamburg muss ich zwar nicht zwingend Autofahren, aber um solche Ausflüge zu unternehmen, ist es fast eine Grundvoraussetzung. Und es ist wirklich nervig, immer von anderen abhängig zu sein. Ihr musstet mich jeden Tag zur Eishalle fahren, das war mir echt unangenehm.«

»Es ist schon sinnvoll, es zu machen. Ah, da sind wir schon.« Die Erleichterung steht Fynn ins Gesicht geschrieben, als wir auf einen geschotterten Parkplatz fahren und er den Motor des Wagens abstellt.

Ich steige aus und werfe einen Blick nach oben zum Himmel. Es wird bald dunkel werden, weswegen Fynn und ich uns beeilen, unsere Sachen aus dem Kofferraum zu nehmen.

»Hier sind die Schlafsäcke und die Isomatten.« Fynn reicht sie mir und ich klemme mir unter jeden Arm eine Matte und lasse die eingepackten Schlafsäcke an der Schnur herunterbaumeln. »Ich nehme den Rucksack und das Zelt.«

»Wird das nicht ein bisschen kalt?«, frage ich unsicher mit Blick auf den Schnee.

Fynn schüttelt den Kopf. »Das Zelt ist extra fürs Wintercamping gemacht. Außerdem schlafen wir nicht direkt auf dem Schnee. Es gibt Podeste aus Holz, auf denen wir das Zelt aufstellen können.«

Erleichtert atme ich auf. »Du hast wirklich an alles gedacht.«

Fynn zwinkert mir zu. »Selbstverständlich. Aber jetzt müssen wir uns beeilen, damit wir den Sonnenuntergang nicht verpassen. Der ist hier draußen atemberaubend.« Im Entenmarsch laufen wir hintereinander her, bis wir vor einem großen, blauen Holzhaus zum Stehen kommen. Auf einem Schild, das direkt am Haus angebracht ist, steht ›Café & Supply‹ und zwei Stufen führen auf die großzügige Veranda, auf der im Sommer bestimmt einige Besucher Platz nehmen, um gemütlich einen Kaffee zu trinken.

»Warte hier, ich bin gleich wieder da.« Ehe ich etwas erwidern kann, verschwindet Fynn im Inneren des Holzhauses. Doch ich muss nicht lange warten, bis er mit einem kleinen Plan und einigen anderen Ausdrucken in der Hand zurückkommt. »Auf geht's zu unserer Plattform.«

Ich kichere, weil es einfach zu komisch klingt, wie er das sagt. »Dann mal los.«

Mit der freien Hand schüttelt Fynn das Stück Papier so lang, bis es sich aufklappt und er einen Blick darauf werfen kann. »Ist nicht weit. Der Mann meinte, dass nicht so viele Camper heute da sind, und hat mir versichert, dass wir einen tollen Blick auf das Meer haben.«

Und der Mann hat nicht zu viel versprochen. Ich stelle mich auf die Plattform und sehe zwischen den hohen Tannen hindurch, direkt auf das in der Sonne glitzernde Meer. Es ist unmöglich, meinen Blick davon zu lösen. Die Wellen wiegen sich sanft im Wind und sind von weißen Schaumkronen besetzt.

Fynn tritt hinter mich und ich bin mir mit jeder Pore meines Körpers seiner Anwesenheit bewusst.

»Siehst du das?« Er beugt sich ein Stück weiter vor und ich spüre seinen Körper nah an meinem.

»Was denn?«, hauche ich. Einerseits würde ich gern einen Schritt vortreten, um die Verbindung zu lösen und der Anspannung zu entfliehen, andererseits genieße ich seine Nähe. Ich drehe mich zu ihm um und wir stehen so nah beieinander, dass ich ihn beinahe berühre. Tief sehe ich in seine Augen und mir fällt zum ersten Mal auf, dass sich kleine goldene Sprenkel in dem Graublau seiner Iris befinden.

Sein Blick ist so intensiv, dass es mir nicht möglich ist, den Kontakt zu unterbrechen. Ich weiß nicht, wie lange wir so dastehen und uns einfach nur ansehen. Fynn schluckt fest und dabei hüpft sein Adamsapfel auf und ab. Mein Blick wandert zu seinen Lippen und als er die Hände auf meine Taille legt, halte ich die Luft an.

Reiß dich zusammen, Anna, schärfe ich mir selbst in Gedanken ein.

Sanft dreht er mich um, damit ich wieder in Richtung des Meeres sehe. Die Sonne geht unter und strahlt in einem wunderbar kräftigen Orange. Sie sendet ihre Strahlen durch die Äste der schneebedeckten Tannen und lässt das Meer golden leuchten.

»Das meine ich«, flüstert er nahe an meinem Ohr und seine warme Stimme verursacht mir eine Gänsehaut. Ich bin mir mit jeder Zelle meines Körpers seiner Nähe bewusst und meine Hände werden feucht vor Nervosität.

Ich könnte den ganzen Tag so dastehen. Mit Fynn an meiner Seite den Sonnenuntergang und das Wasser betrachten. Gegen den Gedanken, Gefühle für ihn entwickelt zu haben, kann ich mich nicht mehr länger wehren. Mein Körper spricht in seiner Nähe eine deutliche Sprache. Doch was empfindet er?

Abgesehen von dieser entscheidenden Frage glaube ich kaum, dass wir eine Zukunft hätten. Immerhin trennen uns über fünftausend Kilometer, wenn ich wieder zu Hause in Hamburg bin. Zu gerne würde ich mit Lena darüber sprechen. Aber sie hatte bisher kaum Zeit sich zu melden, da das Studium sie völlig einnimmt, und die Zeitverschiebung erschwert es uns zusätzlich.

Trotzdem haben wir so oft wie möglich WhatsApp-Nachrichten ausgetauscht und gequatscht. Sie scheint Fynn von meinen Erzählungen zu mögen und ist ihm dankbar dafür, dass er mich in dieser schwierigen Situation unterstützt. Ich bin mir sicher, dass die beiden sich gut verstehen würden. Sie haben einen ähnlichen Humor und Lena ist niemand, die sofort klein beigibt.

Würde sie mir trotzdem raten, meine Gefühle für Fynn aufgrund der Distanz zu vergessen?

Ich schüttle die Gedanken ab. Der Augenblick ist zu schön, um ihn damit kaputtzumachen. Also genieße ich es einfach, wie Fynns Hand federleicht an meiner Seite liegt und wir schweigend auf das Meer hinaussehen. Der Wunsch in mir, dass er mir noch näherkommt, wird übermächtig. Dieser Augenblick darf ewig andauern, wenn es nach mir geht. Doch die Sonne verschwindet viel zu schnell am Horizont und ich genieße es bis zur letzten Sekunde.

»Und schon ist der magische Moment vorbei«, sage ich wehmütig.

»Warte ab. Vielleicht hält die Nacht noch den ein oder anderen schönen Ausblick für uns bereit.« Fynn lächelt mich an, als würde er mehr wissen und sein Blick strahlt etwas Sanftes, Liebevolles aus.

»Aber zuerst müssen wir das Zelt aufbauen.« Glücklicherweise dauert es nicht lang und der große, runde Vollmond und die Fackeln an den Seiten des Podests spenden uns genug Licht.

»Fertig.« Stolz stemme ich die Hände in die Hüfte, nachdem ich die Isomatten und Schlafsäcke im Inneren des Zeltes ausgebreitet habe und wieder herausgeklettert bin. Und erst in diesem Moment wird mir klar, dass ich die ganze Nacht mit Fynn in diesem kleinen Zelt verbringen werde. Ein aufgeregtes Kribbeln erfasst meinen Körper bei dem Gedanken. Ich glaube nicht, dass ich auch nur ein Auge zu machen kann.

»Wie sieht es mit dem Lagerfeuer aus?« Ich drehe mich um und sehe, dass Fynn es sich am Rand der Plattform auf einer Decke ein paar Schritte vom Feuer entfernt bequem gemacht hat.

»Sehr gut natürlich. Hast du etwas Anderes erwartet?« Ich setze mich schmunzelnd zu ihm. »Lust auf ein paar S'mores?«

»Was?«

»Das sind Marshmallows und ein Stück Schokolade zwischen zwei Keksen. Das kann man dann wie ein Sandwich essen.«

»Süß und klebrig klingt für mich nach dem perfekten Abendessen«, erwidere ich, worauf Fynn den Proviantrucksack zu sich zieht und drei Packungen hervorholt.

»Die Antwort habe ich erwartet.« Er zwinkert mir zu und greift nach zwei vorbereiteten Stöcken. Auf beide spießt er je ein Marshmallow auf und reicht mir einen der Stöcke.

Eine angenehme Stille, die nur von dem leisen Knistern des Feuers unterbrochen wird, legt sich um uns. Ich sehe zu Fynn und folge seinem Blick zum Sternenhimmel hinauf.

»Hab ich dir zu viel versprochen?« Im schwachen Schein der Flammen erkenne ich das Lächeln auf seinem Gesicht.

»Nein«, flüstere ich und sehe mit offenem Mund nach oben. An dem schwarzen Himmel kleben unzählige Sterne und strahlen um die Wette. Einer scheint größer und heller, als der andere und ich weiß gar nicht, wo ich zuerst hinsehen soll.

»Da ist der Große Wagen.« Mit dem Zeigefinger deutet Fynn in den Himmel und zeichnet eine Sternenabfolge nach.

»Welches Sternzeichen bist du eigentlich?«

Fynn sieht zu mir und ich sehe tief in seine Augen, die im Sternenlicht leuchten. »Stier.«

»Das erklärt so einiges«, kichere ich und kann gar nicht mehr aufhören zu lachen.

Er hebt fragend eine Augenbraue. »Was erklärt das denn?«

»Na, dass du immer mit dem Kopf durch die Wand willst.«

Nun stimmt Fynn in mein Lachen mit ein. »Ich gebe es nur ungern zu, aber da könnte etwas Wahres dran sein. Und was bist du?«

Ich ziehe meinen Stock aus der Flamme, damit das Marshmallow abkühlen kann. »Waage.«

Fynn schüttelt lachend den Kopf. »Voll ausgeglichen also.«

»Eigentlich heißt es, dass die Charaktereigenschaften eines Waage-Geborenen eher in Richtung harmoniebedürftig und verständnisvoll gehen. Und, dass sie ihren Mitmenschen dabei helfen Probleme zu lösen.« Ich wackle vielsagend mit den Augenbrauen, aber ob Fynn das in der Dunkelheit erkennt, weiß ich nicht. Wie er es mir gezeigt hat, lege ich ein Stück Schokolade auf einen Keks, schiebe das klebrige Marshmallow vom Stock darauf und presse den zweiten Keks darüber, um dann genussvoll davon abzubeißen.

»Scheint irgendwie doch zu passen.« Er kratzt sich am Hinterkopf und sieht dann wieder nach oben zu den Sternen. »Hätte nicht gedacht, dass du dich für so was interessierst.«

Unbestimmt zucke ich mit den Schultern und schlucke herunter. »Meine Mutter hat oft darüber gesprochen und immer ihr Horoskop gelesen. Dabei ist sie …

war sie«, verbessere ich mich, »sonst nie abergläubisch. Aber die Astronomie und alles, was dazu gehört, hat sie fasziniert. Ich kann mich noch gut an die Nächte erinnern, in denen sie stundenlang in dem kleinen Erker im Schlafzimmer gesessen und die Sterne beobachtet hat.«

»Du musst sie sehr vermissen.«

Ich nicke ohne meinen Blick vom Sternenhimmel zu lösen. »Klar tue ich das. Man denkt immer, dass es leichter wird damit umzugehen, umso mehr Zeit vergeht. Dabei fängt man nur an zu vergessen. Die Bilder verbleichen immer mehr.«

Fynn legt seinen Arm um meine Schultern und zieht mich zu sich heran. Ohne darüber nachzudenken, bette ich meinen Kopf in die Grube zwischen seiner Schulter und seinem Hals. Seine Hand streicht sanft über meinen Arm, er sagt jedoch nichts. Doch in diesem Moment ist es genau richtig, nur so dazusitzen und mich in seiner Umarmung geborgen zu fühlen. Mit der Erinnerung an Mama, wandern meine Gedanken weiter zu den Geschehnissen der letzten Tage. Durch die eingesetzte Stille fällt es mir schwerer, diese negativen Gedanken von mir zu schieben.

Ich weiß nicht, wie lange wir so dasitzen und stumm die Sterne beobachten. Als ein kühler Wind aufkommt, lässt er mich erzittern.

»Ist dir kalt?« Fynn reibt mit der Hand fest über meine Jacke und bringt mich damit zum Lachen.

»Ein bisschen, aber das ist auch die Müdigkeit«, gebe ich zu.

Fynn gähnt augenblicklich, als ich das Wort »Müdigkeit« in den Mund nehme. »So schön der Ausblick ist«, er sieht mir tief in die Augen und mir kriecht die Hitze in die Wangen, »ist es vermutlich besser, uns aufs Ohr zu hauen. Morgen früh geht es weiter mit unserem kleinen Ausflug und da sollten wir fit sein.«

»Das stimmt.« Wir stehen auf und nachdem ich einen letzten sehnsüchtigen Blick zu dem atemberaubenden Sternenhimmel geworfen habe, kriechen wir in das Zelt hinein. Die Taschenlampenfunktion von Fynns Handy erweist uns dabei gute Dienste.

Mit einem leisen Ratsch öffne ich den Reißverschluss meines Schlafsackes und lasse mich hineingleiten. Es ist so eng im Zelt, dass sich unsere Säcke fast überlappen, doch dadurch dringt wenigstens nicht allzu viel Kälte hinein.

»Ich stell einen Wecker.« Fynn greift nach seinem Smartphone und tippt darauf herum und ich lege mich mit hinter dem Kopf verschränkten Armen hin.

»So, fertig.« Er schlüpft ebenfalls in seinen Schlafsack und dreht sich zu mir. »Zeit zu schlafen.«

Ich nicke und spüre, wie mir die Augen bereits zuzufallen drohen. »Gute Nacht.«

»Schlaf gut, Anna«, flüstert Fynn und schaltet die Taschenlampe auf seinem Smartphone aus. Augenblicklich wird es stockdunkel im Zelt.

»Wehe du schnarchst«, gebe ich mit einem leisen Seufzen zurück und kuschle mich tiefer in den Stoff.

Fynns leises Lachen erfüllt das Zelt. »Keine Sorge. Ich werde dich nicht wecken.«

Tatsächlich ist es nicht Fynn, der mich mitten in der Nacht weckt, sondern die Kälte. Im Schlaf habe ich es geschafft, aus dem Sack zu schlüpfen und jetzt liege ich, ohne irgendetwas das mich warmhält, auf der Isomatte.

»Scheiße ist das kalt«, fluche ich leise. Mit den Händen suche ich den Zeltboden nach dem Stoff des Schlafsacks ab.

Fynn neben mir bewegt sich. »Alles okay?« Licht geht an und er sieht mich verschlafen und mit verstrubbelten Haaren an.

»So-so-sorry, i-i-i-ich wollte dich ni-i-icht we-e-ecken.« Inzwischen zittere ich am ganzen Körper und meine Zähne schlagen laut aufeinander.

Fynn setzt sich auf und sieht mich besorgt an. »Warum ist dir so kalt? Ist was mit dem Schlafsack nicht in Ordnung?« Er steigt aus seinem eigenen Sack und zieht meinen, der in der Ecke des Zeltes zusammengeknüllt liegt, heran.

»Ich habe eine Idee. Rutsch mal.« Mit zwei schnellen Handgriffen verbindet Fynn die beiden Schlafsäcke zu einem Großen und winkt mich dann näher. Ich rutsche heran und krieche hinein, als Fynn auffordernd den Stoff hebt. Gleich wird es viel wärmer und ich kuschle mich wohlig ein.

»Besser?«, fragt er und sieht mir tief in die Augen.

»Oh ja.«

Fynn schaltet das Licht wieder aus und zieht mich näher zu sich heran. Er glüht regelrecht und fungiert in diesem Moment als meine persönliche Heizung.

»Und wie ist es jetzt?« Er streicht meine Haare zurück und ich spüre seine Lippen nah an meinem Ohr. Ein Schauder läuft meinen Rücken herunter, als er einen Arm um mich legt.

»Schön warm.« Es kribbelt überall und ich befürchte schon, gar nicht mehr einschlafen zu können. Doch andererseits ist es ein tolles Gefühl, ihm nah zu sein. Ich kann es nicht mehr leugnen: Ich habe mich in Fynn Gagnon verliebt. In den Fynn, der sich zuerst wie ein Arsch benommen, mich aber dann bei meinem Wettbewerb unterstützt hat und mit mir auf diesen Ausflug geht, um mich abzulenken. So viel zu dem Thema, dass das nicht passieren darf. Mit diesen Gedanken ziehe ich mir den Stoff des Schlafsackes bis zur Nasenspitze und schlafe wieder ein.

Am nächsten Morgen reißt uns Fynns Wecker aus dem wohlverdienten Schlaf. Ich halte die Augen geschlossen und versuche mich tot zu stellen.

»Anna? Bist du wach?«

Am liebsten hätte ich laut »Nein!« geschrien, aber ich bleibe still liegen und atme ruhig weiter.

»Hey, du Schlafmütze. Es ist Zeit aufzustehen.« Sanft rüttelt er an meiner Schulter, bis ich wehmütig die Augen aufschlage.

»Du Sklaventreiber«, nuschle ich und drehe mich zu ihm um. Er beugt sich so tief über mich, dass sich unsere Nasenspitzen beinahe berühren.

Fynns leises Lachen lässt mein Herz höherschlagen. »Ich wünsche dir auch einen schönen guten Morgen.« Seine Mundwinkel zucken amüsiert, als er mein Gesicht mustert.

»Wohl eher dem viel zu frühen Morgen«, grummle ich und versuche, mit der Hand meine Haare glatt zu streichen. Mein Gefühl sagt mir, dass sie in alle Himmelsrichtungen abstehen und mal wieder mehr einem Vogelnest, als einer Frisur gleichen.

»Das«, Fynn macht eine lässige Handbewegung in Richtung meiner Haare, »kann nur noch eine Haarbürste retten.«

Ich gebe den Versuch auf, mit den Fingern die Strähnen zu entwirren. »Sehr charmant, danke.« Müde strecke ich die Arme zur Zeltdecke aus und dehne mich. »Warum schaust du so?«

Fynn beobachtet jede meiner Bewegungen genau. »Ich überlege gerade, ob es eine gute Idee war, den Wecker zu stellen.«

»Warum?« Ich rutsche aus dem Stoff, trenne die beiden Schlafsäcke und rolle sie nacheinander zusammen, um sie wieder in die kleineren Säcke zu stecken und zu verschnüren.

»Oh Mann. Das kann man sich nicht mit ansehen«, prustet Fynn los, als meine Versuche den Schlafsack aufzuräumen allesamt fehlschlagen. Er nimmt ihn mir aus der Hand, klappt ihn in der Mitte zusammen und rollt ihn dann ein. Schicht für Schicht stopft er ihn dann in den Aufbewahrungssack und zieht die Schnur zu.

»Und ich meinte, dass ich nichts dagegen gehabt hätte, noch eine Weile liegen zu bleiben.« Er lächelt verschmitzt und wiederholt die Prozedur mit dem zweiten Schlafsack.

Für diesen Satz gibt es jetzt unterschiedliche Interpretationsmöglichkeiten. Entweder hätte er gern noch ein, zwei Stunden mehr Schlaf gehabt oder mehr Zeit eng aneinandergeschmiegt mit mir im Zelt verbracht. Zu gerne wüsste ich, welche der beiden Antworten die Richtige ist. Doch auf seinem Gesicht kann ich sie nicht ablesen.

Stattdessen sieht Fynn auf sein Handy und runzelt angestrengt die Stirn. »Wenn man es so sieht, ist es doch gut, dass wir schon wach sind.« Fynn lehnt sich in meine Richtung, damit ich auf das Handydisplay sehen kann. Er öffnete eine Verkehrs-App, auf der eine blaue Linie eingezeichnet ist und eine rote Markierung zeigt, wo das Reiseziel liegt. Die Route wird immer wieder von kurzen, orangenen Nuancen unterbrochen.

»Stau. Wir brauchen mindestens 30 Minuten länger. Aber das ist kein Problem, weil wir frühzeitig dran sind. Wir wollen ja nicht mit dem Touri-Bus kollidieren.«

Ich höre Fynn nur mit halbem Ohr zu, denn mein Blick wandert zu der kleinen digitalen Uhr im oberen rechten Eck. »Es ist halb sechs!«, stoße ich laut aus und lasse mich nach hinten fallen. »Hoffentlich lohnt es sich.«

»Das wird es.« Fynns Augen leuchten auf und ich kann es kaum erwarten, den Grund dafür zu sehen.

Fynn hat nicht zu viel versprochen. Peggy's Cove ist ein malerisches Fischerdörfchen mit knapp vierzig Einwohnern und einem kleinen Hafen, in dem mehrere Boote anliegen. Drumherum liegen bunte Häuschen, die einen glauben lassen, eine Zeitreise hinter sich zu haben.

»Sind das Fangkörbe?« Am Rande des Hafens sind einige, ebenso bunt bemalte Käfige aufgestapelt.

»Ja, das sind Hummerkörbe. Die Fischer leben zwar nicht mehr ausschließlich vom Hummerfang, aber verdienen sich damit von November bis Mai etwas dazu. Peggy's Cove ist ein Touristenmagnet, deshalb sind die

Haupteinnahmequellen das Verkaufen von Souvenirs oder die Arbeit in der Gastronomie.«

Ich nicke und lasse meinen Blick hin und her wandern, um nichts zu verpassen. »Heute ist nicht so viel los.«

Fynn wackelt mit dem Kopf. »Es ist noch früh, unter der Woche und Winter. An Sonntagen braucht man gar nicht versuchen, zum Leuchtturm zu gehen oder in der Gaststätte einen Platz zu bekommen. Da kommen ganze Busse voll mit Touristen.«

Unser Weg führt uns zu dem Wahrzeichen des kleinen Fischerdörfchens: Peggy's Point. Der Leuchtturm in Peggy's Cove steht direkt an der Atlantikküste inmitten einer Felsformation und ich kann es kaum erwarten, näher heranzugehen und ihn mir von Nahem anzusehen.

»Brauchst du Hilfe?« Fynn streckt seine Hand aus, damit ich nicht auf den, von dem Meerwasser abgerundeten, Felsen ausrutsche.

Ich greife nach seiner Hand und klammere mich daran fest. Oben auf dem Felsen angekommen, lässt er sie jedoch nicht los. Es ist ein schönes Gefühl, seine Hand in meiner zu halten, weswegen ich es ebenfalls nicht darauf anlege. Seit dem Wettbewerb ist etwas mit uns passiert. Etwas, von dem ich die Bedeutung noch nicht begreifen kann. Doch es ist wunderschön.

Ich hebe den Blick und sauge die atemberaubende Aussicht in mir auf.

Sanfte Wellen stoßen gegen die Felsen und salzige Wasserspritzer landen auf der freien Hautfläche meines Unterarms zwischen Jackenärmel und Handschuh. Es hat sich wirklich gelohnt, so früh hierherzukommen, denn im Augenblick haben wir diesen magischen Ort für uns allein. Der Himmel ist strahlend blau und der rot-weiße Leuchtturm versucht, ihm mit seinen satten Farben die Show zu stehlen. Die Kulisse ist atemberaubend schön. Das Meer reicht bis zum Horizont und die Sonne wirft leuchtende Reflexe auf das klare blaue Wasser.

Fynn drückt leicht meine Hand und ich wende mich ihm zu. »Die Geschichte hinter dem Namen dieses Ortes ist mindestens genauso romantisch, wie tragisch. Willst du sie hören?« Ich nicke und er sieht zuerst zu dem Leuchtturm hinauf und dann aufs Meer. »Es heißt, dass im 17. Jahrhundert einer der Fischer nicht mehr von seiner Fangtour zurückkam. Peggy, seine Frau, soll sich daraufhin aus Liebeskummer in der St. Margarets Bay das Leben genommen haben. Aus Respekt vor der Liebe der Witwe wurde der Ort nach ihr benannt.«

»Das ist wirklich traurig. Und romantisch.«

»Und romantisch«, wiederholt Fynn meine Worte und wirft einen kleinen Stein ins Meer. »Es ist nur eine von vielen Legenden rund um diesen Ort. Aber diese ist mir im Gedächtnis geblieben.« Sein Blick trifft auf meinen und hält ihn gefangen. Ohne es zu bemerken, kommen wir uns immer näher. Wind kommt auf, wirbelt meine Haare in sein Gesicht und lässt noch mehr salzige Wassertropfen auf meine Haut spritzen.

»Sorry.« Ein lautes Lachen entschlüpft mir, als er sich aus meinen Haaren befreien muss.

Sanft streicht er mir die langen Strähnen aus dem Gesicht und seine Hand verharrt länger als nötig auf meiner Wange. Wie so oft, schlägt mein Herz bei seiner Berührung schneller. Mein Puls schießt in ungeahnte Höhen, als wäre ich auf den letzten Metern eines Sprints und meine Hände werden vor Nervosität feucht.

Ich versinke in seinen graublauen Augen, die mich an den nach einem Gewitter aufklarenden Himmel erinnern. Wir kommen uns wieder näher, bis sich unsere Nasenspitzen berühren.

Fynns Finger vergraben sich in meinem wirren Haar und die andere Hand legt er sanft auf meinen Rücken, um mich näher an sich heranzuziehen. Ich bin froh, dass er mich hält, denn meine Beine kommen mir eher wie schlabbrige Spaghetti vor und ich weiß nicht, wie lang sie mein Gewicht noch halten können.

Seine Lippen berühren meine so leicht, dass es genauso gut ein sanfter Wind hätte sein können, der darüber streicht. Atemlos halte ich die Luft an und lege die Arme um seinen Nacken. Ich warte darauf, dass er mich richtig küsst. Endlich seine Lippen auf meine legt und mir zeigt, dass er dasselbe für mich empfindet. In diesem Moment steht die Zeit still und es kommt mir vor, als würden Stunden vergehen.

Die Wellen klatschen immer stärker an die Felsen, es ist ohrenbetäubend laut. Fynn atmet tief ein und löst sich ein Stück von mir.

»Wir sollten besser runter von den Felsen. Mit dem Wind ist nicht zu spaßen.« Obwohl er nah an meinem Ohr spricht, kann ich ihn kaum verstehen.

Unwillig löse ich mich von Fynn und folge ihm zurück auf die andere Seite, von wo aus wir den Leuchtturm und den Ausblick genießen können, ohne Gefahr zu laufen von den Wellen ins Meer gezogen zu werden. Die Sonne steht hinter Peggy's Point und lässt ihn in ihrem orangenen Licht erstrahlen.

»Danke, dass du mit mir hierhergekommen bist«, sage ich leise und bin mir nicht sicher, ob Fynn mich gehört hat.

»Lass uns einfach den Moment genießen.« Er drückt mir einen schnellen Kuss auf die Schläfe und schenkt mir ein bezauberndes Lächeln. Ein Schwarm Schmetterlinge erhebt sich in meinem Inneren und vollführt einen wilden Tanz.

Kapitel 14: Anna

Als wir am frühen Abend wieder zu Hause ankommen und ich müde aber glücklich ins Bett falle, fliegen mir all die Bilder der Erlebnisse wie eine Dia-Show durch den Kopf. Eines davon wird immer besonders lang eingeblendet: Fynn, der mich küsst. Also nicht *richtig* küsst. Aber seine Lippen berühren federleicht meine und dann drückt er sie auf meine Schläfe und verursacht mir eine Gänsehaut am ganzen Körper.

Er hat danach genauso überrascht gewirkt, wie ich selbst. Ob er es deshalb dabei belassen und mich nicht mehr geküsst hat? Sollte es ein Versuch sein, um sich über seine eigenen Gefühle klarzuwerden? Danach ist nichts mehr geschehen und wir haben nicht darüber gesprochen.

Ich hatte schon einmal einen Freund und dachte, dass ich ihn wirklich geliebt habe. Jetzt bin ich mir gar nicht mehr so sicher darüber. Meine Gefühle für Fynn sind anders. Sie reichen tiefer, sind größer. Der Beinahe-Kuss in Peggy's Cove hat in mir mehr Emotionen geweckt, als jeder »richtige« Kuss, den ich zuvor hatte.

Mama hat einmal zu mir gesagt, dass ich es spüren werde, wenn ich den Richtigen gefunden habe. Damals war ich dreizehn, mitten in der Pubertät und fest davon überzeugt, einmal Justin Bieber zu heiraten, wie so ziemlich jedes andere Mädchen in dem Alter.

Sie würde ihn mögen. Weil er mich zum Lachen bringt und sich auf dem Eis genauso wohlfühlt wie ich und weil er sich so für mich eingesetzt hat. Selbst zu dem Zeitpunkt, als wir uns noch nicht so gut verstanden haben und alles auf der Kippe stand.

Es ist seltsam, dass ich ausgerechnet jetzt auf Fynn getroffen bin. Jetzt, wo Mamas Todestag sich schon bald wieder jährt.

Am Morgen liege ich schon eine knappe Stunde wach im Bett und hänge meinen Gedanken nach. So schön die letzten Tage mit Fynn waren, heute Morgen ist alles wieder über mich hereingebrochen. Die Disqualifikation und die Anschuldigungen sind fast wieder so präsent wie vor dem Ausflug, bis es an der Tür klopft.

»Ja?« Rasch setze ich mich auf.

Die Tür öffnet sich mit einem langgezogenen Quietschen und Fynn schaut mit einem breiten Lächeln durch den Spalt. »Du bist ja wach. Ich habe schon befürchtet, dass man dich mit einem Kran aus dem Bett holen muss.«

Ich schwinge die Beine über die Bettkante und stehe auf. »Mit einem Kran?«, wiederhole ich amüsiert. »Es ist neun Uhr. Da kann man schon wach sein.«

»Kann man, muss man aber nicht«, witzelt Fynn und schiebt die Tür weiter auf. »Ich habe Frühstück vorbereitet. Mom und Richard sitzen schon unten und ich dachte, du würdest von den Buttermilch-Pancakes mit Ahornsirup etwas abhaben wollen. Denn wenn Richard noch fünf Minuten länger davor sitzt, kann ich nicht mehr garantieren, dass für uns welche übrig sind, wenn wir nach unten kommen. Nur um es klar auszudrücken: Richard *liebt* Buttermilch-Pancakes. Vor allem die nach Moms Rezept.«

»Du hast sie selbstgemacht?« Meine Augenbrauen wandern in die Höhe. »Bin ich in einer Parallelwelt gelandet und du entpuppst dich gleich als Gestaltwandler-Alien?« Ich kneife die Augen zusammen und mustere ihn forschend von oben bis unten, als wäre ich auf der Suche nach irgendwelchen Hinweisen, die diese Vermutung bestätigen.

»Fynn? Bist du da noch drin?« Spielerisch klopfe ich gegen seine Schulter und er lacht laut auf. »Gib mir ein Zeichen und ich versuche dich da rauszuholen.«

»Haha.« Mit einer ausladenden Geste bedeutet er mir, das Zimmer zu verlassen. Ich schiebe mich an ihm vorbei und wir laufen nebeneinander die Treppe herunter. »Ich bin zwar nicht so gut wie Mom in der Küche, aber Pancakes sind kein Hexenwerk.«

»Also wenn ich versuche Pfannkuchen zu machen, verbrennen sie immer oder sind nur ein Haufen aus einzelnen, zerpflückten Teigteilen.«

»Was sind Pfännkuch'n?« Fynn müht sich ab, das Wort hervorzubringen, und ich breche bei seinem Versuch in lautes Gelächter aus.

»Pfannkuchen sind das deutsche Äquivalent zu euren Pancakes. Sie sind nur nicht so süß und etwas größer und dünner.«

Wir treten an den Esstisch in der Küche. Fynn hat nicht übertrieben. Auf zwei großen Tellern stapeln sich Pancake-Türme. Daneben stehen Ahornsirup und kleine Müslischalen gefüllt mit Beeren.

»Hast du gut geschlafen?«, fragt mich Sophia.

»Sehr gut, danke«, schwindle ich. Ich will ihr nicht unbedingt auf die Nase binden, dass ich die ganze Zeit an Fynn gedacht habe und daher einen großen Teil der Nacht wach lag. Augenblicklich steigt mir die Hitze in die Wangen. Rasch lasse ich meine langen Haare wie einen Vorhang vor das Gesicht fallen und schiebe mich hinter Richards Stuhl hindurch, um auf meinen Platz zu sitzen. Kaum sinke ich auf das Sitzpolster, belädt Fynn den Teller vor mir mit duftenden Pancakes.

»Guten Appetit. Lasst es euch schmecken.« Er greift nach der Gabel neben seinem Teller und schwenkt damit in der Luft herum. »Aber gewöhnt euch nicht daran. Wenn ich erst einmal aufs College gehe, werde ich dafür keine Zeit mehr haben.«

Seine Worte stechen mir wie eine Nadel ins Herz und lassen meine Träume wie eine Seifenblase zerplatzen. Er wird hier das College besuchen, während ich mein Studium in Hamburg fortsetze. Diese deutlichen Worte hauen mich völlig um, dabei wusste ich es schon. Doch es noch einmal laut ausgesprochen zu hören, macht es real und ich knalle dagegen, als wäre es ein Brett vor meinem Kopf.

»Du hast dich für Informatik eingeschrieben, richtig?« Meine Stimme klingt in meinen eigenen Ohren hohl.

Was ist nur los mit dir? Reiß dich zusammen, belehre ich mich selbst. *Du weißt nicht einmal, ob er dasselbe für dich empfindet.*

Fynn hält sich kauend eine Hand vor den Mund. »Ja, genau. Ich habe in den letzten Monaten in einer Tankstelle gejobbt, um mir die Gebühren für das erste Semester leisten zu können. Für ein Stipendium hat es ja leider nicht gereicht.« Ein Schatten huscht über sein Gesicht. »Ich war eine Zeit lang verletzt. Das hat mich ziemlich zurückgeworfen.«

»Fynn ist ein grandioser Winger. Ich bin mir sicher, dass dem Stipendium für das zweite Semester nichts im Weg steht. Und jetzt, wo der Eiskunstlaufwettbewerb vorbei ist«, Richard wirft mir ein wackeliges Lächeln zu, »wird es bald die Möglichkeit für ein Probetraining in Halifax geben.«

Bei den Worten »Probetraining« und »Halifax« läuft es mir eiskalt den Rücken herunter. Wird Fynn daran noch teilnehmen können, nachdem wir in der Eishalle ein Hausverbot erteilt bekommen haben?

Ich werfe Fynn einen unsicheren Blick zu, der sofort zu verstehen scheint, was in mir vorgeht. Er schenkt mir ein beruhigendes Lächeln und schüttelt langsam den Kopf. Erleichtert, dass das für ihn kein Problem darstellt, nicke ich ihm zu und frage stattdessen: »Was ist ein Winger?«

»Winger werden im Eishockey die Außenstürmer genannt. Sie gehören zu den schnellsten Schlittschuhfahrern auf dem Eis.«

»Ich kenne mich mit Eishockey leider nicht so gut aus«, gebe ich zu.

»Richard auch nicht.« Für einen Moment entsteht ein Schweigen zwischen uns. Doch dann scheint Fynn bewusst zu werden, dass der Witz nicht so ankam wie gedacht und spricht schnell weiter. »Das können wir gerne ändern.« Ein breites Grinsen legt sich auf sein Gesicht. »Wir könnten eine Runde fahren gehen und dabei kann ich dir gleich das ein oder andere erklären.«

Sophia verschluckt sich und hustet laut. Richard klopft ihr sanft auf den Rücken und hebt ihr mit der freien Hand ein Glas Wasser entgegen.

Als sie sich langsam wieder beruhigt, fragt sie erstickt: »Du willst mit Anna zum Teich gehen?«

»Ich stand volle drei Tage nicht mehr auf dem Eis und Anna vermisst es bestimmt auch schon. Oder?«

Ich nicke eilig. »Auf jeden Fall. Um welchen Teich geht es? Ich habe hier keinen gesehen.«

»Das wirst du schon sehen. Ist schwierig zu erklären, weil er ein wenig versteckt liegt und du dich hier nicht auskennst.«

Mit Schlittschuhen, zwei Hockeyschlägern, einer Schneeschaufel und einem Puck bewaffnet, ziehen Fynn und ich nach dem Frühstück in Richtung Teich los. Er hat darauf bestanden, dass ich ihm zeige, wie man eine Pirouette dreht. Im Gegenzug würde er mir ein paar Hockey-Kniffe beibringen. Das verspricht also ein lustiger Tag zu werden.

Zunächst folgen wir der asphaltierten Straße, die zu dem Haus der Gagnons führt, ein ganzes Stück und biegen dann auf einen schmalen Trampelpfad ein, der sich durch den Wald windet.

»Wir sind gleich da«, erklärt Fynn nach einiger Zeit und läuft direkt auf ein großes, undurchdringlich wirkendes Gebüsch zu. Darauf liegen Schneemassen, die von Zeit zu Zeit zu Boden fallen.

»Geht es da durch?« Ich deute auf besagten Busch.

Fynn nickt und stoppt vor einem kleinen Durchgang, den ich erst in dem Augenblick erkenne, in dem ich direkt davor zum Stehen komme. »Ladys First«, sagt er mit einer ausladenden Geste. Er schiebt die Blätter für mich zur Seite und ich krieche hindurch.

»Auf die Idee, dass hier ein Teich liegt, wäre ich nie gekommen.«

»So geht es vielen. Und zum Glück ist er dazu noch im Privatbesitz.« Ich schnappe hörbar nach Luft und setze bereits zum Sprechen an, als Fynn mich mit einer abwehrenden Handbewegung unterbricht. »Keine Sorge. Er gehört unserem Nachbarn und er hat nichts dagegen, dass ich hier trainiere.«

Erleichtert stoße ich die Luft aus. Noch einmal Ärger mit der Polizei, weil ich unerlaubt auf privatem Grundstück herumwandere, möchte ich nicht riskieren.

»Also, worauf warten wir?« Ich lasse den Schläger aus geringer Höhe in den Schnee fallen, ziehe meine Schuhe aus und tausche sie gegen die Schlittschuhe ein, was im Stehen gar nicht so einfach ist.

»Du kannst es wohl kaum erwarten, Hockey spielen zu lernen«, scherzt Fynn, nachdem er das Eis mit einer Schaufel vom Schnee befreit hat und tauscht seine Schuhe ebenfalls aus.

Es fühlt sich an, als hätte ich Jahre nicht mehr auf dem Eis gestanden. Egal, wo ich bin, wenn meine Kufen auf gefrorenes Wasser treffen, bin ich zu Hause. Ich drehe eine Runde auf dem Teich und Fynn holt mich auf der Hälfte ein. »Du hältst dich echt gut. Ich dachte, ihr Eiskunstläufer kommt nur mit perfekt glatten Eisflächen klar.« Er zwinkert mir zu und ich nehme seinen Kommentar mit einem Lächeln hin.

»Das klingt fast, als würdest du dich darüber wundern«, lache ich und lege einen Zahn zu. Das lässt er sich nicht gefallen und setzt nach.

Unvermittelt drehe ich mich nach links, bringe die Schlittschuhe damit in eine waagrechte Position und bremse ab.

»Also was ist jetzt? Zuerst die Pirouette oder bringst du mir als erstes Hockey spielen bei?« Voller Tatendrang stemme ich die Hände in die Hüfte.

»Das Pirouetten-Training am besten zum Schluss. Ich befürchte, dass ich danach nicht mehr in der Lage sein werde, dir noch etwas beizubringen, wenn ich mich ein paar Mal auf den Rücken gelegt habe.«

Nachdenklich tippe ich mir an die Unterlippe und versuche all meine Ironie in die folgenden Worte zu legen. »Da könntest du recht haben. Bin gespannt, ob das Eis die zahlreichen Fehlversuche aushalten wird.«

Fynn schüttelt lachend den Kopf. »Ganz schön frech. Pass bloß auf, dass du den Puck nicht aus Versehen gegen den Kopf bekommst. Oder wahrscheinlich muss eher ich vorsichtig sein, wenn du gleich loslegst.«

»Unterschätze mich nicht. Vielleicht überrasche ich dich ja.« Rasch fahre ich zum Rand des Teichs und greife nach den beiden Hockeyschlägern und dem Puck. Einen der Schläger lasse ich über das Eis zu Fynn rutschen und mit dem anderen werfe ich mich in eine übertriebene Pose. Dabei gehe ich tief in die Knie und hole zum imaginären Schlag aus. Als ich fest die Zähne zusammenbeiße und versuche den grimmigsten Blick aufzusetzen, den ich zustande bringe, bricht Fynn in lautes Gelächter aus.

»Damit bringst du die besten Grundvoraussetzungen mit, um Profi-Eishockeyspielerin zu werden: eine bescheuert aussehende Körperhaltung und ein wilder, kämpferischer Blick, der aussagt ›Ich puste dich gleich mit Seifenblasen voll und verpasse dir ein rosa Barbie-Kleid, wenn du mir nicht aus dem Weg gehst.«« Fynn wischt sich eine imaginäre Lachträne aus dem Augenwinkel. Trotz der Kälte färben sich seine Wangen vor Lachen leuchtend rot.

»Machst du dich etwa über mich lustig?«, frage ich ihn angriffslustig. Dabei kneife ich das rechte Auge zu und beiße mir gespielt konzentriert auf die Zungenspitze. Ich täusche einen Schlag an und lasse ihn in sicherer Entfernung an Fynn vorbeisausen.

Abwehrend hebt er die Hände. »Kein Grund, mich gleich umnieten zu wollen.« Schalk blitzt in seinen Augen. »Darf ich?« Er kommt ein Stück näher, bis er direkt neben mir steht und deutet auf den Schläger. Ich nicke und darauf schiebt er meine linke Hand ein Stück nach oben und die Rechte nach unten. »So hast du einen besseren Griff und kannst stärker zuschlagen.« Fynn legt den Puck vor mir ab und fährt zur Seite. »Und jetzt stell dich mal so hin, wie du schlagen würdest.«

Ich stelle mich vor den Puck und gehe ein bisschen in die Knie. Versuchsweise hole ich ein-, zweimal aus und verändere meine Position ein wenig, bis ich glaube, dass es passt.

Fynn fährt im Kreis um mich herum und mustert meine Haltung eingehend. »Gar nicht übel. Wenn du dich noch einen Tick weiter vorbeugst«, er legt mir die Hände auf die Schultern und drückt meinen Oberkörper nach unten, »ist es perfekt.«

Beim Vorbeugen rutscht eine Haarsträhne, die sich aus meinem Zopf gelöst hat, nach vorne, die Fynn mit einer sanften Berührung zurückstreicht. Meine Wange und Schulter kribbeln um die Wette. Fynns Blick verankert sich für ein paar Sekunden in meinen und ich drohe wieder einmal in seinen Augen zu versinken.

»Also, hau drauf!« Der kurze Moment zwischen uns ist vorbei und ich zimmere, so hart ich kann, auf den Puck. Fynn sieht dem Geschoss, das über das Eis rutscht, hinterher. »Gar nicht übel.«

»Danke.« Ich grinse breit. »So schwer war das wirklich nicht«, sage ich leichthin und zucke mit den Schultern.

»Vielleicht habe ich deine Eishockey-Fähigkeiten ein wenig unterschätzt.« Er tippt sich nachdenklich an die Unterlippe. Fehlt nur noch, dass er sich wie Wickie an der Nase reibt, wenn sich eine Idee ankündigt.

»Dann wollen wir mal das Schwierigkeitslevel erhöhen. Du hast einen entscheidenden Vorteil gegenüber den meisten anderen Anfängern: Das Schlittschuhfahren ist für dich kein Problem. Deshalb können wir eine Übung zur Stocktechnik machen.«

»Na dann zeig mal.« Ich stütze mich ein wenig auf dem Eishockeyschläger ab, während Fynn nickt und zum Puck fährt, der einige Meter entfernt in der Mitte des Teichs liegt.

»Ich dribbele jetzt mit dem Puck, übergebe ihn dir und du machst dasselbe einmal hin und zurück«, ruft er laut, damit ich ihn über die Entfernung hinweg verstehen kann.

Als Zeichen, dass ich es kapiert habe, strecke ich den Daumen in die Höhe. »Leg los!«

In rasender Geschwindigkeit fliegt Fynn über das Eis. Ich wusste, dass er schnell ist. Aber *das* habe ich nicht erwartet. Sein Blick ist die ganze Zeit über nach vorne gerichtet. Den Schläger bewegt er dabei im Wechsel links und rechts am Puck, ohne ihn zu weit wegspringen zu lassen. Ein potenzieller Gegner könnte ihm das Spielgerät sonst schnell abluchsen und einen Konter starten.

Fynn drosselt etwa in drei Metern Entfernung von mir seine Geschwindigkeit, holt aus und passt mir den Puck zu. Ich schaffe es ihn anzunehmen ohne, dass er zu weit wegspringt, und fahre los. Der Versuch Fynns Bewegungen nachzuahmen gelingt mir besser, als meinen Blick vom Puck zu lösen. Ich kann froh sein, dass es hier keine Hindernisse gibt, sonst wäre ich wahrscheinlich nicht heil am anderen Ufer angekommen.

»Gar nicht übel«, sagt Fynn, als ich wieder neben ihm zum Stehen komme.

Wir wiederholen die Übung mehrere Male, bis ich beide Hände in die Luft hebe. »Eine weitere Runde schaffe ich nicht. Meine Arme geben den Geist auf«, lache ich und schüttle sie aus.

Fynn lehnt sich auf seinen Hockeyschläger. »Das reicht für den Anfang. Du hast dich gut geschlagen. Und wie fandest du deine erste Trainingseinheit?«

»Es hat Spaß gemacht. Zwar glaube ich nicht, dass an mir eine große Hockeyspielerin verloren gegangen ist, aber es gibt schlimmere Sportarten.« Spielerisch zwinkere ich ihm zu und kann mir ein Grinsen nicht verkneifen.

Fynn stößt mich mit der Schulter an. »Dann habe ich ja nicht alles falsch gemacht.« Er bleibt so nah neben mir stehen, dass sich unsere Arme berühren.

Während mein Blick von seinem festgehalten wird, sendet seine Berührung kleine elektrische Schläge von den Fingerspitzen durch meinen ganzen Arm. Seine

Hand greift nach meiner und unsere Finger verschränken sich ineinander, als hätten sie nie etwas anderes gemacht. Dann legt Fynn die andere Hand an meine Taille und zieht mich näher zu sich. Er löst seine Finger sachte und streicht mir die widerspenstige Haarsträhne zurück, die sich wieder aus dem Zopf gelöst hat. Seine Handfläche verweilt an meiner Wange.

Ich kann dabei für keine Sekunde die Augen von seinen lösen und Fynn scheint es genauso zu gehen. Unsere Köpfe kommen sich näher und endlich legen sich seine Lippen zärtlich auf meine. Mein Herzschlag setzt für einen Moment aus, um dann mit doppelter Geschwindigkeit weiterzurasen. Ich lege die Arme um Fynns Hals, wodurch der Kuss inniger wird.

Endlich, schießt es mir durch den Kopf und eine Milliarde verschiedener Empfindungen durchfluten meinen Körper.

In diesem Moment gibt es nur Fynn und mich und seine Lippen auf meinen. Ein ganzer Schmetterlingsschwarm erhebt sich in meinem Bauch und fliegt wild darin umher. Es fühlt sich an, als würde ich Achterbahn fahren. Dieses Ziehen im Bauch, wenn man am höchsten Punkt ankommt und dann in voller Geschwindigkeit in die Tiefe stürzt. Es wird nie die richtigen Worte geben, um meine Gefühle in diesem Moment zu beschreiben.

Fynn löst seine Lippen und lehnt stattdessen seine Stirn gegen meine. Dann rutscht er ein kleines Stück zurück und greift nach meinen Händen. Unsicherheit liegt in seinem flackernden Blick.

»Ich habe mir das so oft ausgemalt. Aber in der Realität war es noch schöner. Viel schöner.«

Ich nicke, denn ich habe das Gefühl, nur wirre Worte hervorzubringen, sobald ich den Mund aufmache. Fynns Arme umschließen mich und ich lehne den Kopf an seine Brust. Ich kann mich nicht daran erinnern, wann ich mich das letzte Mal so geborgen gefühlt habe.

»Du willst nur um das Pirouetten-Training herumkommen«, flüstere ich an seinem Hals und streife dabei die weiche Haut mit den Lippen.

Er lacht leise und drückt einen kleinen Kuss auf meinen Scheitel. »Das ist ein zusätzlicher, positiver Nebeneffekt.«

Mir entschlüpft ebenfalls ein Lachen. »Dachte ich es mir. Mit allen Mitteln versuchst du ...« Doch weiter komme ich gar nicht, denn Fynn hebt mein Kinn an und küsst mich ein weiteres Mal. Ich schließe die Augen und lasse mich fallen, verschmelze mit ihm und vergesse alles andere um mich herum.

Kapitel 15: Fynn

Die letzten zwei Tage kommen mir wie ein Traum vor. Ein verdammt kitschiger, aber schöner Traum. Auf dem Eis habe ich einfach nicht mehr anders können, als Anna zu küssen. Ich habe meine Unsicherheit über Bord geworfen, die mich in Peggy's Cove bereits davon zurückgehalten haben, den letzten Schritt zu machen. Und ich bin mir sicher, dass das zu den besten Entscheidungen gehört, die ich je getroffen habe. Den Gedanken, dass Anna bald wieder zurück nach Deutschland reisen wird, schiebe ich weit von mir.

Anstatt uns über die näher rückende Abreise Sorgen zu machen, gehen wir zum Schlittschuhfahren an den Teich oder liegen wie jetzt gemeinsam im Bett und spielen uns gegenseitig unsere Lieblingssongs vor.

Bon Jovi tönt aus Annas Handylautsprechern und ich spiele mit ihren Haaren.

»Jetzt bist du dran.« Sie reicht mir das Smartphone mit der geöffneten Musik-App und ich löse meine Finger aus ihrem Haar.

Den Kopf stütze ich mit dem anderen Arm ab, während ich einen meiner Lieblingssongs in die Suchleiste eintippe, und nur wenige Sekunden später sind die ersten Klänge von Leonhard Cohens *Hallelujah* zu hören.

Anna setzt sich ruckartig auf. »Das ist nicht dein Ernst.«

Ich grinse. »Warum nicht? Das ist die Rockversion.«

»Eins muss man dir lassen. Du hast keinen schlechten Geschmack.«

Sie legt sich zurück auf meinen Arm und ich küsse sie auf die Stirn. »Dass du das erst jetzt bemerkst.« Ich schüttle den Kopf und versuche eine traurige Grimasse aufzulegen. »Das trifft mich.« Ich presse die freie Hand auf meine Brust und gebe einen erstickten Laut von mir.

Annas ansteckendes Lachen erfüllt den Raum. In diesem Moment wird mir wieder einmal klar, dass ich immer der Grund für ihr Lachen sein möchte und es für mich zu den schönsten Geräuschen der Welt gehört. Das Leuchten in ihren Augen lässt mein Herz höherschlagen und als sie mir die Arme um den Hals legt, mich zu sich herunterzieht und küsst, kann ich an gar nichts anderes mehr denken.

»Lust auf einen Spaziergang?« Anna schaut mit großen, erwartungsvollen Augen zu mir auf.

Ich streiche mir die Locken aus den Augen und nicke. »Klingt nach einem Plan. Oder wir gehen zum Teich.«

»Gebongt!« Anna springt auf und steht schon in der Tür, während ich es gerade erst schaffe mich aufzusetzen. »Wo bleibst du denn?«

»Schon da.« Schwerfällig stehe ich auf und trete neben sie. »Hast du nicht etwas vergessen?« Mit der rechten Hand hebe ich eine ihrer verstrubbelten Haarsträhnen nach oben.

»Vielleicht sollte ich kurz ins Badezimmer gehen«, räumt sie ein. »Ich beeile mich.« Und schon verschwindet sie im Flur und eine Tür fällt ins Schloss. In der Zwischenzeit ziehe ich mir Jeans und Pullover an und entscheide mich sogar dazu, meine Kamera in den Rucksack zu packen. Es ist schon eine Weile her, seit ich sie das letzte Mal genutzt habe, aber heute kommt es mir wie ein guter Zeitpunkt vor, wieder damit anzufangen.

Ich klopfe an die Tür zum Badezimmer. »Anna? Kannst du mir meine Zahnbürste rausgeben?«

Die Tür geht auf und sie lächelt mich schief an. Im Mundwinkel hat sie ein wenig Zahnpasta kleben.

»Komm ruhig rein. Das Waschbecken ist groß genug für zwei«, sagt sie undeutlich und als würde sie es mir demonstrieren wollen, beugt sie sich darüber und spuckt einen Schwall Zahnpasta aus.

»Eine richtige Lady habe ich mir da ausgesucht«, pruste ich los und Annas Gesicht färbt sich leuchtend rot. Langsam spült sie ihre Zahnbürste mit Wasser ab. Doch dann fängt sie sich wieder und feuert zurück.

»Hab ich da etwa Ironie gehört?« Blitzschnell dreht Anna den Wasserhahn weiter auf, formt ihre Hände zu einer Schale und schleudert mir das Wasser entgegen.

»Hey!«, rufe ich aus. »Das bekommst du zurück.« Ich greife nach ihr, indem ich meine Hände um ihre Taille lege und sie zum Waschbecken ziehe. Während ich sie mit dem einen Arm festhalte, halte ich einen Waschlappen unter den kalten Wasserstrahl und klatsche ihr den vollgesogenen Lappen ins Gesicht.

Anna hebt abwehrend die Hände. »Ok, ok. Genug!« Lachend befreit sie sich aus meiner Umklammerung. »Gute Taktik.« Sie fährt sich mit dem Ärmel ihres Pullis über das Gesicht, während ich nach dem Handtuch greife.

Nachdem ich mir die Zähne geputzt habe und Anna ihr Haar gebändigt hat, sind wir startklar. An der Treppe lasse ich Anna vorgehen und nehme ihr das

Schlittschuhpaar ab, um es mir über die Schulter zu werfen.

»Euch zwei gibt es ja doch noch.« Mom steht unten an der Treppe und schaut mit vor der Brust verschränkten Armen zu uns hinauf. In ihren Augen blitzt etwas auf, als Anna und ich nah beieinander vor ihr stehen bleiben.

Meine Hand greift nach Annas und unsere Finger verschränken sich automatisch. *Ihre Hand passt perfekt in meine.* Der Spruch aus meinen Gedanken könnte aus einem kitschigen Schnulzenfilm stammen. Früher hätte ich darüber gelacht, wenn jemand so etwas gesagt hätte, aber im Hier und Jetzt mit Anna an meiner Seite weiß ich, dass es der Wahrheit entspricht.

Das Lächeln auf Moms Gesicht wird noch eine Spur breiter. »Das habe ich mir schon gedacht. Ich freue mich für euch zwei.«

Richard tritt neben sie und legt einen Arm um ihre Taille, während er Anna und mich mit einem breiten Grinsen mustert.

»Erinnerst du dich noch an meine Worte?«, wendet er sich schmunzelnd an Sophia, die darauf mit den Augen rollt, sich aber ein Lächeln nicht verkneifen kann. »Ich sagte, ihr beiden würdet ein schönes Paar abgeben und dass es nur eine Frage der Zeit ist, bis es so weit ist.«

»Danke«, bringt Anna leise hervor. Ich verstehe sie. Die Situation ist komisch und wird ein wenig unangenehm.

Auch Mom scheint das zu bemerken, denn sie tätschelt Richards Arm, um ihn zu unterbrechen. »Ich brauche jetzt erstmal einen Kaffee. Viel Spaß euch zwei. Seht zu, dass ihr gegen fünf spätestens wieder da seid. Bis dahin ist es ohnehin dunkel.« Sie hakt sich bei Richard unter und zieht ihn mit sich.

»Machen wir, bis später.«

Mit einem Wink geht sie in die Küche und ich kann immer noch Richard hören, der mit fröhlicher Stimme auf sie einredet. Es sieht so aus, als hätten die beiden lang vor uns gewusst, dass Anna und ich zusammengehören. Dass sie sich so darüber freuen, macht mich glücklich.

Anna und ich verlassen das Haus in Richtung Teich. »Das wollte ich dich neulich schon fragen. Denkst du, du kannst überhaupt noch an einem Auswahltraining in Halifax teilnehmen?«, fragt sie mich, nachdem wir eine Weile stumm nebeneinander gelaufen sind.

»Meinst du wegen des Hausverbots?« Im Augenwinkel sehe ich Annas Nicken und auf ihrem Gesicht steht die Schuld geschrieben. »Klar geht das. Bis dahin hat sich die ganze Sache aufgeklärt und das Hausverbot wird aufgehoben.«

Anna wirkt nicht überzeugt. »Bist du dir sicher?«

»Absolut.« Ich drücke ihre Hand und lächle sie an. »Mach dir keine Sorgen darum.«

»Und wann findet dann das nächste Auswahltraining statt? Vielleicht kann ich dich anfeuern.«

»Erst nach Weihnachten.«

Anna seufzt enttäuscht. »Schade, da bin ich nicht mehr da.«

Ich versteife mich bei ihrer Aussage. Bislang haben wir kein Wort über ihre Abreise oder darüber verloren, wie es mit uns dann weitergehen soll.

»Ich weiß«, sage ich nur und hoffe, dass sie das leichte Zittern in meiner Stimme nicht wahrnimmt.

»Lass uns darüber jetzt nicht nachdenken und die gemeinsame Zeit genießen. Okay?« Anna drückt meine Hand, woraufhin ich nicke. »Heute bringe ich dir bei, eine Pirouette zu drehen.«

Meine Augenbrauen wandern in die Höhe. »Und ich dachte, ich wäre darum herumgekommen. Du willst wohl unbedingt, dass ich mich blamiere.«

Die Vorstellung mich pirouettendrehend auf dem Eis stehen zu sehen, amüsiert Anna sichtlich. Ihre Mundwinkel zucken, obwohl sie versucht, einen ernsteren Gesichtsausdruck aufzulegen. Sie scheitert kläglich.

»Auf umgekehrte Weise würdest du es dir auch nicht entgehen lassen wollen.«

Dem kann ich leider nicht widersprechen. »Definitiv.«

Anna zieht ihre rote Wollmütze mit einer Hand tiefer in die Stirn, als ein kalter Wind aufkommt und ihr Haar nach hinten weht. »Ganz schön kalt heute«, spricht sie das aus, was ich denke.

Sie fröstelt. »Ich hätte die Daunenjacke anziehen sollen. Aber als ich einen Blick hinausgeworfen habe, dachte ich, es wäre wärmer wegen der Sonne.«

Ich nicke und werfe einen Blick hinauf zum Himmel. »Wir sollten frühzeitig wieder nach Hause gehen. Da kommt ein Schneesturm auf.«

»Es ist sowieso zu kühl, um lange draußen zu bleiben. Aber eins versichere ich dir: Heute drehst du eine Pirouette«, sagt Anna überzeugt und verlängert ihre Schritte.

Wir kommen an den Büschen an und folgen dem kleinen Trampelpfad, um dann durch das Loch hindurch zum Teich zu gelangen. Das Eis glitzert durch die sich darin reflektierenden Sonnenstrahlen und der Wind lässt die Blätter der umliegenden Büsche und Bäume rascheln.

»Also legen wir los«, sagt Anna voller Tatendrang. Sie tauscht ihre Boots gegen die Schlittschuhe aus und steht auf dem Eis, ehe ich fünfmal blinzle.

Rasch ziehe ich die Kamera hervor und stelle den Rucksack an dem kleinen Baumstumpf ab, bevor ich mir ebenfalls die Schlittschuhe anziehe und mich zu Anna auf das Eis begebe.

»Was hast du damit denn vor?« Anna deutet lächelnd auf die Kamera um meinen Hals.

»Normalerweise macht man damit Bilder.«

Sie rollt mit den Augen. »Okay, ich frage anders. Was möchtest du fotografieren?«

»Dich.« Ehe sie etwas sagen kann, halte ich mir die Kamera vors Auge und mache ein Foto. »Du bist ein Naturtalent.« Ich pruste los beim Anblick des Fotos, denn Anna hat in diesem Moment Mund und Augen weit aufgerissen und den Arm nach oben bewegt, wodurch das Bild verschwommen ist.

Sie fährt zu mir und versucht, einen Blick auf das Bild zu erhaschen. »Das ist wirklich übel. Aber du weißt ja. Ein Model ist nur so gut wie sein Fotograf.«

»Touché.« Ich grinse sie an. »Fahr mal ein Stück, dann beweise ich dir, dass ich gute Fotos machen kann.«

»Na gut.« Anna zuckt mit den Schultern und fährt los, während ich ein paar Bilder von ihr schieße. Sie umrundet den Teich zur Hälfte und als sie neben mir zum Stehen kommt, schauen wir uns das Ergebnis gemeinsam an.

»Gar nicht übel.« Sie tippt mir auf die Schulter. »Das gefällt mir am besten.« Das Foto zeigt Anna mit einem glücklichen Lächeln auf den Lippen. Sie sieht direkt in die Kamera. Im Hintergrund ist eine große ausladende Tanne zu sehen, auf deren Zweigen Schnee liegt.

»Mir auch.« Ich nehme mir fest vor, das Bild auf Fotopapier zu drucken und in meinem Zimmer aufzustellen.

»Aber du lenkst wieder von deinem Pirouetten-Training ab.«

Ich grinse. »Lass mich die Kamera kurz im Rucksack verstauen. Dann können wir loslegen.«

»Dann zeig mal her«, sage ich, als ich wieder neben ihr zum Stehen komme und die Kamera sicher verpackt ist.

»Zuerst«, Anna stupst mir gegen die Brust, »müssen wir uns aufwärmen. Das macht ihr doch beim Eishockey genauso.«

Mit den Augen rollend murre ich: »Auch da bin ich derjenige, der am liebsten sofort anfangen würde.«

Anna fährt los, doch ich hole schnell auf und dann drehen wir Hand in Hand ein paar Runden um den Teich. Erst jetzt, wo ich in Anna jemanden gefunden habe, der meine Interessen teilt, bemerke ich, dass mir genau das gefehlt hat. Diese gemeinsame Zeit auf dem Eis wird immer zu meinen schönsten Erinnerungen gehören.

»Jetzt können wir loslegen«, sagt sie, nachdem sie sich gedehnt hat. Ich habe die Dehnübungen ausgelassen, was sie lediglich mit einem Grinsen und Kopfschütteln quittiert hat.

Sie entfernt sich ein paar Meter, holt Schwung und macht eine Standwaage, um sich darin in atemberaubender Geschwindigkeit zu drehen. Langsam löst Anna die Pirouette und sieht dann mit einem breiten Grinsen und in die Hüfte gestemmten Hände zu mir.

»Aber zuerst fangen wir mit etwas Leichterem an. Ich gehe mal davon aus, dass du rückwärtsfahren kannst.« Sie zwinkert mir zu.

Ich spare mir die Worte und gleite stattdessen rückwärts über das Eis.

»Das sieht schon mal gut aus.« Anna nickt lächelnd. »Wir versuchen zuerst eine Standpirouette, das ist einfacher, um ein Gefühl dafür zu kriegen.« Sie entfernt sich wieder ein paar Meter und erhöht die Lautstärke ihrer Stimme. »Du holst mit dem rechten Bein Schwung und fährst dadurch mit dem linken einen Halbkreis. Dann ziehst du das Schwungbein ein und legst es leicht angewinkelt über dein Standbein. Ungefähr so.« Anna zeigt mir im Stand, wie man die Beine übereinanderlegt. »Soll ich es dir zeigen?«

Mit den Händen vollführe ich eine einladende Geste. »Gerne.«

Anna vollführt gemäß ihren eigenen Anweisungen die Pirouette. »Denkst du, dass du das schaffst?«, feixt sie.

»Selbstverständlich.« So überzeugt, wie es klingt, bin ich aber nicht. Ich versuche, Annas Erklärung so gut wie möglich umzusetzen, und drehe mich schließlich mehrmals um die eigene Achse. Als ich wieder zum Stehen komme, erkenne ich, dass Anna sich ein Lachen verkneift.

»Und wie lautet das Urteil?«

»Nicht elegant, aber selten.« Sie streicht sich mit den dicken Handschuhen über das Gesicht. »Aber ich glaube, dass wir mit der nächsten Stufe loslegen können.« Anna stößt sich vom Eis ab und fährt geradeaus. Langsam hebt sie ein Bein und beugt den Oberkörper, damit Bein und Rücken eine gerade Linie bilden.

»Eine meiner leichtesten Übungen.« Ich hätte den Mund nicht so voll nehmen sollen, denn es ist gar nicht so einfach, die richtige Geschwindigkeit zu finden. Auf einem Bein zu fahren ist kein Problem, das muss ich beim Hockeyspielen oft, aber Bein und Rücken in eine Linie zu bringen, fällt mir schon schwerer.

»Sorry«, japst Anna. Ihr Lachen ist so laut, dass es mich wundert, dass das Eis nicht bebt. »Es sieht einfach zu lustig aus, wie du versuchst, dein Bein nach oben zu bringen.«

In der Sache muss ich Anna leider recht geben. Ich versuche es mehrere Male, doch eine Verbesserung ist kaum bis gar nicht zu erkennen. Es fühlt sich noch dazu einfach falsch an, mein Bein so weit oben zu haben.

»Das wird heute nichts mehr.« Ich verbeuge mich vor Anna. »Du bist die Gewinnerin.«

»Gewinnerin?«, wiederholt Anna grinsend. »Wovon?«

Ich denke einen Moment nach. »Die Siegerin der ... Eisspiele.« Nicht sonderlich einfallsreich, aber mir fällt im Moment nichts Besseres ein. »Ich gebe es zwar ungern zu, aber du bist definitiv besser im Eishockeyspielen, als ich im Eiskunstlauf.« Mit den Schultern zuckend, ziehe ich sie näher heran und küsse sie.

»Und was ist mein Gewinn?«, haucht Anna und sieht mir dabei tief in die Augen.

»Ich dachte, das wüsstest du schon.« Vielsagend deute ich mit dem Daumen auf mich selbst und wackle mit den Augenbrauen.

Sie boxt mich leicht gegen die Brust und beißt sich auf die Unterlippe. »Arrogant ist wohl dein zweiter Vorname.«

»Wer hat, der kann.«

»Jetzt trägst du aber ganz schön dick auf.«

Ich mache eine unbestimmte Bewegung mit dem Kopf und ziehe die rechte Schulter nach oben. »Vielleicht ein kleines bisschen. Aber dafür liebst du mich.« Kaum sind die Worte ausgesprochen, will ich sie schon wieder zurücknehmen. Annas Augen weiten sich und ich versteife mich unter ihrem Blick. Doch dann legt sich ein zauberhaftes Lächeln auf ihre Lippen.

»Da erzählst du gerade ausnahmsweise mal keinen Mist.« Sie zwinkert mir zu und dieses Mal bin ich derjenige, der sie entgeistert ansieht. Schnell fange ich mich wieder und küsse Anna ungestüm. »Ich liebe dich auch«, flüstere ich an ihren Lippen und der Kuss nimmt an Intensität zu.

Ich bekomme gar nichts mehr um mich herum mit. Hätte mir jemand vor wenigen Wochen erzählt, dass ich mich in eine Eiskunstläuferin verlieben würde, wäre ich vor Lachen umgefallen.

Ein Handy klingelt. Ich versuche, das nervige Vibrieren und Klingeln zu ignorieren, es will aber einfach nicht aufhören. Unwillig löse ich mich von Anna. »Da ist aber jemand hartnäckig«, grummle ich.

Schnell zieht sie den Kussunterbrecher aus der Jackentasche hervor. »Anna Hoffmann«, meldet sie sich stirnrunzelnd, nachdem sie einen Blick auf die Nummer geworfen hat. Gespannt horcht sie, was der Andere ihr zu sagen hat.

Sie nickt mehrmals und ich muss schmunzeln, weil derjenige am anderen Ende des Telefons das nicht sehen kann. Dann sagt sie auf Englisch »Ja, wir kommen. Entschuldige, wir haben die Zeit vergessen.«

Prompt werde ich mir der Leere meiner Hosentasche bewusst. Mein Handy habe ich im Rucksack vergessen und das ist sicherlich Mom, die anruft, um uns zu sagen, dass das Abendessen fertig ist und wir nach Hause kommen sollen.

Anna legt auf und wirft mir einen Blick mit hochgezogenen Augenbrauen und breitem Grinsen zu. »Wo ist eigentlich dein Handy?«

Damit bestätigt sich meine Vermutung. »Im Rucksack?«

»Da bringt es dir wenig, wenn man versucht dich zu erreichen.«

Ein Seufzen entschlüpft mir und ich verdrehe die Augen. »Du klingst schon wie Mom.«

»Gut, dass du das sagst. Das war sie nämlich eben. Wir sollen zum ...«

»Abendessen kommen«, beende ich grinsend ihren Satz. »Das habe ich mir fast gedacht.« Ich schnappe nach Annas Hand und wir fahren gemeinsam ans Ufer des Teichs, um unsere Schlittschuhe gegen die Boots zu tauschen und den Heimweg anzutreten.

Langsam macht sich die Sonne für ihren Untergang bereit und ich merke deutlich, wie die Temperatur sinkt. Auch wirbeln immer mehr Schneeflocken um uns herum, die in ein paar Stunden vollständig die Straße bedecken werden.

Kapitel 16: Anna

Es ist Nachmittag und ich sitze an dem kleinen Schreibtisch vor dem Fenster. Die Tür zu meinem Zimmer öffnet sich und ich drehe mich um.

»Mom hat eine Überraschung für dich. Ich soll dich nach unten bringen.« Fynns Grinsen wird, wenn möglich, noch breiter.

»Was denn für eine?«

»Na gut, ich gebe dir einen kleinen Tipp. Danach musst du dir die Zähne ausgiebig putzen.«

»Das ist nicht wirklich hilfreich«, sage ich lachend. »Geh schon mal vor, ich komme gleich nach unten.«

»Aye, aye.« Fynn dreht sich auf dem Absatz um und schließt grinsend die Tür hinter sich.

Ich mache mir rasch einen Pferdeschwanz und gehe nach unten. Dort werde ich von Sophia, Richard und Fynn erwartet, die bereits am Tisch sitzen und sich laut miteinander unterhalten. Alle scheinen bester Laune zu sein und ich lasse mich von ihrer Fröhlichkeit anstecken.

Sophia steht auf und verschwindet in der Küche, um dann mit einem großen Schokoladenkuchen zurückzukommen.

»Hat heute jemand Geburtstag?« Peinlich berührt sehe ich zwischen den Dreien hin und her.

»Nein.« Richard lacht und Fynn prustet los.

Verwirrt blicke ich zu Sophia auf, die den Kuchen vor mir abstellt. »Der ist für dich.«

»Aber warum?« Meine Verwirrung steigert sich mit jeder verstreichenden Sekunde.

»Ich habe bemerkt, dass in den letzten Tagen irgendetwas in dir vorgeht.« Sophia sieht mir bei ihren Worten tief in die Augen und ich muss mich zusammenreißen, um ihrem Blick nicht auszuweichen.

»Und dann hast du extra einen Kuchen gebacken?«, frage ich erstaunt.

Richard nickt und schenkt mir ein warmes Lächeln. »Wir hatten alle so viel Stress in der letzten Woche. Daher dachten wir, es wäre schön, zusammenzusitzen, zu quatschen und dabei einen ganzen Haufen Schokokuchen zu verdrücken.«

Bei den Worten stellen sich Gewissensbisse bei mir ein, denn ich weiß, dass ich der Grund für ihren Stress war. Und es tut mir leid, sie alle in die Sache mit hineingezogen zu haben.

»Wenn etwas alles besser machen kann, dann ist es Schokolade«, bestätigt Sophia mit einem Nicken in Richards Richtung. Als sie wieder zu mir sieht, lächelt sie sanft. »Falls du reden möchtest, bin ich gerne für dich da.«

»Danke.« Ich schenke Sophia, Richard und Fynn ein knappes Lächeln.

Richard hält mir den Griff eines Messers entgegen. »Dann schneiden wir das gute Stück mal an.«

Sophia setzt sich und ich verteile die Kuchenstücke auf unseren Tellern. »Guten Appetit.«

Der Kuchen schmeckt himmlisch. Der Tipp, danach ausgiebig die Zähne zu putzen, stellt sich doch als hilfreich heraus, denn die Schokolade wurde so großzügig auf und im Kuchen verteilt, dass mir fast der Mund zusammenklebt.

»Am liebsten würde ich das jeden Tag essen«, gibt Fynn schmatzend von sich und bugsiert sich schon das nächste Stück auf den Teller. »Aber ich befürchte, dass ich in spätestens einer Woche nicht mehr dazu in der Lage wäre zu laufen. Ich denke gerade wirklich darüber nach, ob es mir das nicht trotzdem Wert wäre.«

Schallend lacht Richard auf und klopft seinem Stiefsohn freundschaftlich auf die Schulter. »Ich kann dich sehr gut verstehen, mein Junge.« Er zwinkert Fynn zu und reibt sich vielsagend den Bauch.

»Nicht zu übersehen«, erwidert er.

Sophia und ich müssen ebenfalls schmunzeln, wobei ich mir nicht sicher bin, ob Fynn da für einen Moment nicht ein wenig in alte Verhaltensmuster zurückfällt.

»Dann solltest du beim Eishockeyspielen aber besser eine andere Position übernehmen.«

Kauend zieht Fynn fragend die Augenbraue hoch und schluckt. »Und welche?«

Meine Mundwinkel wandern in die Höhe. »Ins Tor. Da kommt kein einziger Puck mehr durch. Ihr würdet nie mehr verlieren, höchstens unentschieden spielen.«

Er sieht mich mit großen Augen an, während Richard und Sophia in lautes Gelächter ausbrechen. Vermutlich haben sie dasselbe Bild wie ich vor Augen: Fynn mit einem gigantischen Stück Schokokuchen in der einen und einem Eishockeyschläger in der anderen Hand, wie er genüsslich isst.

Dabei verdeckt er das gesamte Tor und egal, wie sehr sich das gegnerische Team anstrengt, sie schaffen es nicht ein einziges Mal, den Puck ins Netz zu befördern. Und das ohne, dass Fynn nur den kleinen Finger rühren muss.

»Das wäre auf jeden Fall eine gute Taktik«, räumt er ein. »Aber da ich sehr an meinem guten Körperbau hänge, wird das nicht passieren.«

»Die Schwierigkeit wäre dann, dich erstmal bis zu dem Tor zu bugsieren. Ohne, dass das Eis einbricht.« Jetzt bin ich voll in Fahrt und kann nur mit großer Mühe damit aufhören, Fynn aufzuziehen.

Sobald ich mich beruhigt habe, übernimmt Sophia. »Da würde nur noch ein Kran helfen. Oder wir setzen ihn in eine Baggerschaufel und der Fahrer lässt ihn einfach vor das Tor plumpsen.«

Richard und ich lachen laut los. Das Bild ist zu gut. Es dauert mindestens zwei Minuten, bis ich mich genug beruhigt habe, um ein weiteres Stück Kuchen zu verdrücken. Da der Wettbewerb für mich gelaufen ist, kann ich mir auch mehr Schokokuchen als sonst gönnen. Irgendeinen positiven Nebeneffekt muss das Ganze haben.

Wir sitzen eine Weile am Tisch, unterhalten uns, essen und machen gemeinsam Späße. Es ist ein schönes Gefühl. Und das nicht nur, weil es mich auf andere Gedanken bringt. Papa und ich haben das schon ewig nicht mehr gemacht, weil er fast nie zu Hause ist, und bei Lena haben wir zwar zusammengesessen, aber es war nie so entspannt und gelöst wie hier. Dafür habe ich zu oft das Gefühl, dass ihre Eltern es als Notwendigkeit ansehen, um Papa unter die Arme zu greifen.

Bei den Gagnons fühle ich mich zum ersten Mal seit Mamas Tod wieder als Teil einer Familie, obwohl ich erst seit so kurzer Zeit hier bin. Der Gedanke, bald abreisen zu müssen, stimmt mich traurig. Ich werde Fynn, Sophia und Richard und unsere gemeinsame Zeit unheimlich vermissen. Aber ich kann nicht bleiben. In Hamburg wartet mein Studium. Und Papa.

»Oh oh. Jetzt wird es aber Zeit.« Richard wirft einen Blick auf die Uhr und dann zu Sophia. »Beinahe hätte ich die Besichtigung vergessen. Entschuldigt mich bitte. Ihr könnt mir glauben, wenn ich sage, dass ich lieber hierbleiben würde.« Er steht ruckartig auf, gibt Sophia einen Kuss auf die Wange und wirft uns ein entschuldigendes Lächeln zu. Dann ist er auch schon verschwunden.

Fynn und ich helfen Sophia dabei, die Küche aufzuräumen und das Geschirr zu spülen. »Danke, ihr Lieben. Habt ihr für heute noch irgendetwas geplant?«

»Nicht wirklich. Das Wetter ist eher bescheiden, daher dachte ich, wir verbringen den restlichen Tag einfach gemütlich im Bett.« Fynn schaut mich fragend an und ich nicke bestätigend.

Der Nachmittag ist bereits fortgeschritten und jetzt, wo Ruhe einkehrt, kreisen meine Gedanken wieder.

Es vergeht immer mehr Zeit ohne neue Erkenntnisse der Polizei. Wenigstens verhält sich Chloé ruhig, wodurch es nicht noch schlimmer wird. Wir hatten beide große Chancen, ein Ticket für die Weltmeisterschaft zu ergattern. Und nun wird keine von uns teilnehmen können.

Ein bitterer Geschmack breitet sich in meinem Mund aus und mir wird ein wenig übel. Selbst wenn sich jetzt wie aus heiterem Himmel alles aufklären und ich doch zur WM zugelassen werden sollte, bin ich mir nicht mehr sicher, ob ich davon noch ein Teil sein möchte. Jedenfalls will ich nicht zu diesen Menschen gezählt werden, denen das Gewinnen über allem steht.

Ja, der Eiskunstlauf ist ein harter Sport. Hinter all der Grazie der Läuferinnen, die die Figuren so spielend leicht aussehen lassen, stecken jahrelanges Training bis an die Grenzen, der Konkurrenzkampf und die Angst davor, zu verlieren. Die Versagensängste sitzen oft tief und es ist nicht leicht, sich davon zu lösen. Vor allem dann nicht, wenn von Eltern, Bekannten und Trainern zusätzlicher Leistungsdruck ausgeübt wird. Das kann einen schon an seine Grenzen bringen.

Wir verzichten auf viele Dinge, um dorthin zu gelangen, wo ich nun eigentlich stehen würde, wenn alles seinen gewohnten Gang gegangen wäre: unter den besten 24 Eiskunstläuferinnen weltweit.

Das stundenlange, harte Training, der Verzicht auf ein »normales Leben«, die Zweifel und die Schmerzen sind vergessen, wenn man das Eis betritt. Die Musik setzt ein und alles fällt von einem ab. Da ist keine Unsicherheit mehr, sondern nur noch der Wunsch, die Elemente mit der Musik in Einklang zu bringen und die Zuschauer genau diese Liebe zum Eiskunstlauf spüren zu lassen. In diesem Moment will man die bestmögliche Leistung zeigen, das, wofür so lange und hart trainiert wurde. Lohnen sich diese knapp drei Minuten, aufgewogen mit dem übrigen Leben und der verlorenen Zeit?

Ich habe schon länger Zweifel. Zu diesem Wettbewerb bin ich in erster Linie für Angelika gefahren, die darauf bestanden hat, dass ich das alleine schaffen werde, und ich wollte sie nicht hängenlassen. Doch meine Zweifel haben sich in den letzten Tagen durch Chloés Verletzung und die gegen mich gerichteten Verdächtigungen verstärkt und mir vor Augen geführt, dass ich mich mit diesen Wettbewerben nicht mehr identifizieren kann.

Dieser Gedanke ist mir zum ersten Mal vorletzte Nacht gekommen. Irgendetwas in mir hat »Klick« gemacht und ich habe mich gefragt, ob das noch das Richtige für mich ist. Ich weiß es nicht.

Ich liebe das Eiskunstlaufen. Das Gefühl des Eises unter meinen Kufen. Der Musik, die ich in jeder Faser meines Körpers spüre und die mein Herz zum Springen bringt. Doch muss ich weiterhin ein Teil dieser Wettbewerbe sein, um es zu lieben?

Ich habe einen großen Teil meines Lebens auf dem Eis verbracht. Allein die Vorstellung, nie mehr auf den Kufen zu stehen, treibt mir Tränen in die Augen. Aber andererseits kann ich mir im Moment nicht vorstellen, wieder an einem großen Wettbewerb teilzunehmen. Dafür sind die Wunden noch zu frisch und die Angst zu groß. Es ist bescheuert darüber nachzudenken. Gerade jetzt, wo meine ganze Karriere mir ohnehin wie ein Scherbenhaufen vor den Füßen liegt.

Der Wunsch in mir, über dieses Thema mit Mama sprechen zu können, wird übermächtig. Was würde sie dazu sagen? Wäre sie enttäuscht, wenn ich aufhören würde? Wäre es überhaupt das Richtige?

Seufzend drehe ich mich hin und her. Meine Gedanken fahren Achterbahn und geben keine Ruhe. Worum es in dem Film geht, den Fynn angemacht hat, und wie lange er schon läuft, weiß ich nicht.

Er setzt sich auf und dreht sich zu mir. Sein Kinn stützt er auf der Handfläche ab und sieht mich stirnrunzelnd an. »Was ist los mit dir?« Schnell schnappt er sich die Fernbedienung und stoppt das Gefasel, wodurch es auf einmal erdrückend still wird. Mir schwirrt so viel durch den Kopf, dass ich einen Moment brauche, um ein Wort herauszubekommen.

»Du wirkst total abwesend«, hakt Fynn nach.

»Das bin ich auch«, murmle ich und streiche mir das Haar aus dem Gesicht.

»Was?«

Ich seufze. »Mir gehen so ein paar Dinge durch den Kopf.«

»Was genau meinst du? Worüber machst du dir Gedanken?« Ohne es zu bemerken, spielt er mit meinen Haaren und sieht mir dabei fest in die Augen. In seinen kann ich deutlich die Sorge lesen und es tut mir leid, mit diesem Thema angefangen zu haben.

»Sagen wir, meine Unschuld würde bewiesen und ich wieder zum Wettbewerb zugelassen werden«, beginne ich meine Erklärung. »Ich bin mir nicht sicher, ob ich das Alles noch will.« So, die Katze ist aus dem Sack. Fynn sagt nichts dazu. Doch er versteift sich neben mir, weswegen ich die Augen schließe und mein Herz ausschütte, bevor ich den Mut dazu verliere.

»Dieser Konkurrenzkampf, der Neid, die Missgunst. Es ist einfach schrecklich und ich frage mich, ob ich weiterhin ein Teil davon sein möchte. Ich liebe das Eiskunstlaufen und würde nie damit aufhören wollen. Aber diese ganze Sache mit Chloés Unfall hat mir noch mehr die Augen geöffnet, was die Wettbewerbe angeht. Ich bin mir nicht sicher, ob ich das noch will.« Die

Worte verlassen so schnell nacheinander meinen Mund, dass ich zwischendurch vergessen habe zu atmen und erst einmal tief Luft holen muss.

»Moment mal.« Fynn setzt sich ruckartig auf, als die Worte ihn so richtig zu erreichen scheinen. »Du willst aufgeben?«, fragt er mit lauter Stimme und ich zucke bei der unerwarteten Lautstärke zusammen.

Verdutzt sehe ich ihn an und weiß zuerst nicht genau, was ich sagen soll. »Wer spricht denn von aufgeben? Ich versuche gerade nur für mich herauszufinden, wie es nach der ganzen Sache weitergehen soll.« Ich vergrabe mein Gesicht in den Händen, wodurch sich meine folgenden Worte gedämpft anhören. »Du weißt, wie schlimm das im Moment für mich ist.« Ich nehme die Hände herunter und Tränen brennen in meinen Augen. »Die Vorwürfe und die Ungewissheit machen mich fertig. Es ist der Horror. Sag mir, wie ich nach diesem Vorfall jemals wieder Vertrauen in den Vorstand haben soll. Sie haben mir nicht einmal zugehört, Fynn. Ihnen ist es wichtiger, den Geldschaden abzuwenden, als herauszufinden, ob ich tatsächlich die Schuld trage.«

»Ich verstehe nicht, woher das auf einmal kommt.« Er sieht mir nicht in die Augen, doch ich höre die Enttäuschung deutlich in seiner Stimme mitschwingen. »Du bist talentiert und hast nichts Besseres zu tun, als alles hinzuschmeißen? Echt starke Leistung, Anna. Du gibst auf, noch bevor sich irgendetwas entschieden hat.«

Hilflos zucke ich mit den Schultern. Die Situation überfordert mich und die wirren Gedanken in meinem Kopf gepaart mit Fynns Vorwürfen sind zu viel. Hätte ich bloß nicht angefangen, darüber zu sprechen. In diesem Moment wird mir bewusst, dass das vermutlich ein Fehler gewesen ist. Aber jetzt ist es zu spät, um die Worte zurückzunehmen.

»Solche Vorfälle sind nicht die Regel. Das wird nicht noch einmal passieren und ich bin mir sicher, dass der wahre Täter gestellt wird. Du kannst dein Talent nicht einfach wegschmeißen. Was soll das denn? Glaubst du, dass deine Mom das gewollt hätte? Dass du von jetzt auf gleich einfach aufhörst, ohne wirklich darüber nachzudenken?«

»Ich habe noch gar nichts entschieden!« Ich knie mich hin und lasse meine Hände auf die Oberschenkel fallen. »Es geht mir doch nur darum, dass mir der Gedanke kam. Ich könnte ohne all das Drumherum Schlittschuhlaufen. Ohne den Druck und den Konkurrenzkampf mit den anderen Mädchen. Und ohne neben der Uni sechs- bis siebenmal in der Woche trainieren zu müssen. Aber nur, weil ich sage, dass ich das *könnte*, heißt das noch lange nichts.« Ich atme tief durch, um mich zu beruhigen. »Mama hätte zu mir gesagt, dass ich auf mein Bauchgefühl vertrauen soll und, wenn es das ist, was ich will, hätte sie mich dabei unterstützt.« Die Unsicherheit über meine eigenen Worte schnürt mir die Kehle zu. Ich bin mir sicher, dass Mama mich bei all meinen Entscheidungen unterstützt hätte. Wäre sie enttäuscht, wenn ich mich letztlich dagegen entscheide? Fynns Worte verunsichern mich mehr, als ich mir selbst eingestehen will.

Fynn schüttelt fassungslos den Kopf. »Ich frage mich echt, was mit dir nicht stimmt. Das ist absoluter Bullshit. Jeder echte Sportler würde sich beide Beine ausreißen, um so viel Talent im ganzen Körper zu haben, was du allein im großen Zeh hast.« Ruckartig steht er auf und verlässt das Zimmer. Dabei knallt er die Tür laut hinter sich zu und lässt mich allein auf dem Bett sitzen.

Was war das denn?

Ich fasse mich und laufe ihm hinterher.

»Fynn?«, rufe ich den Flur entlang und hole ihn auf der Treppe ein. »Kannst du mir mal sagen, was das soll? Du benimmst dich komplett daneben.«

»Ich kapiere es einfach nicht, sorry.« Er lacht trocken auf und seine Augen sprühen Funken, als er mich wütend ansieht. »Ich habe gerade echt keinen Bock, mich weiter mit dir über das Thema zu unterhalten. Mach, was du willst.«

Das hat gesessen. Abermals steigen mir Tränen in die Augen und ich mache auf dem Absatz kehrt. Ich will nicht, dass er mich weinen sieht, das wäre im Moment eine Genugtuung für ihn. Ich laufe in mein Zimmer und schnappe dort kurzerhand die Daunenjacke vom Stuhl. Ich muss hier raus.

Fynn greift nach meinem Handgelenk, als ich versuche, mich unterhalb der Treppe an ihm vorbeizuschieben.

»Wohin willst du?«

»Das geht dich gar nichts an«, fauche ich und reiße mich mit einem Ruck von ihm los. Ich schenke ihm keinen Blick mehr und laufe so schnell wie möglich zur Tür raus. Sobald ich einige Meter vom Haus entfernt bin und mich die kühle Winterluft umgibt, atme ich tief durch.

Doch im nächsten Moment komme ich mir verloren vor. Zurückgehen steht aber nicht zur Option, deshalb nehme ich mir vor zum einzigen Ort zu gehen, der mir hier etwas bedeutet: der Teich. Wie von selbst setzen sich meine Beine in Bewegung und ich vergesse alles um mich herum. Dafür wandern meine Gedanken in weite Ferne und selbst die kalte Winterluft kann sie nicht vertreiben.

Fynns Worte hallen immer wieder in meinem Kopf nach und mein Herz blutet bei der Erinnerung. Es schmerzt unheimlich so etwas von ihm zu hören. Versteht er mich denn gar nicht? Und warum geht er direkt so in die Luft? Das war total unnötig.

Er tut gerade so, als wäre es für ihn das Schlimmste auf der Welt, wenn ich mich dazu entscheide, an keinen Wettbewerben mehr teilzunehmen. Als würde ich ihn damit verletzen. Dabei geht es ihn überhaupt nichts an, wie ich mich entscheide. Ich bin alt genug, um meinen eigenen Weg zu wählen und ein Typ, den ich erst seit Kurzem kenne, schreibt mir schon gleich gar nichts vor. Außerdem wollte ich nur meine wirren Gedanken mit ihm teilen. Noch ist nichts entschieden.

Mit jedem Schritt und jedem neu aufkommenden Gedanken, steigert sich meine Wut. Da hat Fynn mal wieder Feingefühl gezeigt. Ist es denn so schwer, sich einmal in meine Lage zu versetzen und über seine Worte nachzudenken, bevor er sie laut ausspricht und mir wie Backsteine an den Kopf wirft? Wird das immer so sein? Wir sind nicht einer Meinung und er reagiert so? Ich weiß nicht, ob das die Art von Beziehung ist, die ich führen will.

Andererseits bin ich in wenigen Tagen weg. Weit weg von Kanada, Sophia, Richard und Fynn. Das Ticket habe ich bisher nicht umgebucht in der Hoffnung, dass die Anzeige bald zurückgenommen wird und ich an den Feiertagen rechtzeitig zurück in Hamburg sein kann. Vielleicht ist es so am besten. Eine Fernbeziehung würde ohnehin nicht funktionieren.

Etwas Warmes läuft an meiner Wange herunter und ich bemerke erst jetzt, dass ich weine. So eine verdammte Scheiße. Wie soll das alles weitergehen?

Ich gestehe es mir in diesem Moment voller Wut nur ungern ein, aber ich liebe Fynn. Trotz des Streits und obwohl er sich eben beschissen verhalten hat. Die Frage ist und bleibt trotzdem, ob es ein Versuch wert ist, die Beziehung fortzuführen. Mal abgesehen von seinem Ausraster trennen uns über fünftausend Kilometer Luftstrecke, wenn ich wieder zurück in Hamburg bin. Kann das überhaupt funktionieren?

Wir werden beide studieren und weder die Zeit noch das Geld haben, uns gegenseitig oft zu besuchen. Am liebsten würde ich mich irgendwo hinlegen und zusammenrollen, aber gleichzeitig dafür schelten, dass ich mir nicht früher Gedanken darüber gemacht habe. Fynns Worte schallen mir durch den Kopf und meine Stirn beginnt im Rhythmus meines Herzschlags zu pochen.

Die Wut klingt langsam ab und macht der Trauer Platz, die seit Tagen unheilvoll wie eine dunkle Gewitterwolke über mir schwebt und jetzt wie Platzregen über mich hereinbricht. Sobald ich in Hamburg bin, wird alles in die Brüche gehen. Wahrscheinlich macht es gar keinen Unterschied, ob wir den Versuch starten, eine Fernbeziehung zu führen oder nicht.

Mit jedem Schritt kommt ein weiterer dunkler Gedanke hinzu, die mich immer mehr in die Tiefe ziehen. Ich schlucke fest und blinzle die Tränen fort. Das ist im

Moment alles zu viel für mich. Die Sache mit dem Wettbewerb, der Streit mit Fynn und meine vor der Tür stehende Abreise.

Wut und Trauer vermischen sich in mir und legen sich wie eine eiserne Faust um meine Kehle. Ich bin mit der Situation überfordert und diese Erkenntnis, ist die, die mich am meisten verstört.

Kapitel 17: Anna

Ich werfe einen Blick nach oben zum Himmel. Erst jetzt wache ich aus meinen Gedanken auf und sehe mich um. Wie lange bin ich schon unterwegs? Langsam wird es dunkel, ich sehe bereits den Mond aufgehen. Hätte ich nicht längst am Teich sein müssen? Unsicherheit macht sich in mir breit, aber ich versuche, sie abzuschütteln.

Bestimmt vertue ich mich und ich bin noch gar nicht so lange unterwegs. Mir selbst zunickend, beschleunige ich meine Schritte.

Durch den Sonnenuntergang ist es noch kälter geworden, daher ziehe ich den Reißverschluss meiner Daunenjacke bis nach oben zu und vergrabe mein Gesicht in meinem Schal.

Der Weg wird schmaler und die Bäume und Büsche um mich herum verdichten sich, sodass ich schon bald den Mond nicht mehr sehen kann. Ich ziehe mein Handy hervor und ein Blick darauf verrät mir, dass ich nur noch dreißig Prozent Akku übrighabe. Trotzdem schalte ich die Handytaschenlampe ein. Weit ist es nicht mehr, daher wird das ausreichen.

Ich setze meinen Weg durch den Wald fort und schwenke dabei mit dem Licht herum. Es trifft auf die hohen Bäume und ich bin mir sicher, diesen Weg schon einmal mit Fynn gemeinsam gelaufen zu sein. Meine vorherigen Befürchtungen sind also unnötig gewesen.

Erleichtert atme ich auf. Warum muss in der Dunkelheit auch alles anders aussehen?

Unheimlich ist es trotzdem, allein durch den finsteren Wald zu laufen, nur mit einer Handytaschenlampe bewaffnet. So fangen Horrorfilme an. Eine Zeit lang folge ich dem schmalen Waldweg, bis ich plötzlich vor einer Gabelung zum Stehen komme.

Ich schaue auf mein Handy. Inzwischen bin ich schon seit mindestens einer Stunde unterwegs. Ich weiß nicht genau, wann ich losgegangen bin, aber das kommt in etwa hin.

»Dann schauen wir mal nach«, murmle ich und öffne die Navigations-App, auf der ich nachsehen kann, wie weit ich von zu Hause weg bin.

Doch der Kreis auf der Mitte des Handybildschirms dreht sich unerbittlich im Uhrzeigersinn und das Bild der Karte bleibt verschwommen.

»So eine Scheiße.« Nach zwei weiteren Minuten gebe ich den Versuch auf, meinen Standort aufzurufen. Ich hätte mir mehr Datenvolumen von dem kanadischen Anbieter freischalten lassen sollen für die zwei Wochen.

Frustriert stöhne ich auf. »Dann muss es eben so gehen.«

Jeder andere hätte jetzt den Rückweg angetreten, aber ich fasse es nicht, dass ich zu blöd bin, diesen verdammten Teich zu finden. Das will ich nicht auf mir sitzen lassen, daher entscheide ich mich dazu, den linken Weg zu nehmen, und laufe weiter.

Meine Gedanken begeben sich wieder auf Wanderschaft. Dieses Mal zurück nach Deutschland zu Papa. Seit seinem letzten Anruf sind nicht nur mehrere Tage vergangen, sondern auch einige Dinge passiert, von denen er bislang keine Ahnung hat. Außer Richard hat ihm angerufen und davon berichtet. Scham, mich bei ihm nicht längst selbst gemeldet zu haben, kriecht in mir hoch. Andererseits hätte er auch von sich aus nachfragen können. Oder nicht?

Außerdem gibt es im Moment so viele verschiedene Dinge, über die ich nachdenken muss. Ganz oben auf der Liste stehen das Eiskunstlauf-Debakel und meine Beziehung zu Fynn. Und auch mein Studium beansprucht in letzter Zeit immer öfter meine Gehirnkapazitäten. Meine Reise nach Kanada wurde mir unter der Voraussetzung ermöglicht, dass ich die Hausarbeiten direkt nach den Semesterferien nachreiche. Intelligenterweise habe ich mich bisher kaum darum gekümmert.

Das Studium macht mir Freude und normalerweise lerne ich gerne Neues dazu, auch wenn das oft mit Stress verbunden ist. Dieses Mal fällt es mir schwer, mich dafür aufzuraffen.

Dann steht Weihnachten vor der Tür und ich weiß immer noch nicht, wie ich damit umgehen soll. Wünscht Papa sich ein Geschenk? Oder wäre das unpassend? Die letzten Jahre haben wir uns nichts geschenkt. Aber sollten wir nach all der Zeit nicht endlich lernen, anders mit Mamas Tod umzugehen?

Ja, es schmerzt. Die Erinnerungen an diese schlimme Zeit schlummern auch bei mir immer noch unter der Oberfläche. Jede Kleinigkeit erinnert mich wieder daran und schnürt mir die Kehle zu. Und genau deshalb glaube ich, dass es an der Zeit ist, neue Erinnerungen zu schaffen. Auch wenn das alles andere als leicht wird.

Es ist ein Schritt in die richtige Richtung, dass Papa und ich die Feiertage gemeinsam verbringen. Im Moment kann ich mir gar nicht vorstellen, wie das ablaufen wird.

Werden wir wie früher einen Baum aufstellen und schmücken? Allein der Gedanke daran, denselben Baumschmuck zu benutzen, lässt mich frösteln. Irgendwie fühlt sich alles falsch an.

Ich stoße die Luft aus und mein Atem bildet ein kleines weißes Rauchwölkchen. Zurzeit habe ich einfach zu viel im Kopf und andere Probleme gehabt, die ich hier vor Ort lösen musste. Dabei habe ich vergessen, dass in Bezug auf Hamburg noch einiges vor mir liegt. Morgen werde ich Papa anrufen und mit ihm über alles sprechen.

Mein Handyklingeln reißt mich aus den Gedanken und vor Schreck wäre es mir beinahe aus der Hand gefallen. Schnell nehme ich den Anruf an, ohne nachzusehen, wer es ist. »Hallo?«

»Anna? Wo bist du?«

Es ist Fynn.

»Ich bin auf dem Weg zum Teich.« Der Versuch, meine Stimme kühl und reserviert klingen zu lassen, misslingt mir kläglich. Stattdessen klingt die Aussage eher wie eine Frage. Mit dem Handy ans Ohr gepresst, drehe ich mich um die eigene Achse. Wenn möglich ist der Wald um mich herum noch dunkler geworden und ich frage mich, wie mir das erst jetzt auffallen konnte.

»Zum Teich? Und dafür bist du seit über anderthalb Stunden unterwegs?« Mein Smartphone gibt ein Piepen von sich und ich werfe einen kurzen Blick darauf, während Fynns laute Stimme weiter durch die Lautsprecher dringt. Verdammt. Nur noch fünf Prozent Akku. Ich beiße mir auf die Unterlippe.

»… spinnst doch. Wo bist du?«, höre ich ihn sagen, als ich mir das Handy wieder ans Ohr presse.

»Im Wald«, antworte ich ausweichend.

»Das ist nicht dein Ernst.« Er seufzt und ich sehe förmlich vor mir, wie er sich mit der Hand durch das Haar fährt und für einen Moment die Augen schließt, um Ruhe zu bewahren. »Weißt du, wie du zurückkommst?«

Es dauert einen Moment, bis ich mich dazu zwingen kann »Ganz sicher bin ich mir nicht« zwischen den zusammengebissenen Zähnen herauszuquetschen. Mir ist es peinlich, das vor ihm zuzugeben. Andererseits würde die Sache schlimmer werden, wenn ich ihm sage, dass ich den Weg kenne, aber eigentlich keinen blassen Schimmer habe.

»Schick mir deinen Standort, dann hole ich dich ab, okay?« Seine Stimme klingt nicht mehr hart, sondern alarmiert, und das beunruhigt mich zusätzlich. »Es ist arschkalt da draußen. Du musst zusehen, dass du ins Warme kommst.«

»Geht nicht. Mein Datenvolumen reicht nicht aus. Ich habe es vorhin schon einmal versucht, damit ich mit der Karte zurückfinde, aber sie hat einfach nicht geladen. Mein Akku ist auch fast leer.« Ich warte, bis Fynn etwas sagt. Aber ich höre nichts mehr.

Ich starre auf mein lebloses Handy. »Scheiße, scheiße, scheiße!« Ich tippe auf dem Handy herum, doch der Bildschirm bleibt schwarz. Was jetzt? Ich versuche, tief ein und auszuatmen, um die Panik im Keim zu ersticken. Alles wird gut. Ich muss nur den Weg zurücklaufen.

Mir selbst Mut zuzusprechen gehört nicht gerade zu meinen Stärken. Vor allem in diesem Moment wird mir klar, dass es nicht so einfach werden wird, wie ich es mir selbst einzureden versuche. Trotzdem mache ich auf dem Absatz kehrt, um denselben Weg zurückzulaufen, den ich gekommen bin.

Doch dann stehe ich plötzlich vor einer Biegung. Einer der Wege schlängelt sich bergauf, während der andere tiefer in den Wald zu führen scheint. Ich kann mich nicht daran erinnern, an dieser Gabelung vorbeigekommen zu sein. Mich selbst verfluchend, wende ich mich dem Weg zu, der nach oben führt. Ohne Taschenlampe würde ich definitiv nicht tiefer in den Wald hineingehen als nötig.

Wie blöd bin ich eigentlich? Über so viel Dummheit kann ich nur den Kopf schütteln. Ich hätte aufpassen sollen, wo ich langlaufe. Stattdessen renne ich hier durch den verdammten Wald, als wüsste ich genau, wo ich hinmuss. Und was habe ich jetzt davon? Ich irre hier umher und hab keine Ahnung, wohin ich gehen soll.

Kommt es mir nur so vor oder wird es immer dunkler? Und kälter. Frischer Wind fegt durch den Wald und wirbelt den Schnee auf. Zitternd schlinge ich mir die Arme um den Körper. Am liebsten würde ich mich selbst für diese bescheuerte Idee ohrfeigen, irgendwo zusammenrollen und in meinem Selbstmitleid versinken. Doch das würde mich auf jeden Fall nicht zurück nach Hause bringen. Ich muss jetzt einen klaren Kopf bewahren und darf die Panik nicht zulassen.

Der Wald lichtet sich ein klein wenig und sanftes Mondlicht fällt auf den Weg vor mir. Endlich erkenne ich wieder etwas mehr und schöpfe Hoffnung.

Rechts von mir raschelt es und ich zucke zusammen. Ruckartig bleibe ich stehen und atme flach ein und aus. Mein Herz pocht so laut und schnell in meiner Brust, dass ich befürchte, man hört es mehrere Kilometer entfernt. Plötzlich ist es gespenstisch still. Ich traue mich kaum zu atmen und starre auf den Punkt in der Dunkelheit, von wo das Geräusch gekommen ist.

Bitte lass es keinen Bären sein. Ich weiß, dass dieser Gedanke vollkommen abwegig und der Wald viel zu nah an der Siedlung ist, als dass Bären hier herumstreifen würden. Sonst wären Hinweisschilder angebracht worden. Fynn hat einmal erzählt, dass im Umkreis von 50 Kilometern hier nie eines der Tiere gesichtet wurde. Und trotzdem ist da diese Angst.

Gerade will ich weiterlaufen, als das Rascheln wieder einsetzt. Lauter als zuvor. Ein Ast knackt in der unheimlichen Stille und es klingt in meinen Ohren so dröhnend, dass ich abermals zusammenzucke und mir die Bommelmütze vom Kopf rutscht.

Ein Schemen schiebt sich durch das Holz. Ich bleibe wie angewurzelt stehen, als etwas Großes aus dem Gebüsch tritt und vor mir auf dem Waldweg stillsteht.

In dem schwachen Mondlicht kann ich das Tier kaum erkennen, denn sein Fell passt sich der Umgebung perfekt an. Erst, als es seinen Kopf dreht und das Licht sich in den Augen widerspiegelt, wird mir klar, welchem Tier ich da gegenüberstehe. Es ist eine Elchkuh.

Ich muss all meine Willenskraft aufbringen, kein aufgeregtes Fiepen von mir zu geben. Adrenalin und Angst pumpen durch meinen Körper und lassen ihn erbeben. Eine Weile sieht sie mich an und mein Herz explodiert fast in meiner Brust. Dann dreht sie sich um und trottet langsam davon.

Einige Momente bleibe ich stehen, bis ich mich beruhigt habe. Mein Puls normalisiert sich und meine Atmung nimmt wieder kontrolliertere Züge an. *Ich fasse es nicht.* Kopfschüttelnd starre ich auf die Stelle, wo vorher die Elchkuh stand.

Was erwartet mich noch, bis ich den Weg endlich zurückfinde? Meine Hände zittern und ich bin mir nicht sicher, ob vor Aufregung oder Angst. Ich kann froh sein, dass die Elchkuh keine Jungen dabei hatte. Sonst wäre ich vermutlich nicht so glimpflich davongekommen. Zu gut erinnere ich mich an die Geschichte eines Wanderers, der auf eine Elchkuh und ihre Zwillingsjungen getroffen ist. Sie hatte das Gefühl, sie vor ihm verteidigen zu müssen, und hat nach dem Mann ausgeschlagen. Er hat schwere Verletzungen davongetragen, wurde aber glücklicherweise rechtzeitig gefunden und ins Krankenhaus gebracht.

Ich schlucke fest bei dem Gedanken daran, was alles hätte passieren können. Trotzdem flaut das Adrenalin ab und ich werde mit jedem Schritt müder. Jegliches Zeitgefühl ist mir verlorengegangen und die Kälte wird immer beißender. *Ich muss in Bewegung bleiben, sonst wird es nur noch schlimmer.* Ich folge meinem eigenen Rat und kämpfe tapfer gegen die Müdigkeit an.

Die Elch-Begegnung muss auf einer kleinen Lichtung stattgefunden haben, denn entgegen meiner Erwartung wird der Wald wieder dichter um mich herum und das Mondlicht nimmt ab. Die Verzweiflung droht

mich bei dem Anblick der dunklen Tannen zu übermannen. Ich kann nicht fassen, in welche missliche
Lage ich mich da selbst manövriert habe.

Kapitel 18: Fynn

Mit jedem von Annas Worten werde ich unruhiger. Wie ist sie bloß auf diese bescheuerte Idee gekommen, um diese Uhrzeit zum Teich zu laufen? Noch dazu durch den Wald in der Dunkelheit? Wenn ich mir nicht solche Sorgen um sie machen würde, wäre ich dermaßen wütend über diese Dummheit.

Nervös reibe ich mir die Hand an der Jeans ab. Mein Gefühl sagt mir, dass das nicht gut ausgeht.

»Schick mir deinen Standort, dann hole ich dich ab, okay? Es ist arschkalt da draußen. Du musst zusehen, dass du ins Warme kommst.«

Inzwischen ist sie seit anderthalb Stunden unterwegs. Da sie in Bewegung ist, geht es noch mit der Kälte. Das kann sich aber schlagartig ändern. Wir müssen sie so schnell wie möglich abholen.

»Geht nicht. Mein Datenvolumen reicht nicht aus. Ich habe es vorher schon einmal versucht, damit ich mit der Karte zurückfinde, aber ...« Plötzlich verstummt sie.

»Anna? Hallo? Ist alles okay?«

Piep. Piep. Piep.

»Fuck!« Ich wähle ein weiteres Mal ihre Nummer, vielleicht war sie in einem Funkloch und hat jetzt wieder genug Empfang.

»Hallo, hier ist Anna. Im Moment bin ich leider nicht erreichbar, aber hinterlasst mir eine Nachricht nach dem Piep und ich rufe euch zurück!« Ich verstehe kein verdammtes Wort von dem, was sie da auf Deutsch sagt, aber mir ist auch so klar, dass es die Mailbox ist.

Ich beende den Anruf, werfe mein Handy frustriert aufs Bett und raufe mir die Haare. Was jetzt? Kalte Angst ergreift Besitz von mir, als mir unsere gesamte Situation klar wird: Anna läuft allein irgendwo im Dunkeln und in dieser verdammten Kälte durch den Wald. Ihr Handy scheint nicht mehr zu funktionieren und ich habe nicht den blassesten Schimmer, wo sie ist.

So schnell wie möglich verlasse ich mein Zimmer und renne die Treppen herunter. Mom und Richard sitzen auf dem Sofa und schauen sich eine Folge von Richards Lieblingsserie an. Irgendetwas mit Architektur. Sie sehen zu mir und ihr Lächeln erstarrt auf ihren Gesichtern.

»Was ist passiert?«

Ich brauche mehrere Anläufe, bis die Worte über meine Lippen kommen. »Anna und ich haben uns gestritten. Dann ist sie nach draußen und wollte zum Teich laufen. Aber sie hat sich im Wald verlaufen. Ihr Handy funktioniert nicht mehr und ich habe keine Ahnung, was passiert ist. Wir müssen sie finden.« Ich rede viel zu schnell und bin mir nicht sicher, ob Mom und Richard mir folgen können.

»Sie hat sich im Wald verlaufen?« Ungläubig reißt Mom die Augen auf und steht ruckartig vom Sofa auf. »Heute soll es noch kälter werden, als in den vergangenen Nächten und im Radio haben sie einen Sturm angekündigt.« Auch in ihrer Stimme schwingt große Sorge mit. Eilig läuft sie zum Telefon. Es steht auf einem kleinen Schrank zwischen Wohnzimmer und

Küche. Mit zitternden Händen tippt Mom eine Nummer ein.

»Ich habe doch gesagt, dass ihr Handy nicht funktioniert!« Spätestens jetzt hat sich der letzte Funke Beherrschung in mir verabschiedet. Mein Körper ist in Alarmbereitschaft, jeder einzelne Muskel bis zum Zerreißen gespannt.

Mom presst eine Hand auf den Hörer. »Ich rufe die Nachbarn an und bitte sie um Hilfe. Wir werden sie finden.«

Richard tritt neben sie und legt eine Hand auf ihre Schulter. »Das ist eine hervorragende Idee, Sophia.«

»Sorry.« Beschämt senke ich den Blick, doch mir hört niemand zu. Am Telefon hat sich jemand gemeldet und Mom erklärt unsere Lage und bittet um Mithilfe. Ich gehe unruhig auf und ab. Hierzubleiben und zu telefonieren ist mir zu wenig. Ungeduldig warte ich, bis sie alle Nachbarn angerufen und alarmiert hat.

»Sie werden die Augen offenhalten. Die Melvins haben sogar angeboten, ihren Teil des Waldes abzufahren.«

Ich nicke und laufe dann in den Flur, um den Autoschlüssel zu holen, meine Boots anzuziehen und eine Jacke überzustreifen, und stehe kurz darauf wieder vor Mom und Richard.

»Ich kann hier nicht einfach nur herumsitzen und abwarten. Ich fahre den Weg zum Teich ab und von dort aus in den Wald. Dann haben wir zumindest zwei Richtungen abgedeckt.«

Moms Gesicht sagt dasselbe aus, was ich schon weiß: Der Wald ist zu groß. Die Chance, Anna ohne einen

Anhaltspunkt, wo sie langgelaufen ist, zu finden, ist verschwindend gering.

»Ich werde hierbleiben. Falls sie zurückkommt.« Sie versteht mich und weiß, dass ich etwas unternehmen muss.

»Ich fahre mit dir mit. Es ist besser, wenn du nicht alleine unterwegs bist. Vier Augen sehen mehr als zwei.« Richard drückt Mom einen Kuss auf die Wange. »Mach dir keine Sorgen. Sie ist ein toughes Mädchen und wir werden sie finden.«

Sie nickt und beißt sich auf die Unterlippe. In ihren Augen schimmern Tränen und bei dem hoffnungslosen Anblick kommt Übelkeit in mir auf.

Ich muss Anna finden. Jetzt. Sofort.

»Nehmt die Taschenlampe und eine Wolldecke mit«, erinnert Mom uns. »Ich koche schnell noch einen Tee.«

Sofort begebe ich mich auf die Suche nach der Taschenlampe und schnappe eine der großen Wolldecken vom Sofa. In der Zwischenzeit hat Richard sich ebenfalls eine dicke Daunenjacke und die Boots angezogen und hält eine Thermoskanne in den Händen.

»Meldet euch zwischendurch.«

Wir nicken synchron.

Der Wind pfeift und wirbelt den Schnee auf, der noch dazu in großen Flocken vom Himmel fällt. Mir reicht schon die knappe Minute draußen in der Kälte, bis wir endlich ins Auto steigen. Wie fühlt Anna sich da erst? Bei dem Gedanken wird mir wieder übel und ich muss mich zusammenreißen, um nicht durchzudrehen.

Für mich hat das Alles viel zu lang gedauert, obwohl seit dem Telefonat mit Anna nur ein paar Minuten vergangen sind. Meine Hand zittert so sehr, dass ich zwei

Versuche brauche, bis ich das Auto endlich gestartet bekomme.

Das Radio geht an und die laute Stimme des Radiosprechers dringt aus den Boxen. Gerade möchte ich das Radio ausstellen, als Richard mich mit einer Handbewegung davon abhält und das Radio lauter dreht.

»… schweres Unwetter an der Ostküste Nova Scotias. Es wird vor starkem Schneefall und Sturmböen gewarnt.«

Ich lenke den Wagen auf die verschneite Straße und fahre in Richtung Teich.

»Fuck!«, stoße ich aus und schlage mit der flachen Hand auf das Lenkrad.

Ich spüre Richards Hand auf meiner Schulter und seinen Blick auf mir liegen. »Wir werden sie finden.«

Ich werfe ihm einen kurzen Blick zu und erkenne die Zuversicht in seinen Augen. Langsam nicke ich. »Danke, dass du mitgefahren bist.«

Wir verfallen in ein angespanntes Schweigen. Mit jeder verstreichenden Minute scheint der Schnee stärker herumzuwirbeln und schränkt meine Sicht ein.

»So ein scheiß Wetter«, fluche ich. »Ich sehe kaum etwas«, bringe ich zwischen zusammengebissenen Zähnen hervor.

Auf dem gesamten Weg zum Teich ist uns kein anderer Mensch begegnet. Wir fahren in den angrenzenden Wald und ich drossle das Tempo weiter. In diesem Gebiet gibt es viele Wildtiere und ich möchte keinen Unfall riskieren. Auch ist es so leichter, gegebenenfalls jemanden am Wegrand zu erkennen.

Die Fahrt verlangt unheimlich viel Konzentration von mir ab und gepaart mit der Sorge um Anna, äußert sich die Erschöpfung in explodierenden Kopfschmerzen. Doch ich werde nicht aufhören sie zu suchen.

»Wohin jetzt?« Wir stehen an einer Biegung. Nach rechts dürfen wir mit dem Auto nicht fahren, aber das ist mir im Moment scheißegal. Der linke Weg führt tiefer in den Wald.

Richard legt die Stirn in Falten und spricht das aus, was ich ebenfalls denke.

»Ich kann mir nicht vorstellen, dass sie noch tiefer in den Wald gegangen ist. Ich würde rechts weiterfahren.«

Der Untergrund ist extrem rutschig. Die Räder drehen immer wieder durch und wir kommen kaum vorwärts. Ich schlage fest auf das Lenkrad und stöhne auf.

»Wenn das so weitergeht, bleiben wir noch stecken«, gibt Richard zu bedenken. »Wir sollten zurück.«

»Du hast selbst gesagt, dass sie nicht tiefer in den Wald gegangen ist. Wir müssen auf diesem Weg weiter nach ihr suchen.« Ich trete noch stärker auf das Gaspedal, worauf die Reifen laute, quietschende Geräusche von sich geben und der Wagen ins Schlingern gerät.

»Sei doch vernünftig. So kommen wir nicht weiter. Wir finden einen anderen Weg.«

Ich achte nicht auf Richards Worte, nehme sie kaum wahr. Ein Gedanke in meinem Kopf ist so laut, dass ich nichts anderes mehr wahrnehme: Ich muss Anna finden. Ich starte einen weiteren Versuch. Gebe ordentlich Gas und versuche über diese rutschige Stelle zu kommen. Gerade als ich denke, wir würden endlich festen Untergrund haben, drehen die Reifen wieder nur durch.

»Fuck!«, fluche ich und zwicke mir in den Nasenrücken, um mich zu beruhigen.

»Es bringt nichts. Wir müssen zurück und einen anderen Weg finden.«

Ich gebe es nur ungern zu, aber es stimmt. Es wäre keine Hilfe für Anna, wenn wir hier stranden. Zähneknirschend lege ich den Rückwärtsgang ein und kämpfe mich die wenigen Meter zurück. Stattdessen fahre ich nach links. Mit dem Suchen werde ich trotzdem nicht aufhören und wenn mir der eine Weg versperrt bleibt, nehme ich eben den Anderen.

Furcht breitet sich in mir aus, legt sich wie eine unsichtbare Hand um meine Kehle und nimmt mir die Luft zum Atmen. Ich habe Angst, Anna nicht zu finden. Angst, sie verletzt oder in einem noch schlimmeren Zustand vorzufinden.

Anna, wo bist du?!

Draußen herrschen Temperaturen von minus 30 Grad. Wir können von Glück sprechen, dass sie mit ihrer Daunenjacke losgezogen ist. Aber wie lang wird sie es schaffen, gegen die Müdigkeit anzukämpfen?

Bitte, lass es ihr gut gehen. Ich darf sie nicht verlieren.

Vor meinem inneren Auge steigt ein Bild auf, das Anna im Schnee liegend zeigt. Zitternd vor Kälte, mit blauen Lippen und nicht mehr dazu in der Lage, von allein aufzustehen. Fest kneife ich die Augen zusammen und das Schreckensbild verschwindet. Ich muss mich auf den Weg vor mir konzentrieren. Er ist genauso schmal wie mein Wagen und durch den lockeren Schnee nicht leicht zu befahren.

»Halt an!«, ruft Richard plötzlich und ich schrecke zusammen. Ohne zu wissen was los ist, ramme ich den

Fuß auf das Bremspedal und der Wagen kommt schlingernd zum Stehen. Er verliert kein weiteres Wort und springt zur Tür hinaus. Nach wenigen Metern kann ich nur noch die Reflektoren seiner Jacke sehen.

Endlich kann ich mich wieder rühren, lege den Leerlauf ein und steige ebenfalls aus. Der Wind peitscht mir um die Ohren und ich muss laut rufen, damit Richard mich verstehen kann. »Was ist?«

Er stapft durch den Schnee und scheint nach irgendetwas zu suchen. Doch dann dreht er sich kopfschüttelnd um und hebt seine linke Hand. Mit wenigen Schritten stehe ich direkt vor ihm und nehme ihm Annas rote Mütze ab.

»Sie war hier. Das ist definitiv ihre Mütze. Sie muss irgendwo hier sein, wir suchen zu Fuß weiter. Und zwar jetzt *sofort*«, sage ich aufgebracht und harscher als beabsichtigt. Ich reibe mir mit der Hand über das Gesicht und atme tief durch. »Sorry, ich wollte dich nicht so angehen. Das ist zu viel für meine Nerven.« Richard fährt mit mir schon wer weiß wie lange durch den Wald und hält meine Launen aus. Ohne ihn wäre ich schon längst abgedreht. Ich bin froh, dass er hier ist.

Freundschaftlich klopft er mir mit der flachen Hand auf den Rücken. »Ich weiß, ich verstehe das. Glaub mir, ich mache mir auch große Sorgen um Anna. Aber es bringt nichts, wenn wir den Kopf verlieren. Verstehst du, was ich meine?«

Unfähig ihm in die Augen zu sehen, nicke ich in Richtung des schneebedeckten Bodens. »Aber das ist ein Zeichen, dass wir auf der richtigen Spur sind, oder?« Selbst in meinen Ohren schwingt die Verzweiflung in meiner Stimme deutlich mit. Die gefundene Mütze stellt ein

Strohhalm dar, an den ich mich mit aller Kraft klammere.

Richard kneift die Lippen zusammen und scheint seine Worte genau abzuwägen. »Das kann man nicht mit Sicherheit sagen. Sie hing dort in den Ästen fest. Vielleicht war es nur der Wind, der sie hergeweht hat.«

Nun ist es an mir, fest die Zähne zusammenzubeißen, um nicht wieder die Beherrschung zu verlieren. »Fahren wir weiter.« Ohne Richards Antwort abzuwarten, drehe ich mich um und steige ins Auto.

Kurz nach mir lässt sich Richard auf seinen Sitz fallen und schließt die Beifahrertür. »Ich rufe schnell Sophia an und gebe ihr ein Update.« Er zieht sein Handy aus der Jackentasche und wählt ihre Nummer, während ich den Gang einlege und weiterfahre.

»Soll ich auf Lautsprecher stellen?«

Ich zucke mit den Schultern und höre dann das Tuten. Mom nimmt nach zweimal Klingeln ab. »Richard? Bitte sag, dass ihr sie gefunden habt.« Ihre Stimme zittert und sie klingt verschnupft, als hätte sie die ganze Zeit geweint.

»Hallo Liebling. Nein, haben wir nicht. Aber wir haben ihre Mütze gefunden.«

»Die Rote?« Aufregung und Hoffnung schwingen in der Frage mit. »Dann muss sie doch in der Nähe sein.«

Richard seufzt und wiederholt Mom gegenüber dieselben Worte, die er schon zu mir sagte. »Wir werden weitersuchen.«

»Die Nachbarn haben sich gemeldet. Der Sturm macht ihnen große Sorgen. Sie mussten die Suche abbrechen, weil ein Baumstamm ihnen den Weg versperrt hat.« Sie atmet ein und zitternd wieder aus. »Bitte passt auf euch auf. Vielleicht solltet ...« Die übrigen Worte werden abgeschnitten. Stattdessen gibt das Handy mit lautstarkem Tuten bekannt, dass die Verbindung abgebrochen ist.

»Das Wetter wird schlimmer«, gibt Richard zu bedenken und sieht besorgt zum Fenster raus.

Der Schnee wirbelt immer stärker herum und ich sehe in dem Licht der Scheinwerfer nichts mehr. Ich könnte genauso gut mit verbundenen Augen durch den Wald fahren und das würde keinen Unterschied machen.

»Wahrscheinlich würden wir Anna hier nicht einmal dann finden, wenn sie direkt vor unserer Nase ist«, knurre ich.

Eine Hand lasse ich auf dem Lenkrad liegen, mit der Anderen reibe ich mir fest über die Augen. Die Fahrt verlangt meine volle Konzentration und die Angst um Anna erschöpft mich. Es kostet mich zusätzlich Kraft, die Müdigkeit zu unterdrücken und dagegen anzukämpfen.

Immer öfter fallen mir die Augen zu und erst Richards laute Stimme und seine Hand, die langsam auf meine Schulter sinkt, schrecken mich auf. Glücklicherweise verreiße ich das Lenkrad nicht zu stark und bremse ab.

»Lass mich fahren. Wir sollten zurück und dann noch einmal losziehen. Wir sind seit zwei Stunden unterwegs.«

Alles in mir will sich gegen seine Worte wehren und schreien »Nein! Wir müssen weiter!« Doch mein Körper sagt etwas Anderes. Schnell reiße ich die Tür auf und schaffe es gerade rechtzeitig, mich aus dem Auto hinauszubeugen, bevor ich mich übergebe. Ich würge, bis sich rein gar nichts mehr in meinem Magen befindet, und fahre mir anschließend mit dem Jackenärmel über den Mund.

»Hier, trink etwas.« Ich habe nicht gemerkt, dass Richard neben mich getreten ist. Er hält mir eine Wasserflasche entgegen, die ich dankbar annehme. Ich leere sie bis zur Hälfte und mein Magen gibt ein paar besorgniserregende Gurgellaute von sich, doch ich schaffe es, die Flüssigkeit in mir zu behalten.

»Wir sollten zurückfahren. Du bist zu erschöpft, um weiterzufahren und ich kann auch kaum noch die Augen offenhalten. Die Sicht wird immer schlimmer, es wäre leichtsinnig bei diesem Wetter weiter herumzufahren. Lass uns eine kurze Pause einlegen und dann weitermachen. Bis dahin könnte sich der Sturm gelegt haben und die Sicht besser sein.«

Seine Worte schmerzen mich. Ich bringe es nicht über die Lippen zuzustimmen und nicke daher nur knapp. Es fühlt sich an, als würde ich Anna einfach ihrem Schicksal überlassen. Ich habe noch lange nicht genug unternommen, um ihr zu helfen. Und vor allem trage ich die Schuld daran, dass es überhaupt so weit gekommen ist. Diesen Gedanken habe ich bislang von mir geschoben, aber jetzt drängt er sich mit aller Gewalt an die Oberfläche. Hätte ich meine Klappe gehalten, wäre sie nicht abgehauen und wir würden jetzt nicht knietief in der Scheiße stecken.

»Ich fahre nach Hause.« Richards Stimme klingt wie aus weiter Ferne und die Bedeutung seiner Worte dringt nur langsam in meinen Kopf. Mit leichtem

Druck schiebt er mich ein Stück zur Seite und bedeutet mir, auf dem Beifahrersitz Platz zu nehmen.

Die ganze Fahrt über starre ich aus dem Fenster, ohne etwas zu sehen. Meine Augen blicken durch alles hindurch und ich nehme nur am Rande wahr, dass wir unsere Einfahrt hinauffahren. Erst als die Beifahrertür aufgerissen wird und diese verdammte Kälte ins Innere des Autos dringt, wache ich aus der Erstarrung auf.

Mom sieht zuerst mich mit hoffnungsvollen Augen an und lässt ihren Blick dann zum Rücksitz wandern. Sofort verrutscht ihr Lächeln, als sie erkennt, dass wir Anna nicht gefunden haben. Sie schlägt die Hände vor den Mund und schüttelt fassungslos den Kopf.

Ich will zu einer Erklärung ansetzen, doch Richard kommt mir zuvor. Er nimmt Mom fest in den Arm und sie schluchzt an seiner Schulter.

»Es wird alles gut. Wir brauchen nur eine kurze Verschnaufpause und dann fahren wir wieder los. Mach dir keine Sorgen, Anna ist ein schlaues Mädchen und weiß sich zu helfen. Bald wird sie wieder hier sein, ich verspreche es dir.«

Es fühlt sich an, als wären die Worte an mich gerichtet und sie trösten mich, obwohl sie eher Tropfen auf dem heißen Stein gleichen.

Wir werden Anna finden. Es geht ihr gut. Wir werden sie finden und es geht ihr gut. Wir werden Anna finden und es geht ihr gut.

Immer wieder wiederhole ich diese zwei Sätze in meinem Kopf wie ein Mantra. Und sie helfen mir dabei, meine wirren Gedanken zu beruhigen.

Wir werden sie finden.

Kapitel 19: Anna

Es ist so kalt. So verdammt kalt. Die Kälte kriecht mir in die Knochen, breitet sich in meinem Körper aus und nimmt jeden noch so kleinen Millimeter davon ein. Die eiskalte Luft einzuatmen, schmerzt in meinen Lungen und wird mit jedem Atemzug schwieriger. Ich spüre meine Zehen nicht mehr und die Angst zu erfrieren, steigert sich ins Unermessliche. Selbst meine Gedankengänge scheinen langsamer zu werden und schließlich einzufrieren.

Meine Schritte werden immer langsamer und es kostet mich unheimlich viel Kraft, den Fuß wieder anzuheben und weiterzugehen. Ich habe damit angefangen, mir Ziele zu setzen. Wenn ich es bis zu diesem Baum schaffe, dann ... Wenn ich diesen kaputten Ast da vorne am Seitenrand erreiche, dann ...

Natürlich gibt es kein »dann«. Dadurch wird sich nichts an meiner Situation ändern. Anders würde es aussehen, wenn ich *nicht* weitergehe. Ich muss in Bewegung bleiben, um gegen diese Kälte zu bestehen, und diese Ziele helfen mir dabei, mich weiter voran zu kämpfen.

Ich weiß nicht, wie lange ich das noch durchhalte. Die Müdigkeit lässt mich wanken. Manchmal nehme ich meine Umgebung wie durch einen Tränenschleier wahr und jedes Mal dauert es länger, bis sich mein Blick wieder fokussiert.

Ich kann nicht mehr.

Mir ist bewusst, dass ich diesen Gedanken nicht zulassen darf. Aber er pulsiert mit jedem Schritt wie ein Paukenschlag in meinem Kopf, baut sich zu einer gigantischen Welle in meinem Inneren auf und droht mich unter sich zu begraben. Ich versuche, dagegen anzukämpfen, weiterzumachen. Darf die Hoffnung nicht aufgeben.

Doch die Kälte lässt mich erbeben und Tränen der Angst und Verzweiflung laufen an meinen Wangen herunter. Für einen Moment bleibe ich stehen und wische mir mit dem Ärmel über das verweinte Gesicht.

Schwindel ergreift Besitz von mir und ich muss mich an einen Baumstamm lehnen, um nicht umzufallen. Es dauert mehrere Sekunden, bis sich der schwarze Schleier vor meinen Augen zurückzieht und ich wieder klar sehe.

Es kostet mich unheimlich viel Kraft, mich von dem Baumstamm zu lösen und meinen Weg fortzusetzen. Am liebsten wäre ich dortgeblieben, hätte mich an dem Stamm herunterrutschen lassen und in den Schnee gelegen. Meine Gedanken färben sich immer schwärzer und die Angst, hier draußen zu erfrieren, lässt mich noch stärker erzittern und wird zu meinem ständigen Wegbegleiter.

Ich habe das Gefühl, dass ich kaum vorankomme. Eher so, als würde ich zwei Schritte vorwärtsgehen und einen zurücktaumeln. Wahrscheinlich würde ich kriechend mehr Strecke zurücklegen. Die Bäume um mich herum nehme ich gar nicht richtig wahr, mein Blick ist starr nach vorne und auf mein nächstes Ziel gerichtet. Es sieht ohnehin alles gleich aus.

Baum, Strauch, Stein, herumliegender Ast. Immer dasselbe Spiel, manchmal in umgedrehter Reihenfolge. Ein komisches Lachen verlässt meine Lippen bei dem Gedanken daran, dass ich vielleicht die ganze Zeit im Kreis laufe. Werde ich jetzt verrückt? Die Müdigkeit schwingt mit ihrer Keule um sich und ich entgehe ihr immer wieder haarscharf. Wie lange halte ich noch durch?

Ich gerate in eine scheinbar endlose Gedankenspirale. Denke an Fynn und Papa und alles, was in den letzten Tagen schiefgelaufen ist. Dieser Wettbewerb hat so viel kaputt gemacht. Chloé hat sich verletzt und ich wurde angeklagt. Und das Alles nur wegen einer Medaille, die später in irgendeinem Schrank zum Staubfänger mutiert, und der Chance, zur Weltmeisterschaft zu fahren. Das ist es nicht wert.

»Ich habe es verstanden!«, rufe ich in die gespenstische Stille des Waldes. Aber natürlich bekomme ich weder eine Antwort, noch werde ich wie durch Zauberhand zurück nach Hause katapultiert. Immerhin befinde ich mich nicht in einem Disney-Film, in dem man dafür ausgezeichnet und aus seiner Misere befreit wird, wenn man aus seinen Fehlern gelernt hat. Das wäre zu schön.

Langsam verstehe ich, warum Fynn so auf meine Worte reagiert hat. Die ganze Zeit über war er an meiner Seite. Er hat dafür gesorgt, dass ich abgelenkt werde und ist mit mir in die Eishalle gegangen, um mehr über den wahren Täter herauszufinden. Er hat es sogar riskiert, durch das Hausverbot nicht an der Auswahl der Hockeymannschaft teilnehmen zu können.

Auch für ihn ist es eine schwierige Zeit und trotzdem ist er immer bei mir und tut alles, um mir zu helfen.

Ich wünsche, er wäre hier. Er würde genau wissen, was zu tun ist und sich nicht dermaßen blöd anstellen wie ich. Der Streit zwischen uns kommt mir unendlich lang her vor. Ich erinnere mich kaum noch an die gefallenen Worte. Es ist so bescheuert, dass man sich wegen Kleinigkeiten so streitet und dabei die wichtigen Dinge aus den Augen verliert: was man füreinander empfindet. Und ich liebe Fynn von ganzem Herzen. Trotzdem kam es zum Streit und trotzdem bin ich abgehauen. Einfach so, ohne darüber nachzudenken. Das sind Fehler, die man kein weiteres Mal begeht.

Wieder laufen mir Tränen über die Wangen und ich wische sie unwirsch mit dem Ärmel meiner Jacke weg. Werde ich noch einmal die Chance haben mit Fynn zu sprechen? Ihm zu sagen, dass ich es verstehe und ihn liebe?

Und Papa. Werde ich die Möglichkeit bekommen, ihn wiederzusehen und gemeinsam mit ihm Weihnachten zu feiern? All meine vorherigen Sorgen wirken in diesem riesigen, dunklen Wald und in der eisigen Kälte klein und unwichtig. Vor allem der Streit zwischen mir und Fynn war völlig unnötig. Hätten wir einander nur ein wenig besser zugehört.

Ich bin wütend. Auf mich und auf Fynn. Wir sind beide solche Hornochsen, die mit dem Kopf durch die Wand wollen, weil sie sich absolut sicher sind, auf der korrekten Seite zu sein. Anstatt dem anderen *richtig* zuzuhören und die verstecken Worte zwischen den Zeilen zu lesen, wird erstmal auf seinen eigenen Standpunkt bestanden.

Die Wut verleiht mir Flügel und meine Schritte gewinnen an Stärke zurück. Ich sollte die neugewonnene Energie besser einteilen, andererseits kann ich nicht anders, als diese gefundene Kraft direkt umzusetzen. Wer weiß, wie lang das anhalten wird. Ich will nur weg von hier. Und dieser Gedanke treibt mich zusätzlich an, noch einmal alles zu geben.

Der Wind nimmt weiter zu und es wird immer schwieriger, dagegen anzulaufen. Meine Haare werden wild hin und her geschleudert und ich muss eine Hand über die Augen legen, weil sie von der Kälte tränen. Meine Nasenflügel drücken sich an die Nasenscheidewand, wodurch ich das Gefühl habe, kaum noch atmen zu können. Als ich versuche, durch den Mund einzuatmen, schmerzen meine Lungen von der eiskalten Winterluft. Ich friere noch mehr als vorher und hätte bis zu diesem Zeitpunkt nicht gedacht, dass das möglich ist. Ich fasse es nicht, in welche Scheiße ich hier geraten bin.

Das kurze Aufbäumen meiner Wut und die dadurch gewonnene Kraft lässt wieder nach. Es passiert immer öfter, dass mir die Augen vor Müdigkeit zufallen und ich einige Sekunden brauche, um mich wieder zu orientieren. Schwerfällig setze ich einen Schritt vor den anderen und achte kaum noch darauf, wohin ich laufe. Plötzlich trifft mein Fuß auf eine rutschige Stelle. Wild rudere ich mit den Armen in der Luft herum, doch der Sturz ist nicht mehr aufzuhalten.

Ich lande so hart auf dem Rücken, dass mir die gesamte Luft aus dem Körper gepresst wird. Sterne tanzen vor meinen Augen und ich habe das Gefühl, dass es eine Ewigkeit dauert, bis ich endlich wieder atmen kann. Die Schmerzen lähmen mich und mein Sichtfeld wird immer kleiner, bis ich letztlich komplett in der Schwärze versinke.

Ein helles Licht trifft fleckenweise auf die Dunkelheit um mich herum und etwas rüttelt unsanft an meiner Schulter. »Wach auf, Mädchen!«, ruft jemand laut. Viel zu laut. Am liebsten würde ich mir die Ohren zuhalten, aber ich bin zu keiner Bewegung fähig. Ich will nicht aufwachen. Nicht die angenehme Dunkelheit loslassen. Bin zu müde.

Wieder werden meine Gedanken zäh wie Kaugummi und ich drifte ab. Abermals rüttelt etwas an meiner Schulter. Dieses Mal noch fester und ich bin kurz davor wütend zu schnauben. Ich will einfach nur schlafen. Wieso muss man mich dabei denn immer stören?

»Komm schon«, knurrt eine männliche Stimme und irgendetwas meldet sich in meinem Kopf, dass ich die Augen aufschlagen sollte, um zu sehen, was los ist.

Ganz langsam öffne ich die Lider und sehe direkt in ein viel zu helles Licht. Ich versuche, mich aufzusetzen, und stöhne dabei schmerzerfüllt auf. Ich lasse mich zurück auf den harten Untergrund sinken und versuche, gleichmäßig zu atmen, bis der Schmerz abebbt.

»Hörst du mich? Bist du verletzt?«, fragt mich eine männliche Stimme und jemand wedelt mit der Taschenlampe vor meinem Gesicht herum. Ich schaffe es nicht, ihm zu antworten. Mein Körper beginnt unkontrolliert zu zittern und spätestens jetzt habe ich nicht mehr die geringste Chance ein Wort herauszubekommen, da meine Zähne lautstark aufeinanderschlagen.

Der Mann verschwindet aus meinem Blickfeld, als er zurückkommt, wickelt er mich in eine warme Decke ein. Er hebt mich auf seine Arme und trägt mich zu einem Auto. Obwohl er versucht, so vorsichtig wie möglich zu sein, schmerzt mein Rücken wegen der Berührungen stark und ich beiße fest die Zähne zusammen. Trotzdem entschlüpft mir ein schmerzerfülltes Aufkeuchen, worauf der Mann mir einen besorgten Blick zuwirft.

Vorsichtig legt er mich auf die breite Rückbank und läuft um das Auto herum, um sich auf den Fahrersitz sinken zu lassen. Endlich schließt er die Tür und schaltet die Heizung auf Hochtouren.

Mein Körper bebt unter der Decke und ich kann nichts dagegen unternehmen. Er sieht mich eine Weile wortlos an und entpuppt sich im warmen Innenlicht des Wagens als Mann mittleren Alters mit grauen Bartstoppeln und einer dunkelgrünen Daunenjacke.

Er räuspert sich und legt einen Arm auf dem Beifahrersitz ab. »Ich fahre dich jetzt ins Krankenhaus, okay?«

»N-n-ne-nein. Na-na-nach Ha-a-aus-e.« Ich versuche, mich zusammenzureißen, denn die Augenbrauen des Mannes wandern in die Höhe und diese Reaktion macht den Anschein, als hätte er mich nicht richtig verstanden. »Ich m-m-muss nach Ha-a-a-use«, bringe ich ein wenig deutlicher hervor. »S-Sie mache-en sich bestimmt gro-oße Sorgen.«

Der Mann schweigt einen Moment, bevor er mir tief in die Augen sieht. »In Ordnung«, brummt er. »Wo wohnst du?« Ich nenne ihm die Adresse der Gagnons und setze mich vorsichtig auf, um mich anzuschnallen.

Mein Rücken protestiert mit einem stechenden Schmerz.

Er nickt. »Da bist du aber ein gutes Stück weg.« Die Frage nach dem »Warum« hängt unausgesprochen im Raum. Er beugt sich vor und greift nach einer Thermoskanne. »Trink das. Das wärmt dich zusätzlich von innen heraus. Wir müssen zusehen, dass du aufgewärmt wirst.«

»Danke«, hauche ich und trinke vorsichtig ein paar Schlucke. Der Wagen setzt sich in Bewegung und erst jetzt wird mir so richtig klar, dass der Spuk ein Ende hat. Bald werde ich bei Richard, Sophia und Fynn sein. Im Warmen. Ich kann es kaum glauben. Im Wald hatte ich schon die Hoffnung verloren.

Der Mann betrachtet mich im Rückspiegel. »Was ist passiert?«

»Mein Freund und ich haben uns gestritten. Ich bin weggelaufen«, gebe ich leise und mit schwacher Stimme zu. Es fällt mir schwer, diese Worte über die Lippen zu bringen. Laut ausgesprochen klingt alles noch bescheuerter.

Eine Weile sagt niemand etwas und die Müdigkeit kriecht wieder in mir hoch, bis der Mann abermals das Schweigen bricht. »Du hattest großes Glück. Du bist nicht die Erste und wirst nicht die letzte Fremde sein, die sich in diesen Wäldern verläuft. Ich kämpfe schon lange dafür, dass hier Schilder angebracht werden. Die Handyortung ist durch die hohen und zahlreichen Tannen geradezu unmöglich und wurde sogar Einheimischen bereits zum Verhängnis.«

Ich kann seinen Worten kaum noch folgen. Die Wärme, das heiße Getränk und die Erschöpfung vereinen sich und es ist unmöglich, mich länger gegen die übermannende Müdigkeit zu wehren. Vor allem jetzt, wo ich in Sicherheit bin. Meine Augen fallen zu und ich in einen tiefen, traumlosen Schlaf.

Ein lauter Schlag weckt mich auf und ich sehe mich ruckartig um. Ich brauche einen Moment, um zu realisieren, wo ich bin und was passiert ist. Der Mann ist ausgestiegen und ich sehe ihm durch das Fenster nach. Sofort erkenne ich die Einfahrt und die Veranda.

Ich bin tatsächlich zu Hause. Dankbarkeit durchflutet mich, als ich den Mann dabei beobachte, wie er an die Tür tritt und klingelt.

Sein breiter Rücken versperrt mir die Sicht auf den Eingang und dann geht alles ganz schnell. Er dreht sich um und deutet auf das Auto, als schon Fynn an ihm vorbeistürmt und innerhalb weniger Sekunden die Wagentür aufreißt.

Fynn beugt sich vor und löst den Gurt. Weinend finde ich mich in seinen starken Armen wieder. Beruhigend streicht er mir über das Haar, küsst mich immer wieder und hält mich fest.

»Ich kann dir nicht sagen, was für eine Angst ich um dich hatte.« Seine Stimme zittert, als müsse er sich zurückhalten, um nicht ebenfalls in Tränen auszubrechen. Ich bringe kein einziges Wort heraus und bin nur dazu in der Lage, mich an ihn zu klammern.

Fynn beugt sich nochmal vor, um mich aus dem Auto zu holen. Als er dabei aus Versehen gegen meinen Oberkörper kommt und mein Rücken fester in den Sitz gedrückt wird, stöhne ich schmerzerfüllt auf. Sofort zuckt er zurück und sieht mich besorgt an.

»Bist du verletzt?« Sein Blick wandert über meinen Körper, als könne er so sehen, ob irgendetwas nicht stimmt.

»Ich bin ausgerutscht und auf den Rücken gefallen.« Ich spreche so leise, dass ich zuerst glaube, Fynn hätte mich gar nicht gehört.

Er beißt sich auf die Unterlippe und wendet betroffen den Blick ab. »Ich bring dich erstmal rein. Dann können wir es uns ansehen.« Bevor ich etwas sagen kann, hebt er mich vorsichtig vom Sitz und trägt mich zum Haus.

»Gott sei Dank geht es dir gut!«, ruft Sophia aus, als sie mich sieht. Sie gibt mir einen Kuss auf die Wange und hinterlässt darauf eine feuchte Tränenspur. Dann wendet sie sich wieder dem Mann zu. »Ich kann Ihnen nicht oft genug danken. Mein Mann und mein Sohn sind mit dem Auto herumgefahren und haben sie ebenfalls gesucht. Auch die Nachbarn haben wir alarmiert, aber ...« Sie schluchzt und der Mann tätschelt unbeholfen ihre Schulter.

»Es geht ihr den Umständen entsprechend gut. Sehen Sie zu, dass sie so schnell wie möglich ins Warme kommt und sich ausruht. Eine Fahrt ins Krankenhaus wäre im Moment zu viel für sie, dort würde sie nicht zur Ruhe kommen. Aber vielleicht sollte sich morgen ein Arzt ihren Rücken ansehen.«

Erst jetzt scheint Fynn wieder einzufallen, dass er mit mir auf den Armen immer noch im Türrahmen steht und geht hinein, nachdem ich mich noch einmal bei dem Mann bedankt habe.

»Mach das nie wieder mit mir.« Ein schmales Lächeln, das eher wie eine Grimasse aussieht, liegt auf seinen

Lippen. Er trägt mich nach oben in mein Zimmer, bettet mich sanft auf die weiche Matratze und setzt sich zu mir.

»Es tut mir leid«, flüstere ich und blinzle mehrere Male, als die Müdigkeit mich abermals zu übermannen droht.

»Hauptsache, du bist wieder da. Ich wäre fast durchgedreht vor Sorge.« Er breitet die Bettdecke über mir aus und schiebt die Enden unter meinen Körper, damit keine kalte Luft darunter dringt. Er küsst mich auf die Stirn.

Es klopft leise an der Tür und Sophia und Richard treten ein. Sie sehen genauso müde und abgekämpft aus wie Fynn und mein schlechtes Gewissen steigert sich ins Unermessliche. Sophia lässt sich neben mir auf das Bett sinken und greift nach meiner Hand. »Du kannst dir nicht vorstellen, welche Ängste wir durchlebt haben. Ich bin so froh, dass Mr. Rasik dich gefunden hat.« In ihren Augen schimmern Tränen und ich drücke schwach ihre Hand.

»Es tut mir leid.« Ich sehe sie und Richard an, obwohl es mich viel Kraft kostet, den Kopf anzuheben.

Sophia streicht über mein Haar und schenkt mir ein liebevolles, mütterliches Lächeln und Richard nimmt meine Hand, um sie sanft zu drücken.

»Die Hauptsache ist, dass du wieder hier bist. Du musst die nassen Sachen loswerden, bevor du schläfst. Ich habe einen Pullover in den Wäschetrockner gesteckt, damit er schön warm ist, wenn du ihn anziehst. Ich hole ihn schnell.« Am liebsten hätte ich auf der Stelle die Augen geschlossen, aber Sophia hat recht.

»Und dann bringen wir dich in Fynns Zimmer. Die Matratze hier ist sicher nass.«

»Ich warte unten«, sagt Richard und verlässt den Raum.

Ich nicke und setze mich langsam auf. Fynn springt sofort vor und stellt sich hilfsbereit neben mich. Die Schmerzen in meinem Rücken explodieren und ich beiße mir fest auf die Unterlippe.

»Ich glaube, dass ich bei dem Pullover Hilfe brauche«, bringe ich nach mehreren tiefen Atemzügen hervor, als Sophia ihn mir hinhält. Mir ist es unwohl dabei, das zuzugeben. Die Schuldgefühle gegenüber Fynn, Sophia und Richard drohen mich zu erdrücken. Doch Sophia lächelt mich nur verständnisvoll an.

Sie hilft mir mit sorgfältigen Handgriffen, den Pullover und das Unterhemd auszuziehen, als sie dabei aus Versehen meinen Rücken streift, durchzuckt mich ein starker Schmerz und ich verziehe das Gesicht.

Fynn saugt scharf die Luft ein. »Das ist eine ordentliche Prellung«, sagt er mit brüchiger Stimme.

»Sieht es so schlimm aus?«

»Die Hälfte ist blau.«

»Ich hole schnell eine Crème und eine Pyjamahose«, wirft Sophia ein. Glücklicherweise braucht sie dafür nicht lange und als ich mit frischen Klamotten unter einem Deckenberg in Fynns Bett liege, könnte ich sofort einschlafen.

Sie verabschiedet sich und geht nach unten, um eine Suppe zu machen, während Fynn bleibt und im Zimmer auf und ab tigert.

Obwohl es unter den Decken angenehm warm ist, zittere ich und er scheint es ebenfalls zu merken.

»Kannst du herkommen?« Mit dem Kopf deute ich auf den Platz neben mich und er legt sich zu mir.

Mit dem Daumen streicht er sanft über meine Wange. »Deine Lippen sind auch blau.« Seine Stimme dringt wie aus weiter Ferne zu mir. Trotzdem höre ich den Schmerz darin heraus. Es tut weh, zu sehen, dass er sich quält und die Schuld an dem Geschehen gibt.

»Es wird mir schon wärmer.« Er legt vorsichtig einen Arm um mich und drückt mir einen Kuss auf die Schläfe.

Mein Schlaf wird in dieser Nacht immer wieder unterbrochen, obwohl ich mich so erschöpft fühle, dass ich mehrere Tage durchschlafen könnte. Fynn bewegt sich unruhig neben mir und als ich beim nächsten Mal aufwache, ist er verschwunden.

»Fynn?«, flüstere ich in die Dunkelheit, aber wie zu erwarten bleibt die Antwort aus. Langsam richte ich mich auf und beiße mir fest auf die Unterlippe. Warum ist er weggegangen? Ist der Streit zwischen uns noch nicht ausgestanden?

Ich beschließe, ihn zu suchen, und trete aus dem Zimmer. Meine Beine fühlen sich wie Wackelpudding an, weswegen ich mich mit den Händen an der Wand abstütze. Ich höre Stimmen unten, die jedoch nicht von Sophia oder Richard stammen. Irgendjemand sieht Fernsehen. Langsam trete ich auf die erste Treppenstufe, die ein ungeheuerliches Knarzen von sich gibt. Ich stütze mich an dem Geländer ab und nehme vorsichtig eine Stufe nach der anderen. In diesem Moment fühle ich mich wie eine 80-Jährige.

»Was machst du da?« Fynn steht plötzlich neben mir und greift nach meinem Arm.

»Ich wollte nach dir sehen.«

Ein ungläubiger Laut verlässt seinen Mund. »*Du* wolltest nach *mir* sehen?« Er hilft mir dabei die letzten Stufen herunterzulaufen und sobald ich unten ankomme, lasse ich mich erschöpft auf das Sofa sinken. Ein paar Schritte und siebzehn Stufen reichen schon aus, um mich auszuknocken.

»Ich bin hierher, weil ich dich in Ruhe schlafen lassen wollte.« Fynn greift nach der Decke neben sich und wickelt mich wie einen Burrito darin ein. Dann hebt er den Arm und ich bette meinen Kopf auf seine Brust.

Der Klang seines Herzschlags wirkt beruhigend und ich schließe die Augen. In Fynns Armen bin ich sicher.

Kapitel 20: Fynn

Richard rief am nächsten Morgen gleich den »Arzt seines Vertrauens« an, wie er so schön sagt. Obwohl Anna beteuerte, dass es ihr schon viel besser geht und niemand extra herfahren müsse, um nach ihr zu sehen, sind wir anderer Meinung.

Er hat bei der Untersuchung dasselbe festgestellt, was ich gestern vermutet habe: eine ordentliche Rückenprellung. Dafür ist Annas Körpertemperatur nach den letzten Stunden bei einem normalen Wert angekommen.

»Machen Sie sich keine Sorgen Ms. Hoffmann. So eine Nacht bleibt in den allerwenigsten Fällen ohne die ein oder andere Erinnerung«, bei dem letzten Wort malt er Anführungszeichen in die Luft, »zurück. Sie werden schon sehen, dass es im Laufe des Tages immer besser wird. Die Hauptsache ist, dass Sie sich ausruhen und im Warmen bleiben.« Er hat aufgelacht und Annas Hand getätschelt. »Am besten schließen Sie sie in ihr Zimmer ein«, wandte er sich an Mom. »Wir wollen ja nicht, dass sie sich wieder verläuft.« Der Arzt bemerkte nicht, dass er die einzige Person im Raum war, die lachte.

Wir alle drei fanden diesen Einwurf von ihm mehr als unangebracht und infolgedessen, scheuchte Mom ihn nach der Untersuchung aus dem Haus, anstatt ihn zu einem Kaffee einzuladen. Geschieht ihm meiner Meinung nach Recht.

Dick eingemummelt liegt Anna neben mir auf dem Sofa und wir sehen uns einen Film nach dem anderen an. Doch ich kann mich nicht darauf konzentrieren. Vielmehr schaue ich mindestens alle ein bis zwei Minuten nach, ob sie *wirklich* da ist und es ihr gut geht. Dazu frage ich sie im fünf- bis zehnminütigen Takt, ob sie was braucht. Anna schlägt jedoch alles ab: Sie möchte weder ein weiteres Kissen noch eine dickere Decke oder ein vom Arzt verschriebenes Schmerzmittel für ihren Rücken.

Braucht sie wirklich nichts oder will sie nur keine Umstände bereiten? So wie ich Anna kenne, ist es eher Letzteres.

»Hast du Hunger? Ich kann dir eine Holzfällersuppe machen. Moms Rezept ist unschlagbar.« Ich bin schon auf dem Sprung, ohne ihre Antwort abzuwarten.

Sie hebt abwehrend die Hände und schenkt mir ein sanftes Lächeln. »Du brauchst nicht extra etwas für mich zu kochen. Ich habe keinen großen Hunger und ...«

Weiter kommt sie nicht, da ich schon auf halbem Weg in der Küche bin. »Keinen großen Hunger zu haben heißt nicht, gar keinen Hunger zu haben. Gleich bekommst du die weltbeste Holzfällersuppe vorgesetzt.«

Ich höre Annas Kichern, bevor ich um die Ecke biege, und kann sie grinsend vor meinem inneren Auge auf dem Sofa sitzen sehen. In der Küche schnippelt Mom vor sich hin und schaut erstaunt auf, als ich neben sie trete.

»Willst du mir etwa helfen?«

»Eigentlich wollte ich für Anna eine Holzfällersuppe machen.« Sanft, aber bestimmt schiebe ich sie ein Stück zur Seite, um Topf und Pfanne aus der großen unteren Schublade hervorzuziehen.

Mom schmunzelt. »Hätte mich auch gewundert.« Dann kommen meine Worte erst bei ihr an, denn sie sieht abermals von ihrem Gemüse auf. »Moment mal. Du willst kochen? Freiwillig?« Ihre Augen funkeln amüsiert und ich grinse schief. »Wow, die Liebe kann wirklich Wunder bewirken.«

»Du tust so, als hätte ich noch nie einen Kochlöffel in der Hand gehabt.«

Gespielt nachdenklich tippt sie sich mit dem Zeigefinger an die Unterlippe. »In grauer Vorzeit vielleicht, aber auf jeden Fall schon eine ganze Weile nicht mehr. Dabei hast du das nicht einmal schlecht gemacht. Ich bin froh, dass Anna deine besten Seiten wieder zum Vorschein bringt.« Mir ist klar, dass es um mehr geht als das Kochen. Aber nach der letzten Nacht ist mir nicht danach, über dieses Thema zu sprechen.

Ich breite alle Zutaten, die ich für die Suppe benötige, vor mir aus: Hackfleisch, Kidneybohnen, Baked Beans und ein paar Gewürze, um es zu verfeinern. Zuerst brate ich das Hackfleisch an und teile das Fleisch dabei in kleine Stückchen, damit sie später leichter zu Essen sind. Anschließend würze ich das Ganze mit Salz und Pfeffer. Von Letzterem jedoch nicht zu viel, da ich weiß, dass Anna nicht gerne scharf isst. Ich fülle das angebratene Hackfleisch in den großen Topf um und pfeife dabei die Melodie mit, die leise aus dem Küchenradio dringt. Die übrigen Zutaten landen ebenfalls im Topf und es kommt zu einer weiteren Gewürz-Runde.

»Haben wir frisches Brot?«, frage ich Mom, während ich einen Deckel auf den Topf lege, damit die Suppe ordentlich aufkochen kann.

»In der Box müssten ein paar Scheiben sein. Schreib es am besten auf den Zettel, ich muss morgen sowieso einkaufen gehen.« Unachtsam wedelt sie mit der freien Hand hinter ihrem Kopf herum, ohne dabei den Blick von ihrer Arbeit zu lösen.

Ich hole einen Teller aus dem oberen Schrank und drapiere ein paar Brotscheiben darauf. Gemeinsam mit einem Untersetzer und einem Tablett bringe ich diesen schon einmal ins Wohnzimmer. Ausnahmsweise dürfen wir sicherlich auf dem Sofa essen, solange wir vorsichtig sind und die Polster nachher keine orangeroten Flecken aufweisen.

»Steht die Küche noch?«, flötet Anna, als ich Teller und Tablett auf dem Wohnzimmertisch abstelle.

»Selbstverständlich, mein Schatz«, antworte ich überschwänglich. Glücklich darüber, dass sie schon wieder Witze macht. »Mom würde mir den Kopf abreißen, wenn es anders wäre.«

»Mein Schatz? Was haben sie dir denn eingeflößt?« Lachend klopft Anna sich mit der Hand auf den Oberschenkel und setzt sich dann langsam auf. Allein an der vorsichtigen Bewegung und ihrer Mimik erkenne ich, dass nicht alles in Ordnung ist und sie Schmerzen hat. Trotzdem bin ich überglücklich, sie bei mir zu haben, und bin mir sicher, dass alles wieder ins Lot kommen wird.

Ich lasse mich von der guten Stimmung mitreißen und reibe die Hände aneinander. Mit krächzender

Stimme sage ich »Ja, mein Schatz!« Und versuche dabei, Gollums verwirrten Blick zu imitieren.

Spätestens jetzt ist es um Annas Selbstbeherrschung geschehen. Sie prustet laut los und ich bin froh, dass die Suppe nicht auf dem Tisch steht. Die hätte sich sonst über den gesamten Teppich ergossen.

»Du bist verrückt«, presst sie erstickt hervor.

»Fynn! Hast du da nicht etwas vergessen?« Moms Stimme lässt mich herumfahren.

»Oh shit!« So schnell ich kann, renne ich zurück in die Küche, doch Mom hat das größte Unglück bereits verhindert und die Herdplatte heruntergeschaltet. »Puh, danke Mom.« Ich nehme den Deckel vom Topf und schmecke die Suppe ab. Da fehlt noch ein bisschen Salz und Paprikapulver. Ich würze nach und rühre um.

»Beim nächsten Mal lasse ich alles stehen, damit du daraus lernst. Ich wollte nur, dass Anna keine drei Stunden auf ihr Essen warten muss.«

»Du bist heute ganz schön mies«, sage ich und schiebe mir einen weiteren Löffel Suppe in den Mund. »Schmeckt gar nicht schlecht.«

»Mies?« Sie grinst in sich hinein, als würde ich den Schalk in ihren Augen nicht sehen. »Lass deine Mutter auch ihren Spaß haben.« Kritisch sieht sie mir dabei zu, wie ich den Topf vom Herd nehme. »Darf ich mal probieren?«

»Traust du mir etwa nicht?«

»Doch, doch. Natürlich.« Schnell winkt sie ab. »Aber sicher ist sicher.« Ehe ich mich versehe, hat sie sich einen Löffel geschnappt und in den Topf eingetaucht.

»Und wie lautet das Urteil Euer Ehren?«

Mom lässt sich besonders viel Zeit und das definitiv mit Absicht. »Ist wirklich gut. Bist eben mein Sohn.«

Großspurig verbeuge ich mich vor ihr. »Danke, zu freundlich.« Lachend bringe ich den Topf zusammen mit einer Kelle ins Wohnzimmer und schöpfe für Anna Suppe in eine kleine Schüssel. »Guten Appetit.« Ich küsse sie auf die Wange und setze mich neben sie.

»Hmm. Die ist echt gut. Willst du nichts?«

»Iss du erst einmal. Ich nehme mir später vielleicht etwas.«

Das Späße machen war eine willkommene Ablenkung zu den Gewissensbissen, die mich die halbe Nacht verfolgt haben. Aber jetzt, wo wieder Ruhe einkehrt, kommen sie mit aller Macht zurück. Dabei sollte ich einfach glücklich darüber sein, dass der ganze Horror und die Angst um Anna ein Ende haben.

»Ist alles in Ordnung?« Sorge spiegelt sich in ihren Augen wider und ich habe gar nicht bemerkt, dass sie mich beobachtet hat. Sie stellt das Tablett zur Seite, um sich in meine Richtung zu drehen. Ich reibe mir über das Gesicht, unschlüssig, ob ich es ihr erzählen soll.

»Na los. Sag schon«, drängt sie mich.

Seufzend sehe ich ihr in die Augen. »Ich gebe mir die Schuld an dem, was passiert ist. Hätte ich einfach meine Klappe gehalten, wärst du nicht weggelaufen.«

»Und hätte ich dir gar nicht erst von meinen Zweifeln erzählt, hättest du das nicht gesagt und ich wäre nicht weggelaufen. Hätte mein Handy genug Akku gehabt, hätte ich allein zurückgefunden. Hätte ich mich bisschen mehr konzentriert, hätte ich den richtigen Weg genommen.« Sie verdreht die Augen und hebt die Hände, um sie dann in ihren Schoß fallen zu lassen.

»Hätte, hätte, hätte. Du siehst, wo das hinführt oder? Es bringt nichts, hinterher darüber nachzudenken, was anders hätte laufen können. Die Dinge sind jetzt so gekommen und daran trägst du keine Schuld. Also hör auf damit, dich selbst fertigzumachen.« Anna legt eine Hand an meine Wange und lässt sie dann in meinen Nacken wandern, um mich an sich heranzuziehen.

Ihre Nasenspitze ist nur wenige Millimeter von meiner entfernt und ich spüre ihren warmen Atem auf meinem Gesicht. »Ich. Liebe. Dich.« Sie betont jedes Wort einzeln und sieht mir dabei eindringlich in die Augen, als würde sie sichergehen wollen, dass ich sie verstehe. Dann beugt sie sich vor und küsst mich. Ihre Lippen liegen so leicht auf meinen, dass ich sie kaum spüre. Trotzdem kribbelt mein gesamter Körper und ich halte sie wie ein Ertrinkender fest in den Armen. Ich intensiviere den Kuss, indem ich die Hand auf Annas Hinterkopf lege und in ihren Haaren vergrabe.

»Ich liebe dich auch«, flüstere ich zwischen zwei Küssen. »Es tut mir leid.«

Anna lehnt sich ein kleines Stück zurück und unterbricht damit den Kuss für einen Moment. »Halt die Klappe und küss mich.«

Ich versuche, in diesen Kuss all meine Gefühle hineinzulegen. Sie soll merken, welche Sorgen ich mir um sie gemacht habe, wie viel sie mir bedeutet, aber vor allem, wie sehr ich sie liebe.

»Fynn?« Nach einer kleinen Ewigkeit löst sich Anna abermals von mir. »Ich glaub, ich weiß, was du mir sagen möchtest.« Ein bezauberndes Lächeln legt sich auf ihr Gesicht und mein Herzschlag verdoppelt sich. Bestimmt kann sie es hören so laut, wie es in meiner Brust pocht.

Zärtlich streiche ich ihr das wirre Haar hinter die Schulter. »Hm?«

»Es tut mir auch leid. Weißt du, ich hatte gestern Abend im Wald echt viel Zeit zum Nachdenken.« Ich schnaube und lache trocken auf, während sie sich sammelt. »Wir haben beide Sachen gesagt, die bescheuert waren und im Endeffekt haben wir uns damit nur gegenseitig verletzt. Ab sofort sollten wir vollkommen offen zueinander sein und versuchen, die Dinge aus der Sichtweise des jeweils anderen wahrzunehmen, bevor wir uns sofort persönlich angegriffen fühlen.«

»Du triffst mal wieder den Nagel auf den Kopf.« Ich lache leise. »Da sind wir uns schon ähnlich, was?«

»Jap, was das angeht sind wir beide Hornochsen.«

»Hauptsache mit dem Kopf durch die Wand.«

Anna nickt und greift nach dem Tablett. »Können wir jetzt den Film anschauen, ohne dass deine Gedanken lauter als der Ton sind?« Sie zwinkert mir zu und ich greife nach ihrer freien Hand. Ich umschließe sie mit meiner und führe sie an die Lippen.

»Na klar.« Wir starten den Film von vorne und dieses Mal schaffe ich es, mich darauf zu konzentrieren.

Der nächste Tag verläuft ähnlich entspannt. Wir kommen alle zur Ruhe und Anna ist auf einem guten Weg der Besserung. Selbst ihr Rücken sieht inzwischen besser aus und sie sagt, dass die Schmerzen nachlassen. Mom betont immer, wir könnten von Glück reden, dass die ganze Sache so glimpflich ausgegangen ist. Heute Morgen hat Anna noch einmal ihren Vater angerufen und ihm versichert, dass es ihr besser geht. Er hatte zwar nicht viel Zeit, klang aber erleichtert darüber, dass sie sich bei ihm gemeldet hat. Ihr Handy bekommt beinahe im Minutentakt neue Nachrichten und ich glaube, dass es Annas Trainerin und ihre beste Freundin Lena im Wechsel sind.

Ich spiele mit Annas Haar und sehe in ihre entspannten Gesichtszüge. Sie ist während des heutigen Films eingeschlafen und liegt auf meiner Brust. Es ist nach wie vor ein unglaubliches Gefühl, sie in meinen Armen liegen zu haben.

Zumindest ist alles entspannt verlaufen, bis Annas Handy sie laut klingelnd aus ihrem wohlverdienten Schlaf reißt. Schnell stoppe ich den Film, während sie den Anruf entgegennimmt.

»Anna Hoffmann?«, meldet sie sich mit verschlafener Stimme. Da sie auf Englisch weiterspricht weiß ich, dass es nicht wieder ihr Vater ist.

»Sicher, das ist kein Problem. Ich werde meiner Gastfamilie Bescheid sagen und sofort kommen. Tschüss.« Sie legt auf und das Handy mit einem düsteren Gesichtsausdruck zur Seite.

Fragend sehe ich Anna an. »Wer war das?«

Sie setzt sich langsam auf und antwortet, ohne mich anzusehen. »Dieser Clark. Er und sein Kollege wollen mit mir auf dem Revier sprechen.« Anna versucht, mich anzulächeln, doch es misslingt ihr kläglich.

Ich setze mich ebenfalls auf und lege sanft eine Hand auf ihre Schulter, um sie zu beruhigen. »Mach dir keine Sorgen. Bestimmt haben sie gute Nachrichten.« In diesem Moment verfluche ich mich dafür, dass der Satz nicht so aufmunternd klingt, wie er sollte. Ich möchte sie nicht zusätzlich verunsichern, doch Anna scheint meine Worte ohnehin nicht richtig wahrgenommen zu haben.

»Wir sollten uns beeilen«, sagt sie nur und erhebt sich vom Bett. Ich tue es ihr gleich, doch Anna scheint in Gedanken versunken zu sein. Sie geht rasch ins Badezimmer und ich will nichts Falsches sagen, weswegen ich es für die beste Idee halte, einfach gleich die Klappe zu halten und auf sie zu warten.

Als sie zurückkommt, verschränke ich meine Hand mit ihrer und wir gehen nach unten, um Mom und Richard Bescheid zu geben.

Die beiden sitzen gemeinsam auf dem Sofa und Mom lächelt uns entgegen. Doch ihre Miene wandelt sich schlagartig, als sie bemerkt, dass etwas nicht stimmt.

»Was ist los?«

Als Anna nicht gleich antwortet, übernehme ich das für sie. »Die Polizisten haben angerufen und Anna auf das Revier vorgeladen. Sie soll jetzt dorthin kommen.«

Richard ist schneller auf den Beinen, als ich es ihm zugetraut hätte und schaltet den Fernseher aus. Er hat heute seinen freien Tag und wollte ihn gemütlich zu Hause verbringen. »Sophia und ich werden dich begleiten. Ich habe Andreas versichert, dass wir bei jedem Gespräch vor Ort sein werden, um dich zu unterstützen.«

Anna schenkt ihm auf seine Worte hin ein schmales Lächeln und presst ein »Danke« hervor.

Wir verlassen das Wohnzimmer und ziehen uns Jacken und Boots an, um dann hinaus in das Schneetreiben zu gehen. Mom wirft mir einen entschuldigenden Blick zu. »Ich befürchte, dass wir nicht alle mit reingehen können.«

Ich kneife die Lippen zusammen und sehe dann zu Anna, die mit jeder verstreichenden Sekunde bleicher wird und das verschneite Stück Asphalt vor ihren Füßen anstarrt. »Ich fahre trotzdem mit.«

Ich greife nach Annas Hand und gebe ihr einen Kuss auf die Wange. »Hab keine Angst. Es wird alles in Ordnung kommen, okay?«, flüstere ich nah an ihrem Ohr.

Anna nickt langsam, auf ihrem Mund liegt ein schiefes Lächeln. Sie löst sich von mir und steigt in den Wagen. Ich mache es mir neben ihr auf der Rückbank bequem und Richard fährt los. Die Fahrt verläuft sehr ruhig und Anna sieht die ganze Zeit zum Fenster hinaus.

Es tut weh, sie so ängstlich sehen zu müssen und noch schlimmer ist es, dass ich nichts dagegen unternehmen kann. Ich greife nach ihrer Hand, die auf ihrem Schoß liegt, und ihre Finger verflechten sich augenblicklich mit meinen. Sie sieht zu mir und in ihren Augen lese ich deutlich die Unsicherheit und Sorge heraus. Kurzerhand ziehe ich Anna näher an mich heran, worauf sie ihren Kopf auf meine Schulter bettet. Sanft küsse ich sie auf die Stirn und versuche ihr zumindest so ein wenig Halt zu geben. Kurze Zeit später kommen wir an dem Polizeirevier an und steigen aus dem Wagen. Anna, Mom und Richard gehen auf die Eingangstür zu, doch ich halte sie mit meiner Stimme für einen Moment davon zurück hineinzugehen.

»Vielleicht ist es besser, wenn ich hier auf euch warte. Mein Zusammentreffen mit diesem Clark lief beim letzten Mal schon fast aus dem Ruder.« Ich trete auf Anna zu und greife nach ihren Händen. »Ist das okay für dich?«

»Klar«, gibt sie leise zurück.

Ich küsse sie ein letztes Mal und nehme von Richard den Autoschlüssel entgegen, damit ich mich in den Wagen setzen kann, bis sie wieder zurückkommen. Sie verschwinden hinter der Glastür und meine innere Unruhe und das Gefühl, irgendetwas unternehmen zu müssen, werden übermächtig. Was ist, wenn es keine positiven Nachrichten gibt? Wenn Anna nur wieder Fragen gestellt werden, die zu nichts führen?

Ich kann nicht nur abwarten. Kaum habe ich diesen Entschluss gefasst, setze ich mich auf den Fahrersitz von Richards Auto und fahre los. Zuerst weiß ich gar nicht, wohin mein Unterbewusstsein mich führt, bis ich auf den Highway Richtung Halifax abbiege und den bekannten Weg zur Eishalle einschlage.

In den letzten Tagen habe ich kaum einen Gedanken an diesen Ort verschwendet. Mir ging es nur darum, dass es Anna gut geht.

Ich habe keine Ahnung, was ich mir von diesem Trip erhoffe. Aber dieses untätige Herumstehen und Warten bringt uns nicht weiter und ist für Anna keine Hilfe. Wenn ich sie schon nicht zu diesem Gespräch begleiten kann, will ich zumindest irgendetwas anderes machen. Irgendetwas sagt mir, dass an diesem Ort alle Fäden wieder zueinander geführt werden.

Auf dem Parkplatz stehen nur wenige Autos. Heute haben wohl nicht so viele Menschen Lust, Eislaufen zu gehen. Mir ist es recht. Als ich auf den Eingang zugehe, sehe ich einen Typ in Lederjacke mit braunen Haaren an einem der Pfeiler lehnen. Er telefoniert und scheint von dem Gespräch ziemlich angepisst zu sein.

»An deiner Stelle würde ich mir das noch einmal überlegen.« Obwohl seine Stimme ruhig klingt, ist seine unterschwellige Wut nicht zu übersehen. Er hält das Smartphone so fest, dass seine Fingerknöchel weiß hervortreten, und beißt die Zähne zusammen, wodurch sein Kiefer einmal laut knackt.

In großer Geste legt er das Telefonat auf und steckt das Handy in die Hosentasche seiner dunklen Jeans. Aus der anderen zieht er eine zerquetschte Zigarettenschachtel und ein Feuerzeug hervor.

Irgendwoher kenne ich ihn, aber ich komme nicht darauf. »Mädels, was?«

Er sieht auf und pustet mir eine Rauchwolke entgegen. »Wem sagst du das?«, antwortet er kopfschüttelnd und bietet mir eine Kippe an.

Mit beiden Händen winke ich ab. »Nein, danke.«

Schulterzuckend packt er die Schachtel weg. »Sie müssen es immer kompliziert machen, wenn es einfach sein könnte.« Er nimmt einen weiteren tiefen Zug und schnippt die Asche weg. »Ganz besonders Chloé.«

Shit. Das ist der Typ von der Tribüne, der Chloé geküsst hat. Er arbeitet in der Eishalle und ist für das Eis zuständig. Ich wusste, dass ich ihn irgendwoher kenne. Ich stehe kurz davor einen Rückzieher zu machen, um Anna keine weiteren Probleme einzuhandeln. Doch dann erkenne ich meine Chance.

»Du meinst aber nicht dieses Schlittschuhmädchen, oder?«, frage ich in einem Tonfall, als wüsste ich nicht genau, von wem er spricht.

»Du kennst sie?« Nun mustert er mich genauer, doch es blitzt kein Erkennen in seinen Augen auf.

Ich nicke. »Hab von dem Wettbewerb gehört. Wie geht es ihr?«

»Wird schon wieder«, gibt er kurz angebunden zurück. »Bin dann mal weg. Meine Schicht ist vorbei.« Mit dem Schuh tritt er auf die Zigarette, um die Glut zu ersticken.

Ich beschließe, alle Karten auf den Tisch zu legen, und trete ihm in den Weg. »Weißt du zufällig mehr von dem ›Unfall‹?« Ich male Anführungszeichen in die Luft und sehe auf ihn herunter.

Seine Augenbrauen schießen in die Höhe. »Was willst du damit andeuten?«

Ich seufze. »Wenn du und Chloé tatsächlich zusammen seid, weißt du genauso gut wie ich, dass es sich um keinen Unfall handelt. Stattdessen wird eine andere Läuferin für eine Straftat beschuldigt, die sie nicht begangen hat.«

»Zusammen *waren*. Das war so ziemlich die kürzeste Beziehung ever.« Er zuckt mit den Schultern. »Chloé ist der festen Überzeugung, dass diese Tussi an ihren Schlittschuhen herumgepfuscht hat.« In seiner Miene lese ich, dass er diese Meinung nicht hundertprozentig teilt und eher unschlüssig ist. »Das habe ich auch der Polizei gesagt.«

Ich nutze diese Unsicherheit sofort aus, gehe aber nicht auf den letzten Satz ein. »Wenn du nur die kleinste Vermutung hast, wer der wahre Täter sein könnte, dann sag es.« Eindringlich sehe ich ihm direkt in die Augen.

»Ist die Kleine, die beschuldigt wird, deine Freundin oder was?«

Ich trete einen Schritt näher auf ihn zu. »Und wenn es so ist?«

Wieder zuckt er mit den Schultern und ich muss meine Ungeduld im Zaum halten. »Dann könnte ich verstehen, warum du mir dermaßen auf die Nerven gehst und diese bescheuerten Fragen stellst.«

»Und deine Antwort?« Ich atme tief durch, als er nichts sagt. »Du hast keine Ahnung, was sie durchmacht. Chloés Verletzung, die Disqualifikation und die Anzeige. In diesem Moment ist sie auf dem Polizeirevier, weil sie sie *schon wieder* verhören wollen. Noch dazu ist sie in einem fremden Land ohne ihre Familie. Und warum? Weil irgendjemand meint ihr die Schuld in die Schuhe schieben zu müssen und keiner, der daran etwas ändern könnte, den verfickten Mund aufmacht.« Meine Atmung beschleunigt sich mit jedem ausgesprochenen Wort und meine Hände ballen sich zu Fäusten. Der wütende Unterton in meiner Stimme scheint ihn nicht zu beeindrucken, denn er lässt sich Zeit mit einer Antwort.

Er atmet tief durch, schiebt seine Hände in die Hosentaschen und weicht meinem Blick aus. Es wirkt, als würde er mit sich ringen. Dann blickt er mir in die Augen und hat einen Entschluss gefasst. »Ich möchte niemanden beschuldigen und auch nicht, dass jemand grundlos die Schuld bekommt.« Leise räuspert er sich, bevor er fortfährt. »Das Einzige, was ich dir sagen kann ist, dass Sarah und Chloé kurz vorher gestritten haben. Ich weiß nicht, worum es ging. Aber Sarah war völlig außer sich und hat Chloé aufs Übelste beschimpft. Glaub mir, das sind Worte, die ich echt nicht wiederholen will. Fang mit der Information an, was du willst.«

Abwehrend hebt er die Hände. »Aber halte mich da raus. Auch mit der Polizei. Kein Witz, Chloé macht genug Ärger für ein ganzes Revier.« Ohne ein weiteres Wort zu verlieren, schiebt er sich an mir vorbei zum Parkplatz.

Chloé und Sarah haben sich also gestritten. Könnte das die Lösung sein?

Kapitel 21: Fynn

»Das ist nicht wahr?« Anna reißt vor Schock die Augen weit auf und ihr klappt die Kinnlade herunter. »Sarah? Das glaube ich nicht«, fügt sie leiser hinzu und schüttelt den Kopf.

Ich nicke. »Am Anfang habe ich das auch nicht glauben können. Aber je länger ich darüber nachgedacht habe, desto mehr hat das Alles einen Sinn ergeben. Überleg mal, sie wird von Chloé nicht gerade gut behandelt und steht voll in ihrem Schatten. Vielleicht wollte sie damit ihre Diktatur endlich beenden.«

»Diktatur«, prustet Anna los. »Chloés Schreckensherrschaft hätte auch gut gepasst.« Langsam beruhigt sie sich. »Aber könnte er es nicht genauso gewesen sein? Nachdem, was du erzählt hast, sind er und Chloé nicht gerade das Traumpaar überhaupt. Sie kennen sich gerade mal ein paar Tage und ihn behandelt sie offensichtlich auch schlecht. Und er war am Tag des Wettbewerbs in der Eishalle. Vielleicht hat er den Streit zwischen Chloé und Sarah erfunden, um von sich abzulenken. Nachdem was wir wissen, könnten sie es beide gewesen sein.« Anna kaut unschlüssig auf ihrer Unterlippe herum.

»Ich glaube nicht, dass er es war. Er war zwar angepisst von Chloés Verhalten, aber ich kann mir nicht vorstellen, dass er dann loszieht und irgendwelche

Schrauben bei den Schlittschuhen löst. Er wäre eher derjenige, der das Weite sucht.«

»Aber Sarah würdest du es zutrauen?« Ihre Stirn legt sich in nachdenkliche Falten und sie zuckt mit den Schultern. »Sie ist so ruhig.«

»Stille Wasser sind tief und dreckig«, sage ich mit tiefer Stimme.

»Hm.« Nachdenklich runzelt Anna die Stirn. »Chloé als Freundin zu haben zeugt von keinem allzu großen Urteilsvermögen. Wir sollten mit ihr sprechen.«

»Mit Chloé?« Ich reiße fragend die Augenbrauen nach oben und sie boxt darauf gegen meine Schulter.

»Nein, du Schaf. Mit Sarah.«

»Und wie willst du das anstellen?«

Anna lächelt wissend. »Wir haben Glück, dass die beiden wegen den Ermittlungen noch hier sind. Und ich weiß zufällig, in welchem Hotel sie wohnen. Sarah hat total von der Suite geschwärmt und ich bin mir sicher, dass es davon nicht viele im Kendrix Hotel gibt.«

Wahrscheinlich könnte ich den Weg zur Eishalle inzwischen im Schlaf zurücklegen. Kurz bevor wir rechts in eine schmale Straße abbiegen würden, lotst Anna mich mit Hilfe ihrer App zuerst weiter geradeaus und dann nach links in eine breite Einfahrt. Ich parke den Wagen auf einem freien Platz direkt vor dem Eingang des Gebäudes.

Die Fassade des Hotels ist in einem leichten Beigeton gestrichen und mit so vielen Fenstern bestückt, dass man eine Weile brauchen würde, um sie zu zählen. Der Eingang ist hell erleuchtet und ein brauner, teuer wirkender Teppich führt von der verglasten Tür bis zur Rezeption, über der ein gigantischer Kronleuchter hängt.

Die Steine werfen bunte Lichtreflexe an die mit goldenen Ornamenten verzierte Tapete hinter der Rezeption, wo ein Mann mittleren Alters steht. Um seine grauen Augen liegen Lachfalten und der Mund ist zu einem breiten Grinsen verzogen. Er trägt einen dunkelblauen Anzug mit einem roten Tuch, anstatt einer Krawatte. In goldenen Lettern ist »Kendrix Hotel« darauf gestickt.

»Herzlich willkommen im Kendrix Hotel«, ruft er aus, sobald Anna und ich nahe genug sind. Unsere staunenden Blicke müssen verraten haben, dass wir zum ersten Mal hier sind.

»Mein Name ist Jacob.« Er deutet auf ein Namensschild an seiner linken Brust. »Wie kann ich euch behilflich sein? Wir haben im Kendrix wunderschöne Pärchensuiten mit Whirlpool und großer Regendusche. Das romantische Frühstück für zwei ist inklusive und wird direkt auf das Zimmer gebracht.«

Wow, der ist vielleicht motiviert. Weder Anna, noch ich kommen zu Wort. Wir lassen ihn seinen Monolog beenden, bevor wir den eigentlichen Grund unseres Besuches ansprechen. Wobei ich nicht glaube, dass unser Jacob hier uns einfach zu Sarah und Chloé lassen wird.

»Vielen Dank, Jacob. Das klingt wunderbar, aber ist leider nicht das, wonach wir suchen. Wir würden gerne mit Sarah Dubois sprechen. Könnten Sie sie herbitten?« Jacobs fragender Blick trifft Anna, worauf sie schnell »Sie teilt sich eine Suite mit Chloé Monet«, hinzufügt.

Die Gesichtszüge des Rezeptionisten entgleiten ihm und ein abweisender Ausdruck legt sich auf sein Gesicht. Scheinbar hat er schon Bekanntschaft mit Chloés Freundlichkeiten gemacht.

»Sind ... Sind Sie bekannt miteinander?« Nervös blickt er sich um, bevor er wieder Anna mustert.

»Ja«, antwortet sie gedehnt und sieht hilfesuchend zu mir.

»Sagen Sie ihr, dass ...« Weiter komme ich nicht, da lautes Mädchengekreische die Lobby erfüllt. »Hat sich erledigt, danke.«

Genervt rolle ich mit den Augen und fahre mir mit der Hand durchs Haar. Mein erster Gedanke ist Flucht, doch Anna deutet mit dem Kopf genau in die Richtung, aus der die streitenden Stimmen kommen und geht darauf zu.

Chloé steht mit dem Rücken zu uns, gut erkennbar an der Armschiene. »Willst du mich verarschen?«, kreischt sie und trifft dabei Töne, von denen ich bis eben dachte, dass es für Menschen unmöglich sei, solche auszustoßen. Sofort denke ich an eine Fledermaus und in meinen Gedanken wachsen Chloé große Ohren. Wenn die Situation nicht so ernst wäre, würde ich in lautes Gelächter ausbrechen.

»Lucas ist viel zu gut für dich.« Nun erkenne ich auch Sarah, als wir ein Stück um die Ecke linsen. Ihr Gesicht ist rot und verheult. Das Make-up fließt in schwarzen Schlieren an ihren Augenwinkeln herunter und ihre Schultern beben.

Chloé stößt ein verächtliches Lachen aus. »Zu gut für mich? Bist du etwa eifersüchtig? Du machst dich lächerlich.«

»Du wusstest von Anfang an, dass ich ihn mag!«

»Und es war von Anfang an klar, dass aus euch beiden nie etwas werden wird. Sieh dich nur an. Warum sollte jemand wie *er* mit jemandem wie *dir* zusammen sein? Ihr habt nicht einmal fünf Worte miteinander gesprochen, obwohl ihr euch in der Eishalle ständig über den Weg gelaufen seid.« Abfällig mustert Chloé sie und ich schüttle fassungslos den Kopf.

»Nicht alle werfen sich jedem gutaussehenden Typen direkt an den Hals. Du meinst es noch nicht einmal ernst mit ihm. Du benutzt ihn als weitere Trophäe in deiner Sammlung. Er ist nur solange für dich interessant, bis einer um die Ecke kommt, der deiner Meinung nach besser ist. Du wechselst die Typen öfter, als andere ihre Unterwäsche.« Sarah redet sich in Rage und ihre Stimme wird immer wütender und lauter. Ich kann kaum glauben, was ich da höre.

Kokett wirft Chloé ihr braunes Haar zurück. »Tja, so ist das nun mal, wenn man heiß begehrt ist.« Andere Menschen würden das mit genug Ironie in der Stimme sagen, um nicht arrogant zu klingen. Doch Chloé meint es wirklich so. »Mich wundert es echt nicht, dass du noch keinen abbekommen hast. Ein bisschen Sport würde dir jedenfalls guttun. Männer stehen nicht auf Frauen, die doppelt so viel wie sie wiegen.«

»Spinnst du?«, stößt Sarah kreischend hervor. »Du weißt, dass ich eine Schilddrüsenunterfunktion habe und nichts dafür kann etwas mehr zu wiegen! Ich gehe dreimal in der Woche ins Fitnessstudio und ernähre mich gesund.« Händeringend sucht sie nach den richtigen Worten und anstatt in den Angriff überzugehen, verteidigt sie sich nur.

»Etwas mehr ist gut.« Chloé lacht trocken auf und ich kann ihr selbstgefälliges Grinsen bildlich vor mir sehen. »Rede dir das ruhig ein. Ich habe gehört, dass man es irgendwann glaubt, wenn man es sich nur oft genug selbst sagt.«

Sarah holt tief Luft, um ihr eine Antwort zu geben. Doch Chloé hebt nur die Hand und erstickt mit dieser kleinen Bewegung die Worte im Keim. »Mir reicht's. Ich habe keine Lust mehr, auch nur ein weiteres Wort mit dir zu wechseln. Sieh zu, wie du alleine zurechtkommst.« Sie stöckelt davon, ohne uns bemerkt zu haben. Ein Glück, denn ich wüsste nicht, ob ich diese Unterhaltung mit beiden führen wollte. Vermutlich würde es in Mord und Totschlag enden.

Wir treten ein Stück näher an Sarah heran und ihre Augen weiten sich erschrocken, als sie uns erkennt. »Was macht ihr hier?« Sie versucht die Wut aus ihren Worten herausklingen zu lassen, doch man hört die Angst in ihrer Stimme deutlich mitschwingen. Ein Häufchen Elend könnte nicht mitleiderregender aussehen.

»Wir sind hier, um mit dir zu sprechen.« Anna kommt vor ihr zum Stehen.

»Ihr habt gerade alles mitgehört, oder?« Sarah schluckt fest. Ihre Augen sind zu Boden gerichtet und starren einen Punkt vor ihren Füßen an.

»Nicht alles, aber genug.« Ich dachte, Anna wäre stinksauer, wenn sie ihr gegenübersteht, stattdessen klingt ihre Stimme eher mitleidig. Das Mädchen ist für mich immer wieder eine Überraschung.

»Du warst es, oder? Du hast Chloés Schlittschuhe manipuliert.«

Bei ihren Worten zuckt Sarah zusammen. Ein kaum erkennbares Nicken folgt und dann sieht sie mit Tränen in den Augen zu uns auf. »Ich habe vor dem Wettbewerb nach ihr gesucht. Und dann stand sie auf der anderen Seite der Halle und hat wild mit Lucas herumgeknutscht. Obwohl sie wusste, dass ich mich in ihn verliebt habe.« Der Schmerz dieses Verrats zeichnet sich deutlich auf Sarahs Gesicht ab und sie beginnt am ganzen Körper zu zittern. »Ich wollte ihr die Brosche meiner Großmutter als Glücksbringer schenken. Ich habe sogar extra die Steine austauschen lassen, damit das Grün zu ihrem Kostüm passt. Und das ist der Dank dafür?« Sarah atmet schwer und braucht mehrere Sekunden, um sich zu beruhigen. »Dann habe ich einfach rot gesehen und den Typ vor der Umkleide bequatscht, mich reinzulassen, damit ich Chloé die Brosche hinlegen kann.« Sie wendet sich direkt an Anna. »Es tut mir leid. Ich wollte nie, dass du beschuldigt wirst. Aber ich hatte Angst, etwas zu sagen. Alle dachten, du wärst es gewesen und ich wusste nicht, was ich machen soll.« Schluchzend vergräbt sie ihr Gesicht in den Händen.

»Von einer Freundin so behandelt zu werden ist schrecklich. Aber Anna dafür so in die Scheiße zu reiten, ist das Allerletzte.« Sanft legt Anna eine Hand auf meine Schulter und diese Geste lässt mich verstummen.

Tief durchatmen. Ein und aus.

»Wir werden zum Ausschuss und der Polizei gehen, um diesen Vorfall ein für alle Mal zu klären.« Annas Stimme ist erstaunlich ruhig und ich beneide sie darum, in der Situation Haltung zu bewahren. »Du wirst das klarstellen. Du wirst die Falschaussage zurücknehmen und die Wahrheit sagen. Das, was du getan hast, ist ... « Sie schaut zu Boden und sucht nach den richtigen Worten. »Ich bin wegen dir durch die Hölle gegangen. Es gab Tage, an denen ich mehrere Stunden am Stück geweint habe und nicht mehr wusste, was ich tun soll. Wären Fynn und seine Familie nicht gewesen, die an meine Unschuld geglaubt und mich unterstützt haben, wäre ich durchgedreht. Kannst du dir überhaupt vorstellen, was das für ein Gefühl ist? Wenn sich fast alle gegen einen stellen und man sie nicht vom Gegenteil überzeugen kann?« Der Vorwurf schwingt unüberhörbar in ihrer Stimme mit.

»Es tut mir wirklich leid.«

»Ich weiß nicht, ob ich dir das verzeihen kann.«

Sarah nickt bedrückt. »Ich werde alles klarstellen. Ich verspreche es dir.«

Anna sagt nichts mehr, nimmt meine Hand und zieht mich weg. Sarah lassen wir mit ihren Gedanken allein zurück.

Im Auto atmet Anna hörbar aus und ich drehe mich zu ihr. »Sie kann einem wirklich leidtun. Da wird jetzt einiges auf sie zukommen.«

»Sie muss die Konsequenzen für ihr Handeln tragen. Du hast echt beschissene Dinge durchmachen müssen, ohne etwas getan zu haben, dass das rechtfertigt. Und das ist ihre Schuld. Sie hat mehr als einmal die Möglichkeit gehabt, die Sache klarzustellen, und ich hoffe, dass sie es jetzt endlich tun wird.«

»Stimmt schon.«

Ich starte den Motor und wir fahren zurück nach Hause. Eine Stunde später erwarten Mom und Richard uns in der Küche. »Da seid ihr ja!«, ruft sie aus und lächelt uns an. »Ihr glaubt nicht, welcher Anruf uns erreicht hat.«

Fragend ziehe ich die Augenbraue hoch. »Na los, sag schon. Worum geht's? So lange sind wir gar nicht weggewesen.«

»Genaugenommen waren es zwei Anrufe.« Sie holt tief Luft und sieht Anna strahlend an. Erleichterung liegt in ihren Augen. »Clark, der Polizist, hat angerufen. Eine gewisse Sarah Dubois, laut ihm Chloés ehemalige beste Freundin, hat sich telefonisch auf der Wache gemeldet und klargestellt, dass sie diejenige war, die die Schlittschuhe sabotiert hat.«

Erstaunt sehe ich Mom an. »Wow, das ging schnell. Sie muss direkt nach unserem Gespräch dort angerufen haben. Vielleicht sitzt sie inzwischen schon dort und macht eine neue Aussage.«

»Ihr habt mit ihr gesprochen?« Jetzt ist es an Mom, uns verdutzt anzusehen.

In kurzen Sätzen erzähle ich ihr, was ich gestern herausgefunden habe und dass wir Sarah daraufhin heute zur Rede gestellt haben.

»Und was ist mit dem zweiten Anruf?«, klinkt sich Anna in das Gespräch ein.

»Mr. Noriati hat angerufen. Der Ausschuss möchte mit dir sprechen und sie hatten gehofft, dich dafür persönlich treffen zu können. Aber am besten meldest du dich selbst noch einmal bei ihm, um alles Weitere zu klären.«

Anna atmet erleichtert auf und ich kann nicht anders, als sie in meine Arme zu ziehen und zu küssen. »Diese längst überfällige Entschuldigung muss aber einschlagen wie eine Bombe. Nach dem ganzen Mist, den sie abgezogen haben, ist es das Mindeste.«

»Ich kann es nicht glauben, dass dieser Albtraum endlich ein Ende hat«, sagt Anna erleichtert.

Wieder reißt uns ein Telefonklingeln aus dem Gespräch heraus. Schnell zieht sie ihr Handy aus der Hosentasche. »Anna Hoffmann?«, meldet sie sich und ich habe ein Déja-Vu-Gefühl.

»Mr. Noriati. Ich wollte Sie eben zurückrufen.« Zufrieden stelle ich fest, dass ihre Stimme höflich, aber reserviert klingt. Sie möchte zuerst wissen, was Sache ist und solange bleibt sie distanziert. Finde ich gut.

Leider kann ich nicht hören, was er sagt, und trete daher näher heran, bis ich seine Worte verstehe. »... muss mich wirklich entschuldigen im Namen des gesamten Vorstandes.«

»In Ordnung.« Selbst mir stellen sich die Härchen bei Annas kühler Stimme auf.

Mr. Noriati druckst ein wenig herum. »Wir würden Sie gerne zu einem Abendessen mit klärendem Gespräch einladen«, bringt er gepresst hervor. »Heute Abend um 18 Uhr im Steakhouse? Wir würden gerne mit Ihnen das weitere Vorgehen besprechen.«

»Dann besprechen wir alles Weitere heute Abend.« Noch bevor Mr. Noriati die Möglichkeit hat, eine Antwort zu geben, legt sie auf und steckt das Handy weg. Ihre Wangen sind rot gefärbt und sie starrt mit verkniffener Miene an die gegenüberliegende Wand.

»Selbst wenn du wütend bist, siehst du wunderschön aus.«

Anna wirft mir einen verächtlichen Blick zu, doch ich erkenne, dass ihr rechter Mundwinkel dabei zuckt.

»Ich kann es einfach nicht leiden, wenn man mich zuerst wie Dreck behandelt und dann auf einmal versucht mir Honig ums Maul zu schmieren, wenn sie bemerken, dass sie Mist gebaut haben.«

»Ganz schön harte Worte«, lache ich und stoße sie leicht mit der Schulter an. »Aber du hast recht. Ich bin gespannt, was bei dem Gespräch heute Abend herauskommt.«

»Du kommst mit, oder?«, fragt Anna hoffnungsvoll und sieht mich bittend an. »Ich würde mich wohler fühlen, wenn ich mit diesen ... diesen ... « Sie stößt geräuschvoll die Luft aus und wedelt wild mit den Händen herum, auf der Suche nach dem richtigen Wort.

»Idioten?«, helfe ich ihr auf die Sprünge.

Sie nickt eilig. »Ich will mit *denen* nicht den Abend allein verbringen.«

»Keine Sorge, ich komme mit.«

Schon als ich diese Worte ausgesprochen habe, wusste ich, dass ich es bereuen würde. Jetzt, wo wir mit Mr. Noriati und zwei weiteren wichtig aussehenden Männern in Anzügen an einem großen Tisch im Steakhouse sitzen, bewahrheitet sich meine Befürchtung. Es ist zum Kotzen.

Die Gespräche sind belanglos. Das Essen nicht einmal ansatzweise so gut wie erwartet und Anna wird von Minute zu Minute wütender. Verständlicherweise. Sie muss sich doppelt so verarscht vorkommen wie ich. Bisher fiel nämlich kein einziges Wort über ihre Disqualifikation oder das »weitere Vorgehen«, wie es von Mr. Noriati am Telefon angesprochen wurde.

»Ms. Hoffmann«, beginnt er endlich, nachdem alle fertig aufgegessen haben. »Ich glaube, ich spreche für alle, wenn ich sage, dass ich mich sehr darüber freue, dass Sie die Einladung für den heutigen Abend angenommen haben.« Die anderen beiden Herren, deren Namen ich längst wieder vergessen habe, nicken bestätigend. »Dieser Vorfall ist schrecklich. Ms. Monets Schlüsselbein heilt nur langsam und Schuld daran ist ein Akt der Eifersucht. Wir wollen uns noch einmal in aller Form bei Ihnen entschuldigen, aber gleichzeitig um Ihr Verständnis bitten. All die Anschuldigungen, die gegen Sie gesprochen haben, drängten uns dazu, die Disqualifikation auszusprechen.« Mr. Noriati legt eine Pause ein und wartet auf eine Antwort seitens Anna. Ich werfe ihr einen Seitenblick zu, doch sie zieht nur abwartend eine Augenbraue nach oben.

»Selbstverständlich wird diese mit sofortiger Wirkung aufgehoben«, beeilt er sich zu sagen.

»Selbstverständlich«, wiederholt einer der anderen Männer wichtigtuend mit tiefer Stimme. Bei dem Benehmen der Typen könnte ich kotzen. Soll das etwa die große Entschuldigung darstellen? Ich muss mich schwer zusammenreißen, nicht mit den Augen zu rollen oder irgendetwas zu sagen. Warum kommen sie denn nicht zum Punkt?

Mr. Noriati rutscht auf seinem Stuhl hin und her und auf seiner Stirn bilden sich kleine Schweißtropfen. »Wegen Ihrer Platzierung müssen wir uns etwas einfallen lassen. Vielleicht eine nachträgliche Nominierung? Wie Sie wissen, fand die Siegerehrung bereits statt.«

Anna nickt. »Ich weiß. Ich konnte mich leider nicht dazu durchringen, in der Zuschauerreihe Platz zu nehmen und das Spektakel zu verfolgen und nach dem Hausverbot, das hoffentlich ebenso wieder aufgehoben wird, wäre es mir ohnehin nicht möglich gewesen.« Sie lehnt sich ein Stück vor, mustert die drei Männer der Reihe nach und legt leise seufzend die Hände aufeinander. »Könnten Sie bitte sagen, was Sie mit mir genau besprechen wollten?«

Vielsagend wirft sie einen Blick auf die Uhr. Inzwischen sitzen wir seit geschlagenen zwei Stunden hier und sind genauso schlau wie vorher. Auch Annas Geduld neigt sich langsam dem Ende zu.

»Es geht darum, dass eine Lösung für unser Problem gefunden werden muss. Wir haben lange darüber gesprochen und uns dazu entschieden, Sie selbstverständlich wieder zum Wettbewerb zuzulassen. Nachträglich.«

»Und wie soll das funktionieren?« In Annas Stimme schwingt dasselbe Unverständnis mit, das auch ich empfinde.

»Das bedeutet, dass Ihre Medaille nachträglich anerkannt wird und Sie selbstverständlich einen Startplatz für die kommende Weltmeisterschaft innehaben werden.«

Anna lehnt sich mit gerunzelter Stirn zurück und ich kann deutlich erkennen, dass die Gedanken in ihrem Kopf Achterbahn fahren. Welche Entscheidung wird sie für sich treffen?

Der Rest des Abends verläuft größtenteils schweigend. Anna und ich sind nach Hause gefahren und seitdem hängt sie augenscheinlich in ihrer Gedankenschleife fest.

Trotzdem lässt sie es sich nicht nehmen, ihren Vater anzurufen. Er meldet sich und ich verstehe kaum ein Wort von dem, was Anna ihm auf Deutsch erzählt.

Nur an den fallenden Worten »Mr. Noriati«, »Chloé« und »Sarah« erkenne ich, dass sie ihm von dem Gespräch mit dem Ausschuss und der wahren Täterin erzählt. Kaum hat sie ihre Erzählung beendet, lässt sie das Telefon sinken.

Fragend sehe ich sie an, worauf Anna mir nur ein schmales Lächeln schenkt. »Er muss zurück auf die Station. Ein Notfall. Vielleicht hat er später noch einmal Zeit zu reden.« Aus ihrer Mimik kann ich ablesen, dass sie selbst nicht daran glaubt. »Aber er ist froh, dass ich mich nach der Sache mit dem Sturm gut erhole und die Anschuldigungen fallen gelassen wurden.«

Ich kratze mich am Hinterkopf und versuche, die aufkeimende Wut zu unterdrücken. Annas Vater ist oft kurz angebunden, wodurch ich das Gefühl habe, dass er nicht viel Interesse an ihrem Leben zeigt. Immerhin wurde endlich Annas Unschuld bewiesen und ihr damit eine riesengroße Last genommen. Aber was soll ich schon sagen? Mein Dad ist *noch* schlimmer als ihrer. Eigentlich bin ich gar nicht in der Position, darüber zu urteilen.

Aber mir bereitet noch ein anderes Detail Sorgen. Jetzt, wo Annas Unschuld bewiesen ist, wird sie in zwei Tagen bereits zurück nach Deutschland reisen. Ich wusste, dass das unweigerlich kommen würde. Trotzdem habe ich die Frage, wie es danach mit uns weitergehen wird, immer von mir geschoben.

Ich sehe zu Anna und ihre gesamte Körperhaltung zeugt von Erschöpfung. Der Wettbewerb, die Anschuldigungen, die Nachwehen des Schneesturmes, die ausstehende Entscheidung, ob sie ihre Teilnahme an der Weltmeisterschaft bestätigt, und nun das Gespräch mit ihrem Dad setzen ihr zu. Ich möchte nicht einen weiteren Punkt auf ihre Liste setzen, über den sie sich Gedanken machen muss, und beschließe, morgen mit ihr darüber zu sprechen.

Kapitel 22: Anna

Laute Stimmen wecken mich und ich schlage die Augen auf. Feine Staubpartikel wirbeln durch die Luft und die Sonne strahlt warm auf mein Gesicht. Ich blinzle mehrmals, bevor ich richtig wach bin und die Worte verstehe, die gedämpft durch den Türspalt dringen.

»Du hättest sehen sollen, wie sehr sie sich gestern darüber gefreut hat, mit ihm zu sprechen. Obwohl es nur fünf Minuten waren. Dabei sollte es das Normalste der Welt sein, dass ein Vater sich nach seinen Kindern erkundigt, wenn sie zuerst die halbe Nacht draußen im kanadischen Winter verbracht haben und ihm dann erzählen, dass die Ermittlungen beendet sind und die Wahrheit aufgedeckt ist. Sie hätte da draußen *sterben* können und er hat sich trotzdem kaum Zeit für sie genommen.« Mit jedem Wort wird Fynns Stimme lauter. Er klingt sehr aufgebracht und wütend.

Plötzlich hellwach, stehe ich auf und trete neben die Tür, um besser hören zu können.

»Ich weiß das alles, Fynn, und ich bin deiner Meinung«, erklingt nun Sophias Stimme gedämpft durch die Tür. »Aber wir dürfen uns da nicht einmischen.«

»Das wird ihr den Boden unter den Füßen wegziehen.«

Unzählige Fragen wirbeln durch meinen Kopf und vermischen sich zu einem einzigen wirren Geflecht.

Allein zwei Gedanken heben sich aus dem Wirrwarr deutlich hervor: *Was wird mir den Boden unter den Füßen wegziehen? Und was hat Papa damit zu tun?*

Ich trete von der Tür zurück, bevor ich Sophias Antwort auf seine Worte höre, lege mich aufs Bett und starre an die Decke. Nur eine Sekunde später öffnet sich die Tür und Fynn kommt herein.

»Hallo du Schlafmütze.« Ich erkenne deutlich an seiner Stimme, wie er versucht, normal zu klingen und die Wut daraus zu verbannen, aber es misslingt ihm kläglich.

Einen Moment ringe ich mit mir, doch ich muss die Frage stellen. »Worüber habt ihr da eben gesprochen? Was zieht mir den Boden unter den Füßen weg?«

Fynns Lächeln verrutscht und spätestens jetzt ist klar, dass es bei dem Gespräch wirklich um mich ging. Er öffnet den Mund, um mir zu antworten, als ein Handy klingelt. »Das ist wie immer deins.«

Schnell greife ich nach meinem Smartphone, das auf der Fensterbank liegt, und werfe einen Blick auf den Bildschirm. Papa grinst mir auf dem Bild entgegen, das ich unter seiner Handynummer hinterlegt habe. Ich atme tief durch. Jetzt werde ich erfahren, was los ist.

Ich melde mich und versuche, dabei normal und nicht angespannt zu klingen.

»Alles klar bei dir?« Beim Sprechen klingt er ein wenig außer Atem und ich sehe deutlich vor mir, wie er durch das Haus tigert und nicht zur Ruhe kommt. Mich wundert es ohnehin, dass er um diese Zeit telefonieren kann. Normalerweise geht seine Schicht noch ein paar Stunden.

»Ohne Anzeige schläft es sich viel besser«, scherze ich. »Und mein Rücken tut auch nicht mehr so weh.«

Papa hört mir gar nicht richtig zu. »Schön, sehr schön.« Er holt tief Luft und schnaubt ins Telefon. »Hör mal, Anna. Wegen Weihnachten«, und da fällt es mir wie Schuppen von den Augen. In diesem Moment versucht er mir zu sagen, dass er nicht da sein wird. Dass irgendetwas, höchstwahrscheinlich die Arbeit, dazwischengekommen ist. Ein kleines Fünkchen Hoffnung glimmt immer noch in meinem Inneren. Nur einen Wimpernschlag später trampelt er mit seinen Worten so darauf herum, dass es zerstört wird.

»Ich werde nicht zu Hause sein. Es tut mir wirklich leid, aber du weißt, wie schwierig es über die Feiertage ist, genügend Personal aufzutreiben. Und einer meiner Kollegen ist krank geworden.«

Ich bringe kein Wort heraus, aber das scheint ihm völlig egal zu sein.

»Ich habe schon mit Richard und Sophia gesprochen …« Ich nehme das Handy herunter, um seine Stimme nicht mehr hören zu müssen.

Tränen laufen mir die Wangen herunter und tropfen auf meine im Schneidersitz verknoteten Beine. Aber das ist mir schnuppe. Ich drücke ihn weg, schmeiße das Handy ans Bettende und umarme mich selbst, als könnte ich mich nur auf diese Weise zusammenhalten, um nicht auseinanderzubrechen.

Gerade dachte ich, dass alles gut werden würde. Es gab endlich wieder einen Auftrieb, nachdem sich die Sache aufgeklärt hat, und dann kommt er und macht es mit einem einzigen Anruf zunichte.

Fynn setzt sich zu mir und zieht mich an seine Brust. Ein Schluchzen löst sich aus meiner Kehle und er streicht mir beruhigend über das Haar. »Es tut mir so leid«, flüstert er nahe an meinem Ohr. »Er hat vorher mit Mom und Richard gesprochen und sie hat mir eben vor der Tür davon erzählt.«

Langsam nicke ich und lehne mich zurück. Mit dem Handrücken wische ich mir die Tränen ab und versuche mich dann an einem Lächeln. »Ist schon in Ordnung. Vielleicht kann ich zu Lena gehen. Ihre Eltern haben bestimmt nichts dagegen.«

Perplex hebt Fynn beide Augenbrauen. »Dann willst du nicht hierbleiben?«

»Hierbleiben?« Ich verstehe nur noch Bahnhof. »Was meinst du?«

»Das war der Grund, warum dein Dad zuerst mit Richard gesprochen hat. Wenn du willst, kannst du Weihnachten mit uns zusammen feiern.« Seine Augen leuchten erwartungsvoll auf. »Wir müssten nur deinen Flug umbuchen.«

Ich schlucke und spiele mit dem Zipfel der Bettdecke, auf der ich sitze. »Wäre das wirklich okay für euch?« Das Weihnachtsfest stellt für mich etwas Privates und Familiäres dar und ich will mit meiner Anwesenheit nicht alles kaputtmachen.

»Klar ist es das.« Fynn sieht mir tief in die Augen und es fühlt sich an, als könnte er bis in mein Innerstes blicken. »Du weißt, dass du zu unserer Familie gehörst, oder?«

»Kannst du Gedanken lesen?«, lache ich und es sammeln sich wieder Tränen in meinen Augen. »Es wäre schön, wenn ich mit euch Weihnachten feiern könnte.«

»Wenn es nicht so abgefuckt von ihm wäre, wäre ich deinem Dad fast dankbar.« Mein fragender Blick bringt ihn zum Lächeln. »Das sind vier zusätzliche, gemeinsame Tage mit dir.« Er drückt meine Hand und küsst mich sanft.

»Stimmt.« Ich versuche mich an einem Lächeln, doch das klappt nicht so ganz. Die Enttäuschung ist zu groß und drückt mich mit ihrer Last nach unten. Ich bin schon wieder müde, aber vielleicht ist das nur eine Art, der Realität zu entfliehen. »Ich bin froh, dass ich an Weihnachten hier sein kann.«

»Es wird dir gefallen. Versprochen.«

Dieses Mal ist mein Lächeln ehrlich und fühlt sich nicht wie ein Fremdkörper in meinem Gesicht an. »Ich bin schon gespannt.«

Stille legt sich über das Zimmer und wird erst von Sophias Ruf unterbrochen. »Fynn, Anna! Frühstück ist fertig!« Eigentlich habe ich keinen Hunger und würde am liebsten hierbleiben, um mich unter der Decke zusammenzurollen und heute nicht mehr aufzustehen. Aber das wäre nicht fair gegenüber Sophia und Richard, die sich all die Mühe machen, damit es mir gut geht.

Richard hat in den letzten Tagen all seine Besichtigungstermine abgesagt, um zu Hause zu sein, falls irgendetwas ist. Auf meine Aussage hin, dass das nicht nötig wäre, hat er lächelnd abgewunken und gemeint, die Leute würden vor Weihnachten ohnehin keinen Vertrag unterschreiben. Dann könne er genauso gut früher in den Weihnachtsurlaub gehen und Zeit mit seiner Familie verbringen. Dabei sah er uns drei nacheinander an und mir wurde warm ums Herz, weil ich mich zugehörig gefühlt habe. Zugehörig zu Richard und seiner Familie, zu Sophia und Fynn.

Seit dem Debakel, als ich mich verlaufen habe, scheinen sich Fynn und Richard weiter angenähert zu haben. Fynn hat mir erzählt, dass sie gemeinsam durch den Wald gefahren sind und nach mir gesucht haben. Ich glaube, dass Richard in diesem Moment eine große Stütze für Fynn war und er dadurch weiß, dass er sich auf seinen Stiefvater verlassen kann. So schlimm der Vorfall war, er hatte in der Hinsicht auch etwas Gutes und ein Band zwischen den beiden geschmiedet, von dem ich hoffe, dass es in den nächsten Monaten und Jahren weiter wachsen wird.

Fynn und ich gehen nach unten, wo Richard und Sophia auf uns am Esstisch warten. Wir setzen uns auf unsere Plätze und ich rutsche unwohl auf meinem Stuhl herum. Sophia sieht unschlüssig aus und kaut auf ihrer Unterlippe herum. So, als würde sie mich einerseits nach Papa fragen, andererseits aber mich mit der Nachfrage nicht verletzen wollen. Auch Richard wirkt angespannt.

»Er hat angerufen«, breche ich das unangenehme Schweigen und entschärfe damit die »Bombe« gleich selbst. »Es ist lieb von euch, mir anzubieten an Weihnachten hierzubleiben. Ich freue mich sehr darüber.«

»Das ist selbstverständlich.«

Richard wirft mir ein erleichtertes Lächeln zu. »Wir freuen uns, dich länger hierbehalten zu können.« Er zwinkert mir zu.

»Es wird zumindest nie langweilig.« Sophia lacht und Fynn zieht eine Grimasse.

»So kann man das auch sehen«, grummelt er.

Richard und ich stimmen in das Lachen ein und dadurch bricht die angespannte Stimmung wie eine wackelige Mauer in sich zusammen. Erleichtert blicke ich in die Runde und atme tief durch. Sie freuen sich wirklich darüber, dass ich über die Feiertage hier sein werde. Ein warmes Gefühl erfüllt mich und breitet sich in meinem ganzen Körper aus. Glücklich lächle ich in mich hinein.

Fynn lässt seinen Blick ebenfalls über Sophia, Richard und mich wandern, zuckt dann mit den Schultern und greift nach dem Teller mit Pancakes. »Dann können wir ja jetzt essen.« Er belädt seinen Teller, während ich ihm belustigt dabei zusehe.

»Da kann es wohl jemand nicht mehr abwarten.« Sophias Stimme klingt amüsiert.

»Also ich«, brummt Richard, »kann ihn gut verstehen. Mir geht's genauso.« Schnell schnappt er sich als Nächster den Teller. Sophia und ich werfen uns dabei einen Blick zu und rollen mit den Augen.

Das gemeinsame Essen verläuft trotz der schlechten Nachricht entspannt und gelöst. Wir lachen und reden durcheinander, doch keiner stört sich an der Lautstärke. Schließlich sind wir alle pappsatt, lehnen uns in den Stühlen zurück und Ruhe kehrt ein.

»Hast du für heute schon was geplant?«

Fynn schüttelt den Kopf. »Richard und ich wollten heute Abend zusammen Hockey schauen, aber heute Mittag ist nichts weiter.«

»Wollen wir zum Teich?« Alle Augen richten sich auf mich und ich senke den Blick auf die Tischplatte. Mit dem Fingernagel kratze ich einen getrockneten Essensrest von dem Holz.

Mit den Schultern zuckend sehe ich auf und blicke in Fynns Gesicht. Darauf spielen sich die unterschiedlichsten Emotionen ab, doch alles in allem drückte seine Mimik Unsicherheit aus.

»Bist du dir sicher, dass das mit deinem Rücken geht?«

»Ich will keine WM-Kür laufen, sondern einfach nur bisschen auf dem Eis herumfahren.« Außerdem kann ich dabei am besten nachdenken. Immerhin steht noch die finale Entscheidung für mich aus: WM-Teilnahme ja oder nein?

Ich greife nach seiner Hand, die auf dem Tisch liegt, und drücke sie leicht. »Du brauchst dir keine Sorgen zu machen. Es kann nichts passieren. Immerhin bist du dieses Mal dabei und kennst den Weg, mein Handy ist aufgeladen und ich ziehe mir fünf Kleidungsschichten an.«

Sophia kichert leise. Sie streift sich das dunkelbraune Haar hinters Ohr und beugt sich nach vorne. »Wenn du dich so dick einpackst wie der Marshmallow Man aus Ghostbusters, kannst du kaum noch einen Schritt vor den anderen setzen.«

»Und falls ich doch hinfallen sollte, ist es absolut unmöglich allein wieder aufzustehen«, gebe ich zu bedenken.

»Jetzt muss *ich* an einen auf dem Rücken liegenden Käfer denken«, wirft Fynn ein und kassiert erst mal einen Kick gegen das Schienbein. »Autsch! Wofür war das denn?«

»Das fragst du noch?« Ein fieses Grinsen legt sich auf mein Gesicht und ich setze zum nächsten Tritt an.

Blitzschnell nimmt Fynn seine Beine zurück und lehnt sich weit über den Tisch. »Also, wenn du einen

Guide zum Teich möchtest, solltest du den Einzigen zur Verfügung stehenden vielleicht nicht vermöbeln.« In seinen Augen blitzt es amüsiert auf. Er greift nach meiner Hand und zeichnet mit dem Daumen kleine Kreise auf meinen Handrücken. »Also von mir aus können wir gehen. Ist schon wieder eine Ewigkeit her.«

»Ja, in den letzten Tagen bist du ganz schön gealtert.« Ich weiß nicht genau, warum ich heute so auf Krawall gebürstet bin. Aber im Moment macht es mir unglaublichen Spaß, Fynn auf den Arm zu nehmen.

»Du bist heute ziemlich frech, Fräulein.« Mahnend hebt er den Zeigefinger und klingt dabei wie ein kurz vor der Pension stehender Lehrer für Geschichte.

»Wollen wir oder möchtest du lieber hierbleiben?« Grinsend schiebe ich den Stuhl zurück und trage meinen Teller in die Küche, um ihn in die Spülmaschine zu stellen.

»Das ist eine Fangfrage!«, warnt Sophia ihren Sohn lachend, worauf er ihr knapp zunickt.

»Danke für die Warnung«, sagt er mit angestrengt ernster Stimme und verbirgt sein Grinsen. »Ich komme mit. Es wäre ziemlich anstrengend für dich, dieses Mal ganz bis nach Timbuktu zu laufen.«

»Ha ha«, antworte ich gedehnt und lache laut. »Dann komm mein Held und führe mich zum richtigen Ort.« Ich vollführe einen Knicks, greife nach seinem Unterarm und hake mich unter, wie ich es in einigen historischen Filmen gesehen habe.

Darauf springt Fynn gleich an. Er nickt mir huldvoll zu und hält sich kerzengerade. »Mylady.«

Sophia prustet los und schlägt sich die Hände vor den Mund. »Ihr beiden könntet genauso gut Schauspieler sein.«

»Wie Emma Watson und Rupert Grint«, fasele ich mit gespielt gerührter Stimme und lege dabei die freie Hand auf die Brust. Ein langgezogener Seufzer verlässt meine Lippen und bringt Sophia und Richard abermals zum Lachen.

Ich sehe zu Fynn, der mich mit weit aufgerissenen Augen anstarrt. »Rupert Grint? Du vergleichst mich ernsthaft mit dem tollpatschigen Rothaarigen aus Harry Potter?«

»Ich fand ihn immer süß«, verteidige ich mich grinsend.

»Warum nicht Ryan Gosling?«, stöhnt er frustriert auf.

»Ganz einfach: Weil ich noch nie einen Film mit ihm gesehen habe.« Ich laufe los und spüre Fynns, aufgrund meiner Offenbarung vermutlich schockierten, Blicke im Rücken.

Endlich wieder auf dem Eis. Es kommt mir vor, als wären mehrere Wochen vergangen, dabei waren es nur ein paar Tage, seit wir das letzte Mal hier waren. Da mein Rücken bei ruckartigen Bewegungen noch rebelliert, versuche ich mich mit großen Sprüngen oder Pirouetten zurückzuhalten.

Stattdessen fahre ich im Kreis am äußersten Rand des Sees entlang, Achter über die gesamte Länge oder in Zickzack-Linien von einem Ufer zum anderen. Fynn hingegen ließ es sich nicht nehmen Hockeyschläger und Puck mitzunehmen, um ein wenig zu trainieren.

Bald kommen die Feiertage und kurz nach meiner Abreise finden bereits die Auswahltrainings für die Mannschaften statt. Bei dem Gedanken werde ich immer ein bisschen wehmütig. Einerseits freue mich auf Hamburg und darauf Lena und Papa wiederzusehen. Das Studium wird weitergehen und neben dem Eislaufen den Großteil meiner Zeit in Anspruch nehmen. Ebenso würde ich Fynn gerne bei seinen Auswahlspielen unterstützen und ihm bei den Spielen zujubeln.

Wie oft werden wir uns noch sehen, wenn ich erst einmal abgereist bin? Flüge nach Kanada sind nicht günstig und wir müssen schauen, zu welchen Zeitpunkten unsere Semesterferien zusammenfallen. Vielleicht suche ich mir einen Nebenjob, um ein wenig Geld auf die Seite zu legen. Papa mag als Arzt viel verdienen, aber er zahlt bereits mein Studium und bringt die Erhaltungskosten für das Haus auf. Das bedeutet so viel wie: Für mehr große Extras steht nichts zur Verfügung. Außerdem möchte ich ihn gar nicht darum bitten. Ich werde eine andere Lösung finden.

Fynn stupst mich an die Schulter und ich zucke erschrocken zusammen. Ich habe nicht gemerkt, dass er neben mir steht. »Alles in Ordnung?«

Zuerst will ich nicken und ein Lächeln aufsetzen. Aber es wäre ihm gegenüber nicht fair, unehrlich zu sein. Außerdem haben wir abgemacht, Probleme zukünftig offen anzusprechen.

»Es geht um meine Abreise.« Mit schnellen Worten erzähle ich ihm, worüber ich nachgedacht habe. »Ich suche einfach nach einer Möglichkeit wieder herkommen zu können. Am liebsten nicht nur einmal im Jahr«, ende ich schließlich. Einen Moment lang herrscht

Schweigen zwischen uns und jeder hängt seinen eigenen Gedanken nach. Ich habe nicht erwartet, dass Fynn eine Antwort parat hat.

»Ich kann nebenbei arbeiten. Vielleicht braucht Richard einen Assistenten und wenn ich es ins Team schaffe, verdiene ich auch etwas Geld.« Er denkt einen Moment nach, doch ich grätsche dazwischen.

»Brauchst du das nicht für dein Studium?«

Fynn winkt ab. »Ich habe gespart.« Mehr sagt er nicht und ich bin von seinen knappen Worten nicht überzeugt, will ihm aber auch nicht vor den Kopf stoßen.

Der Versuch, die gelöste Stimmung von vorhin wieder heraufzubeschwören und die Sorgen für den Moment zu vergessen, gestaltet sich schwierig. Meine Gedanken begeben sich immer öfter auf Wanderschaft und je mehr Zeit vergeht, desto eher ist mir zum Heulen zumute. Dabei bin ich noch hier. Es ist absolut bescheuert jetzt schon um etwas zu trauern, das in diesem Moment direkt vor mir steht und mir ein schiefes Grinsen schenkt.

Fynn zieht mich in seine Arme und hält mich fest. »Wir bekommen das hin.« In seiner Stimme schwingt so viel Zuversicht mit und ich glaube ihm, dass er das so meint. Es ist beruhigend zu hören, dass er uns wegen der Distanz nicht aufgibt.

Ich lege meine Arme um seinen Hals und flüstere »Ja, wir schaffen das« nah an seinem Ohr. Endlich finden sich unsere Lippen und in dem Kuss spiegelt sich das gesamte Gefühlschaos wider: Liebe, Angst, Glück und Sorge.

Mein Herz ist so voller Liebe, das es beinahe platzt, und ich nehme mir vor, die letzten Tage mit Fynn zu genießen und nicht von meinen Sorgen überschatten zu lassen. Hoffentlich gelingt mir das.

»Ich liebe dich, Anna.«

»Ich liebe dich auch.« Ich küsse ihn noch einmal und stoße mich dann schwungvoll ab. »Und jetzt genießen wir die gemeinsame Zeit, die wir haben«, rufe ich ihm über die Schulter hinweg zu und fahre in einem großen Bogen nach links zur Mitte der Eisfläche.

Ohne weiter darüber nachzudenken, hole ich mit dem linken Bein ein wenig aus, lege es über das Rechte und drehe mich im Kreis. »Sei vorsichtig!« Fynns Ausruf erschrickt mich und ich löse die Drehung rasch wieder auf, obwohl ich meinen Rücken in dem Augenblick gar nicht gespürt habe.

»Wow!«, höre ich eine Kinderstimme und drehe mich in die Richtung, aus der der Ausruf kommt. »Wie machst du das?«

Ein Lächeln legt sich auf meine Lippen beim Anblick der beiden Kinder. Es sind ein Junge und ein Mädchen. Beide sind etwa acht Jahre alt und vermutlich Geschwister. Sie sind dick eingepackt in Daunenjacken, Skihosen, Mützen und Schals, wodurch fast nur die Augen und Nasenspitzen zu sehen sind.

Ich winke den beiden zu und bedeute ihnen, näherzukommen. »Ich kann es euch gerne zeigen, wenn ihr wollt.«

Das Mädchen mit den blonden Zöpfen nickt eifrig und tritt näher an die Eisfläche heran, während ich zu ihnen ans Ufer fahre. Jetzt erkenne ich, dass beide jeweils ein Paar Schlittschuhe dabeihaben.

»Wer seid ihr denn?«

»Ich heiße Julia und das ist mein Bruder Leon.« Das Mädchen grinst mich breit an und deutet dabei zuerst mit dem Daumen auf sich und dann auf ihren Bruder.

»Unserem Opa gehört der Teich«, sagt Leon mit vor stolz geschwollener Brust.

»Weiß er denn, dass ihr hier seid?«

Wieder nickt Julia eifrig. »Er kommt gleich. Wir durften schon vorgehen und unsere Schlittschuhe anziehen, weil wir groß und vernünftig sind.«

»Genau«, bestätigt Leon und wirft mir einen ernsten Blick aus seinen grünen Augen zu. »Wir können auf uns aufpassen.«

Ich muss mir bei den Worten ein Schmunzeln verkneifen. »Das glaube ich euch beiden sofort. Na dann los, damit ihr fertig seid, bis euer Opa da ist.«

Die beiden nicken beinahe synchron und lassen sich dann einfach in den Schnee plumpsen. Julia zieht einen Schlittschuh an und beißt sich konzentriert auf die Zungenspitze, während sie die Schnürsenkel knotet. Als Leon ihr den zweiten Schlittschuh vor der Nase wegschnappt, als sie ihn gerade greifen will, schmeißt sich Julia auf ihn und seift ihn mit Schnee ein.

»Gib ihn mir zurück!«

Bevor ich eingreifen und die streitenden Geschwister trennen kann, kommt ein älterer Herr mit schütterem grauen Haar und Schnurrbart auf uns zu. »Julia, Leon. Was macht ihr beiden denn da?«

»Er hat meinen Schlittschuh genommen«, quengelt Julia.

Der Streit klärt sich schnell auf, als der Mann Leon dazu auffordert, den Schuh wieder zurückzugeben und die beiden sich fertig anziehen können. Nun sieht der Großvater der beiden Kinder zu uns.

»Hallo Mr. Trembley, wie geht es Ihnen?« Fynn kommt neben mir zum Stehen und greift nach meiner Hand.

»Ah, unser junger Hockeyspieler!« Mr. Trembley lächelt Fynn und mich freundlich an. »Und wie ich sehe, hat er eine junge Dame bei sich.«

»Ich heiße Anna. Es freut mich Sie kennenzulernen.«

»Die Freude ist ganz meinerseits. Ich ... «

»Sie ist eine Eistänzerin, Opa!«, ruft Julia dazwischen und versucht im selben Moment vorsichtig das Eis zu betreten. »Und sie hat mir versprochen, mir so ein Dreh-Dings beizubringen.«

Mr. Trembley hebt lächelnd eine Augenbraue. »Ist das so?«

Julia nickt eifrig, während Fynn mir mit einer Antwort zuvorkommt. »Anna ist Eiskunstläuferin.«

»Wenn es Ihnen nichts ausmacht, kann ich den beiden gerne ein paar Sachen zeigen.«

Mr. Trembley lacht kehlig. »Ich glaube, das würde sie sehr freuen.« Er deutet auf seine Enkelkinder, die inzwischen eine Runde auf dem Eis drehen. »Ich muss ohnehin noch einmal zurück ins Haus, habe dort etwas vergessen. Kann ich euch die beiden Racker hierlassen?«

»Klar, kein Problem.« Ich lächle ihm zu und Fynn nickt bestätigend.

»Ich danke euch.« Mr. Trembley ruft die beiden Kinder zu sich und gibt ihnen kurz Bescheid, bevor er das Grundstück verlässt.

Julia fährt neben mich und sieht mit großen, erwartungsvollen Augen zu mir auf. »Kannst du uns jetzt zeigen, wie das geht?«

»Ich mach es euch einmal vor und dann erkläre ich euch genau, wie es funktioniert. Okay?«

Die beiden nicken synchron, worauf ich ein paar Meter wegfahre und die Pirouette noch einmal ausführe. »Habt ihr gesehen, was ich gemacht habe?«

»Das eine Bein lag irgendwie so über dem anderen Bein und dann hast du dich gedreht«, sagt Leon und versucht dabei, im Stehen die Haltung nachzuahmen.

»Sehr gut.«

»Aber vorher hast du auch Schwung geholt«, wirft Julia ein.

Ich lächle die beiden an. »Das habt ihr gut beobachtet. Zuerst fahre ich ein paar Meter, hole dann mit dem linken Bein Schwung und lege es über das rechte Bein. Wollt ihr es mal probieren?«

»Ich will zuerst!«, ruft Julia und fährt näher zu mir.

»Super, wir haben direkt eine Freiwillige. Versuchen wir es erst einmal ohne Schwung zu holen.« Langsam wiederhole ich noch einmal alle Schritte nacheinander und Julia befolgt meine Anweisungen, worauf sie sich, wenn auch etwas wackelig, im Kreis dreht.

Ich klatsche in die Hände, als sie die Figur auflöst, indem sie das zweite Bein zurück auf das Eis stellt, und lächle sie an. »Das hast du toll gemacht! In dir steckt eine kleine Eiskunstläuferin.«

Julia strahlt mich an und ihre blauen Augen glänzen dabei glücklich. »Das war lustig.« Sie wendet sich an ihren Bruder. »Du musst das auch mal probieren.«

Leon sieht unsicher zwischen mir und Julia hin und her. »Ich weiß nicht.«

Ich fahre neben ihn, bücke mich ein Stück nach unten und lege ihm eine Hand auf die Schulter. »Wenn du willst, können wir auch Fynn dazu bringen, eine Pirouette zu drehen. Was hältst du davon?«

Er schaut zu Fynn und kichert. »Kann er das denn?«

»Aber klar kann er das.« Fynn hat unser Gespräch verfolgt und begibt sich zu einer freien Fläche. »Schaut genau her. Das wird die beste Pirouette, die ihr je gesehen habt.« Er zwinkert mir zu und vollführt in großer Geste eine sehr wackelige und ungelenk wirkende Standpirouette. Sein Bein hängt dabei auf halbmast und bildet nicht einmal annähernd eine Linie mit seinem Oberkörper.

Mir rutscht ein lautes Auflachen heraus. »Das müssen wir nochmal üben«, schmunzle ich.

Wir haben einen Heidenspaß zusammen. Fynn und Leon spielen ein wenig Hockey, wobei der Schläger beinahe so hoch wie der Junge ist, und Julia fragt mich Löcher über das Eiskunstlaufen in den Bauch.

Ich finde es toll, dass die Kleine so viel Interesse an dem Sport zeigt, und beantworte ihr jede Frage so gut ich kann. In diesem Moment merke ich wieder, wie sehr ich es liebe, mit Kindern zusammenzuarbeiten.

Gerne hätte ich ihr noch mehr beigebracht, doch durch die Rückenprellung fällt erstmal ein Großteil der Sprünge weg. Doch Julia hat bereits großen Spaß daran, immer wieder die Schraubenpirouette zu wiederholen, die ich ihr zu Beginn gezeigt habe. Ich gebe ihr hier und da noch ein paar Hilfestellungen und mit jedem erneuten Versuch, wird die Figur stabiler.

»Julia, Leon! Kommt ihr beiden? Es ist Zeit nach Hause zu gehen«, ruft Mr. Trembley über das Eis hinweg, der uns eine ganze Weile vom Ufer aus beobachtet hat. Mir ist gar nicht aufgefallen, dass der Nachmittag inzwischen so weit vorangeschritten ist. Leon und Julia fahren schnell ans Ufer und springen in seine Arme. Aufgeregt plappern sie durcheinander und erzählen von ihren Erlebnissen.

»Langsam, Kinder. Ich verstehe kaum etwas. Aber so, wie es sich anhört, hattet ihr Spaß?«

»Ja!«, rufen die beiden aus und mein Herz macht bei dem Anblick der Szene einen glücklichen Hüpfer.

Fynn legt einen Arm um meine Schulter und ich sehe zu ihm auf. »Du hast das mit den Kindern echt drauf.« Er deutet mit dem Kinn in Julias und Leons Richtung. »Während dem Hockeyspielen ist mir da so eine Idee gekommen.«

»Eine Idee?« Als Fynn nicht gleich antwortet, stupse ich ihn leicht mit dem Ellenbogen an. »Sag schon.« Aufregung macht sich in mir breit und ich lächle ihn fragend an.

»Ich weiß, dass deine Entscheidung in Hinsicht auf die Teilnahme an der Weltmeisterschaft noch aussteht und du hast gesagt, dass du das Eiskunstlaufen nie ganz aufgeben möchtest. Wie wäre es, wenn du ein Trainingsprogramm für Schulkinder machst und ihnen Schlittschuhfahren und Eiskunstlauffiguren beibringst? Du könntest weiter Schlittschuhfahren und gleichzeitig mit Kindern arbeiten.«

Mir klappt beinahe die Kinnlade herunter. Warum bin ich nie selbst auf diese Idee gekommen? All die verschiedenen Möglichkeiten, ein solches Programm aufzuziehen und zu gestalten, zischen wie Raketen durch meine Gedanken. Die Ideen fluten meinen Kopf und ich bin für mehrere Augenblicke nicht dazu imstande, etwas zu sagen.

»War das eine blöde Idee?« Die Zweifel stehen in Fynns Gesicht geschrieben.

Ich umarme ihn fest und küsse ihn auf den Mund. »Nein, im Gegenteil. Die Idee ist perfekt!« Ein glückliches Lächeln umspielt seine Lippen, die er abermals auf meine drückt.

»Anna?«

Ruckartig löse ich mich von Fynn und drehe mich um. Als ich Julia, Leon und ihren Großvater am Rand des Teiches erblicke, spüre ich, wie mir die Hitze in die Wangen kriecht.

»Seid ihr morgen wieder da?«

Ich sehe rasch zu Fynn, bevor ich eine Antwort gebe. »Von mir aus gerne«, sagt er lächelnd.

»Ja, wollt ihr beiden auch kommen?«

»Auf jeden Fall!« Julia hüpft auf und ab. Dann sieht sie fragend zu ihrem Großvater auf. »Darf ich Clara anrufen und fragen, ob sie morgen auch kommen will?«

Auf Mr. Trembleys Gesicht breitet sich ein Lächeln aus. »Natürlich. Sie würde sich sicherlich darüber freuen.«

Julia grinst über beide Ohren. »Super!« Sie dreht sich zu uns und winkt. »Bis morgen!«

Es ist nicht nur bei einer Freundin geblieben. In den nächsten beiden Tagen verwandelte sich der Teich zu einem Kinder-Domizil für Eiskunstlauf und Eishockey. Auch Leon hat ein paar seiner Kumpels eingeladen, damit sie sich gemeinsam von Fynn ein paar Eishockey-Kniffe zeigen lassen können. Sie fegen auf der einen Hälfte mit Schlägern über das Eis, während ich mich mit ein paar Mädchen und Jungen auf der anderen Seite des Teiches befinde.

Sie löchern mich mit Fragen, wollen Figuren gezeigt und erklärt haben und versuchen sich selbst daran. Ich genieße jede einzelne Sekunde davon und bemerke gar nicht, wie schnell die Zeit vergeht.

Mein Entschluss verfestigt sich in mir. Die letzten Tage haben mir gezeigt, was ich wirklich will: Schlittschuhfahren und mit Kindern zusammenarbeiten. Und Fynns Idee ist die beste Möglichkeit, um genau diese beiden Dinge, die ich liebe, miteinander zu verbinden.

Kapitel 23: Fynn

Die Idee für Annas Weihnachtsgeschenk nimmt in meinem Kopf immer mehr Gestalt an und ich kann erst ins Bett gehen, nachdem ich die finalen Vorbereitungen dafür getroffen habe. Ich hoffe sehr, dass alles so klappen wird, wie ich es mir vorstelle.

Mom und Richard sind eingeweiht und werden mir bei der großen Überraschung helfen. Ohne sie wäre es ohnehin nicht möglich und ich bin echt glücklich, dass sie mich unterstützen.

Es ist bereits ein paar Tage her. Ich konnte nicht pennen und habe mich dazu entschieden, nach unten zu gehen und ein wenig TV zu sehen. Leise habe ich das Zimmer verlassen und bin auf den Flur getreten. Aus dem Wohnzimmer drangen Stimmen nach oben und als ich es betrat, hat Richard auf dem Sofa gesessen und seine Lieblingsserie »Architektur rund um die Welt« angeschaut.

»Kommt das jetzt schon nachts?«

Richard ist aufgeschreckt und ein Lächeln hat sich auf sein Gesicht gelegt, als er mich sah. »Nein, das ist eine aufgenommene Folge. Ich konnte es gestern wegen der Besichtigung nicht anschauen und dachte, ich hole das jetzt nach.«

Ich schüttelte den Kopf und konnte mir ein Grinsen nicht verkneifen. »Mich wundert es, dass du auf diese Zeit und noch dazu in deinem Urlaub überhaupt einen

Termin gelegt hast. Sonst lässt du dich von nichts und niemandem abhalten das anzuschauen.«

»Der potenzielle Käufer kommt aus Deutschland und hatte nur an diesem Tag und zu der Uhrzeit die Möglichkeit, das Objekt zu begutachten«, grummelte Richard. »Sonst hätte er seinen Rückflug verpasst. Und für den Deal unterbreche ich dann ausnahmsweise meinen Urlaub.«

Bei dem Wort »Deutschland« haben die Gedanken in meinem Kopf wieder damit begonnen, wie ein Orkan zu toben.

»Alles in Ordnung?« Richard sah mich forschend an. Seit unserer gemeinsamen Suche nach Anna hat sich unsere Beziehung zueinander verändert. Ohne Richard wäre ich in dieser Nacht abgedreht und ich weiß jetzt, dass ich in so heftigen Situationen auf ihn zählen kann. Er spürt, wenn etwas mit mir nicht stimmt, und ich fasse immer mehr Vertrauen zu ihm. Sonst hätte ich mich ihm nie auf diese Weise geöffnet.

Ich fuhr mir durch das Haar und zuckte dann mit den Schultern. »Anna geht bald zurück nach Hamburg und ich suche nach irgendeiner Lösung, um weiter mit ihr zusammen sein zu können.«

Richard nickte wissend. »Setz dich.« Er klopfte auf den Platz neben sich und ich ließ mich darauf fallen. »Ich weiß, dass das kein einfaches Thema für euch ist. Die Distanz ist groß und die Flüge sehr teuer. Ihr werdet euch vermutlich nicht oft sehen können.«

»Das ist es ja. Was ist, wenn es nicht ausreicht, uns nur zwei oder dreimal im Jahr zu sehen?«

Richard legte die Ellenbogen auf den Oberschenkeln ab und beugte sich nach vorne. »Es gibt noch zwei andere Möglichkeiten. Entweder Anna bleibt hier oder du gehst mit ihr. Problematisch ist, dass Anna mit ihrem Studium in Hamburg schon angefangen hat. Deins fängt hier auch bald an und du hast meiner Meinung nach wirklich gute Chancen, es in das Team zu schaffen.« Richard setzt sich auf und sieht mich eindringlich an. »Ehrlich gesagt glaube ich nicht, dass Anna hier in Kanada bleiben kann. Dafür ist die Sache mit Andreas noch zu schwierig. Aber andere Möglichkeiten, sehe ich nicht.« Er setzte ein entschuldigendes Lächeln auf.

Ich starrte auf meine ineinander verschränkten Hände und wusste nicht so wirklich, was ich darauf antworten sollte. All diese Gedanken waren mir auch bereits durch den Kopf gegeistert. »Ich weiß nicht ...« Mir blieben die Worte im Hals stecken. »Ich muss darüber nachdenken.«

Richard legte in einer väterlichen Geste seine Hand auf meine Schulter. »Im Endeffekt können weder ich, noch deine Mutter dir sagen, was das Richtige ist. Aber ich weiß, dass du und Anna einen Weg finden werdet, der für euch beide passt.«

»Danke.« In diesem einen Wort steckte viel mehr, als ich in dem Moment hervorbringen konnte. Doch Richard schien glücklicherweise zu verstehen.

Er lächelte und drückte meine Schulter kurz. »Jederzeit.«

Ich tauche wieder aus der Erinnerung auf. In diesen Momenten wird mir wieder vor Augen geführt, wie ungerecht ich Richard behandelt habe. Er ist echt ein super Kerl und es ist ein gutes Gefühl, mich ihm so anvertrauen und mit ihm sprechen zu können.

Es fällt mir schwer, das fette Grinsen aus meinem Gesicht zu verbannen. Wenn ich das nicht in den Griff kriege, kann Anna mir wahrscheinlich schon aus dreißig Metern Entfernung ansehen, dass ich etwas aushecke.

»Morgen ist Heiligabend und ich habe noch kein Geschenk für Sophia und Richard.« Stöhnend rappelt Anna sich auf und stemmt die Hände in die Hüfte. »Es bleibt nichts anderes übrig, wir müssen einkaufen gehen.«

»Wir?«, echoe ich und setze ein verzweifeltes Gesicht auf. »Am Tag vor Heiligabend in die Mall zu gehen gleicht einem Selbstmordversuch.«

Auffordernd wirft sie mir einen Blick zu. »Hast du etwa ein Geschenk für sie?« Ich öffne den Mund, schließe ihn dann aber wieder und schüttle den Kopf. »Siehst du!«, ruft sie triumphierend und hakt sich bei mir unter, um mich aus dem Zimmer zu ziehen.

»In Ordnung«, grummle ich. »Dann gehen wir eben.«

Anna fällt mir um den Hals und küsst mich. »Danke!«, flötet sie. Ihr Lächeln ist es wert, sich durch das verdammt überfüllte Einkaufszentrum zu schieben.

Wie befürchtet ist es voll. *Wahnsinnig* voll sogar. Ich würde normalerweise sagen, dass es traurig ist, wenn so viele Menschen auf den letzten Drücker Geschenke besorgen. Aber Anna und ich gehören leider auch zu diesen Personen. Daher halte ich ausnahmsweise meine Klappe und lasse keinen Spruch dazu los.

Beim Hereinkommen weht uns sofort warme, abgestandene Luft entgegen. Der graue Fliesenboden führt uns zu beiden Seiten vorbei an den ersten Läden, die vor allem aus Reisebüros und Friseuren, die uns nicht interessieren, bestehen. Wir laufen weiter hinein, bis wir in dem Herzstück der Mall ankommen.

Die kreisrunde Halle ist riesig und in ihrer Mitte erhebt sich eine Rolltreppe, die zu unserer Seite hin nach oben auf die nächste Ebene führt und auf der gegenüberliegenden Seite eine Zweite, die wieder hinunterfährt. Wir gehen auf die Rolltreppen zu, neben denen ein Schild angebracht ist, auf dem die verschiedenen Ebenen und die jeweiligen Läden aufgelistet sind.

Es sind so viele Menschen vor uns, dass wir immer nur einen kleinen Teil des Schildes sehen können, weshalb ich kurzerhand mein Handy hervorziehe und die Karte online abrufe. Wir fahren eine Ebene höher, wenden uns oben angekommen nach links und drängen uns durch die Menschenmassen. Annas Hand umklammert meine fest, damit wir uns in dem Getümmel nicht verlieren. Ich versuche, irgendetwas zu erkennen, und für einen Moment frage ich mich, wie man hier drinnen überhaupt etwas findet.

Vor mir wippt ein dunkelbrauner Pferdeschwanz, rechts von mir benutzt eine schwangere Frau den Kinderwagen, um sich den Weg freizupflügen. Links von uns läuft eine Gruppe Mädchen dicht beieinander und bildet eine Art Mauer. Sie sind nah neben mir und lachen und quatschen so laut, dass mir die Ohren klingeln.

Die vielen verschiedenen Stimmen und Gespräche vermischen sich zu einem einzigen lauten Summen und die Mischung aus zu starkem Parfum und Schweiß kriechen mir unerbittlich in die Nase. Ich verstehe nicht, wie Menschen das mögen können. Die Gerüche, die Lautstärke und das Gedrängel sind schrecklich.

Kurz: Ich *hasse* es, hier zu sein. Auch Anna wirkt nicht begeistert davon, sich von der Menschenmenge mitziehen und hin- und herschieben zu lassen. Trotzdem schafft sie es, uns durch das Schlimmste hindurch zu lotsen, und wir kommen vor dem ersten Laden zum Stehen. In dem großen Schaufenster befinden sich mehrere Modepuppen, die *sehr* ausgefallene Klamotten tragen. Bei dem Gedanken daran, dass Mom dieses knallpinke Spitzentop mit Rüschenärmeln anziehen würde, muss ich mir ein lautes Auflachen verkneifen. Nein, das geht wirklich nicht.

Belustigt beobachte ich Anna dabei, wie sie mit ebenso kritischem Blick die Ausstellungsstücke betrachtet und dann den Kopf schüttelt. »Die Sachen sind schrecklich«, murmelt sie.

»Deshalb ist es in diesem Gang hier wahrscheinlich vergleichsweise leer.«

Auf meine Worte hin dreht Anna sich um. »Stimmt. Gehen wir einfach weiter, hier ist für uns nichts dabei.« Wir schlendern weiter und werfen nacheinander einen Blick in die Schaufenster der Läden und es wird immer lustiger.

Die folgenden drei Läden stellen genauso schrille Kleidung aus wie der vorherige und Anna kichert. Vermutlich stellt sie sich ebenfalls vor, wie Mom in den knallbunten Blusen und mit Federn bestückten Shirts aussehen würde.

Klavierklänge ertönen, je weiter wir an der Schaufensterfront entlanggehen und ich schaue mich interessiert um.

»Da spielt jemand.« Als Anna mich fragend ansieht, deute ich mit dem Kinn nach vorne und bleibe dann stehen. Das berühmte Stück *River Flows in you* ist deutlich zu hören und sie wippt mit dem Fuß mit.

»Kann es sein, dass das fast jeder auf dem Klavier spielen kann?« In großer Geste verdrehe ich die Augen und grinse.

»Also ich finde es schön.« Anna lächelt selig und schließlich bleiben wir ein paar Meter von dem ausladenden Flügel entfernt stehen, der erhöht auf einem Podest im hinteren Teil des Stockwerks platziert wurde. Ein Blick nach oben zeigt mir, dass sich einige Menschen auf der oberen Ebene über das Geländer beugen und auf den Klavierspieler hinuntersehen, um seinem Spiel zu lauschen.

Der Pianist will so gar nicht hierher passen. In der Mall ist alles so schnell und unpersönlich. Man rennt durch die Gänge, ohne die Umgebung um sich herum wahrzunehmen. Dazu würde schon eher das weiße Kaninchen aus Alice im Wunderland als Remix passen: »Keine Zeit, keine Zeit.« Stattdessen bringt er mit den sanften Klavierklängen eine gewisse Ruhe herein und damit einen ziemlichen Cut.

Bei dem Pianisten handelt es sich um einen Mann mittleren Alters. Den grauen Bart trägt er kurz, während sein Haar an eine Elvis-Presley-Gedächtnisfrisur erinnert. Mit geschlossenen Augen wechselt er übergangslos in das nächste Klavierstück. Seine Hände streichen sanft über die Tasten und es wirkt so spielend leicht, wie sie darüber fliegen, dass man denkt, jeder könne so spielen, wenn er sich nur auf diesen Stuhl setzt und damit anfängt.

Doch ich weiß, dass das nicht so ist. Meine stümperhaften Kenntnisse über Tasteninstrumente würden sehr schnell vom Gegenteil überzeugen. Obwohl das so gar nicht meine Musik ist, gefallen mir diese Klänge als Ruhepol in diesem Sturm aus Menschen.

Anna klammert sich an meinen Arm und ich blicke zu ihr herunter. In ihren Augen schimmern Tränen, vermutlich vor Rührung und ich lächle sie an. »Das ist wirklich schön.«

»Ja, das ist es«, erwidere ich, ohne dabei den Blick von ihr abzuwenden. Sie ist aber so ergriffen von dem Klavierspiel, dass sie meine Worte gar nicht wahrzunehmen scheint.

Nach dem Stück steht der Pianist auf, verbeugt sich und verabschiedet sich für eine Pause, worauf wir unseren Horror-Einkauf fortsetzen. Es fühlt sich an, als wäre man vorher in Watte gepackt worden und schält sich nun langsam daraus hervor. Der Lärm nimmt exponentiell zu und auch das Herumgeschiebe nehme ich wieder verstärkt wahr.

Seufzend greife ich nach Annas Hand und gehe weiter. Ich will es einfach nur hinter mich bringen. »Ich habe ehrlich gesagt nicht einmal die kleinste Idee, was Mom und Richard sich wünschen könnten.«

»Dann müssen wir eben jeden Laden durchkämmen, bis wir das richtige Geschenk gefunden haben.« Anna lacht laut los, als sie mein entsetztes Gesicht sieht. »Keine Angst, ich habe da schon eine Idee.«

»Und die wäre?« Erstaunt hebe ich eine Augenbraue.

Anstatt mir eine Antwort zu geben, wirft Anna einen kurzen Blick auf die Karte der Mall auf ihrem Handy und murmelt dann »Dritte Etage«, vor sich hin. Sie zieht mich zurück zu der Rolltreppe und als wir oben ankommen, sieht sie sich suchend um. Sie wird fündig und läuft schnurstracks auf eine einladend wirkende kleine Buchhandlung zu. Wie der Klavierspieler wirkt auch sie irgendwie fehl am Platz.

Der Raum zwischen den Bücherregalen ist knapp bemessen und ich kann mir nicht vorstellen, dass die Aufteilung im Laden irgendeinem System folgt. Andererseits strahlt es durch dieses Durcheinander Gemütlichkeit aus und weckt Sympathie.

Anna lässt einen kleinen Freudenschrei los und klatscht in die Hände. »Die ist toll.«

»Das ist deine Idee?«, frage ich sie skeptisch und trete nach ihr in den Laden ein. Im Schaufenster standen eher älter wirkende Bücher und weniger Neuerscheinungen. Abgesehen davon, lesen Mom und Richard nicht so viel. Ab und zu, wenn sie Zeit haben und nicht allzu müde von dem anstrengenden Tag sind. Aber das kommt nur selten vor.

»Es soll ja nicht um irgendwelche Bücher gehen.«

»Sondern?« Ich reibe mir mit der Hand über das Gesicht. Warum muss man Anna jedes Wort aus der Nase ziehen? Meiner Meinung nach kann dieser vorweihnachtliche Einkaufstrip gerne schnell enden. Ich bin nicht der Typ für Menschenmassen und sehne mich danach, wieder nach Hause zu fahren.

Anna wirft mir einen Blick zu, als hätte sie meine Gedanken gehört. »Ich kann mir auch Schöneres vorstellen, als am Tag vor Heiligabend Geschenke besorgen zu müssen, aber es ist immer noch besser, als mit leeren Händen dazustehen.« Sie sieht mich eindringlich an. »Richard ist Immobilienmakler und ich weiß, dass er ein Architekturstudium begonnen hat, es aber wegen der teuren Gebühren nie beenden konnte. Außerdem liebt er diese eine TV-Serie. Dann kann man ihm doch bestimmt eine tolle Lektüre dazu schenken.«

Unbestimmt wackle ich mit dem Kopf. »Das ist dann aber immer noch eine sehr große Auswahl.« Ich überlege einen Moment und starre dabei auf das Bücherregal vor mir. »Wenn ich mich richtig erinnere, hat es ihm vor allem die griechische Architektur der Antike angetan. Er ist vor einigen Monaten sogar nach Griechenland gereist, um sich ein paar der Bauten anzusehen. Vor allem die Tempel fand er klasse. Er hat tagelang über nichts anderes gesprochen.« Ich räuspere mich und versuche Richards tiefe, aufgeregte Stimme zu imitieren. »Durch den Säulengang gelangt man in das Pronaos. Der Vorraum war schon imposant. Aber in der Cella, also dem Innenraum des Tempels, stand dann die Götterstatue. Ist das nicht unglaublich?«

Anna lacht leise. »Danke, das war eine sehr anschauliche Darstellung. Kurz zusammengefasst heißt das aber nur, dass er sich für die griechische Baukunst interessiert. Also wissen wir jetzt, wonach wir Ausschau halten müssen.« Sie schlendert an dem Regal entlang, zieht ein paar Bücher hervor und stellt sie dann kopfschüttelnd wieder zurück.

»Kann ich helfen?« Anna und ich drehen uns gleichzeitig zu der Stimme in unserem Rücken um. Eine junge Frau mit schwarzen, kurzen Haaren steht mit verschränkten Händen da und lächelt uns freundlich an.

»Sehr gerne. Wir suchen nach einem Buch für einen Architektur-Begeisterten. Am liebsten über die griechische Baukunst.«

Die hellblauen Augen der jungen Frau leuchten auf und ich ahne Schlimmes. »Endlich!«, sagt sie einen Tick zu laut und ihre Stimme rutscht in die Höhe. »Da kann ich euch *einige* tolle Bücher zeigen.« Ihr Grinsen ist so breit, dass die Sommersprossen auf ihrer bleichen Haut tanzen. Fehlt nur noch, dass sie begeistert auf und ab hopst und laut in die Hände klatscht. Meine Befürchtung bewahrheitet sich, dass wir aus der Nummer nicht mehr so schnell herauskommen.

Sie führt uns ein paar Regale weiter in den hinteren Teil des Buchladens, wo sowohl politische, als auch historische Literatur vertreten ist. Das Bücherregal, vor dem sie stehen bleibt, ist riesig.

»Also in dieser Reihe hier«, sie deutet mit dem Zeigefinger auf die dritte Regalreihe, »findet man alles Mögliche über Architektur. Tatsächlich beruhen die meisten dieser Werke auf meine Empfehlung.« Ihre Wangen färben sich rot und ich muss mir ein genervtes Aufstöhnen verkneifen. Spätestens jetzt ist eine Sache klar: Das wird dauern.

»Schaut mal. Das Buch hier ist mein persönlicher Favorit.« Die Angestellte zieht eines der Bücher aus der Regalreihe hervor. »Es ist von einem sehr guten Historiker geschrieben, der selbst jahrelang in Griechenland gelebt und die Architektur dort studiert hat. In diesen Texten stecken dreizehn Jahre Arbeit und decken das ein oder andere Detail auf, das ich bisher in keinem anderen Werk gefunden habe. Sogar die Bilder hat er selbst geschossen. Beim Lesen war ich wirklich begeistert und konnte viel davon für mein Studium nutzen. Für Architektur-Liebhaber ist das meiner Meinung nach ein Muss«, schließt sie ihren Monolog.

»Klingt super. Das nehmen wir«, sage ich schnell. Doch Anna greift nach dem Buch und blättert darin herum, wodurch meine Worte ungehört verklingen.

»Die Bilder sind wirklich toll. Da bekommt man glatt Fernweh.« Sie wendet sich an mich und deutet auf die Fotografie eines Tempels mit steinernen Säulen. »Ist es nicht erstaunlich, was Menschen schon vor so vielen Jahren bauen konnten, obwohl sie nicht die technischen Möglichkeiten hatten, wie wir sie heute haben?«

Oh Gott. Jetzt fängt sie auch mit der Schwärmerei an.

»Das wäre perfekt für Richard«, stimme ich ihr eilig zu, um das Thema zu beenden. »Wahrscheinlich bekommen wir ihn erst wieder zu Gesicht, wenn er das Buch komplett durchgelesen hat.« Bei meinen eigenen Worten muss ich grinsen, weil diese Vorstellung realistisch ist.

»Dann ist das wohl die richtige Entscheidung.« Die Verkäuferin lächelt unverbindlich und Anna stimmt nickend zu.

»Vielleicht könnten wir für Mom ein Kochbuch mit ausgefallenen Rezepten besorgen?«

»Gute Idee.« Anna boxt mich gegen die Schulter. »Aus dir kann ja doch noch etwas werden.« Sie grinst mich frech an und ich schneide eine Grimasse.

Dann zucke ich mit den Schultern. »Auch ein blindes Huhn findet mal ein Korn.«

»Amen!«, ruft Anna und wendet sich wieder der jungen Frau zu, die bisher nichts zu dem Kochbuch gesagt hat. »Habt ihr etwas in die Richtung da?«

Wir lassen uns von ihr gleich zwei Bücher aufschwatzen und wollen uns gerade auf den Weg zur Kasse machen, als Anna wie vom Donner gerührt stehen bleibt.

Hinter einem der Bücherregale gegenüber dringt eine Stimme zu uns, die mir bekannt vorkommt. »Ist das Chloé?«, zische ich, als endlich der Groschen gefallen ist. »Was macht sie denn noch hier?«

Anna sagt einen Moment nichts, dann sieht sie zu mir. »Durch den Schneesturm waren die Flughäfen gesperrt. Bestimmt konnte sie deshalb noch nicht zurück nach Frankreich fliegen.«

Chloé spricht auf Französisch und in diesem Moment bin ich froh, die Sprache in der High School nicht abgewählt zu haben.

»Ich bin gerade noch in der Buchhandlung«, sagt sie und das leise Rascheln von Papier ist zu hören. »Ich brauche etwas zum Lesen für den Rückflug.« Für einen Moment entsteht Stille. »Was meinst du?«

Ein lautes Schluchzen ertönt und Anna wirft mir einen teils betroffenen, teils fragenden Blick zu.

»Aber ich kann nichts dafür!«, stößt Chloé laut hervor und im nächsten Moment setzt wieder Stille ein, als sie den Worten desjenigen auf der anderen Seite der Leitung lauscht.

»Papa! Das kannst du doch nicht ... Wieso?« Ihre Stimme bricht, als sie abermals laut aufschluchzt. »Es ist Sarahs Schuld! Hätte sie meine Schlittschuhe nicht sabotiert, wäre ich nicht gestürzt. Es wird noch andere Möglichkeiten geben, an einer Weltmeisterschaft teilzunehmen.« Zum zweiten Mal seit dem Wettbewerb und ihrem Sturz überkommt mich Mitleid für Chloé.

»Ich weiß, dass das meine letzte Chance war. Aber vielleicht kann ich das Semester wiederholen?« Wieder Stille. »Du ... du willst die Wohnung kündigen? Ich verspreche dir, dass ich mich anstrengen werde. Aber bitte mach das nicht.« Chloés Worte sind immer schwerer zu verstehen, weil einzelne Schluchzer ihre Sätze unterbrechen.

Mein Blick wandert zu Anna, die fest die Lippen zusammenpresst und den Kopf schüttelt, als könnte sie nicht glauben, was wir da gerade hören. Ich greife nach ihrer Hand und drücke sie kurz, worauf sie mir ein knappes Lächeln schenkt. In diesen Momenten ist Anna wie ein offenes Buch für mich. Ich kann in ihren Augen deutlich lesen, dass sie Mitleid mit Chloé hat.

»Okay«, murmelt Chloé so leise, dass ich sie kaum noch hören kann. »Ich schreibe dir, wenn ich am Flughafen bin.« Ich höre sie tief ein- und ausatmen, bevor Schritte erklingen und sie die Buchhandlung verlässt, ohne sich etwas gekauft zu haben.

»Sie scheint von ihrem Vater ziemlich unter Druck gesetzt zu werden«, sagt Anna, nachdem ich ihr das Gespräch zusammengefasst habe. Ihre Stirn liegt in nachdenklichen Falten.

»Ja, das klang so. Aber das entschuldigt trotzdem nicht ihr Verhalten.«

»Das nicht, aber es macht es nachvollziehbarer.« Anna seufzt und ich lege meinen Arm um ihre Schulter. »Ich will nicht gut reden, wie sie mit anderen Menschen umgeht. Aber ich sehe jetzt viel mehr in ihr als Person. Es ist nicht mehr diese perfekte Hülle, die nur mit dem Finger zu schnippen braucht und alles bekommt, was sie will.«

Unschlüssig wackle ich mit dem Kopf hin und her. »Sie kriegt wahrscheinlich trotzdem noch fast alles, was sie will.«

»Nach außen hin alles zu haben, bedeutet aber nicht immer, dass ein Mensch ein glückliches Leben führt.«

Da ich nicht weiß, was ich darauf antworten soll, sage ich nichts und nicke nur. Stattdessen gehen Anna und ich zur Kasse, um zu bezahlen. Eine Stille entsteht zwischen uns, die ich erst durchbreche, als wir die Buchhandlung verlassen.

»Halleluja, jetzt sind wir fertig«, sage ich erleichtert.

Ohne mich anzusehen, sagt Anna: »Noch nicht ganz.«

Ich folge ihrem Blick und schüttele entsetzt den Kopf. »Das meinst du nicht ernst.«

Nun sieht sie mich doch an und zwinkert mir zu. »Und wie ernst ich das meine.«

Wenige Meter entfernt von uns wurde eine Weihnachtslandschaft aufgebaut bestehend aus einem roten Holzhaus, das definitiv zu klein für eine Person normaler Größe ist, und einem Rentierschlitten, natürlich ohne echte Rentiere, die ihn ziehen.

Überall laufen erwachsene Menschen in roten, bei einigen der »Elfen« *viel* zu engen Strumpfhosen, rotweiß gekringelten Zipfelmützen und grünen Kleidchen herum. In den Händen halten sie Zuckerstangen und auf ihren Lippen liegt ein oberbreites Grinsen. Kaum zu glauben, dass ich früher total begeistert davon war, an Weihnachten in eine Mall zu gehen und dem Weihnachtsmann meine Wünsche ins Ohr zu flüstern.

Anna scheint es zu gefallen. »Ich kenne das nur aus Filmen.« Ein Hauch von Begeisterung liegt in ihrer Stimme. »Da ist Santa.« Mit dem Zeigefinger deutet sie auf einen rundlichen Mann mit weißem Fake-Rauschebart und rotem Mantel.

Hätten sie sich bei der Auswahl nicht mehr Mühe geben können? Der Typ sieht viel zu jung aus für Santa. Ich spreche meine Gedanken extra nicht laut aus, weil ich Annas Fröhlichkeit nicht zerstören möchte. Denn ich weiß, wie schwer die Weihnachtszeit für sie ist und umso schöner ist es, sie so zu sehen. Wenn dafür ein junger Santa und Elfen in zu engen Strumpfhosen notwendig sind, dann nehme ich das gerne in Kauf.

Anna greift nach meiner Hand und zieht mich näher an das Mini-Weihnachtsdorf heran. Eine kleine Schlange, größtenteils bestehend aus Eltern oder Großeltern mit Kindern, hat sich davor gebildet. Santa thront auf einem mit Zuckerstangen dekorierten, grünen Stuhl. Rechts und links wird er von zwei freundlich lächelnden Elfen flankiert und ich frage mich, ob sie keine Angst vor Krämpfen im Gesicht haben, wenn sie die ganze Zeit so ein angespanntes Grinsen aufsetzen.

Eines der Kinder wird zu Santa vorgelassen und setzt sich auf seinen Schoß. »Was wünschst du dir zu Weihnachten?«, fragt der Typ im roten Mantel den blondhaarigen Jungen. Der Kleine beugt sich vor und flüstert ihm etwas ins Ohr. Der Kaufhaus-Santa lacht tief und legt einen Arm um den Jungen. »Das ist ein sehr schöner Wunsch. Mal sehen, was ich und meine Elfen für dich haben.« Ein männlicher Elf mit spitzen Ohren tritt vor und zieht etwas aus einem alten Kartoffelsack.

Der Junge grinst über beide Ohren, als er eine Handvoll Zuckerstangen zugesteckt bekommt und Santa ihm noch etwas ins Ohr flüstert. Eine Elfe, die mit einer Digitalkamera bewaffnet ist, schießt noch ein Erinnerungsfoto. Mit einem glücklichen Lächeln rutscht der Junge darauf von Santas Schoß und springt zurück zu seinen Eltern. Vermutlich werden die das Foto gleich für viel Geld ausdrucken lassen und mitnehmen.

»Du solltest auch hingehen«, grinst Anna und deutet mit dem Kinn in Richtung Santa, der sich um das nächste Kind kümmert.

»Dazu bringen mich keine zehn Rentiere.«

»Vielleicht keine zehn Rentiere, aber eine Anna.«

Fünf Minuten später sitze ich eingequetscht neben Santa auf dem großen Sessel, auf seinem Schoß zu sitzen wäre zu viel. In seinen Augen kann ich, trotz des buschigen weißen Bartes, das amüsierte Funkeln erkennen.

»Lachen Sie mich bloß nicht aus«, presse ich leise zwischen zusammengebissenen Zähnen hervor, damit niemand außer ihm meine Worte hört.

»Was würdest du machen, wenn ein etwa Zwanzigjähriger mit Santa sprechen wollen würde, um ihm seine Weihnachtswünsche zu verraten«, antwortet er ebenso leise.

Ich zucke mit den Schultern und kann mir ein Lächeln nicht verkneifen. »Touché.« Ich räuspere mich und beuge mich ein Stück vor. »Ich will es nicht, sondern sie.« Mein Blick wandert zu Anna, die mir begeistert zuwinkt und vor Lachen knallrot anläuft. Sie sieht so glücklich aus, dass ich mir nur noch halb so bescheuert vorkomme. Um dieses Lachen zu sehen, mache ich mich gerne zum Affen. Bestimmt wird sie gleich darauf bestehen, das Foto zu kaufen, das eine der Elfen schießt.

»Muss ein besonderes Mädchen sein.«

»Das ist sie.« Ich beuge mich nah an Santas Ohr und flüstere: »Ich wünsche mir zu Weihnachten, bei ihr bleiben zu können und dass sie sich dasselbe wünscht.«

Kapitel 24: Anna

Leise Weihnachtsmusik aus dem Radio dudelt im Hintergrund und im Wohnzimmer hat sich einiges getan. Richard und Fynn haben das Sofa verschoben, um Platz für den Weihnachtsbaum zu schaffen, der nun zum Heiligabend geschmückt wird.

»Das ist inzwischen zur Tradition geworden, den Baum nach dem Gottesdienst bei Weihnachtsmusik zu schmücken. Ich finde, das hat etwas Heimeliges.« Sophia schenkt mir ein warmes Lächeln. Sanft legt sie eine Hand auf meine Schulter. Sie scheint zu merken, dass ich beim Anblick des Baumes mit den Tränen zu kämpfen habe.

Mama und ich haben den Weihnachtsbaum oft mit Papa zusammen geschmückt. Das Wohnzimmer duftete dann nach Tannennadeln, Plätzchen und Lebkuchen und ebenso wie hier lief auch leise Weihnachtsmusik im Hintergrund.

Auf dem Esstisch in Sophias Küche breiten sich verschiedene Schuhkartons und Boxen aus, in denen sich Weihnachtsschmuck versteckt. Obwohl so viele, teilweise schmerzhafte, Erinnerungen hochkommen, finde ich es schön, dass wir alle gemeinsam den großen Tannenbaum schmücken.

Die LED-Lichter haben unsere Männer der Schöpfung angebracht, während ich Sophia dabei geholfen habe, Eggnog zuzubereiten.

Ich kann gut verstehen, warum die Kanadier das Zeug in vergleichbaren Mengen trinken, wie die Deutschen Glühwein an den Weihnachtsmarktständen.

Jeder von uns greift in die Kisten und sucht Kugeln und Schleifen aus, um damit den Baum zu schmücken.

Fynn legt einen Arm um meine Schultern und sieht mich liebevoll an. »Such dir eine aus. Ich finde, da fehlt noch etwas.« Er zieht eine der Boxen näher heran und ich werfe einen Blick hinein. Darin liegen verschiedenfarbige Glaskugeln, die teilweise mit Sternen, Glocken oder Rentierköpfen bemalt sind.

Zwischen all dem Rot und Blau fällt mir sofort eine goldene Kugel ins Auge. Eine weiße Schneeflocke ist darauf gemalt. »Die ist wunderschön.« Vorsichtig nehme ich sie aus dem Karton und gehe auf den Baum zu, um sie genau in die Mitte auf Augenhöhe zu hängen.

»Gute Wahl«, höre ich Sophias Stimme im Rücken, als ich einen Schritt zurücktrete, um den Baum zu betrachten. Man könnte meinen, dass die roten und blauen Kugeln mit den ebenfalls roten Schleifen nicht harmonieren, aber ich finde es wunderschön.

»Die gehörte meiner Mutter.« Einige Augenblicke bleibt es ruhig und Sophia sammelt sich. Ihr Blick bleibt an der goldenen Christbaumkugel hängen, während sie weiterspricht. »Mein Vater war Maler für Glas-Weihnachtsschmuck. Er hat seinen Job sehr geliebt und ist völlig darin aufgegangen. Selbst in seinem Haus hat er sich eine eigene kleine Werkstatt eingerichtet und lange dafür gespart, um auch dort alle Werkzeuge aufbewahren zu können.«

»Grandpa hat Weihnachtskugeln bemalt?«, fragt Fynn erstaunt und sieht Sophia fragend an.

Sie dreht sich zu ihm und nickt mit einem sanften Lächeln. »Das war lange, bevor ich zur Welt gekommen bin. Der Hersteller hat irgendwann schließen müssen, weil die Herstellung durch Handbemalung zu teuer wurde. Vor allem, weil es immer mehr Maschinen gab, die schneller und günstiger produzieren konnten.« Sophia presst die Lippen zusammen. »Dein Grandpa war am Boden zerstört, als ihm gekündigt wurde. Er hat danach nur noch eine einzige Kugel bemalt und sie meiner Mutter zu Weihnachten geschenkt. Er hatte nicht genügend Geld, um ihr etwas Anderes zu geben, und überreichte ihr die Kugel mit dem Versprechen, für sie zu sorgen.« Sie geht auf den Tannenbaum zu und streicht sanft über die goldene Kugel. »Und das war diese hier.«

Eine Gänsehaut überzieht meinen Körper und ich schlucke gerührt. »Die Christbaumkugel war dann eine Art Verlobungsring?«

Sophia nickt lächelnd und in ihren Augen schimmern Tränen. »Ja, so war es. Mom hat sich jahrelang dagegen gewehrt, einen richtigen Verlobungsring anzunehmen. Sie sagte immer, Dad hätte so viel Liebe und Leidenschaft in diese Christbaumkugel gesteckt, dass ein gekaufter Ring nie dieselben Gefühle in ihr auslösen könnte.«

Fynn greift nach meiner Hand und unsere Finger verschränken sich. »Davon wusste ich gar nichts.« Er lächelt versonnen und zieht mich näher an sich heran. »Schon verrückt, was man aus Liebe alles macht und auf welche Ideen man dabei kommt.« In seiner Stimme liegt ein Unterton, den ich nicht deuten kann, und er wechselt einen kurzen Blick mit Sophia, die ihm fest in die Augen sieht und nickt.

Dieser Blickwechsel scheint mehr zu bedeuten, als eine simple Bestätigung seiner Worte. Doch dieser Eindruck verschwindet wieder, als Sophia in die Hände klatscht und mit einem Blick auf den Tannenbaum zufrieden nickt. »Der sieht toll aus. Ich würde sogar sagen, dass es der Schönste seit Jahren ist.«

Wir nicken und geben zustimmendes Murmeln von uns. Die Geschichte von Sophias Eltern rührt mich immer noch. Fynn legt mir einen Arm um die Taille und zieht mich zu sich, um mich zu küssen. Mein Herz flattert aufgeregt, als sich seine warmen Lippen sanft auf meine legen, und ich frage mich, ob es sich irgendwann an diese Gefühle gewöhnen wird.

»Die Socken fehlen«, wirft Richard ein. Er ging um den Tisch herum und nimmt eine Tüte von einem der hinteren Stühle herunter. Daraus zieht er vier große, bunte Socken hervor, die ich aus Deutschland vom Nikolaus kenne.

»Ich hoffe, dass dir die hier gefällt«, sagt Richard an mich gewandt und hält eine rote Socke mit weißer Spitze, kleinen Glöckchen und einem darauf gestickten Elch empor.

»Ihr habt mir eine Socke besorgt?« Das Lächeln auf meinem Gesicht wird noch größer und mir schnürt sich vor Rührung schon wieder die Kehle zu. »Sie gefällt mir sogar sehr.«

»Natürlich! Jedem Familienmitglied gebührt eine Socke.« Fynns geschwollener Tonfall bringt mich zum Kichern und Sophia und Richard nicken bestätigend.

»Genauso ist es. Und es freut uns, dass sie dir gefällt.
Wir hängen alle direkt über den Kamin.«

Familienmitglied. Das Wort klingt in meinem Kopf
wider und ein warmes Gefühl breitet sich in meinem
Körper aus. Dieser einfache Begriff löst so viele wunderbare Emotionen in mir aus, dass mir fast die Tränen
vor Glück kommen.

»Ist alles in Ordnung?«, flüstert Fynn und sein Blick
flackert vor Unsicherheit.

Ich stelle mich auf die Zehenspitzen und küsse ihn.
»Mehr als das.« Ein warmes Lächeln legt sich auf seine
Lippen und sein Blick wird weich. In ihm lese ich nichts
als Liebe.

Es ist schon später Abend und ich liege neben Fynn
im Bett. Die Weihnachtsgeschenke haben wir kurz vor
dem Schlafengehen in den jeweiligen Socken verstaut.
In Kanada wird das Weihnachtsfest wie in Amerika ge-
feiert. Bescherung ist morgens am 25. Dezember und
ich bin schon sehr gespannt darauf, was die drei zu ihren Geschenken sagen werden.

Meine Gedanken fliegen immer wieder davon, wes-
wegen ich kaum Schlaf finde. Ich denke an Mama und
Papa. An meine Rückreise nach Hamburg und an Fynn,
Sophia und Richard.

Der Gedanke an Mama ist nicht mehr nur mit ihrem
Tod vor genau fünf Jahren verbunden. Die Erinnerung
an Sophias Geschichte, die die Liebe ihrer Eltern zueinander auf so besondere Weise widerspiegelt, lässt
mich an die schönen Dinge zurückdenken: Mamas
glückliches Lächeln, die Liebe meiner Eltern zueinander, die bis über den Tod hinausgeht und das Wissen in

Fynn, Sophia und Richard eine zweite Familie gefunden zu haben.

Es ist unmöglich, Mama zu ersetzen. Aber in diesem Augenblick spüre ich, dass sie glücklich und dankbar wäre, wenn sie mich hier sehen könnte. Lange hat es gedauert, und dann kommt die endgültige Erkenntnis ausgerechnet an Heiligabend. Dem Tag, den ich seit Jahren mehr fürchte, als jeden anderen: Mama würde nicht wollen, dass ich am Fest der Liebe von Kummer zerfressen werde. Schon gleich gar nicht ihretwegen.

Sie wird immer einen festen Platz in meinem Herzen haben und bei jedem meiner Schritte an meiner Seite sein. Auch wenn ich sie nicht sehe. Fünf Jahre und drei Menschen hat es gebraucht, um Liebe statt Trauer, Familie statt Einsamkeit in mein Herz einziehen zu lassen und zu leben.

Wenn Mama gesehen hätte, dass ich die Chance auf ein glückliches Leben wegschmeiße, weil meine Trauer um ihren Tod so groß ist, wäre sie sehr enttäuscht von mir. Es ist nicht alles nur schwarz und weiß. Nur gut oder schlecht. Es gibt so unendlich viele Nuancen dazwischen, dass es unmöglich ist, nur das pure Glück oder unbändige Trauer zu empfinden.

All die Jahre gehörte die Weihnachtszeit zu meiner persönlichen Angst-Saison. Die ersten Klänge von *Last Christmas* glichen einer Warnglocke und erinnerten mich an die Vergangenheit. Sie haben mir gezeigt, dass sich Mamas Tod wieder jährt und es nicht bergauf gegangen ist. Dass ich wieder nicht gelernt habe, damit umzugehen. Zu der Angst kam Papas Abwehrhaltung. Sein Verhalten alles, was mit Mama zu tun hat, zu verschweigen, zu verdrängen und zu verbannen, hat diese Furcht zusätzlich geschürt.

Jetzt wird mir erst klar, wie bescheuert das ist. Wie viel Zeit man durch diese Art zu »leben« verliert. Wie viel einfacher es gewesen wäre, darüber zu sprechen, anstatt uns gegenseitig auszusperren. Aber Trauer ist nun mal ein Prozess und ich weiß, dass ich mit diesem Vorhaben an das Positive zurückzudenken auf dem richtigen Weg bin.

Am nächsten Morgen wache ich auf und es geht mir, entgegen meiner Erwartung aufgrund des wenigen Schlafs, erstaunlich gut. Ich drehe mich in Fynns Richtung und sehe direkt in seine wunderschönen, grau-blauen Augen. Ein kleines Grübchen bildet sich auf seinem verschlafenen Gesicht, als er mich schief anlächelt.

»Na, gut geschlafen?« Mit der Hand streicht er über meine Wange.

»Ja«, hauche ich und lächle ebenfalls. »Und du?«

»Wie ein Stein.« Sein Grinsen wird breiter. »Ich habe eindeutig zu viel von Moms Steaks gestern gegessen. Es wundert mich wirklich, dass man mich nicht mithilfe einer Rolltreppe ins Zimmer fahren musste.«

»Ja, es war köstlich«, schwärme ich. »Mir wäre dafür der EggNog zum Verhängnis geworden, wenn er nicht alkoholfrei gewesen wäre.« Ein Kichern bahnt sich bei dem Gedanken daran an, dass Sophia mir letzten Abend drei Gläser Eierpunsch aufgeschwatzt hat und ich sie gemeinsam mit ihr getrunken habe. Sie hat extra zwei verschiedene Varianten gemacht und das Zeug mit Schuss so runter gebechert, als wäre es Wasser.

Fynns Blick liegt auf mir und in seinen Augen blitzt der Schalk auf. »Moms Eggnog darf man nicht unterschätzen. Es war wirklich besser, dass du den ohne Alkohol getrunken hast.« Ein süffisantes Grinsen liegt auf seinem Gesicht, als er den Comforter zurückschlägt und sofort die Kälte darunter kriecht.

»Hey! Du kannst mir nicht einfach den Comforter klauen.« Zitternd ziehe ich ihn mir wieder bis unter das Kinn und kuschle mich darin ein. »Es ist zu kalt, um aufzustehen.« Ich beobachte Fynn dabei, wie er die Vorhänge aufzieht.

Er dreht sich um und tritt an das Bettende heran. »Und wie ich das kann!« Mit einem Ruck zieht er ihn wieder weg, geht um das Bett herum und streckt mir dann die Hand hin, um mir aufzuhelfen. »Mom und Richard warten bestimmt schon unten.«

Grummelnd verziehe ich mich ins Badezimmer, wohin mir Fynns lautes Lachen folgt, und versuche dort meine Haare zu bändigen. Rasch noch die Zähne geputzt und ich bin bereit für den Weihnachtsmorgen.

Beim Herunterkommen sehe ich, dass Richard und Sophia mit einer Decke auf dem Sofa sitzen. Er hält sie in den Armen, während sie ihren Kopf an seine Schulter lehnt und liebevoll zu ihm aufsieht. Auf dem Tischchen vor ihnen stehen zwei Tassen, von denen Dampf aufsteigt. Als Fynn und ich die letzten Stufen der knarzenden Treppe hinter uns bringen, sehen die beiden zu uns auf.

»Fröhliche Weihnachten!« Fynn greift nach meiner Hand und zieht mich ebenfalls auf das Sofa zu, damit wir uns setzen können. Ich finde mich zwischen Sophia und Fynn wieder. Sie drückt kurz meine Hand und lächelt mich an. Irgendetwas liegt in ihrem Blick, das ich nicht deuten kann.

Erst jetzt bemerke ich, wie ich leise die Melodie der im Hintergrund laufenden Weihnachtsmusik summe. Fynns Blick streift mich und ich drehe mich zu ihm. »Du kennst das Lied?«

Ich lache auf, weil diese Frage so seltsam ist. *Wer kennt* Last Christmas *nicht?* »In Deutschland läuft das Lied zur Weihnachtszeit beinahe rund um die Uhr. Man hat gar keine andere Wahl.«

»Wie wahr.« Richard lacht und setzt sich auf. »Hier ist es aber tatsächlich gar nicht so bekannt.«

Sophia steht vom Sofa auf und schlendert auf die Anlage zu, die auf einem der Wohnzimmerschränke in der Ecke steht, um die Musik ein wenig lauter aufzudrehen. »Ich habe gehört, dass ihr Weihnachtslieder singt, bevor die Geschenke verteilt werden.«

Ich nicke. »Ja, das stimmt.«

Sophia lächelt so breit, dass ich ihr die Freude nicht mit dem Kommentar nehmen möchte, dass es sich dabei aber nicht um solche Lieder handelt.

»Ich dachte, wir könnten das auch einführen.« Sie lässt sich auf die äußerste Ecke des Sofas sinken und legt ihre Hände in den Schoß.

Ehe irgendjemand widerspricht, beginnt Sophia mitzusingen und sieht auffordernd in die Runde. Da sie das vor allem für mich macht, nehme ich meinen Mut zusammen und singe mit. Aus dem Augenwinkel kann ich beobachten, wie Fynn und Richard sich hilfesuchende Blicke zuwerfen, und muss bei der Verzweiflung in ihren Augen beinahe losprusten.

»Ihr wollt es nicht anders.« Fynn steigt mit ein und dann hat auch Richard keine Chance mehr, sich dagegen zu wehren. Es klingt schrecklich. Viel zu laut und viel zu schief. Aber es ist so schön, weil es einfach niemanden interessiert. Losgelöst trällern wir die zweite Strophe und als es schließlich zum Refrain kommt, legen wir richtig los. Jeder in seiner eigenen Lautstärke und Tonlage.

Es geht nicht darum, dass es sich schön anhört oder der Text sitzt. Denn Sophia will mir mit dem Weihnachtssingen einen Teil meines Festes zurückgeben und die ganze Familie zieht mit. Dafür empfinde ich große Dankbarkeit.

Der letzte Ton verklingt und Sophia grinst im Anschluss in die Runde. »Ich glaube, wir haben eine neue Tradition gefunden.«

»Auf keinen Fall.« Fynn hebt abwehrend die Hände und sieht seine Mutter entgeistert an.

»Du wirst dich daran gewöhnen.« Sie zwinkert ihm vielsagend zu. Anschließend klatscht sie in die Hände und rappelt sich wieder vom Sofa auf, um sich vor uns zu stellen. »Jetzt ist aber Zeit für die Bescherung. Wer fängt an?«

»Wir.« Schnell stehe ich auf, gehe auf die Socken vor dem Kamin zu und greife nach Sophias und Richards. Dann ziehe ich die zwei Geschenke hervor und überreiche sie ihnen. »Die sind von Fynn und mir.«

»Danke!« Beide reißen das Papier auf und Sophia lacht entzückt auf. »Woher wusstet ihr, dass ich mir die gewünscht habe?«, fragt sie und hebt die Kochbücher aus der Reihe der *Einhundert ausgefallensten Essenskreationen* in die Höhe.

»Gar nicht«, antwortet Fynn lachend. »Aber wir kennen dich eben. Entweder das oder ein Buch übers Fallschirmspringen. Und da Richard jedes Mal einen halben Herzanfall bekommt, wenn du das machst, dachten wir die Kochbücher wären ungefährlicher.«

Richard sagt zunächst gar nichts, sondern ist damit beschäftigt in seinem Buch herumzublättern und die verschiedenen Fotografien der griechischen Tempel zu betrachten. »Schaut mal, das ist der Apollontempel von Syrakus.« Er klappt das Buch ein Stück weiter auf und hebt es in die Höhe, damit alle das Bild sehen.

»Ich glaube, es gefällt ihm.« Mit hochgezogenen Augenbrauen werfe ich Fynn einen Habe-ich-es-nicht-gesagt-Blick zu.

Sophia rammt Richard den Ellenbogen in die Seite und nickt dann vielsagend in unsere Richtung. Verständnislos sieht er sie an, worauf sie die Augen verdreht. »Es gefällt ihm. Danke.« Ich muss mir ein Lachen verkneifen, als sie dabei Richards Schenkel tätschelt, als wäre er ein kleines Kind, das sich nicht traut allein zu sprechen.

»Oh oh, ja«, beeilt er sich, zu sagen. »Vielen Dank ihr zwei. Ich freue mich schon darauf, es in Ruhe lesen zu können.«

Sophia schnaubt bei seinen Worten, doch in ihren Augen blitzt es amüsiert auf. »Jetzt seid ihr an der Reihe. Das wird etwas komplizierter. Ich würde sagen, dass Anna zuerst Fynn ihr Geschenk gibt.«

Perplex nicke ich, stehe noch einmal auf und hole das Geschenk. »Ich hoffe, dass es dir gefällt.«

Er nimmt es entgegen und schmeißt das abgerissene Papier neben sich auf den Boden. Dann zieht er das zusammengelegte Trikot hervor und faltet es auf. Seine Miene wandelt sich zuerst zu einem erstaunten Lächeln, und nachdem er die Signatur darauf entdeckt hat, klappt ihm der Mund auf. Er braucht ein paar Sekunden, bevor er etwas sagen kann.

»Du hast nicht wirklich ein Trikot von den LA Kings besorgt, das von Wayne Gretzky signiert wurde?« Ich kann den Schock in seiner zitternden Stimme förmlich heraushören und muss an das Gespräch zwischen ihm und Richard in der Eishalle zurückdenken, als sie über diesen Spieler gefachsimpelt und geschwärmt haben.

»Doch! Das war gar nicht so einfach. Vor allem, weil du ständig um mich herumgeschwirrt ... « Weiter komme ich nicht, denn Fynn zieht mich mit einem Ruck in seine Arme und küsst mich überschwänglich.

»Habe ich dir schon einmal gesagt, wie sehr ich dich liebe?«, flüstert er gerade laut genug in mein Ohr, damit ich ihn höre.

»So ein- bis zweimal vielleicht«, grinse ich. »Es freut mich, dass es dir gefällt.«

Fynn löst sich von mir, lässt seine Hand aber auf meinem Knie liegen. »Sehr sogar. Aber jetzt bist du an der Reihe.« Wieder blitzt etwas in seinen Augen auf und Aufregung macht sich in mir breit. Sophia und Richard scheinen ebenfalls nervös zu sein und ich frage mich, woran das liegt.

Er steht auf und legt wenige Sekunden später einen braunen Umschlag vor mir ab. »Das ist von uns allen. Mom und Richard haben mir dabei geholfen.« Fynn rutscht auf seinem Platz umher und spielt mit dem Zipfel des Kissenbezugs.

»Warum bist du so nervös?« Ich zwinkere ihm zu, um die aufkommende Anspannung zu unterdrücken.

Es ist ungewohnt, dass er darauf nicht eingeht und mechanisch mit den Schultern zuckt. Fynn weicht meinem Blick aus und als ich zu Sophia sehe, nickt sie mir lächelnd zu. Die Luft im Raum scheint zu flimmern vor Anspannung und ihre Nervosität überträgt sich auf mich.

Ich reiße mich zusammen, um das Zittern in meinen Händen zu unterdrücken. Trotzdem brauche ich zwei Versuche, um den Umschlag aufzubekommen. Ich drehe ihn um und schüttle vorsichtig. Mehrere Papiere rutschen daraus hervor, die ich zuerst nicht identifizieren kann.

Mein Herz schlägt so wild in meiner Brust, dass es weh tut und sicherlich für jeden im Raum hörbar ist. Ich nehme das oberste Blatt Papier in die Hand und drehe es um. »Ein Immatrikulationsantrag der Universität Hamburg?« Meine Augenbrauen wandern in die Höhe und meine Stirn legt sich in Falten.

Verwirrt greife ich nach dem nächsten Papier. Ein Flugticket. Ich sehe zu Fynn auf und in seinen Augen lese ich die widersprüchlichsten Gefühle. In diesem Moment verstehe ich rein gar nichts. »Was …?« Hilflos zucke ich mit den Schultern, unfähig zu sprechen.

»Schau genauer hin«, schubst mich Sophia mit ihren liebevoll gesprochenen Worten in die richtige Richtung.

Ich werfe noch einmal einen genaueren Blick auf die ganzen Formulare in meiner Hand. Laut schnappe ich nach Luft und schlage die Hand vor den Mund. Immer wieder sehe ich zwischen Fynn und den Zetteln in meiner Hand hin und her.

Ich kann es aber immer noch nicht glauben und werfe einen Blick auf das Flugticket. Auf allen Dokumenten steht der Name »Fynn Gagnon«.

»Du kommst mit nach Hamburg?«, frage ich ihn mit erstickter Stimme und Tränen sammeln sich in meinen Augen, wodurch ich ihn nur verschwommen erkenne. Bevor ich es glauben kann, muss ich es aus seinem Mund hören.

»Ja, wenn du das willst. Ich habe schon alle Formulare für die Universität ausgefüllt. Wir müssten sie nur noch abgeben. Vielleicht kannst du mir dabei helfen und ...« Selbst jetzt liegt noch Unsicherheit in seinem Blick.

Ohne ihn aussprechen zu lassen, werfe ich mich in seine Arme und bedecke ihn mit Küssen und Freudentränen. »Natürlich will ich das!« Mein ganzer Körper zittert vor Glück und Fynn hält mich fest.

»Dann komme ich mit dir nach Hamburg«, flüstert er und küsst mich. Als seine Lippen sich auf meine legen, vergesse ich alles um mich herum. Es gibt nur ihn und mich. Nur uns beide und all die Schmetterlinge in meinem Bauch, die sich in die Luft erheben und wie wild mit den Flügeln schlagen.

»Aber was ist mit deinem Studium hier, dem Auswahltraining für das Hockeyteam und deinem Stipendium?«, bringe ich atemlos hervor. Es wäre zu schön, um wahr zu sein, wenn er tatsächlich mitkommen würde.

Fynn verschränkt seine Finger mit meinen. »Ich habe gehört, in Hamburg stehen sie auf Krokodile.« Als er meinen verwirrten Blick auffängt, muss er lachen. »Ich habe mich ein bisschen schlaugemacht und die Hamburger Crocodiles sind immer auf der Suche nach neuen Leuten.«

»Du bist dir also sicher?« Eine einzelne Träne läuft meine Wange herunter und ich sehe ihm tief in die Augen.

»Absolut.« Fynn streicht sie in einer liebevollen Geste mit dem Daumen weg. In seinen Augen lese ich dasselbe pure Glück, das ich in jeder meiner Poren spüre.

»Ich liebe dich.« Ich kann kaum fassen, dass er mit mir kommt und wir uns nicht trennen müssen.

»Und ich liebe dich.« Fynn schließt mich so fest in seine Arme, als würde er mich nie wieder loslassen wollen. »Du hast doch nicht etwa geglaubt, dass ich dich allein fliegen lasse?«

Epilog

Ein Jahr später

»Da vorne sind sie!« Ich winke Fynn eilig zu. Meine Schritte werden immer schneller, bis ich beinahe schon auf Sophia und Richard zu renne. Fest schließe ich die beiden nacheinander in die Arme. Es ist schön, sie endlich einmal wiederzusehen.

»Dass wir euch noch zu Gesicht bekommen.« Sophia drückt mir einen Kuss auf die Wange und zieht dann Fynn an sich. »Euer letzter Besuch ist viel zu lange her! Aber ich bin froh, dass ihr an Weihnachten bei uns seid und wir gemeinsam feiern können.«

»Sieht man, dass es eine Weile her ist.« Mit einer winkenden Handbewegung deutet Fynn auf ihren runden Bauch. Es hat eine Weile gedauert, bis er sich mit dem Gedanken angefreundet hat, großer Bruder zu werden. Doch Sophia und Richard strahlen vor Freude und ihr Glück ist fast mit den Händen greifbar. Ich freue mich unheimlich für sie und darauf, in etwa zwei Monaten Fynns kleine Schwester kennenzulernen.

»Lasst uns erstmal nach Hause fahren. Und dann müsst ihr uns alles erzählen.«

Mit alles meinte Sophia wirklich alles. Auf der Fahrt nach Tangier quetscht sie uns förmlich aus: Wie liefen die Prüfungen? Wie ist das Wetter in Deutschland? Sind die Professoren in Ordnung? Hat sich Fynns

Deutsch inzwischen verbessert? Wie läuft es mit Andreas? Und diese Fragen gehören noch zu den Harmloseren. Am besten finde ich, dass sie mindestens zweimal fragt, ob wir auch ausgewogen essen und ich kann mir vorstellen, dass sie uns für eine Woche lang jeden Tag drei Gänge serviert hätte, wenn unsere Antwort darauf »Nein« gewesen wäre.

Als wir das Haus betreten, schlägt uns angenehme, warme Luft entgegen und der Duft von Tannennadeln und Lebkuchen steigt mir in die Nase. Sophia und Richard haben mit der Dekoration bereits alle Arbeit geleistet. Nur der Baum steht noch ungeschmückt in der Mitte des Raumes und wartet darauf, von uns allen gemeinsam mit Kugeln behangen zu werden.

Auf dem Tisch stehen die Kartons bereit und wir versammeln uns darum, nachdem Fynn und ich unser Gepäck in meinem alten Zimmer verstaut haben.

Weihnachtsmusik läuft im Hintergrund und ich fühle mich wie in der Zeit zurückversetzt. Fynn zieht mich in seine Arme und drückt mir einen Kuss auf den Scheitel. »Wer fängt an?« Fragend sieht er in die Runde und sein Blick bleibt an Richard hängen, der Sophia von hinten umarmt und die Hände sanft auf ihren runden Bauch legt. Sie schmiegt sich mit geschlossenen Augen an ihn und bei dem Anblick wird mir ganz warm ums Herz.

Ein Klingeln lässt uns auffahren und verwirrt zur Tür sehen.

»Wartet ihr auf jemanden?«

Weder Sophia noch Richard gehen auf Fynns Frage ein, lächeln jedoch im Stillen vor sich hin. Stattdessen läuft sie zu mir und legt sanft eine Hand auf meine

Schulter. »Würdest du mir den Gefallen tun und die Tür öffnen?«

Perplex nicke ich, löse mich von Fynn und überbrücke die kurze Distanz zur Haustür, um diese zu öffnen. »Papa?« Ein erstickter Freudenschrei löst sich aus meiner Kehle, sobald ich ihn sehe und ich kann kaum glauben, dass er direkt vor mir steht. In mir vermischen sich die verschiedensten Emotionen zu einem einzigen Wirrwarr aus Gedanken und Gefühlen. »Du bist doch gekommen? Aber warum hast du denn nichts gesagt? Vorgestern haben wir noch darüber gesprochen, bevor ich zum Training der Kleinen gegangen bin.«

»Es sollte eine Überraschung werden.« Man merkt Papa an, dass er sich nicht so ganz wohl in seiner Haut fühlt. Trotzdem ist es ein großer Schritt für ihn, hierherzukommen und Weihnachten mit uns zu verbringen.

»Es bedeutet mir wirklich viel, dass du gekommen bist.« Obwohl ich leise spreche, hört man, dass meine Stimme verräterisch zittert.

In den letzten Monaten haben wir uns wieder mehr angenähert. Wir haben öfter gemeinsam gegessen und zuletzt war Papa sogar in der Eishalle und hat mir beim Training mit den Kindern zugesehen. Fynn und ich haben die Idee, ein Eiskunstlauf-Trainingsprogramm für Schulkinder zu starten, tatsächlich umgesetzt. Und ich habe unheimlich viel Freude dabei, den Kindern etwas beizubringen. Es war schön, das wieder mit Papa teilen zu können. Die Therapie, für die er sich vor einem halben Jahr entschieden hat, tut ihm wirklich gut.

Richard tritt auf Papa zu und zieht ihn in eine freundschaftliche Umarmung. Fest klopft er ihm auf den Rücken. »Schön, dass du da bist.« In diesen einfachen fünf Worten steckt viel mehr, doch es muss nicht immer alles laut ausgesprochen werden. Er scheint auch so zu verstehen. »Aber jetzt komm erst einmal herein.«

Papa tritt auf Sophia zu, die ihm sofort die Hand reicht. »Wir wollten gerade den Baum schmücken.« Sie lächelt ihn offen an und deutet mit der freien Hand auf die Kartons auf dem Tisch. Die andere liegt leicht auf ihrem Bauch. »Möchtest du die erste Kugel aussuchen?«

Ich beiße mir fest auf die Unterlippe und kann mein Staunen kaum verbergen, als Papa darauf langsam nickt. Er geht mit bedachten Schritten auf den Tisch zu und öffnet einen der Kartons. Dann greift er nach der goldenen Weihnachtskugel mit der darauf gemalten Schneeflocke und hängt sie in die Mitte des Baumes. Wie ich es genau ein Jahr zuvor gemacht habe. Bei dem Anblick spüre ich Tränen in meinen Augen glitzern und Fynn zieht mich in seine Arme.

Es ist, als würde diese Kugel einen Neuanfang symbolisieren. Einen Neuanfang und die Liebe, die in unseren Herzen füreinander schlägt. Von nun an wird diese Christbaumkugel immer das erste Schmuckstück am Weihnachtsbaum sein und uns an die Geschichte über die Liebe von Fynns Großeltern und auch an unsere eigene erinnern. Denn sie ist es, die uns Grenzen überwinden lässt, die Menschen zueinander führt und uns zeigt, wofür es sich zu leben lohnt.

Ende

Danksagung

Es ist unglaublich, wie schnell manche Dinge passieren. Hätte mir jemand gesagt, dass ich dieses Jahr gleich zwei Bücher veröffentlichen würde, hätte ich es wahrscheinlich nicht geglaubt. Und jetzt hat diese Herzensgeschichte von mir ein wundervolles Zuhause gefunden, worüber ich sehr glücklich bin.

Und damit komme ich auch gleich zum ersten großen Dankeschön: Vielen lieben Dank an das Team vom dp Verlag für das Vertrauen in mich und meine Geschichte. An dieser Stelle auch Danke an Stephanie, die mir bei jeder Frage zur Seite stand.

Aber was wäre ein Buch ohne ein tolles Lektorat? Liebe Dani, ich danke dir von Herzen für deine E-Mails, Kommentare und das Fachsimpeln im Videochat. Ich hatte super viel Spaß, habe viel dazugelernt und bei jeder Änderung gespürt, dass die Geschichte von Anna und Fynn runder geworden ist. Und das ist unheimlich viel wert.

Bei vielen Geschichten ist Recherche unerlässlich. Und auch wenn ich mir in dem ein oder anderen Punkt, hinsichtlich der Eiskunstlaufwettbewerbe, künstlerische Freiheit genommen habe, hätte ich nie so viel über diesen tollen Sport ohne Irina und ihre Tochter Jana herausgefunden. Danke, dass ich euch mit Fragen überhäufen durfte und für eure wundervollen, ausführlichen Antworten.

Auch bei meinen lieben Testleserinnen Fabienne, Diana, Patricia und Aline bedanke ich mich von Herzen. Ich rechne es euch hoch an, dass ihr das Manuskript bei über dreißig Grad Außentemperatur gelesen habt. Danke für die Hilfe und eure Tipps – sie waren Gold wert!
Ein großer Dank geht auch an meine Eltern. Ihr wisst das schon, aber ich sage es euch gerne nochmal: Danke, dass ihr immer da seid und mich unterstützt. Das bedeutet mir viel.
Und mein letzter Dank gilt euch Lesern. Danke, dass ihr zu Annas und Fynns Geschichte gegriffen habt. Ich hoffe, sie konnte euch beim Lesen genauso begeistern, wie mich beim Schreiben.
Macht's gut und ich freue mich, wenn wir uns ganz bald wieder lesen!
Eure Jeannine